U0357172

澎湃
THE PAPER

《澎湃人物》栏目 著

疫中人

一个人
一个家庭
一个群体
一家医院
一个方舱
一个社区
一座城

上海大学出版社

图书在版编目(CIP)数据

疫中人/《澎湃人物》著. —上海:上海大学出版社,2020.8

ISBN 978-7-5671-3921-3

Ⅰ.①疫… Ⅱ.①澎… Ⅲ.①新闻报道-作品集-中国-当代 Ⅳ.①I253

中国版本图书馆CIP数据核字(2020)第139384号

责任编辑 陈 强
助理编辑 夏 安
封面设计 倪天辰
技术编辑 金 鑫 钱宇珅

疫 中 人

《澎湃人物》栏目 著
上海大学出版社出版发行
(上海市上大路99号 邮政编码200444)
(http://www.shupress.cn 发行热线021-66135112)
出版人 戴骏豪

*

南京展望文化发展有限公司排版
上海颛辉印刷厂印刷 各地新华书店经销
开本710mm×1000mm 1/16 印张22.5 字数345千
2020年8月第1版 2020年8月第1次印刷
ISBN 978-7-5671-3921-3/I·602 定价 49.00元

序
人间温度计

人有悲欢，文有冷暖。

二〇二〇年伊始爆发新冠肺炎疫情至今，体温一直是衡量健康的关键指标。无论居家隔离，还是进出小区、商场、车站等公共场所，生活在温度计的“注视”下，已成为所有人都不得不习惯的新常态。

集纳了“澎湃人物”栏目关于疫情报道的这本书，就是一支记录疫情期间人心冷暖的温度计。

这本书里，一个人，一个家庭，一个群体，一家医院，一个方舱，一个社区，一座城，都可以是故事的主角，是这支温度计的刻度。

天有不测风云，我们更习惯目光向下，关注衣食住行，关注柴米油盐，关注酸甜苦辣，这些人间烟火让我们更加懂得，越是生活在底层的人，越能感受到世态炎凉和人间冷暖。

再多的评介，都不如真实的力量，所以我摘录了一些文章的细节。这些细节里，有太多我们一直在聚焦却仍然并不为人所知的声音与故事。

书里有生离死别：

这一个多月来，李悦就像做了无数场噩梦：先是癌症晚期的母亲病情恶化；接着疫情暴发后，自己和父亲先后被确诊为新冠肺炎；在父亲离去后，母亲的治疗又一度陷入僵局，最终离去……

（《两次未完成的告别》）

王凤英自认还年轻。但她的同学群里，也不时有人提到同龄的朋友去世，她的心止不住地震颤。

“莫得办法呀。这是一下子爆发出来的，医院收不了这么多，年纪大了，抵抗力差了呀。这个病它没有特效药，就是靠免疫力拼呀。”

（《一个武汉小区想要消毒》）

书里有艰难困苦：

疫情暴发后，面对繁杂的防疫工作、居民的抱怨和质疑，以及被感染的风险，（社区干部）江强和他的同事们“有太多想要崩溃的瞬间”。

“剩下的人就是接电话挨骂。这两天很多人都在家关‘疯’了，一点小事就闹，我们也‘疯’了，给他们解释各类政策、各种事情。我今天把手机都摔了。”（《漩涡里的百步亭》）

因为业主群流传某一户人家有还未送医的确诊病人，（业主）刘正凯决定亲自上门验证真假，他特意选择晚上，这样家中必定有人。出门前，他甚至戴上了驱邪的钟馗挂件，结果证明都是谣言，那单元房里没有住人。

“一个个都只会在群里传图片，瞎说八道。”刘正凯后来变得有些愤世嫉俗。（《一个武汉小区想要消毒》）

当然，更多的是医护人员，他们无疑是英雄，但血肉之躯的他们，却也宁可没有这样做英雄的机会。

病人们的CT片大同小异，简直是一个模子里刻出来的，就像眼前的这张——但这张又太不一样了，那是胡晟自己的。

（《一个呼吸科医生的“中场战事”》）

白天紧绷的神经一松，同济大学附属东方医院援鄂医疗队女医生的担子卸下，她开始忧心女儿的学习、母亲的糖尿病和自己的安危。被压下去的焦虑、惧怕和孤独，又冒了出来。（《方舱无战事》）

“我现在最大的愿望是活下来。天天看到你们，就是我最大的幸福。”武汉某三甲医院疫情暴发后新成立的感染科医生何军心想。

（《与病毒搏杀的日与夜》）

书里有守望相助：

弟弟把饭拿上来后，发现还有一张（志愿者）写给秀秀的小纸条："没有一个冬天不可逾越，没有一个春天不会到来。坚持住，照顾好弟弟，你们母亲所需的蛋白粉已在打听。当无法坚持的时候，请拨打158****5998，我和希望都会出现。"

当时秀秀几乎快放弃自己了，对住院已不抱希望。小纸条给了她一点力量，就像在一片黑暗中，"有一束光照进来"。

（《跨过长江去武汉的少年》）

1月24日除夕夜，身边在医院上班的朋友发来一段语音，一段崩溃的哭诉。这压倒了邱贝文的"最后一根神经"，她无法再继续袖手旁观，必须要做点什么。

邱贝文那晚"边看边流泪"，捧着手机在编辑朋友圈。这条后来登上微博热搜的朋友圈，在25日凌晨06：33发出来了。

"我在盘龙城，开车送161医院15分钟，送协和医院40分钟，只要医院医护人员需要吃饭，无论哪个点，提前半小时打我电话153****1171，24小时在线。"（《武汉，不能后退的理由》）

书里有形形色色的普通人，有在武汉华南海鲜市场的店主，有在武汉菜市场摆摊卖菜30余年的夫妻，有带着大包小包和棉被住在医院急诊大厅的"流落者"，有在心理热线做志愿者的咨询师，有滞留武汉的异乡人，也有在外地的湖北人，有人选择不回武汉过年，也有人选择大年初一骑了两百里摩托返岗回武汉抗疫，还有一位开按摩店的盲人：

这是他第一次独自生活，各种具体而琐碎的麻烦不停地冒出来——封城的第37天，电磁炉"扑哧"一声烧坏了，家里的电路也跳闸了；封城的第39天，卷帘门关不上了，他害怕得要命；封城的第47天和49天，冰箱隆隆作响，厨房水池又堵了……

（《一个盲人在武汉熬过50天》）

无论悲欢离合，他们即便一时被疫情的无情吞噬，为生活的艰难屈膝，但终要向前跋涉。

“你要么就倒下去，要么就一直向前走。”李少云说，她只能一直向前走。 （《一位单亲妈妈，穿过武汉最深的夜》）

正如记者在描写湖北一个普通县城麻城的文章里所写：

“这是一个湖北普通县城的抗疫，也是一群普通人的疫情生活图景，有坚守，有爱，有希望，共同消弭恐慌。他们守望相助，与整座城一起，迎来疫情后的重生。” （《一个重现烟火气的湖北县城》）

我们生活在一个越来越难被定义，但越来越容易被感知的时代。

让人间的冷暖在笔下重现，并从冷暖“自知”变成“他知”，缩短从“冷”到“暖”刻度的距离，这是我们作为新闻工作者一以贯之的执着。

澎湃新闻副总编辑　黄　杨

2020年6月4日

目　录

一线

与病毒搏杀的日与夜

新型冠状病毒肺炎疫情仍在升级，截至2020年1月25日24时，国家卫健委收到30个省（区、市）累计报告确诊病例1 975例，仅25日当天，29个省（区、市）报告新增确诊病例688例。

在疫情中心武汉，一线抗疫的医护人员面临超常压力：患者源源不断地涌入，医疗物资短缺，防护装备亦不充足。他们不得不加班加点，维持装满病患的医院运转。

有的医护人员被感染或成为疑似病例，他们的同事仍在防护不足的情况下提供诊疗服务。医院一床难求，且检测病毒的试剂盒一度短缺，有的患者无法确诊，医护们背负道德压力，告知症状轻微的疑似病人：病房满了，住不下了。

中国疾控中心主任高福接受央视采访时表示，将保障病毒检测的试剂盒下沉到基层的数量。而澎湃新闻采访了解到，目前试剂盒的供货商正在大量寻找原料货源，扩大产能供以武汉为重点的各地使用，业内人士认为急需解决后端冷链物流问题。

1月24日起，根据国家卫健委要求，上海、广东等多地紧急组织医疗队驰援武汉。25日下午，武汉市防疫指挥部决定，在武汉蔡甸火神山医院之外，半个月之内再建一所“小汤山医院”——武汉雷神山医院，新增床位1 300张。

在1月26日举行的国新办新闻发布会上，工业和信息化部副部长王江平表示，工信部正千方百计保证武汉防控物资的需求，但防护服、口罩等物资供求矛盾仍非常突出，下一步将动用中央储备来保证疫区的需要。

感染科医生：同事染病确诊难，成了我的病人

1月17日以前，何军是武汉某三甲医院某科室的大夫，1月17日上午，全院开会，宣布科室重组；当日下午，何军进入新成立的感染二科，随即接到三个危重的肺炎病人。

何军过上了每天睡眠两三个小时的生活。他负责看护近百个病人，最多的时候，医院每日接待350名以上的发热病人，整个隔离病区很快满员。医院告知门诊患者没有床位，一部分病人改去其他有床位的医院。但每天还是有大量的发热病人涌入。

第一天在感染科上班，何军和一位53岁的同事搭档，1月23日，同事出现肌肉酸痛、浑身乏力等症状，体温升高至37.9°C。查了胸部CT和血常规之后，被认为疑似感染新型冠状病毒。

直到24日下午，同事才住进了隔离病房。病床腾空的原因是，上一位病人去世了。这位同事现在成了何军的病人。

"他大概率是医院里染上的。"何军估计，他更加提心吊胆地上班。

何军甚至不确定去世的病人是否感染新型冠状病毒。1月22日之前，所有疑似病例的样本都需送到湖北省疾控中心统一检测，22日之后为加快检测速度，检测权下放到各个定点医院。据武汉市卫健委披露，22日以后，武汉全市每日可检测2 000份样本。

何军所在的医院没有可使用PCR（Polymerase Chain Reaction，聚合酶链式反应）的实验室，仍然需要送检，需要两三天时间。目前病房里还有大量诊断为"重症肺炎，疑似新型冠状病毒"的病人。

医院里用担架、用轮椅将病人运入隔离病房，没有专用电梯，也来不及消毒。按照甲类传染病管理标准，疑似病例应在单间隔离治疗，确诊病例两人一间。但何军所在的医院已无此能力，有时只能是轻、中、重度疑似病例混住在一起，"容易造成交叉感染"。

他多数时间在传染科的工作区上班，戴N95口罩和帽子；去隔离病房，要穿防护服。防护服非常厚重、不透气，脱下防护服后的何军总是拼命喝

水。何军小心翼翼地控制喝水的量。因为一旦上厕所，脱下防护服，就无法二次使用了。进入重症病区需要穿上密封的防护服，每次穿齐一套装备需要花上15至20分钟时间，且穿上后十分闷热。

武汉市肺科医院呼吸科主任、医疗组组长杜荣辉曾介绍，医用连体防护服属一次性使用，一般每隔4小时更换一次。但进隔离病房的防护服不够用。护士长总对何军说，节约，再节约，（这件防护服）能不能再多穿半个小时？防护服是易耗品，通常优先照顾护士们。护士要给一些病人输液，近距离接触，更为危险。一些为病人插管的医生也会优先穿上防护服，提防病人的分泌物喷溅出来。

找不到一件防护服的时候，有医生穿着白大褂、戴N95口罩，直接和疑似病人接触。收满病人的感染科里，有时没有护目镜，也没有头罩。

何军隔天回家洗澡，衣服全部晒完之后，还用火烤，“病毒怕热”。从浴室里出来，何军立刻吃下两片安定，何军说自己睡不着，但他必须要入睡，不然无法保证抵抗力。

孩子给何军发来微信语音：“爸爸，你要照顾好你自己。我们都等你回来。”

“我现在最大的愿望是活下来。天天看到你们，就是我最大的幸福。”何军心想。

被感染的医护：因怀孕获得一张床位，家人仍住不进来

“就地转岗。”与何军类似，负荷骤然加大之后，张闻也被调去感染科工作。他先被安排看发热病人的门诊，24小时一班。约一星期之后，张闻出现了浑身酸疼、发烧等症状。

“（转岗）是政治任务啊，我没有完成。”张闻感叹地说，他已住进了隔离病房，打着点滴。他接诊过的几位患者陆续通过咽拭子测试确诊感染新型冠状病毒，然后转去金银潭医院。前几日张闻开给其他疑似病例的药物，现在他自己用上了：抗病毒、提高免疫力的药，以及一些激素类药物。

张闻住进隔离病房的同时，当护士的李慧在医院给父母亲打电话，问他们在发热门诊排队的情况。李慧说，自己69岁的母亲走路“上气不接下气”，

父母亲都有发热的症状。令她揪心的是，由于武汉市的公共交通中断，二老去医院打针需要花很久的时间等出租车，两位老人一直没办法住进医院。

李慧自己是个病人。1月18日，李慧开始发烧，她怀着孕，先去湖北省妇幼保健院问诊。医生说，这个病（肺炎）我们看不了的；她只能回自己工作的医院看病。李慧发烧后的两天，她的父母亲相继出现喉咙不舒服、发烧的症状。

她怀疑自己是在医院感染上的，因为她发烧的前一天，医院有其他医务人员发烧。当时医院里对新型病毒没防备，护士都穿一般的工作服。李慧和发烧人员共用过一个值班室，但她也拿不出更多"院内感染"的证据。

她在自己熟悉的医院里，排长队挂号看病。到23日，李慧被认为疑似感染新型冠状病毒。领导考虑到她有7个月的身孕，为她提供了一个床位——但也不是隔离病房里的单间，只是在走廊里加出一张床。领导对她说，床位太紧张，无法再照顾她的父母亲。

"如果实在排不上队，只能回家自我隔离。"躺在走廊里的李慧给父母打电话。电话里有嘈杂的背景声，她听不清父母在说什么。李慧转头发了一条微博，附上母亲的胸部CT和血检报告，呼吁网民帮助二老。这条微博获得了一万多次的转发量，但截至1月25日晚间，李慧的父母仍没有获得床位。

呼吸科护士：口罩超时使用，同事担心感染家人而在外租房

护士王文霞说自己的身体已经吃不消。

与何军、患病前的张闻类似，王文霞最近也过着"白班连夜班"的生活。白班指的是早上七点半上到下午三点半；三点半下班以后，要帮助下一班的护士接班，一般要等到五点左右；她接着要上一个后半夜一点到上午九点的夜班，再之后能休息一个白天，直到晚上五点，再上班到凌晨一点——她就这样度过了农历年的最后三日。

王文霞所在的呼吸二科也是紧急成立的。所有的病房都住满病人。医院原有的其他科室则打乱合并，全院职工都在连轴转。

她说，现在口罩和防护服非常紧缺。一个本应使用4小时就抛弃的口

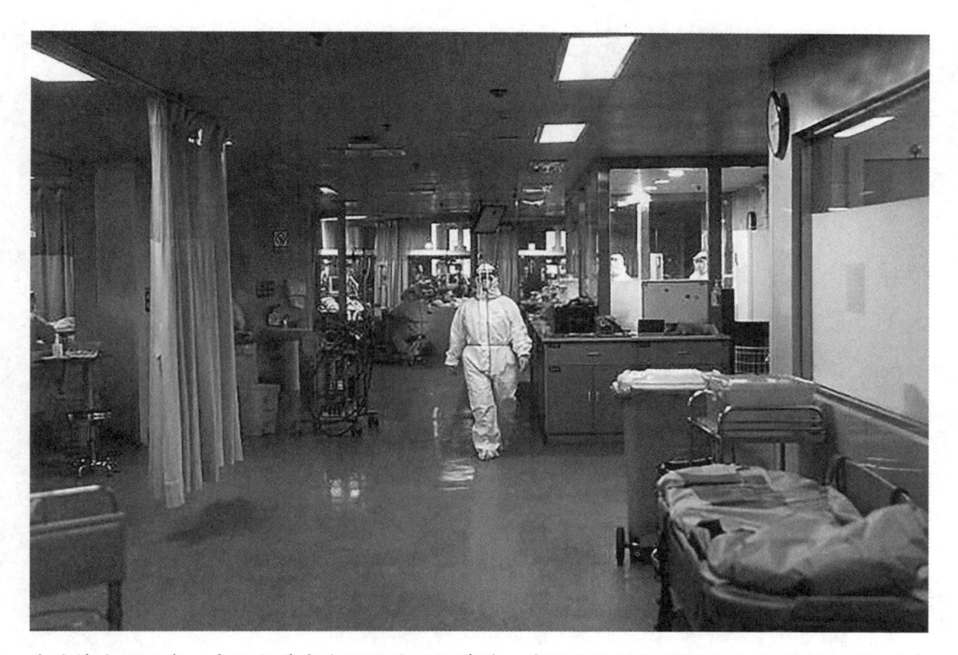

自疫情出现以来，武汉大学中南医院重症医学科一病区收治了该院80%以上的新型冠状病毒感染肺炎危重患者。澎湃新闻记者郑朝渊、卫佳铭　图

罩，有时能用上几天。她沉重地叹了一口气："希望口罩能赶紧到货……"

隔离病房里的病毒性肺炎患者需要护士频繁地照顾，因为他们都打消炎药水，比如免疫球蛋白；这类药水要控制浓度，所以只能用50～100毫升的小瓶给他们输液。输液室常见的都是200毫升的大瓶。每过10～20分钟，王文霞就要跑去给他们换新的瓶子。

病人以老年人居多。她每天盯着的几个病人大多缺氧，需要吸氧或者直接上了呼吸机。

王文霞的家人不断给她打电话，接通了电话，家人又说，你快去睡觉吧，醒了再聊。她把所有的空余时间都用来睡觉，几乎没有看手机的时间。

在公交、地铁、轮渡、长途客运停运之后，1月24日12时起，武汉的网约车也停止运营。但王文霞太忙了，又不愿意把手机带进有病毒的隔离病房里，于是对时事新闻跟得不太紧。就这样，24日那天她结束了后半夜的夜班，却发现叫不到网约车，她回不了家了。

焦虑了一天，她终于加入了一个免费接送医护人员上下班的武汉志愿者群，等到下午三点，有志愿者提出能接送她下班，王文霞才踏上回家的路程。一路上她没和志愿者司机说话，担心把沾染的病毒传染给对方。

她的家人本来说要开车来医院接她，但她又担心把病毒传给家人——虽然离开医院前她会洗澡、全身消毒，但还是不能掉以轻心。

不仅不让家人来接她，王文霞还让家里人全都搬去另外一处居所，不要和自己度过除夕。本该吃年夜饭的时间，王文霞下了一点速冻水饺。在她的医院，很多医护人员不愿回家。有的人托家人帮忙，在医院的附近租了房子，也有的人住在同事家里。

除夕夜的王文霞还在忧心明天有没有人送她上班。及时到岗对一名护士很重要，只有她熟悉几位病人的病情，其他护士代替不了她。她陆续加了好几个武汉志愿者群，发现还是医护人员多，私家车主少。王文霞只能尽量地多加群，多发信息，多提要求。

“要是有沿路接送医护人员的班车就好了。”王文霞说。

急诊科医护：大量病人住不进来，着急想哭

护士吴悦在急诊科工作，最近大量病人试图住进医院，而急诊科只能拒绝他们，“我们真的心痛着急，但也无能为力”。

发热门诊是医院接待疑似病毒性肺炎病人的主要场所。但有的病人有一些小心思，吴悦说，一些病人不愿意先去发热门诊就诊，“他们觉得，我没有那么严重，我去发热门诊，说不定感染到别人身上的病毒了”。

这些病人到急诊科以后，急诊医生也会给他们拍胸部CT，结果许多病人的病情相似。而急诊科的床位远比发热门诊还要紧张，这时病人想要回发热门诊排队寻求住院，已经来不及了——发热门诊优先照顾第一站选择发热门诊的病人。

医院早已住得满满当当。吴悦所在的急诊科，有三张抢救床，每天都有高度疑似感染新型冠状病毒的病人在这里抢救，这些病患与普通患者之间只隔着一道布帘子。

1月23日，吴悦所在的急诊科接诊了一个高度疑似的病人。这名病人是早上七点多钟来就诊的，八点多钟，他突然倒地，胸部CT片显示，他的

双肺“全都是碎玻璃状”。可是急诊科没有空的病床。

医院里来就诊的高度疑似病人没有间断过，没有医院可以去，他们只能守在这里。因为急诊科不具备相应的隔离条件，高度疑似病人在这里“走来走去”。一名病患曾对她说：“即使我住不进来，我也不能回家呀，我不能传染给家人。”到了晚上，病人自己离开了。

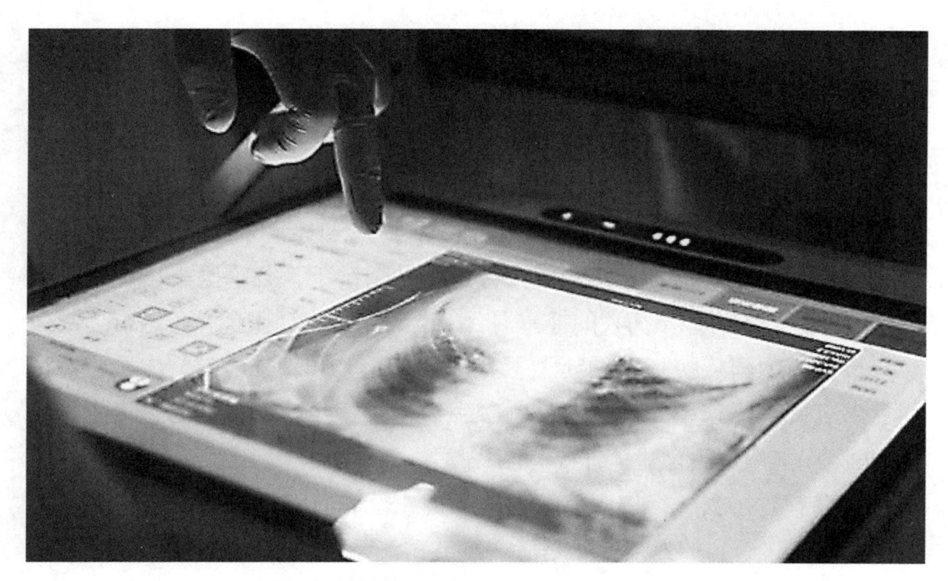

医护人员在分析患者胸片。澎湃新闻记者郑朝渊、卫佳铭　图

也许这名病患去住宾馆了。吴悦听说有不少住不进医院的病人做了这个选择，他们不敢回家。

吴悦急诊科的一个同事已被确诊，被送去了隔离病区。吴悦的母亲对她说，“你回来吧，不要在医院里待了”，但哥哥说，妹妹不能回来，家里还有老人。吴悦觉得哥哥说得有道理。

另一边，她还得面对急诊科里情绪失控的病人家属。目前急诊科优先救治感染新型冠状病毒的病人，其他病人家属有的围上来质问：怎么先去抢救别人？而一旦被解释说那些都是高度疑似肺炎患者，这些家属又去找陪着来的肺炎病患家属，“我求求你，你赶快回家吧，不要祸害我们”。吴悦的心坠下去了一点，又一点。

药剂生产企业：试剂原料短缺，冷链物流要跟上

针对基层确诊难的问题，武汉市将检测权下放到各个定点医院。武汉市卫健委1月22日表示，武汉全市之后每日可检测2 000份样本。

没有公开数据披露武汉市每日的送检样品总量。在一家江苏药企担任高管的王安向澎湃新闻记者分析，SARS爆发时，江苏省要求各定点医院至少储存25 000人份的检测试剂，当时大概能用上一周左右，“储存更多就没意义，医院没有人手可供更高频率的检验”。

王安又称，按照武汉市留守人口为1 200万～1 400万人估算，疫情暴发同时，如果前后共有1%的人口出现发烧症状，则全市需求的试剂总量在12万份左右。王安猜测，实验室资源紧张的情况下，各家医院可能在进行“混样检测”，即将几位病人的样本混合检验，如果出现阳性，再进行追溯。

目前，中国疾控指定的新型冠状肺炎病毒（2019-nCoV）核酸检测试剂盒供应商有三家，分别是上海辉睿生物科技有限公司、上海捷诺生物科技有限公司与上海伯杰医疗科技有限公司。

上海辉睿接受《经济观察报》采访时表示，目前公司每日生产两三万人份的试剂，遇到的最大问题是后端冷链物流无法跟上。

而据澎湃新闻报道，首家研制出新型冠状病毒核酸检测试剂盒的上海捷诺正在开足马力保障检测试剂盒的生产和供应。该公司表示，1月23日晚，他们克服物流困难，通过专车直送，连夜将2万人份检测试剂盒发至武汉疾控。24日，捷诺计划生产12万人份。目前，试剂盒已经送往了全国大部分省份，包括香港、澳门等地区。

王安透露，比照公开数据，虽然上海辉睿一家的产量就足够供应武汉获得授权的所有实验室，但三家供货商目前正在大量寻找生产试剂需要的原料，有的直接在行业微信群里讨要货源。

“企业之间，不到万不得已不会这么直接。”王安估计，全国疾控及各级医院可能都在向这三家企业要货，那么上海辉睿每日生产两三万人份还远远不够。

王安忙于与各级卫健委、疾控中心联络，兜售自家生产的试剂。“这项

技术不难。”王安说，产量不能提高的原因，一是只有三家供应商，二是一些需要进口的原料不够使用。有的生物酶需要进口，最近过春节，通关效率变慢；生产试剂盒还需要用到许多的塑料盒、塑料小管，大量原件很难在春节期间到位。

“因为紧缺，有的地方已经把试剂盒的价格炒上去了。”王安说，“试剂盒的出厂价是60元/盒，但有的供应商私下卖给湖北有些地方的疾控中心，价格开到150元/盒。”有的材料价格肉眼可见地不断上涨。王安还听说，包装试剂盒专用的箱子原价3 000元，被有的厂家炒到了6 000元。

不单试剂盒的生产原料紧缺，诊疗中必备的防护物资材料也在告急。

王安想帮忙订购一批口罩。他询问了医药圈内的20家厂商，发现原价每个两三毛钱的一次性医用口罩，厂家的开价已变成每个一块五，而且“你不要拉倒”。这也是口罩企业最后的存货，“无纺布已经用完了”。

另一边，是王安平时在医疗系统内的客户表示，多高的价格我们都买，哪怕有些没有质检报告的，我们也买；因为有质检报告的安全防护用品实在不够用，哪怕买到一套次品，都比直接让医护人员“肉搏”要好。

王安说，在需求爆发的时候，他觉得试剂厂商不会故意地以次充好，因为一旦试剂质量不过关导致误诊，后果会非常严重；至于口罩、防护服等安全用品，“那东西4小时换一次，很难追溯”。

1月26日，长江网记者从武汉市委常委会上获悉，当前武汉市已到货并协调运送防护服1万件、N95口罩80万只、一次性医用口罩507.42万只、护目镜0.42万只。

而市场监管总局也于1月25日发布公告，要求加强口罩、消毒杀菌用品、抗病毒药品及相关医疗器械等防疫用品市场价格监管，维护防疫用品市场价格秩序。凡捏造、散布涨价信息，大量囤积市场供应紧张的防疫用品，大幅度提高销售价格，串通涨价，以及其他违反价格法律法规的行为，各级市场监管部门要依法从严从重从快查处。

（文中受访对象为化名）

采访、撰稿/葛明宁、黄霁洁、杜心羽、陈媛媛、张卓

编辑/黄芳

我所了解的“红会”抗疫行动

在“封城”抗疫一周后，武汉市多个定点医院物资告急。1月31日晚《新闻1+1》节目中，白岩松连线武汉市市委书记马国强，对方称“目前所有医用物资处于‘紧平衡’状态，就协和医院来说，可能现在还有，不能保证两个小时以后还有没有，三个小时以后有没有。”

承担捐赠物资接收和发放的红十字会也成为关注焦点。1月30日，在辟谣从未向某医疗队收取捐赠服务费后，武汉市红十字会再度辟谣网上“山东寿光援助武汉350吨蔬菜，武汉市红十字会通过超市低价售卖”的传闻，称从未接收任何单位、任何个人捐赠的“寿光蔬菜”，更没有参与该批蔬菜的分配、售卖。

身处舆论漩涡，1月31日，武汉市红十字会专职副会长陈秐接受《长江日报》采访时坦承，面对疫情，预料不及准备不足，每天接收的物资量巨大，仅仅靠市红十字会的力量无法保证高效和迅速，之后迅速招募了志愿者，并每天总结问题及时调整。

韩雪是武汉红十字会“外援”的志愿者。武汉“封城”后，她所在的善缘义助慈善基金发出倡议书召集志愿者，辅助武汉市红十字会的话务和物资运输工作等，也因此有了与红十字会近距离接触的机会。

以下为韩雪的口述：

1月23日上午10点武汉“封城”，市内公共交通停运，抗疫一线的医护人员出行成了问题。我们基金的执行秘书长张小艳与我商议，是否可以发动善友用私家车接送医护人员出行。

我们当即写了一封倡议书，倡议有私家车的市民志愿接送医护人员上下班。善友们通过朋友圈转发，到了24日那天就有4 000多名志愿者响应。这是我完全没有想到的。

我们基金是2009年发起的，当时我们是参加《楚天都市报》的爱心助学活动，目前我们的基金还是以助学为主，但是每当社会上出现灾情，我们的志愿者都会冲到第一线，比如雅安地震，比如大雨水涝等。在基金逐步壮大后，我们将基金会部交给武汉市慈善总会，合理合法地进行募捐活动，已经坚持了11年。

当初倡议志愿者的初衷，就是接送医护人员上下班，如果医护人员不能及时到医院上班，那些病人怎么办？何况抗击这次的灾情的主力军就是他们。没有想到我发朋友圈后，刚好被卫健委的朋友看到了，她正好在红会协助应急工作，就给我打电话，问能不能组织些志愿者到武汉市红十字会接听电话，那边很缺志愿者。我接到消息，立刻把志愿者招募的需求发到了群里，一个小时不到，就有十多个志愿者响应。1月23日晚上我带着9个志愿者到红十字会接听电话。在这之前，我们与红会没有任何的接触，我们基金的主管单位是武汉市慈善总会。

到红会才发现，他们的工作人员只有11名，而当天晚上对外发布的电话有5部，到后来增加到17部，我们的志愿者和红会招募的志愿者负责这些电话的接听。从大年三十开始志愿者分早班、中班、晚班，每天24小时三班倒以确保有人接听，每个座机一天接听4 000频次。善缘义助接听组的志愿者们每天18人次倒班，累了趴在桌上睡，饿了吃方便面。从第一批9名志愿者到岗，到现在话务组已经有143人了。

为什么武汉市红十字会向我们要志愿者，有两个原因：一方面正值春节假期，人员调动肯定没有平时那么方便，另一方面是我们基金率先发起接送医护人员的志愿者团队，有些是老善友，有着良好的组织素养。红十字会是慈善组织，平时没有紧急情况，肯定就没有这方面的应急后备，可以理解，面临如此突发而严峻的疫情考验，任何一项准备都需要时间。

这是我第一次带领团队做志愿者来协助武汉市红十字会，抗击疫情人人有责，而且红十字会作为官方组织提出需求，我们也肯定会配合执行。

大年三十的晚上，第一批援助武汉的物资送达了武汉市红十字会位于光谷的仓库，接近次日凌晨零点三十分，红十字会负责志愿者工作的刘主任还在与我们的志愿者搬运物资，年初一的凌晨一点多钟刘主任又给我电话，“能不能再找几个志愿者过来帮忙搬运物资？”当时很晚了，我也不知道怎么办，可想而知，面对每天的各种情况，都不是谁说了就能解决的。

年初三的时候，我又去了武汉市红十字会办公室。志愿者在这边工作有三天了，可能会有些问题积压着，我想这可以协调沟通一下。话务组志愿者反映：“海外捐赠怎么进海关？外省捐赠物资车辆能否进入武汉？善款什么时间对外公布？”这些都是电话咨询的高频问题。前几天一直没有统一答复，我就去和红十字会的领导一一讨论给出志愿者统一答复的样板，之后就给话务组和部分物资组的志愿者开了培训会。

据我了解，武汉市红十字会只有一个会计，那么多善款打到红十字会的账户，一个人根本统计不过来。红十字会就向上级反映，后来听说统计局有大概20个工作人员在加班加点统计善款明细。网上有很多人在问为什么数据还不公开？在我看来，还是怕出错，那么多的数据，成千上万条，谁敢承担统计错误、统计遗漏等问题的责任？做得慢一点，尽量少出错，可能是工作人员的想法。

红十字会的工作人员这段时间工作其实非常忙，主任及其他工作人员加班到凌晨的时候都有。包括负责话务组的红会工作人员，放下电话，都是一路小跑着往返洗手间，没有一个人是容易的。但有没有问题呢？肯定是有的。比如应急机制薄弱、承担责任的主动性不够。早上打电话让话务组告诉捐赠者将货物送到光谷的仓库，可能去了后发现仓库装满了，又得去新的仓库，这些因为信息不对称而产生的问题，在忙乱中时有发生。

再比如，仓库满了，红会工作人员没有办法协调其他仓库，又没有好好地去解释，造成志愿者与捐助者产生情绪，总之，超出自己工作范围的，都不愿也不敢多担待，这是我看到的客观问题。在这期间，有一个捐赠者直到现在都有很大的情绪，他向我反映，仓库满了，他们可以自己找场地存放，红十字会是否可以安排运输货物的司机和工人几天的吃住？但是就这一点事，他反映了几次，都没有答复。我也帮着协调，但是也没有结果。

另外，有一个还没有解决的捐赠问题。1月30日有一个捐赠者要捐赠消毒液的原液，希望可以在武汉当地工厂加工，再运送给医务人员使用。因为捐赠成品消毒液，一辆货车拉的数量很有限，而且货车司机回去后就需要隔离，没有那么多货车司机可以雇佣。

而捐赠一车消毒液原液，可以加工成的消毒液有10多辆货车的装载量，就不需要多个司机进出武汉送货。捐赠者留了两个武汉市可以加工原液的工厂信息，我们志愿者反映给红会，没有得到解决，又反映给我。我给其中一个工厂打电话，工厂说工人最早年初十上班，能来多少人还不能确定，更不要说生产，而且消毒液稀释的标准以及产品质量的把控等，还有许多问题每天都会遇到，但红十字会很难一一立刻解决。

志愿者在武汉市红十字会主要分担哪些工作呢？我们分为话务组和物资组两个志愿小组，总共有近200人。话务组负责信息的收集和分发，面对捐赠者提出的各种疑问，告诉他们应该准备哪些证件，把货运到哪个仓库，包括如何进出海关，是否有定向捐赠意向，哪些需要红会的协助等。

物资组负责搬运、运输医疗物资，包括口罩、护目镜、防护服、医疗仪器等。有些时候捐赠者的物资在高速口进不来，物资组志愿者就组织货车到高速出口卸货。如果物资捐赠者有定向捐赠单位，志愿者也会引导到定向捐赠单位，让捐赠方与接受方开具定向捐赠证明，有外省捐赠物资的，出城时红会会开具通行证。此外，红十字会光谷仓库和汉阳国际博览中心的仓库都有大量志愿者在协助搬运物资入库。

在网上有评论说红十字会“只签收不出库”，据我所知，入库的医疗物资运到哪里、支援哪个单位是需要听从疾控中心、卫健委的统一调度的，志愿者再协助搬运出仓。给谁不给谁不是由武汉市红十字会决定的。武汉市红十字会的工作，是接受捐赠并核实医疗物资是否符合国内医用防护标准，以及物资的仓储等工作。

这两天关于红会的负面消息很多，我能感受到办公室里氛围有些压抑，工作人员和志愿者们都不爱说话。有时候看到关于红十字会的负面消息，志愿者会私下里截图发给我。

在武汉市红十字会协助工作的志愿者大多数都是武汉市的普通市民，都是自发自愿的善友，不计得失工作在一线。他们中有广播电台的播音员、警察、公务员、普通职工等不同身份的人，就是认真做事，也不提自己是做什么么的。

我仅仅能代表的是抗击疫情的红十字会的志愿者，希望志愿者的付出可以得到公众的认可。在大疫当前的特殊环境下，可以多监管多提意见，更重要的是多行动，大家同心协力，让我们的武汉早日度过难关。

采访、撰稿/刘昱秀

编辑/黄芳

来自农村抗疫一线的声音

新冠病毒疫情肆虐，抗疫也从城市席卷至农村。

1月27日，国家卫健委疾控局一级巡视员贺青华在国家卫健委新闻发布会上谈到农村防疫时称，春节前大批人员从城市返乡，春节期间也有走亲访友的，加上之前的农村人群没有抗击非典的经验，因为非典主要在城市，防范意识比较低，所以成为眼下防疫战的薄弱环节……现在的确还有一些地方行动不迅速，还有一些地方行动不是太果断。

河南农村地区的行动力却在此次抗疫过程中颇受好评，其中举措就包括动用广播站、巡逻等方式排查武汉归豫人员，采取封路、干部把守村口的方式来限制人员流动，甚至还有村干部把防疫要点改编成快板、豫剧等进行宣传。

今年51岁的刘星（化名）是河南省濮阳市某县下属村庄的村医，他所在的行政村有三个自然村，两千多村民，只有他一个医生，他一做就是34年。1月22日开始，他密切关注疫情，每日奔走在农村防疫一线，春节期间也并未落闲。

以下为刘星的口述：

（一）

年前的时候还和往常一样，我六点起来到诊所打扫卫生，然后给村里不能走动的老人打电话，问问病情有没有啥变化。没啥情况的话我就把输液的药配好，骑个自行车，车篓里放个包，包里装着药，去给人扎针。

年前大雾天多，骑车的时候可冷了，我就戴着手套、穿上棉袄，花一个小时一家一家扎过来，看着天一点点亮起来。回到诊所后就开始给别人看病，年前看的大多是感冒，一天能看一百多个病号，特别忙。诊所也不大，走廊上都是人，站着的、蹲着的都有。

我从早上出诊，一直到下午三点才吃上午饭，有时间了泡个泡面，晚上十点再吃一顿。这么多年一直这样，习惯了。

冬天流感病多，我还记得一开始开诊所就是在冬天，第一次给人看病晚上都睡不着，一直担心给病人用上药了没有效果，就连看个感冒发烧的小病都会紧张。但这次，感冒发烧可不是小病了。

1月22日的时候，我在手机上看到了新冠肺炎这个事情，说有41例感染者，病因不明。大伙说说笑笑，其实他们根本认识不到问题严重性。那会儿我这也没人来检查，消毒液、口罩啥的都没多少存货了。

等到大年初一，市政府召开电视会议。所有卫生院、诊所的人，各村的支部书记和村委会主任同时在乡政府参加。我们乡有五十几个大队，一个大队来三个人。会议从早上九点五十开到下午两点，介绍新型肺炎的情况，也培训了一下村医。

开会之前上级还临时发了口罩，一人一个，戴上之后才开始开会。开会的时候我感觉这次疫情非常严重。我也和其他乡的村医说了，大家都有顾虑，说我们没有防护措施，还要冲到一线。当时村医们就向有关部门提出要求，认为标准化的口罩要有，有关部门的人说：没有，口罩买不到，个人想办法吧。

开完会之后，上级给了我一张武汉返乡人员名单，名单上的信息是通过移动公司、铁路系统等排查出来的。拿到名单后还不能走，就在开会的地方，村医们一个个地开始打电话，问名单上的人在什么地方上的车，坐了哪辆车，在哪停过，平时在哪住，啥时候回。等统计完了再填上表格交上去，我领了体温计、消毒液和口罩，回去要发给这些电话联系过的返乡人员。

前期发给返乡人员的物资，上级说诊所里有的先拿出来，等后期发完了再去找卫生院拿。

这个措施是对的，这回正巧赶上春节，外面回来的人多，正是串门的时候。我回到村里就听到村里喇叭通知不让串亲戚了，婚丧嫁娶红白喜事都停了，饭店也关门了。

（二）

我们村里从武汉回来的有六个，都住得很分散，在家隔离。我的工作就是给他们一个体温表，他们量完体温之后报数，都没有出现发热的情况。

我回去之后就送东西去了，小伙子22岁，从武汉打工回来，家里四口人。我把他叫了出来，不进他家。我们加了微信，我让他每天早晚量体温，向我汇报全家身体状况。他说自己早量了，天天都量，一直正常。年轻人知道的多，意识也好，很听话。我交代几句之后村干部在他家门口拉了根

武汉返乡人员在家隔离

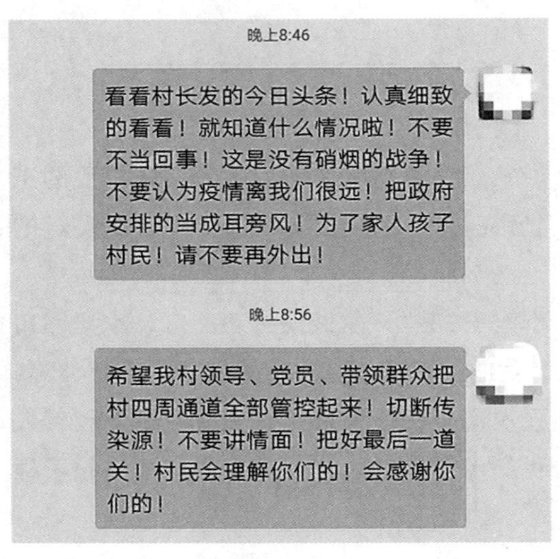

刘星在微信群里进行防疫宣传

绳，挂了个纸牌，写上“来自疫区，居家隔离”。

其实去的时候我心里也紧张，就跟非典那会儿一样的心情。我只有一个口罩，还好他们都没发烧，回来时间长的人都快过隔离期了。

那两天我就天天往他们家跑，量体温。三个行政村之间有两三里地，路封了只能走路，我没有防护服，就戴着口罩，一天步行一万九千步。

送完防疫用品后，我就不用天天上门帮人量体温了，都是他们量完之后微信发给我结果，全家的体温状况、是否有咳嗽乏力的症状，我就在微信上问完之后填表记录。

初二早上八点，村委会派人开着挖土机过来，把村和村之间的路用土给堵上了，街上也没什么人。我早上起来第一件事，就在我们村的微信群里发信息：“为了我们村的村民、孩子自身安全，为了有效控制疫情发展，请你们不要外出，在家隔离。”

我们村喇叭里传来的村委会主任、村支书的吆喝，也是这些很严肃的内容，说“不让串门，不要外出”。其实喊也没啥用，人们意识不到，村里还是有人扎堆。

我闲着就去街上转转，看有人在外边扎堆就把他们劝走，也没人组织，我是自发去劝的。我就感觉扎堆不好，上午劝了有十几个人，农村人喜欢在外面说说话，晒晒太阳。

一般劝说也要有十来分钟，刚见面的时候也不好上去就说这个事，一般先打个招呼，说在这玩了啊大爷？现在疫情很严重啊，发展很迅速，前边一个村有个人跟别人一起喝酒，结果成了疑似病例，他接触的二十多个人都得追踪过来。晒太阳还是回家晒吧。他们就笑笑，也不好意思反驳。

我就站在旁边等着，一个人走了其他的也就走了，他们走了我才回去。

扎堆的大都是五六十岁的中老年人。

这会儿我又看见了两拨人，总共十几个，在打麻将，我一会儿还得去说说。

（三）

初四早上六点多，街道卫生院通知我，说是村里又排查出一个从武汉回来的。

我那会儿刚起床，心里可烦，本来就可忙了，还得再去趟卫生院，我这物资发完了得去拿。结果等我把口罩、消毒液和体温计拿回来，又接到电话说排查出一例，我就又得去一趟。卫生院离家有五六公里，我光上午就开车跑了两个来回。

物资都由卫生院院长保管，太缺了，控制得可严了，只有院长有钥匙。我去的时候院长开会去了，我还在门口等了半个小时。

这个新排查出来的人不是我们乡的，是邻乡派出所排查出来的，他的手机号是用他媳妇的身份证开的，之前没查到他。而且他没有在我们村住，而是在一个开发区住，离我们村有两公里，他从武汉打工回来，我把他叫了出来。

那天雾霾特别重，大风刮着，他四十多岁，拎着个大黑塑料袋，也没戴口罩。我在路边把东西（口罩、消毒液、体温表）给他，说回家之后自行隔离不要出门，让他把家人的户口本身份证拍照过来发给我，每天量两次体温。

我们这边隔离的全部是与武汉有关的，有的是从武汉过，跑车的（开货车的），打工的。名单上的人只要自行隔离14天，基本上都没什么安全隐患，已经过了潜伏期了。

我现在上午诊疗病人，大家都知道这个肺炎，看病都戴着口罩。然后把隔离人员的全家体温情况汇报一下，下午没啥事就出来转转，看到有人聚集就劝阻一下。

现在病号没有那么多了，路堵了，远路的病号过不来了。年初三开会通知说外村病号不让看了。年初四上午有个外村的病人煤气中毒昏迷，家人打电话说他没法过来，我就把配好的药放在村口让人来取。农村拦不住，大路封了有小路。

村子路口被堵上，留一个口子用于紧急通道

村里吃喝都没啥问题，年前都备齐了。大年初一不让串亲戚，吃的喝的都有。现在路口轮流有村委会的人值班，本村的车出去要登记，四个小时必须回来，别村的车不让进，拉个横幅拦住，只有本村的和拉生活垃圾的车让进。

今年过年我也没串亲戚，我倒是感觉轻松不少，不用礼尚往来了。家里人也不出门，就在诊所给我帮帮忙，打扫卫生。晚上关门之后，我们一块儿拿着紫外线灯管给诊所的每个房间消毒，有一天我拿着那灯管，也想给自己消毒，但这灯管也不能对着人身上啊，哈哈哈。

（四）

之前疫情还没有这么严重的时候，我没被要求戴口罩，而现在要戴口罩和橡胶手套。口罩要求四个小时更换，但我之前只存了一个口罩，戴了好多天了，84消毒液也是原先剩下的。之前进货的时候我没有进口罩，想着自己存得够。年前我还卖出去点口罩，有年轻人来看病时候买的，那时口罩价钱也是在进价基础上加上个几毛钱，平价卖的。

结果疫情暴发后，口罩都发给返乡人员了，家里只留了一包，一包就十个，家人孩子戴戴，我就剩这一个了。我也想在网上买口罩，但早都没有了，想去市里买也没有时间，因为晚上十点诊所才关门。这次乡里村里个体的诊所都关门了，但我们这个搞防疫的集体诊所不能关。

家里人也担心，想消毒但是没消毒水，无可奈何。

我记得我从卫校毕业后去县里医院实习，家里条件差，就买点白纸剪开，用绳子穿上做成本子，每天晚上抄病历。那时候加班学，晚上学到十一点多，蚊子多，我就用个塑料袋把腿套上，那种装化肥的塑料袋。那会儿不也过来了吗？

家里孩子也劝："别看了爸，疫情真严重，关门吧。"我跟他说："这不能关门，在这种时期，国家需要我们的时候，我们这个职业的人必须冲到前面。"不光孩子，我的姐姐从山东也跟我打电话说："注意防范，注意防范。"

还能怎么防范？这没法防范。我找到我原先的外科手术手套，戴上手套、口罩，晚上用紫外线灯管给诊室消消毒。我感觉我的抵抗力强，连感冒都没有得过。

说不怕吧，那是假的。之前经历过非典，现在想想都是冒着生命危险去的。

那会儿在外面打工回来的人都要被隔离，不让回家，搭个帐篷住进去每天让家人送饭，固定几点见，每天量三四次体温。帐篷里穿得薄，很容易就感冒了，有人发热了就打电话把那人送到县医院，也不敢给他看就拉走了。我当时也遇到了三四个发烧的人，疫情持续了二十多天。我回家的时候只是用84消毒液洗洗，吃饭睡觉还跟家人在一起，现在想想都后怕。

没想到我干了几十年村医就经历了两次大事。我们开会的时候还说年后公共卫生这块我们不干了，要交给乡卫生院。但我们是医务工作者，在疫情面前是毫无怨言的。不管以后怎么样，在国家有难的时候不要提条件，我们付出了他们会看到就行，努力做好群众的防疫工作，但求保一方平安。

采访、撰稿/沈文迪、马婕盈

编辑/彭玮

一个呼吸科医生的“中场战事”

那是一张“典型”的病毒性肺炎的CT片，白色，双肺外带渗出影，高度疑似新型冠状病毒感染。

医生胡晟对它太熟悉了。在湖北省第三人民医院的发热门诊，他每天接诊一百多个病人，大概一半都是这样的肺：像一块磨玻璃影，密度随着病情发展越来越大，从薄薄的白纱变成一块厚实的白幕。

病人们的CT片大同小异，简直是一个模子里刻出来的，就像眼前的这张——但这张又太不一样了，那是胡晟自己的。他有些意外自己感染上新冠，却又很快用他一贯的冷静，做出专业判断：情况还好，在家自行隔离，服药，应该可以治好。

这天是大年三十。胡晟在战场一样的发热门诊“负了伤”，暂时退场。但在家休整的十来天，他整个人都“很慌”，想到同事们在外“拼命”，他很想尽快回去。

以下是胡晟的口述：

（一）

刚开始生病的时候，我感到乏力，伴有食欲减退和轻微的咳嗽。可能有低烧吧，但我没有注意，一开始觉得是没休息好。

之前天天都住在医院里，晚上没在家里吃过一顿饭。大年三十，因为要和家人见面吃年饭，我觉得要提前做个CT检查一下，以防万一，到时候传染给家里人可不好，结果一做就发现真的有问题。

唉……那张片子是非常典型的。我看过的患者当中，十个人有四五个都是这样的肺，简直是一个模子里刻出来的。我以前在住院部很少看到有病毒性肺炎病人住进来，平时要是见到一张这样的CT片，会觉得很稀奇。现在不知道怎么说，到处都是。结果出来之后，我周围好多女同事都哭了，其实我这个人是不喜欢哭的，不到万不得已一般是不会落泪的，但是她们那种情绪，搞得我当时都有点控制不住了。

但是我沉着下来分析了一下目前的情况，觉得还好，不过是个小小的意外，也没什么大不了的。毕竟我们是搞这个的，病情多重，到什么程度，需要怎么治，心里大概有个谱。当天我把片子给主任看了，汇报了下情况，然后他们给我拿了点抗病毒药，我就回家了。

在家里我一个人隔离，孩子和老人住在一起。得病之后，我跟家里人说了一下情况。我妈也是学医的，她大概知道这些东西，我告诉她不必惊慌，平时注意科学防护就行了。我没跟我爸说，他在外地，本来过年要回来的，但是因为这个事（疫情）也没回来，我就没跟他细说。

我姐姐听到我得这个病，哭得真的是吓死人，我说哎呀你哭啥，我在家里休息几天就好了。一般人都觉得得了这个肺炎会很恐怖，像瘟疫一样的，实际上没想象的那么严重，对于年轻人来说，就是比感冒要重一点的病。我接诊的患者中间大部分都是轻症，很少有60岁以下的病人出现危重症。

当然如果没见过这个病，肯定还是怕。如果是刚工作第一天，我要是得了这个病还不是吓得要死。

我也有同事感染，前段时间我还去看过我的一位同事，大家都在一起上班的，现在病倒了。我还看到有医生进来住院的，住了十多天了，现在还没好。还有一位医生病情很重，被转到传染病医院去了。虽然平时跟他打交道不多，但我还是很担心他的情况，因为这位医生不是呼吸科的，是神经内科的，所以面对这种情况，他心理上的压力可能更大。

（二）

医务人员感染对我来说是很意外的事情，就像当时我看到自己的检查结果时心里还是会“咯噔”一下。当然我只是很惊讶，并不是害怕，怕的话我就不会去发热门诊干了。

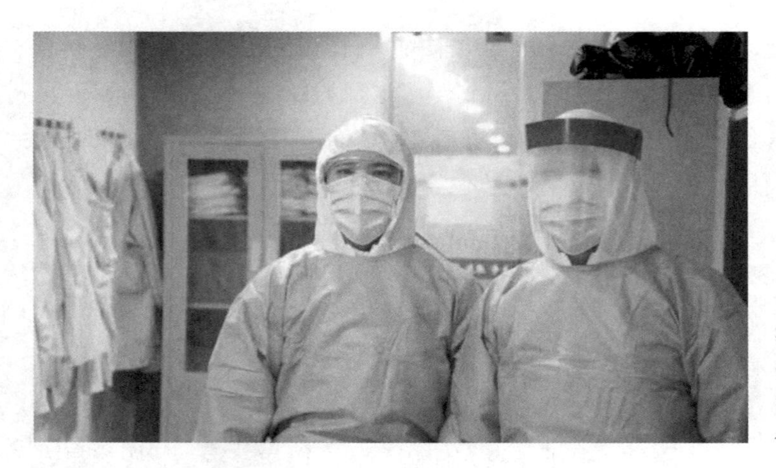

胡晟（左）和他的同事。图片来源：湖北省第三人民医院

我原先是呼吸内科的医生，以前在住院部，门诊去得少。2020年1月8日，医院里的发热病人越来越多，医院紧急让发热门诊重新开业了，我被派去发热门诊做负责人。

当时发热门诊成立的时候，主任把我们叫到一起，问我们谁想报名，我想我就勇敢一点吧。我们科室这一排医生都是女性，就我一个男的，而且这些女医生都比我大，都是我大姐姐，你说我是不是应该体谅一下。哪知道这个病情根本不是一个发热门诊就能够解决得了的，他们上面（住院部）也忙疯了。

呼吸科原来只有一个病区，现在有四个，这是什么概念，想都不敢想的。我们呼吸科的人现在稀释到了四个病区里面，人员非常紧张。

刚开始的时候，大家都是Ⅰ级防护，要戴口罩。到1月中旬，我们觉得问题变得严重了，赶紧把防护等级提升了。

在发热门诊，一天我得看一百来个号，以前各个号之间能休息一下，中午也能休息，现在是全天连着不停地看，看得慢了病人还有意见，有些人比较急躁，有的想要插队，护士就会出来维持秩序。我们搬了很多椅子，多数人可以坐下，排在外面的只能站着。我会对急躁的病人说："你越吵，我工作效率越低，你要等的时间越长。"有时其他病人会帮我劝说这些人，多数病人能耐心地等。

现在最头疼的事就是床位不够。住院部的压力非常非常大，可能也就一两张空床，那你说送哪个病人进去呢？我们门诊医生要不断跟住院部沟通，需不需要收，能不能收。

每个病人我都想送进去，但是住院部那边已经是饱和状态了。一个隔离病房只能收一个病人，现在病人多了，传染的风险也在增大。好多人都打我电话，还有很多熟人都说要住院，我说怎么办呢，我不是不帮忙，医院确实就这个条件，没有办法。

这是我非常矛盾的地方。病人有需求我们满足不了，但是我们又很想为他去解决这个事情。说得冠冕堂皇一点，真的可能有这种职业使命感。医生看到病人排队多得不得了的时候，就想怎么样把这些病人（的问题）快点解决。

我觉得一个医生的出发点就是想尽各种办法给病人解决问题。治好了病人是没感觉的，病人治不好，就会非常的内疚。

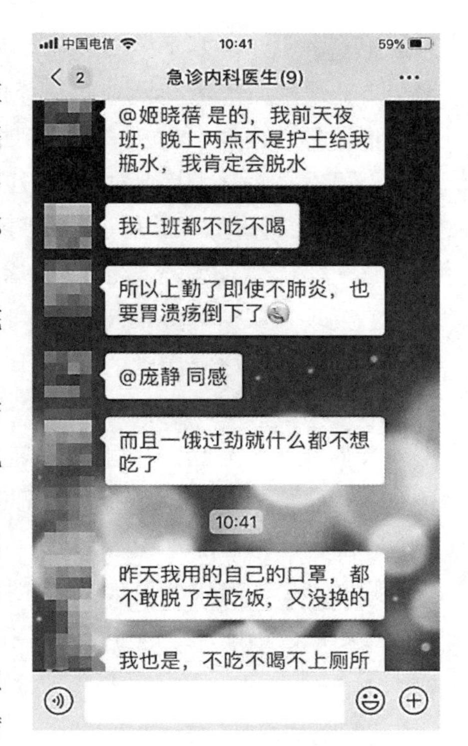

湖北省第三人民医院急诊科医护的对话。图片来源：湖北省第三人民医院

医生大多数时候给人的是比较冷静客观的形象，给人看病时需要有客观依据，开的药、制定的治疗方案都是根据病人的具体客观情况来决定的。但我们跟病人打交道久了，多少也会有感情。一些经常来的老病人，基本上都有我们的私人电话，有什么问题可能会在微信或者电话里面沟通。有些人在外地，逢年过节，还会发个消息互相问候。

病房其实就是一个社会，里面每个行业的人都有。有些病人对医生很关心，有时候医生忙，有些事情没跟他们说清楚，他们也很宽容和理解。你跟他说什么事情的话，他也容易站在你的角度去想，这样就比较好沟通。

（三）

我这个人个性不是那么急躁，比较淡定。但有时候我也很焦虑，门诊那么忙，每天回去都很晚了，很累，半夜还要交报表。要克服这种焦虑，只能早点睡觉，睡好了第二天早上就会好一些。难不成还找个心理医生咨询一下？没有那么高大上，也没有时间和精力。

像这种经历我以前从来没遇到过，2003年SARS爆发的时候我还在读大学，虽然是医学生，但对SARS也不是很懂，不知道它会造成什么影响，我所知道的都是通过看新闻。至于这个病到底会对人造成多大影响，到底会对整个社会、家庭、个人产生什么影响，那个时候的认知都是笼统的。

直到现在跟这种传染疾病有亲密接触之后，我才懂得了一些跟这个疾病相关的东西。之前上学的时候只知道课本上的一些知识，与对这个疾病真正的认识还差得太远了。

我现在一个人在家，自己给自己做饭，我妈把原料送到门口，冰箱里还有一些储备，应该够我撑一段时间。最近我都在家休息，锻炼，看看书，看看新闻，体力和精力恢复得还可以，感觉跟正常人差不多了。

只是整个人都很慌，大家都在拼命，我却在家里，这样不行啊。我还是想要尽快回单位，至少可以替同事分担一点工作。

采访、撰稿/葛明宁、沈青青、张卓

编辑/黄芳

紧急前往雷神山

罗宽没想到，自己一转身的工夫，就从武汉普仁医院神经外科调去支援雷神山医院的医疗筹备组，之后将参与救治重症患者。

眼下，武汉雷神山医院项目已进入最后施工阶段。有1 500张床位的雷神山医院是继火神山医院之后，武汉新建的第二个北京小汤山模式专门医院，用于集中收治新型冠状病毒感染的肺炎患者。

罗宽用“很震撼”形容初见雷神山的感受，“一眼望去，吊车、汽车、匆忙行走的人们，没有一个人是懒散的状态，都忙忙碌碌的”。

跟着大部队出发去雷神山之前，罗宽与做护士的妻子仓促作别，在医院值夜班的妻子穿着防护服，两人没能握手或拥抱。

2月4日23：32，妻子给罗宽发微信问：“还没弄完吗？”罗宽过了凌晨才看到。罗宽说，第一天（1月30日）忙到了凌晨两点，最近基本上都是早上八点上班，深夜十一点多下班。

以下为罗宽的口述：

（一）

疫情暴发以来，我身边的一些亲人、同学，还有之前接触过的一些病人陆陆续续都有感染，身处困境，他们会向我咨询相关与病情有关的问题。还有很多病人想住院都住不了，我就很想做点什么，正好医院有这个机会，我就争取过来了。

1月30日晚上，周赤忠主任打电话给我的时候，我快吃完晚饭，主任说雷神山医疗指挥部要求抽调我院一名医生，院里决定让高勇医生去，但高医生正在值夜班，要我去顶他的班。我想起高医生在两三天前感冒了，就和主任说我去吧。我工作经验稍多点，有管理神经科重症的经验，对危重病人的处理也有一定经验。

如果是在战争年代，我也是愿意上前线的。可能我就是这样喜欢做点事情的性格，打心眼里想为国家和身边人做点什么。

在我的要求下，周主任还是同意了我的请求，让我立即到医院集合。

妻子是我们医院的护士，我接到主任电话的时候她正在上夜班，所以没能第一时间告知她。我们在行政楼集合后，主任让我们和家里人说一下，我想正好她在上班，就当面和她讲。

她当时正在骨科，我匆匆忙忙跑过去后和她说“我要去雷神山了”。因为她穿着防护服，我们不能有任何肢体接触。她好像还没反应过来，我就急着下去集合，说“那我先走了”，她说，“听你的，你要小心一点”，然后我就跑下去集合了。

第二天我们通电话的时候她哭了，还是很担心我。我想她应该也不是怕，就是各方面的情绪上来了。

（二）

我爷爷和叔叔都是医生，父母都是务农的。小时候母亲就告诉我和我弟弟（口腔科医生），如果像爷爷和叔叔一样做医生，那至少不用风吹雨淋。爸妈他们常年不管烈日还是大雨，都要出去干农活，他们不忍心我受这样的苦。

后来我要考研究生的时候，叔叔建议我去学整形美容科，更好就业，风险也最小。但我还是想做更核心的，更能够帮助别人的，后来我去了湘雅医学院读了泌尿外科专业的研究生。

我一直特别热爱医生这份职业，因为可以帮助别人。我的理想是能成为一名全科医生，什么病都能看。

硕士毕业后，我去应聘了普仁医院的泌尿外科。进院后要轮岗，我到的第一个科室就是神经外科。后来神经外科的周赤忠主任觉得我做事比较踏实，处理急症的功底也不错，便问我是否愿意从事神经外科，我也觉得神经外科“高端”，所以就留在了这里。

平日里，有些亲戚朋友生了病，可能即使已经去找其他医生看过了，但也还是会再来找我问问。大家看病还是喜欢找熟人，因为觉得熟人说话可能会真实一点，有时候哪怕我只是给他们一点心理安慰。

我很喜欢这种被信任的感觉。我很多病人患的是重症，脑出血的、脑肿瘤的，那真的是把生命交给我了啊。我一般在介绍完病情、给出意见后，会建议他们可以去更大的医院，比如同济、协和再咨询一下，看看其他医生和我的看法是否一致。

有的病人可能不会去，有的去问了，如果别的医生和我说的一致，那他对我的信任感就会增加更多。医患之间如果信任感增强了，那医生治疗起来也会好一点。

之前我遇到过一个病人，他酒后意外坠楼。送他来的哥哥也是醉酒状态，他抓着我说“你要是不把我弟弟救活，我就杀了你”。当时我并没有生气，设身处地地想一下，他为什么会有这样过激的行为，为什么那么紧张、焦虑，那是因为他担心家人啊。若是我自己的亲人，那我肯定也会很紧张。

我喜欢通过自己的观察和资料搜集，发现在诊断中被别人忽视的重要细节。我们诊断所有的资料都是要自己搜集的，不是说一切都摆在眼前，我有时候觉得医生诊断疾病就像是法官在断案，一条一条地达到标准，然后确诊。

遇到过一个七八岁的患者，CT显示他脑部有一个很大的肿瘤，当时家人想把他转去同济医院。他们想要转院，我们又不能拦着，但我和病人家属分析了一下，说小朋友的肿瘤比较大，且有急性脑积水，病情严重，转院的路上可能会耽误时间。转与不转决定权在于病人家属，但如果我站在家人的角度上，我觉得只要可以找到一个有能力做手术的医生，不一定非得转院。

后来家属听了我的分析后，就让小朋友在我们医院接受了手术。我现在手机里还存着小朋友出院颤颤巍巍走路的视频，有时候会翻出来看一看，现在他已经恢复到可以活蹦乱跳了，今天还给我发语音给我加油，让我保重。我一听到他的声音就会很开心。

早几年我很少对一些疾病产生恐惧感，总是看主任们做手术做得很顺利，就觉得还好。“初生牛犊不怕虎”可能是因为不知道老虎的厉害。后来随着对疾病的了解越来越深入，认识到了严重性后，我渐渐开始会有恐惧感。

疫情之下，我们医院办了一个大号的发热门诊，医院常规情况下就一个病区是感染病区，因为病人多了，现在开到了第五个病区。我们所有的科室项目都已经缩减了很多，胃、肠、肝、胆科合并了。不止呼吸科和感染科的医生，就连心胸外科的、重症监护室的医生也来支援发热门诊，最近就跟打仗一样。

（三）

我之前没有想过能有机会去一线抗击新冠肺炎，因为有感染科及呼吸科同事正在前方承担相关诊疗工作。

可能你们看来多少也会觉得有点奇怪，我一个神经外科的医生为什么会被派去支援一线。但去一线救治新型冠状病毒感染的肺炎病人所做的工作，和我平时做的也差不多。

神经外科医生做手术，无菌观念是很强的，因为神经重症中，所有脑出血、重症颅脑损伤昏迷患者，都容易出现肺部感染。神经外科病人里，长期昏迷的病人有一种现象叫“多重耐药”，很多药物都杀不死细菌了。这种病人也是具有传染性的，容易同其他病人交叉感染，需要隔离，所以我们平时面对这类病人也需要穿隔离衣，只不过平时我们的防护级别没有这次这么高。

这次会抽调我们医院的人，还因为我们医院和雷神山医院用的是同一个公司的电子系统，所以我们上手会相对快一点。

我在雷神山感觉很震撼，有一种以前大开发建设的感觉。一眼望去，吊车、汽车、匆忙行走的人们，没有一个人是懒散的状态，都忙忙碌碌的。雷神山医院外面都是被封起来的，我们下车后需要走1.8公里到达医院筹备组，有时候也会有摆渡车。

最近基本上都是早上八点上班，晚上十一点多下班，第一天最晚，到了凌晨两点。

我到达雷神山医院首先要做的是医院运营的信息系统的筹建。有专门搞技术的人负责搭建系统，但他们不懂医疗的东西，所以他们软件做出来后，需要我们具体地去做一些医嘱套餐、建病例模板等工作。比如手术同

雷神山医院施工现场。澎湃新闻记者葛明宁　图

意书，以前是手写，现在都是电子版的。我们要预先把模板建好，一个手术可能有十多条潜在的风险，都需要现在就做出来。

我们的诊疗工作分为三级：住院医师、主治医师和主任医师。住院医师负责临床病人的基本处理，主治医师和主任医师会查床，给出一些具体的治疗方案。如果是作为一个最基层的医生，那只需要负责执行就好。

我按照现在的职称的话，是主治医师。我当时接到的通知很紧急，就简简单单的几行字，没有说被分配到哪个科室，也没有决定具体的分工，目前还在等其他医疗队过来。

采访、撰稿/葛明宁、张卓

编辑/彭玮

自制口罩的人

护士刘爱华最近当起了“裁缝”。

一只绿色的医用外科口罩，双层无纺布，缝纫机踩出来的细密针脚包着边，包住口鼻，让人感到踏实。

新冠肺炎疫情暴发后，她所在的内蒙古自治区人民医院派出第一批16人的医护团队支援湖北，医疗物资、医用口罩也紧着供给前线的同事们。4 500人的大医院，一线医护就接近2 000人，储备口罩一下子就吃紧了。刘爱华是消毒供应中心护士长，负责医院物资的供应和消毒。她琢磨着全国口罩都缺，尽量“自己解决问题，不给别人添麻烦”。

从1月23日决定做口罩，到1月28日口罩被验证符合外科医用标准。她领着一帮人，前后改了五版，戴着是大了小了、能不能保护好口鼻、舒不舒服都得考虑。

现在，他们自制的口罩通过性能试验，可以满足医院除发热门诊、感染病房以外，不直接接触感染病人的医护人员的口罩需求。刘爱华觉得，抗击病毒这事就跟打仗是一样的，心态很重要。生产口罩这件事做成功了，也许大家就不会那么慌了。

对话刘爱华

澎湃新闻：医院的医护人员怎么想到自制口罩的？

刘爱华：新冠肺炎疫情使得全国的口罩供应都非常短缺，医疗物资、医用口罩要优先支援湖北前线的医护人员，我们医院第一批支援湖北的医护人员总共16人。医院里备用的N95口罩及医用口罩是有限的，应该先紧着发热门诊、感染病房的医护人员使用。其他科室的一线人员，如急诊、门诊、儿科、产科的医护人员在疫情期间照常接待患者，同样需要防护用品，那我们是不是可以自己解决这个问题？在全国口罩供应都短缺的时候，尽量不给别人添麻烦。

澎湃新闻：目前医院的口罩短缺到什么程度？

刘爱华：医用外科口罩严格来说需要4小时换一次，医院职工大概4 000余人，每天在战斗的医护人员就接近2 000人，口罩缺口非常大，医院医疗物资的采购是需要叫号的。所以我们每天的目标必须要生产1 000个口罩，不生产出1 000个口罩，科室护士自发地不回家。

澎湃新闻：什么时候提出科室自产口罩的？

刘爱华：1月20日，看新闻中钟南山院士提出新冠肺炎有人传人的可能，当时就意识到口罩及其他医疗防护用品会供应不足。我在医院负责消毒供应中心，了解每个科室的医护数量、患者大致数量，和对防护用品的需求量。

1月23日我在科室群里提出科室自制口罩，供应全员非抗疫一线的医护人员使用。科室的护士们很快就回复了，“开工”“干”是回复最多的词。紧接着我们就发朋友圈，希望家里有缝纫机、针线的同事朋友能够借给科室用于生产医用口罩。

澎湃新闻：医院同意科室医护人员自产口罩吗？

刘爱华：最开始征集缝纫机，提出干这件事情的时候是自发的，没有请示。原料是用手术产品灭菌的包装材料，符合国标的“医用吸水纸”和“医用无纺布”要求，科室年前就备货充足。我们反复试验制作了5版后才确定版型，1月28日收到医疗器械公司对无纺布口罩性能试验的报告，才正式投入生产。

做口罩性能验证，是因为医院好多领导担心口罩质量有问题，验证报告证明自产的口罩完全符合医用外科口罩标准，之后就再没有阻力。

澎湃新闻：有多少医护人员参与口罩生产？

刘爱华：我们科室总共有44名工作人员，每天从早上七点到晚上七点几乎都有15人左右参与口罩生产。因为科室还有很多日常工作，谁做完手头的活儿就会过来帮忙，中午也不休息，吃过饭就过来帮忙。

其他科室的医生护士听说我们科室自己生产口罩，下班后也主动过来帮忙。有一个其他科室的医生，平时都没接触过，有天早上送到科室一台缝纫机，说捐给医院用来生产口罩，她还说自己对缝纫机很熟练，下班后就过来帮忙。还有下夜班跑来帮忙的同事，每天几乎都有30个医护人员参与生产，让我们很感动。

澎湃新闻：科室制作口罩是怎么分工的？

刘爱华：分为物料准备组（将布料裁剪成口罩形状）、缝纫组、修剪组、包装组及灭菌组。除了灭菌组是由专门的灭菌员负责，其他小组都是根据每个人的特长来分工。比如她擅长缝纫，看到其他同事不是很熟练，就可以替代来做。我包装的速度很快，通常负责口罩包装，不忙的时候也会协助其他组。

澎湃新闻：生产口罩过程中遇到过困难吗？

刘爱华：主要的困难就是前期改版，从1月23日决定做口罩，到1月28日验证符合外科医用标准。这中间四天的时间都在改版，用针线手工缝制，试戴是否合适，是大是小、能否保护好口鼻、戴上去舒不舒服都要考虑。

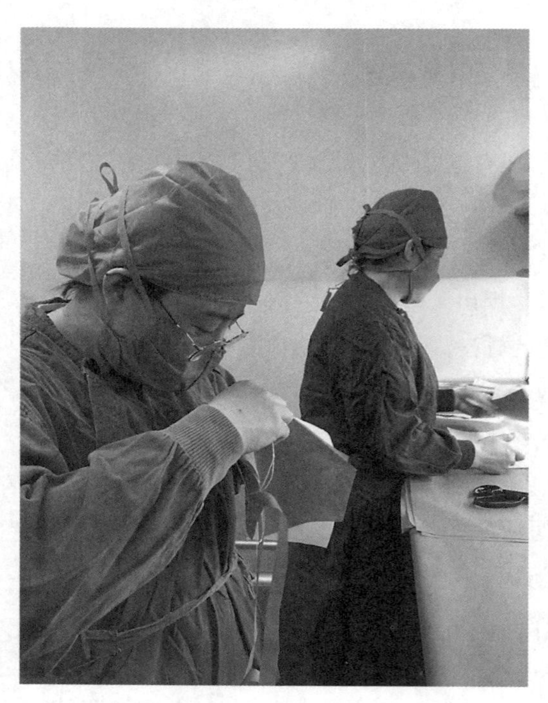

开始仅有一台手动式缝纫机，医护人员手工缝制口罩

实验过程中，发现夹保鲜膜戴上后呼吸时会鼓起来，不透气，从鼻翼两侧出气，产生冷凝水。我们就决定用双层无纺布做口罩，呼吸顺畅，可以代替棉口罩，不吸水，也可以防止飞沫传播。反反复复，群策群力试验了好多次，最后才做成一个成品。

澎湃新闻：有印象比较深刻的事情吗？

刘爱华：有很多。我们科室发朋友圈征集缝纫机、针线，就有很多好心人联系我们，甚至送到医院。也有爱心企业在网上看到科室小姑娘发的制作视频，主动联系我们送饭、送水果到医院。平时在医院里没见过的医生护士同事，自己带着缝纫机过来，下了夜班也坚持要留下帮忙。最开始几天还有外面社区的阿姨来医院要求帮忙做口罩，因为疫情变得严重，我们好不容易才把她们劝回家。

特别开心的是科室生产的口罩发给医院同事后，他们给我打电话、发微信，说了很多感谢我们的话，“这是一份大爱”，“你们生产的口罩，我都舍不得用”，同事对自产口罩的认可，让我觉得特别有成就感。

澎湃新闻：其他科室怎么领取口罩？

刘爱华：每天有三次进行口罩集中发放，基本上在上午十点、下午一点，及凌晨四点，具体时间不固定。每批口罩做好了，我就打电话给其他科室主任，让他们派人过来拿。以前不忙时，需要医疗防护用品，我们科室会给送过去，但现在情况特殊，全科室都忙着生产口罩，就让他们自己来取。

我们科室负责全院的消毒与医疗物资供应，我清楚每个科室的人数和需求，会给急诊科、门诊多发一些，一次发100个，接待患者人数不多的科室发30个，根据具体情况分配。

澎湃新闻：有哪些原因促使你本人提出生产口罩？

刘爱华：大年初二的时候，接到医院通知医护人员可以报名参加驰援湖北医疗队，去前线抗击疫情。我接到消息，没有和家人商量就报名了，因为我曾经是手术护士，参与过抗击非典，有着很强的防护意识。但医院第一批主要招募呼吸重症科室的医护人员，也考虑到我的年龄已经50岁了，因此我遗憾落选。

但在大后方，依然可以做些力所能及的事情帮助对抗这次疫情。医院自己生产口罩，保护好医护人员，也是保护好患者。如果医护人员出现疑似症状，需要隔离观察14天，就算不是新型肺炎，隔离的14天会耽误救治很多患者。

澎湃新闻：你有想要和公众说的话吗？

刘爱华：其实病毒就和战争一样，心态是很重要的，我在想如果生产口罩这件事做成功了，也许帮助老百姓就不那么恐慌。自己在家用缝纫机做一个口罩，也可以做到基本的防护，防止飞沫传播。钟南山院士在新闻里说，普通人不需要N95，医用外科口罩可以防护。如果我们普通人、非一线的医护人员少用一些N95，是不是可以多留些给疫情一线的医护人员。

我还有一个希望，就是这场灾难过后，社会更尊重医护人员。

采访、撰稿/刘昱秀

编辑/黄芳

疫幕下的“临时救护车”

这是一辆皮卡。后部货箱加盖了顶，两侧围上了绿色的防护网，里面放置了几把椅子。此前数日，武汉市某个街道的城管中队用它来接送发热患者就医。

中队长陈小俊忍不住对澎湃新闻“抱怨”：改装车辆的工人很难找到。队里另外两辆运送车是他们用面包车改的，塑料板把车内空间隔开成前后

“方舱医院”外。本文配图均为受访者提供

两部分。

新冠肺炎疫情暴发后，武汉的公共交通停摆，“120”急救车不够用，社区为老年人送菜的普通车辆也有潜在传染风险。基层政府急需解决病人出行难题。像陈小俊他们的这种“临时救护车”，日常接受街道办事处与各个社区的调度，接送病人就医。

起初，这一街道有四名城管负责，后来人手不足，又招募了几名志愿者。队员们隔日轮休，每天早八点上班，晚十点下班。方舱医院和隔离点陆续建好接受病人后，他们更忙了。陈小俊回忆，2月8日他们工作到凌晨一点，2月7日熬了通宵。

湖北省委书记蒋超良2月8日提出，集中两天时间将武汉累计所有疑似患者检测完毕。此前的7日，他提到要将所有确诊患者、疑似患者全部集中收治、分类隔离，确保应收尽收。陈小俊他们到了最忙碌的时候。但随着在家隔离病人逐渐减少，他们也许将能轻松下来。

去往方舱医院

2月9日下午三时许，城管队的面包车启动了。车辆从长江附近的办事处出发，往西拐上大道，再往北开至附近的一处社区。这趟任务是运送轻症病人去“武汉客厅”接受治疗。

“武汉客厅”原本是2012年开放的大型城市综合文化体。疫情暴发后，这里改造成了收治病人的方舱医院。目前“武汉客厅”A区1 000张床位已投入使用，B区的500张床位也即将投用，与B区相同规模的C区尚待开放。

社区干事已拿着文件在大门口等待。过了片刻，社区书记也拿着隔离单急匆匆从小区里出来。隔离单是社区经过上级批示后提供的轻症患者名单，由城管队员交给方舱医院。

城管队员身穿防护服，头戴护目镜、N95口罩，手上是一次性手套。但因为物资紧缺，他们配置的防护服达不到医用标准，隐约露出一小截手腕，也很难做到一次一换。社区书记也只戴着口罩。双方站在阳光下交流了一会儿，在此期间，五六个轻症患者陆续拎着拉杆箱出现，鱼贯钻入车里。

城管队员和社区书记介绍说，送往方舱医院的都是新冠肺炎的轻症患者，生活能自理，也不算高龄。

社区书记说，有的病人想住进定点医院的住院部，她反复与他们沟通：床位实在紧张，先去方舱医院。但现在小区里，还有高龄老人等着送去方舱医院，目前在家。他也盼着尽快解决。“我们遇到过几个病人，车开到门口，他们不肯出来。”司机刘平说，也有的病人特别想住进方舱医院，相比在家，毕竟有医护照料。

方舱医院和隔离点之间的关系还在调整之中。随着“武汉客厅”逐步投入使用，一些原本住在宾馆隔离点的病人可以搬去方舱医院。载上社区的病人后，面包车又开到附近的一处快捷酒店，接上这个隔离点的两三个病人。

刘平裹在雪白的防护服里，目不转睛地盯着前方路况。他说自己干了十年城管，负责这次行动是因为他擅长开车——多数队员只会开自动挡，而他会开手动挡。

“也是为武汉出一份力。”刘平说。

开车的刘平有些为隔离单上的部分病人着急。方舱医院收治病人时，会对隔离单进行最后的审核，有的病人只是有症状，未做核酸检测，方舱医院可能不收。

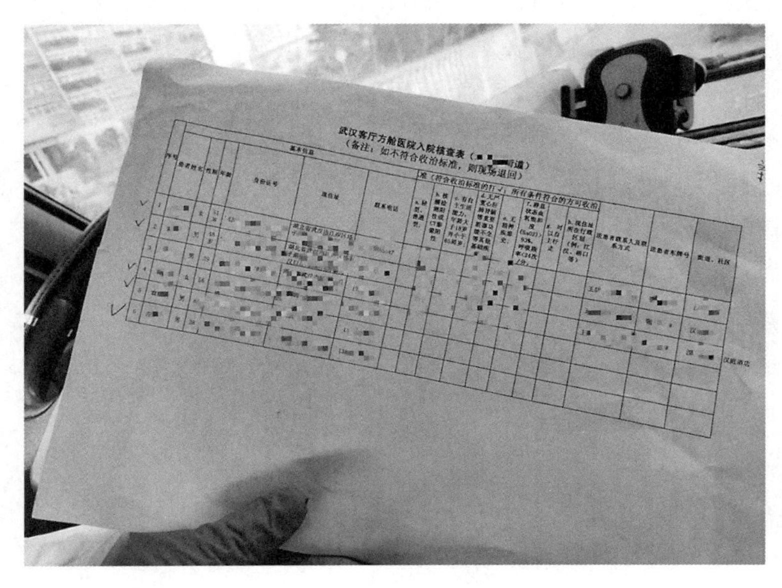

社区提供的隔离单，由方舱医院审核是否符合收治标准

城管队员的工作量很大，最近，陈小俊还在与宾馆对接。在去“武汉客厅”的路上，他接到电话，说要送一批密切接触者去宾馆隔离点，但陈小俊不确定宾馆是否有足够多的房间。趁着车停下来，坐在副驾驶座上的他匆匆地跳下车而去。

期　待

可能因为是同一小区业主，隔着塑料墙，能听到即将住进“武汉客厅”的轻症病人愉快地用湖北方言聊天。其中一个人说，听说尼古丁杀病毒，治肺炎。陈小俊听了笑起来。

“我最近感觉跟正常人差不多了，”还有病人说，“只是心里很慌，觉得坐也不是，躺下也不是。”

不是每个人都情绪放松。前述刘姓社区书记说，有个病人的父亲今日（2月9日）早晨去世了。这个病人此刻也坐在刘平、陈小俊的车上。

他们运送的病人里，有人发病后，把妻儿都送到妻子的娘家去，家里还有老母亲，他很担心她一个人在家能否照顾好自己。“最好社区安排好宾馆，把我母亲也隔离起来。”他有这样的想法，“宾馆里有专门的人看护。”

也有人经过分析，认为是自己把“新冠”传给了妻子和岳父，家人集体住进了医院。不过他自己病得轻，一个人从家里出发，很期待方舱医院能尽快地给他安排再次做核酸检测，确认康复。

还有的病人仍在发高烧，她经历了两次核酸检测，一阴一阳，医院床位早满了，住不进去，她期望在方舱医院得到好的看护。

坐在前排的刘平和陈小俊并不了解塑料墙后的情况，“工作量太大了，”刘平把着方向盘说，“基层压力很大，志愿者人手不够。之前有个‘武汉客厅’的轻症病人，提出父母亲的病有点重，住在别的医院，他要去给他们送药。这种事本该社区志愿者做，但最后我们开车把他从‘武汉客厅’接出来，去了他父母所在的医院。”

刘平回忆起，一位七十岁左右的老人，“双肺都感染了”。昨天，刘平开车送老人去医院打针，老人气喘吁吁，上车需要搀扶，而且没有家属陪伴。今天，刘平没见他出现在名单上。雷神山、火神山医院投入使用，很快会增加床位供应。刘平一直惦记，希望老人能及时住进医院。

他又想起昨天拉过一对北方口音的母子，好像母亲也有点喘吁吁，儿子的脚骨折了，绑着绷带，“也可怜呢”。

陈小俊则记得，城管中队送过的最高龄病人是84岁。在他的印象里，这位老人成功住院了。还有一个病人，他有规律地每天都坐车去很远的别区医院，“每天名单上都能看见他。久而久之，对这个名字很熟”。

陈小俊跳下车去对接宾馆，志愿者叶维佳代替他上车。叶维佳刚送一批病人去“武汉客厅”。他形容，自己已经不像之前那样感到很无力，“你把病人放到医院门口，其他事不归你管。他们都生病了，你却不能帮他们住院”。

床位太紧张了。叶维佳说，武汉市金银潭医院收治了许多重症患者，压力很大。有一天没了担架，他帮忙和家属把一位老年妇女扛进病房，直到有病人的遗体被抬出病房，这才腾出一张床来。医院火速让新患者住了进去。

走进隔离病房时，虽然穿着防护服，但不是医用标准的，叶维佳有点怕，但“有什么办法呢”。叶维佳接着说，那位老年妇女住院的第二天，也去世了。“唉……”他叹了口气，为了防止感染，遗体要尽快火化，“死者的家属还不能见上最后一面”。

“武汉客厅”

车子行驶到金银潭医院附近，距离“武汉客厅”还有一公里多，大量车辆出现了：除了救护车，还有另一辆改装的皮卡，顶盖上同样缠着红蓝相间的蛇皮袋，还有公交车。据城管队员说，这些都是各街道来方舱医院送病人的。

2月9日下午五点左右，面包车排在这样一列长队里。叶维佳预测要等约半小时；刘平“哼”了一声：“我这人实话实说，最起码等一个小时。”上一个班次，他在“武汉客厅”的门口排队两个多小时。

一小时后，终于，前一辆车动了。他们把车开进“武汉客厅”的一处偏门。叶维佳跳下车，拿着隔离单小跑到门口。几名护士正拿仪器给其他社区的轻症患者测试血氧饱和度，分辨是否属于轻症。

各个街道转运病人的车辆排成长龙

现场的护士和警察都身穿防护服，警察外搭亮片马甲，护士的衣服上则用记号笔标记："护士"。天色暗了，护士看不清楚仪器上的数字，叶维佳打开手机电筒，给她照亮。

排着队进入方舱医院的病人都提着大包小包的生活用具，一位即将步入方舱医院的中年女人，朝送她来的司机鞠了一躬。

叶维佳和刘平要把面包车开回城管中队。这时换叶维佳开车，他指给记者看路旁的一处小区，灯火点点，那是他的家。他的儿子也在忙抗疫的事，一直住单位宿舍，没时间回来。妻子和儿子都不知道叶维佳开"临时救护车"的事。他含糊其词地告诉妻子，自己在当抗疫志愿者。

而刘平的家人知道他在接送病人，他们都很为他担心。

回到中队，叶维佳和刘平拿出消毒酒精互相大喷一通。脱下白色的防护服后，叶维佳变成穿羽绒服的普通中年男人。他继续回忆，自己曾去广东打工十年，生产摩托车，还在当地买了房。原本计划把家人都接过去，但年纪一大，还是觉得武汉好。

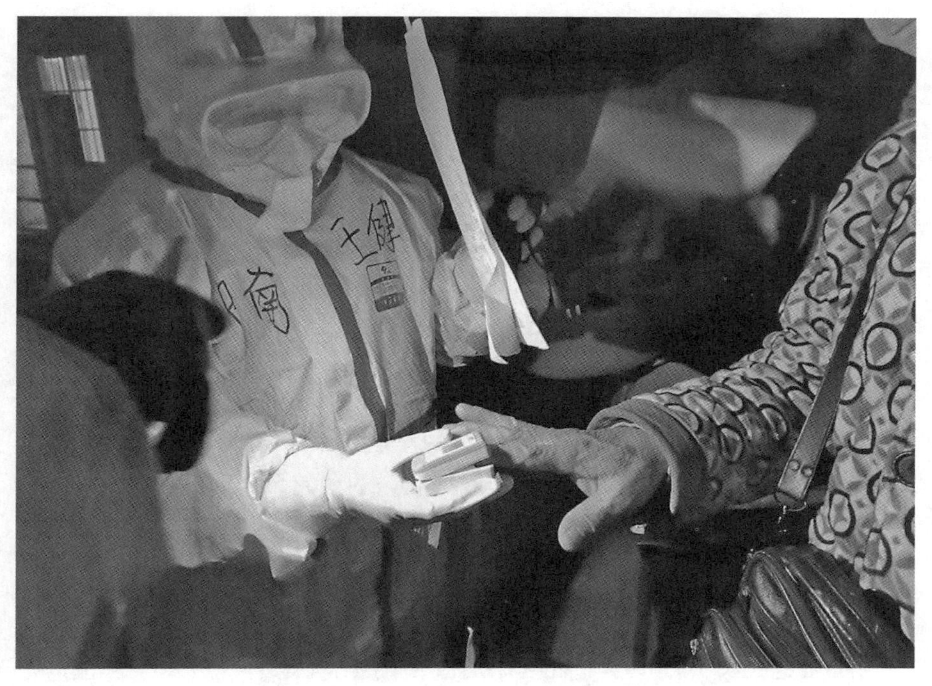

方舱医院外，身穿防护服的护士在检查病人的血氧饱和度

回到办公室，刘平也坐了下来，在防护服里面，他穿着一身整齐的城管制服。已经是夜里的9点，新的一“单”来了，叶维佳和刘平又准备出发了。

（陈小俊、刘平、叶维佳为化名）

采访、撰稿/葛明宁

编辑/黄芳

漩涡里的百步亭

这几天，江强明显感到工作进入“快车道”了。

居委会陆续来了增援的人，“应收尽收”的“死命令”下来，送病人做核酸检测、收治隔离，前些天最挠头的这些事，也畅通多了。还有一些新增的疑似病人，但明显比之前少了，2月11日新增了两个，一个已经做了核酸检测，另一个今天安排做检测。

江强是武汉“百步亭”社区某居委会的工作人员。“百步亭”也许是疫情中最受关注的社区了：曾因举办“万家宴”受到争议，近日又因某个居委会公布发热病人的门栋信息，和一则居民密集排队的视频在网上流传，再次引起关注。这些争议，对江强来说，有“提示过风险但未被采用”的无奈，有被放大的传言，还有理解的错位。

居委会在相关门栋楼下贴了“发热门栋”四个字，但没有公布具体哪一户，江强认为这是为了保护居民隐私权，“比较人性化”。但居民们并不买账，要求公开病例信息。

疫情暴发后，面对繁杂的防疫工作、居民的抱怨和质疑，以及被感染的风险，江强和他的同事们“有太多想要崩溃的瞬间”。有人辞职了，江强还在坚持。

社区的居民都是抬头不见低头见的街坊，不是亲人，也像一家人。江强理解，因为这个病，大家都慌了，“这个时候你不管他们，不去跟他们解释，不挨两句骂，他们没有渠道（发泄），会更加恐慌。”有一次，一个居民对他说了声“谢谢”，整个居委会都沸腾了。他们说不容易啊，“碰到个好人”。江强说，好人吗？是病人。“她和儿子双肺‘玻璃状’，除了安慰，等排队，我无能为力。”

如今，这种“无力”缓解了不少：方舱医院和隔离点建成后，陆续收治病人，核酸检测也在加快，治愈的人越来越多，也会空出新的床位来。“感染人数慢慢减少，居民的心会慢慢平静，我们的工作也会越来越好做，要多一点信心吧。”江强说。

以下是江强的口述：

百步亭社区大约住了15万—18万人，大多是本地居民，以老人小孩为主。设有一个社区管委会和下属9个居委会，一般一个居委会管一个小区，有的管两三个小区，一个小区30多栋、50多栋的都有。我所在居委会的在编工作人员有21名，负责四个小区的3 000多户、10 000多人。

1月初，我们听说了肺炎的消息，但起初说“可防可控”，后来又说“不排除有限人传人”（1月15日，武汉市卫健委在官网发布的疫情知识问答中，首次提到），万家宴举办前三天（1月15日），我们向居委会领导反映，最好取消万家宴，但没成功。

当时我们有点担心这个“肺炎”是不是跟甲流一样会传染，因为武汉（2019年）12月流行甲流，很多学校停课，学生在家隔离，我们以为跟甲流差不多，没想到会死人。

疫情暴发后，到处都在传那张万家宴的头版头条，拿出来讽刺我们，我们也很无奈。万家宴办了二十年，其实并非指有万人到场，而是指万户家庭提供的菜色。一般主会场座席三四百人，参观的几百人，会场外有庙会，场面也不大，人流量几百人，龙灯龙船表演时可达上千人。每个分会场十几张桌子，流水席，来来去去三四百人顶天了，九个分会场最多几千人流量吧。

因为万家宴、庙会等，我们已经半个多月没有休息一天了，就指望着春节休息一下，然后就没有然后了。

1月23日（武汉“封城”）开始“8对8”，每天早上八点上班，晚上八点下班，直到现在没有一天休息。其他社区都是一个班四五个人，一个社区分2—3个班，上一天可以休1—2天。但管委会要求百步亭防疫工作必须要跟其他社区不一样。

"一二三四五六七件事情"

现在我们每天的工作内容有好几项。

首先是排查，每天早上八点开始，把前一天统计的名单拿出来，每一个发热的、疑似的、确诊的、住院的，全部联系一遍，看看有没有变化，该上门的上门，该电话的电话，重新再过一遍。然后还要去接医院派下来的名单，这个名单是由于有些人没跟我们报备，自己跑去医院，我们要重新摸排，如果确定是的话，就做到新增名单里。此外，居民每天电话来报备的，全部要做成新增，单独做一个表格，到底是属于轻症，还是发烧咳嗽，还是做了CT的疑似，还是做了核酸检测的确诊，全部要过一遍。这是最重要的工作，我们分为五个网格，每个网格有两个人专门做这个事情。

其次，给行动不便的、独居的高龄老人和残疾人送菜。我们每个网格（针对这部分特殊居民）都有一个表。每回来了菜，我们就分装成一袋一袋送上去。很多人不满意啊，说怎么不给他们送？菜是上面发下来的，大箱子上面写着"支援灾区"，毕竟数量有限，只有困难人群才有，一家人两斤菜再加两个萝卜。有次我给一户独居的残疾居民送菜，他说怎么只有这么点，我说还有口罩和消毒水，他说怎么不多搞一点，我说你是人家的好几倍了，人家就只有一点菜。

网上流传的那个排队领菜的视频发生地，是我们百步亭社区居民购物首选的大超市，但它属于丹水池街道管辖，不归我们管。我们去问了一下，不是免费发菜，好像是排队买肉。

其三，每天有急事要出行的，我们要安排车辆。我这个网格有3个尿毒症患者，要送他们去医院做透析，还有糖尿病高血压患者要领药的，送他们去领药等，这些居民很多是困难群体。

其四，各方的捐赠物资陆续运来，不通过红十字会，直接对口社区，让我们开车去高速路口接，要开好多证明。现在不用去高速路口了，这些志愿者很厉害，直接送到社区来了。

其五，物业每天都在消杀，我们对接物业和防疫站，认为有必要的楼栋，我们还要防疫站的专业人员再消杀一遍，那些去世的、疑似的、确诊的家庭，要去消毒。去世病人家庭的消杀，防疫站、社区医院、居委会三方都要到位，我对接好几次了。

有一次，另一个网格的居民因新冠肺炎去世，我代替那个网格的女同志过去了，此后我们接到投诉，是市长热线的问责，说我们没有消杀。当我们拿出所有证据、来来回回搞了几个小时之后，他承认了，他说当时是他一个亲戚在家，没有沟通好，我说你亲戚在家（也不能）投诉我三次啊。总之，经常遇到各种“稀奇古怪”的事情。

其六，给需要住院的确诊和疑似病例安排床位，要排队；把确诊和疑似病例送往隔离点，也要排队。住院是一条线，隔离点是一条线，你排到哪个算哪个。

有一次，有个社区志愿者的老伴排队排了三四天，没排到医院床位，排到了隔离点。他一直在抱怨，费了九牛二虎之力终于把他送走了，没有一句表扬，还一肚子委屈。

送去之后，他又打电话来说他没带手机，让我们去他家拿一下手机。没消毒，没办法，去呗。用个袋子装着，拿回来消毒。他要我们第一时间送去，我说你现在主要是治病，我们现在人力物力都很紧张，明天有社区干部要去隔离点，再给你带过去。好不容易说通了，过一会儿又打电话来，说还要拿充电器。我说你家里还有一个人，能不能送到社区来？他说不行。这是第二趟。第三次他打来电话，让我们去他姐姐家里送个口罩，顺便拿个什么东西。他姐姐住另一个网格，八十多岁了。好，也是我去。第四次电话，他说家里的水电气能不能帮他关一下？我让物业去，帮他把外面的闸全都关了。

事情还没完。我下班以后，听同事说，他又打电话来了，问能不能再把煤气打开，说不在乎那几个钱。当时都晚上九点了，同事说现在都下班了，能不能明天再去。他就不依了，开始骂人了，单位副书记把电话抢过来给他做工作，解释了半天。

我就想问一下，你儿子能不能做到这个地步？你得了病我能理解，我们也不需要你理解我们，但是请不要太过分。他老伴是志愿者，我们跟她很熟，他家里还有一个更老的老人，患有尿失禁，我们每个月都给他家送一箱尿不湿。我真的没想到，这个家庭会对我们发飙，我好难过。

最后，剩下的人就是接电话挨骂。这两天很多人都在家关“疯”了，一点小事就闹，我们也“疯”了，给他们解释各类政策、各种事情。我有两部手机，一个是工作的，一个是私人的，上班12个小时，12小时电话没停过，戴着口罩，时间长了受不了，就换个人接。我今天（2月4日）把手机都摔了。回家之后吃了个饭，换了部手机，又一直忙到晚上十一点多。

为什么摔手机？不是因为具体某一件事情，是一二三四五六七八各种事情，两部电话都接不过来的事情。被居民吵完之后肯定不舒服啊，但是再来一个电话你还得接。

“排队，排队”

一千万人的城市关起来，历史上都没发生过。大家都没有经验，都是摸着石头过河。

很多事情都要靠基层做。老百姓去看病，必须社区开证明；所有车辆不能出去，要外出必须社区开证明。但没有文件明确社区该开哪些证明，不该开哪些证明。

我碰到几个居民，他家里人要去上班，要给他开证明，不给开就在这儿发飙。我说你让我怎么开，内容怎么写、什么抬头、对应哪个单位、根据哪条法律法规，一切都是空白。

比较挠头的还是病人的问题。病人必须到社区医院去验血，验了血，社区医院让你去看发热门诊，才能去看。到发热门诊怎么去？公告写得很清楚，由各区组织专门车辆。但这个“专门车辆”找谁？

经常碰见这样的情况。居民走三四个小时到医院，医院说人太多，看不了，找社区。居民又拿着社区医院的证明去排队，排了八个小时，才能照CT。拿到CT结果，告诉你让你等试剂盒，然后又走三四个小时回来。

这是早期的情况。大概1月30日晚上，我们改装了公安局的车辆来接送病人。但医疗压力太大，人太多。2月4日，我送了十个人去隔离点做核酸测试，做完再送回来，因为隔离点早就没有床位了。

截至2月4日，我们居委会没送走的病例有42个左右，大部分没有确诊，也有做了核酸测试结果显示阴性的，已经住院的、隔离的、死亡的都不在这个名单里。通过我们送去隔离的有7个，死亡3个，死亡的都是没确诊的。通过我们送去住院3个，没有通过我们住院的，我了解到的有5个。

可能还有一些病例我们尚未掌握，隐瞒不报、在家扛的人也有，病得不行了，才打电话过来说发烧多少天了。我说你前两天怎么不说呢，他说他怕不是这个病，去了医院被感染了怎么办。

在2月2日10号令发布前两天，我们就开始将居民送隔离点了。第一天送了三个人，那家酒店隔离点离社区不远，第二天我要打电话问情况，上午打不通，下午电话通了，他们反映说昨晚闹了一晚上，因为没有医务人员，没有量体温，没有开空调，被子是一层薄薄的纱，三个人发烧了一晚上，第二天家属给他们送衣服被子。第二天送了一个，因为这个名额也是报上去排队，先报先送。第三天就开始分类了，轻症的不送，已确诊的重症不能送，疑似的另外送。

以前都是八仙过海各显神通，居民自己去医院，自己去做CT，自己去做核酸测试。我们这里有个87岁的老人，运气好得不得了，1月29日协和医院给他做了CT，然后就做了核酸，31日确诊。那个申请报告我也看了，“在我处做的核酸检测为双阳性，请到指定的社区由社区安排就医”。我也碰到过单阳性的，双阳性更厉害一点，就在社区排队了，排了四天才排到床位。

有些没排到床位的居民就一直在抱怨。但我们也没办法，只能把他的病情状况上报，卫健委觉得可以住院才会转给区里，区指挥部转给街道，然后才到我们社区，我们才会通知居民去住院，用专车送走。这是一个程序。

社区只能上报，上报之后排队。现在，一个居委会每天能分到一个床位都难。我们副书记每天到处去求人，去吵架，来争取名额。有个病人安排了四天，她自己去找人，向街道施压，才抢到一个床位，安排住院了。只过了短短几分钟就收到消息，另一个在排队的病人死在家里了。副书记当时就崩溃了，凌晨两点多还在拷问自己，是不是我们把他的情况上报得很严重，就会让他住院？是不是没有做到最好？

“理解、坚持和信心”

封城那天，我们接到紧急通知，一天之内要把3 000多户全部走访一遍，家里有人的，发疫情告知书，没人的，就贴在门口。每一栋都有楼长跟我们保持联系，发现哪家有咳嗽，我们就要上门去问，做登记。

大年初三之前，我们都是自备口罩。年初三，管委会下发了一批口罩，我们也给居民分发了一些口罩，主要给发热家庭，一人2个，此后捐赠的口罩大量地送来，我们可以大量地发给居民，一人5个。

年初五，防护服、护目镜也发下来了。防护服是一次性的，我们每天都要穿，一套穿几天。晚上回来，脱下防护服挂在家门口，用消毒水喷，在外面晾一晚上，第二天早上再穿。

到了初五、初六，患病人数越来越多，我们就不再主动出击了，虽然配备了防护服和护目镜，但还是很怕，只能等居民给我们打电话报备。还有些人不报备，自行去往各个医院，我们会得到各个医院的反馈情况。针对发热居民，我们每天打两次电话，再往上汇总。不可能再挨家挨户去敲门了。我们已经倒下两个了，发烧咳嗽；请假的两个，一个是亲人已经查出双肺感染，另一个她老公是志愿者，也在做贡献，家里还有两个小孩，她实在顾不过来了。

还有两个辞职的。那天我记得很清楚，我在警务室那里找到她们，我说你们要去网格 × 栋 × 单元的某户上门咯，要送一些菜、口罩和消毒水给他们，我看你们没去拿，以为你们不知道，特地给你们拿过来，你们赶紧去。我话一说完，就看见她们都在擦眼泪。我还加了一句很蠢的话，我说这个是发热病人，领导指定要去的。一说发热就不行了，这个说头疼，那个说胸口疼。

其实每天往自己身上喷消毒水，戴着口罩说话说一整天，谁不头疼？加上精神高度紧张，每天干这干那，又要去那些危险的地方，晚上还睡不好，早上八点又要来。你说谁受得了？没办法，我们居委会就两个男的，我说我去吧，你们别哭，这么多天都挺过来了。

现在我们就剩下15个人。我一点都不怪她们（辞职），都是有家有口的，这么多天真的是不容易。我们还有位怀孕四个月的同事一直撑着，我跟她说你要是辞职我们真的欢迎。

很多居民每天都碰到他们，大家点头都认识，经常搞活动做志愿者，我们不是亲人，但也像是一家人。因为这个病，大家都慌了。如果这个时候你不管他们，不去跟他们解释，不挨两句骂，他们没有渠道（发泄），会更加恐慌。

那天有个居民说："你帮我联系了几天都不能住院不能检测，我知道要排队，不怪你，我就是要人安慰一下，我好怕……”我听到这里都要哭了，最后她说“谢谢你”，说了好多次。我说：“今天你是第一个谢我的人。”全居委会知道后都沸腾了，他们说不容易啊，你碰到个好人。好人吗？是病人。她和儿子双肺玻璃状，除了安慰，等排队，我无能为力。

说实话，我早就有过不想干的时候。我在居委会干了八年，目前这里留下来的也基本都是老员工，大家互相打气，他们还在坚持，我也就再坚持一下。我不是党员，没有那么高的觉悟，就是因为同事、朋友之间很长时间的感情在里面。如果我不干了，难道让女同志去冲吗？她们已经冲了，那我再不干了，她们怎么办？她们会更辛苦。

那天在孩子的家长群里遇到一个协和医院的护士，我还跟她说，我们都是逆行者。她单独私聊我说：“我考取了心理医生的牌照，你如果有任何需要的话，请联系我。”但我没时间跟她聊，我说我有需要就联系你，她说不客气。我想大家应该都需要（心理援助），就跟同事说了，他们居然没反应，我想象中的回答没有出现，出现的是一片沉默。

刚开始我们没有口罩，每天晚上回来我们还到处讨论。后来物资越来越丰富，防护越来越多，但是人越来越沉闷，因为太累了，不想说话。

也有很多理解我们的居民。有人在群里说，你们别逼他们了，他们也很不容易。还有个长辈给我发了好长一段话，看了真的很感动。

2月4日，区里下通知，说领导已经开会了，密切接触者是下一步的工作。一对六，一个病患至少要报六个密切接触者，疑似的也要一对六，这个数量太大了。

现在的问题是隔离点没有医生，国家在不停地增援，我相信过几天就会好起来。陆续把这些病例都集中起来，把这些密切接触者都隔离起来，然后火神山、雷神山、方舱医院慢慢地收治，各个医院一些病人慢慢地痊愈，也会空出一些床位出来。

全部隔离起来，感染人数就会慢慢减少，居民的心也会慢慢平静，我们的工作也会越来越好做，会更多一点信心。

“进入快车道了”

2月7日，我们接到通知要24小时战备，白天分成两班，一班是早上八点到下午两点半，一班是下午两点到晚上八点，中间半小时交接，晚上主要是居委会书记、副书记和副主任三位领导值班。

这几天我们又有两个人请假，但有个好消息是公务员下沉到居委会工作。这些天陆续有增援，截至2月12日，我们居委会有十来个公务员，每天来报到，我给他们安排事情做。

2月8日，区指挥部要求核酸检测全部停止。第二天又下了死命令，要求当天把所有疑似病人送去检测核酸，我们通知那十几个人24小时准备，随时打电话就要走。

我们和病人从早上八点一直等到晚上十二点多，后来送了四个去做核酸检测再接回来，又送了四个直接去住院，送完最后一个都凌晨两点多了。

2月10日，送了十个疑似病人去隔离点，现在隔离点也可以做核酸检测，还要送三个确诊的病人去住院。其中有个人，之前送她去做核酸检测，做完了送她回来她就是不下车，非让送到医院，死活不肯下来。最后没办法，我们把她送到医院让她去排队，然后掉头回来接其他的人去做核酸。耽误了两个小时，其他的人在风雨中冻得瑟瑟发抖。

她确诊为阳性，我们上门做了三天工作，劝她去隔离，她不去，让她去住院，她也不去。2月10日那天，派出所民警、纪委督办的人都上门劝她，她没戴口罩，在那声嘶力竭地叫喊。

她刚开始喊的时候，我就把民警肩膀上的执法记录仪拿下来，退到两米远，拍了全景，那简直是口沫横飞啊。民警距离她一米远，很克制地劝她安静，劝她戴口罩，她就是不戴。她说隔离点没有家里好，方舱医院会交叉感染，去医院也不行，她说自己已经好了，都不发烧了，她说，“去医院就是要死”。

其实按照传染病防治法，她这样是违法的。我们好话说尽，说给她安排最好的酒店，她也说不行。最后我们表示给她提供火神山的床位，最好的医院啊。她说跟家人商量一下，商量到最后又不肯去。晚上十二点多，我们终于把她送到酒店去了。

剩下还有一些新增的疑似病人，但明显比之前少了，昨天（2月11日）新增了两个，一个已经做了核酸检测，另一个今天安排做核酸。现在新增的基本上都是密切接触者，主要是病人家属。我们下一步工作主要就是对密切接触者的排查。

这两天明显感觉到，好像一下子进入快车道了，情况都在好转。

（江强为化名）

采访、撰稿/张小莲、蓝泽齐

编辑/黄芳

两百里返岗路，回武汉！

大年初一，49岁的刘金波骑在摩托车后座上，从红安赶往百公里外的武昌，回到湖北中西医结合医院参与抗疫。

那天小雨夹雪，温度有点低。走的时候，他只穿了件羽绒服，没带雨衣，身体直打哆嗦。由于担心在路面遇到警察的关卡，他特意选择了条绕道的小路，平日里两个多小时的路程，这次花了七个多小时。

此时，湖北省已经启动重大突发公共卫生事件Ⅰ级响应，全国新冠肺炎累计确诊人数1 287人，刚刚破千。距离张继先医生拉响疫情防控警报过去30天。

他回到医院后，一直为物资的问题奔忙，他心疼一线的同事，工作气氛紧张，劳动强度大，有时候还无法得到充足防护。

以下是刘金波医生的口述：

（一）

我是湖北中西医结合医院的一名医生，曾经在口腔科工作，也算是临床，后来我得了脑梗死，做了脑血管支架手术，视野缺损50%。所幸我爱人就是神经外科医生，发现得早，并没有造成更加严重的影响，但自己已经无法胜任口腔科的工作了，然后被医院转到体检中心，到现在已经三四年了。

我和爱人、两个孩子住在武汉武昌区，一个孩子在天津读大学，另一个孩子是二胎放开之后要的，目前两岁。我的老家在湖北黄冈红安县的一个村里，离住处相距100多公里，两小时的车程。老家红安县有我三个姐姐、一个妹妹，爸爸妈妈虽然都过世了，但每年这一大家子都会回来，因为这里是家，每次回来都有年味。

1月22日，我回到红安县，武汉的疫情已经在网上引起轩然大波，但是本地并没有那么紧张，当时全国也才几百例，我们医院发热门诊人数跟以往相比也没差多少，很多普通老百姓都觉得这与他们无关。村里依然热闹，很多人会走家串户，村里的烟花爆竹如同往年，多年来大家的习惯不易改变，年味丝毫没受到疫情影响。

然而微信群里却充斥各种谣言、猜测。我们整个村有一个微信群，名字叫作"嫡亲部队"，群里面大概有七八十人，大家也都在讨论这件事。作为一名医生，我一直在告诉大家不要相信谣言，不要相信小道消息，也会提醒他们做好疫情的防控。因为我是医生，正值中年，在村里有一定的威望，大家也都相信我所说的，遇到最新的疫情消息，也会来问我。截至2月10日，我们村尚未发现确诊患者。

（二）

在回家的第二天（1月23日），我接到通知，疫情变化了，医院那边人手不够，需要我马上赶回去。我当时想完了，真的可能就像"非典"一样。

接到通知后，我的第一反应是去找同事换班，但是我发现大家都有自己的任务和岗位。而公共交通、小汽车都没了，自己回去也很麻烦，我的爱人最开始也拦过我，毕竟我年龄不小，加上做了脑血管支架手术，一直在吃药，身体也不行。

但我最终决定无论如何也要回去。我爱人知道，我们学医的人，能够把公休假完整休完的机会很少，即使没有这个疫情，也可能要提前回医院，因为医院一天都不能缺人。我的孩子也很理解我，支持我。

不能开车，没有公共交通，我想到了坐摩托回去。自己亲戚家里有摩托，而且村里离武昌只有120公里左右，虽然也不近，但如果连续换乘摩托，也是可以到武昌的。

我打算先乘妹夫的摩托从红安出发，再分别换乘堂妹夫和同村兄弟的摩托，最终到达武昌的家。一路上都是走小路，因为担心大路上交警抓我们，而这些小路上没有警察，村与村之间也没有封路。因此我当时马上跟我这三个亲戚打了电话，他们三个都很爽快地答应了，我也很感谢他们。

大年初一那天，我吃完“开张饭”，稍微休息了下，下午两点钟坐在我妹夫摩托车的后座，开始从红安赶往百公里外的武昌。那天我走得急，忘带雨衣，所幸穿了一件羽绒服，但在摩托车上还是不好受，风一直在刮，夹着雨滴。但我更担心在路上遇到警察的关卡，虽然我是一名医生，但当时并没有通行证，怕耽搁自己回到医院。

下午四点钟左右，我来到堂妹夫的家门口，吃了个便餐，因为坐在摩托后座上一直淋着雨，有点冷，身体都有点哆嗦，明显感觉到肚子饿了。6点钟我又换乘同村兄弟摩托的时候，路上湿滑，前路难测，因此我不敢停留很久。

再往前走我便到了武汉城里，这里完全变了一番模样，我走的时候，虽然疫情已经爆发，但路上仍有很浓的过年气氛，但回来的时候，整个城里，只有灯亮着，人和车都没了。

等我到武昌的家时，已经晚上九点了，上半身由于穿了羽绒服，虽然湿，但没有浸到身体里去，裤子与鞋则能明显感受到全是冰水。我连忙换了衣服，洗了个热水澡，去除身上的寒气。

第二天上午八点，我准时出现在医院门口。其他大部分同事也都回到了医院。有一名医生还是骑自行车过来的，足足30多公里。在这种环境下，没有一个人容易。

（三）

回到医院工作后，由于身体原因，我没有在一线，主要负责医院后勤物资的供应。最开始，所有物资都很紧张，听说红十字会的物资都囤积在他们的仓库里，而医院物资很少，连手套都没有，医生的N95口罩都要戴几天，而且还得自己洗、自己消毒。

从2月3日开始，物资发放逐渐规范，都有明确的渠道登记，数量也多了不少，情况比之前好多了，物资能够暂时保证非重症科室医务人员的供应。

但重症科室医务人员的防护物资依然紧缺，到现在也没有充足的N95口罩、隔离服。他们最危险，但他们的保障也最弱。其他科室的人员来领物资，可以一次取连续几天的，但重症科室只能按天发放，因为我们无法保证第二天这物资还有没有。

按照要求，这些医务人员如果外出，需要重新换一套防护服，但物资紧张，不允许这样消耗，他们也只能保证尽量不外出，如果实在有需求，也只能先把隔离服脱下来，回来继续穿上。有些医务人员甚至可能领不到当天的物资，这时候又必须要上班，他们只能找那些休息的同事、其他不那么紧急的部门去借，大家也会互相调剂。虽然艰难，但大家也都在努力。

前几天，医院还收到一些过期、不达标的防护物资，这些物资多是来自社会捐赠。社会捐赠是我们医院物资的重要来源，占比40%左右。但这些物资往往是不那么紧缺的普通口罩等，每份物资我们还需要填写回执单，即使是过期、不达标的，我们也需要告诉捐赠人这些物资去哪了。而隔离服、N95口罩之类的防护物资，这些都需要由卫健委、红十字会统一调配才行，这些物资往往是到了医院，当天就被医护人员领走了。

我这几天一直为物资的问题奔忙，但一线的同事更加辛苦。我看到他们气氛紧张，劳动强度大，有时候无法做到充足防护。而且现在医患关系也很复杂，我们医院前几天还出现病人家属持刀威胁护士的事件。这对于那些医务人员的积极性打击非常大。现在还在一线工作的医务人员，真的是值得整个社会尊敬的对象。

采访、撰稿/蓝泽齐

编辑/彭玮

1 716例医护感染缘何发生

住院15天后，2020年2月1日，阳光明媚，湖北黄冈市中心医院的医生黄虎翔准备出院了。他瘦了一些，洗了澡，换了衣服，戴上口罩，联系好社区的出租车，住到了岳母的空房里，一个人隔离，在家看一张张病人的片子。

之前一年只休七天，他说，从医以来，从未休过如此漫长的假期。

2月12日，和许多被感染的医护人员一样，结束隔离的黄虎翔回归医院，与同事一起再次投入对新冠肺炎患者的治疗。

这些患者里，可能包括他的同行，也是他的病友。

2月14日，国家卫生健康委副主任曾益新在新闻发布会上透露，截至2月11日24时，全国共报告医务人员确诊感染1 716名，其中有6人不幸辞世。就在新闻发布会的这天，武汉武昌医院的一位护士柳帆又因感染新冠肺炎不治离世，仅四天后，2月18日，武昌医院的院长刘智明因感染新冠肺炎抢救无效逝世。

医护感染是如何发生的？回溯和审视这些，早期的“未设防”，疫情暴发后猛增的病人和相对不足的防护和人力，互为因果，又共同酿成了悲剧。

始于12月：未设防的“人传人”

距离华南海鲜市场300米，武汉市优抚医院是最早接收到新冠病毒信号的医院之一。

2019年12月12日，一名海鲜市场的商贩来就诊，身体不舒服，高烧不退。“主任跟他聊了几句，建议他去后面的五医院或者中心医院”，在优抚医院工作了四年的护士王露说。

优抚医院是一家以精神专科为主的二级医院。王露告诉澎湃新闻，因为距离海鲜市场近，商户们喜欢在医院停车场卸货，市场的蛇曾经钻到医院里来，要是有商户发烧感冒，优先会来优抚医院，“小医院人少，流程简单，挂个号，连队都不用排”。

优抚医院一位门诊医生陆阳说，那段时间医院陆续接诊到一些“像是流感”的病人，医生们之间也在讨论，“这些病人也不是难受也不是胸闷，都是发烧、咳嗽这些症状”。医生们会建议上CT，拍个胸片，但好多病人不会一下子就愿意做CT。

当时，对于新冠肺炎的传染性，即使是医护人员也无从知晓。优抚医院精神科病区一位医生透露，2019年12月中旬，医院曾得到上级指示，大意是华南海鲜市场附近有肺炎个案，但不是非典，也没发现人传人。

武汉市卫健委12月31日的通报再次强调了这点。通报称，在全市医疗卫生机构开展与华南海鲜城有关联的病例搜索和回顾性调查，已发现27例病例，其中7例病情严重，其余病例病情稳定可控，有2例病情好转拟于近期出院。到目前为止调查未发现明显人传人现象，未发现医务人员感染。

这天是跨年夜，王露下了班，按照计划，她准备去华南海鲜市场买火锅底料和食材。转念，她想起主任在开晨会时提到“医院出现了疑似病例”，同事在微信群里极力劝说，王露担心起来，最终早早回了家。

没人料想到，病毒在悄无声息地蔓延。病人在短时间内涌入，与之相应的医院防护却慢了半拍。

2020年1月8日，湖北省第三人民医院紧急开放发热门诊，此前主要负责住院部的医生胡晟被临时调往门诊做负责人。“刚开始的时候，都是Ⅰ级防护，戴口罩。”胡晟告诉澎湃新闻，到1月中旬，问题变得严重了，医院赶紧提升了防护等级。

1月17日，优抚医院也大面积出现发烧、咳嗽的病人，CT结果显示异样。“那时候我们用的都还是普通的医用口罩”，王露介绍说。在不设发热门诊的这家二级医院，防护等级跟上得更晚一些。

同一时间，优抚医院出现了第一位疑似感染新冠肺炎的医生，让医护们警惕起来。医院的外科医生易立新对这一病例很熟悉，“当时没有核酸检测，CT是有侵蚀状的，3—4天中进展很快，出现临床症状，非常典型”。易立新觉察到情况危急，“但是上报后，因为没有核酸检测，上级部门不认同这个病例”。

陆阳告诉记者，优抚医院较早申请了核酸检测，但卡在检测试剂很紧张的关头，一直没有拿到，医院第一批通过核酸检测确诊的病人直到1月23日上午才拿到结果。

易立新说，所幸医院反应快，1月17日就成立了隔离病房，叫停了这天的春节联欢会。在陆阳的记忆里，17日下午，医生们就往新建大楼的隔离病房里搬了物资，18日消毒，当天下午病人就住进去了。

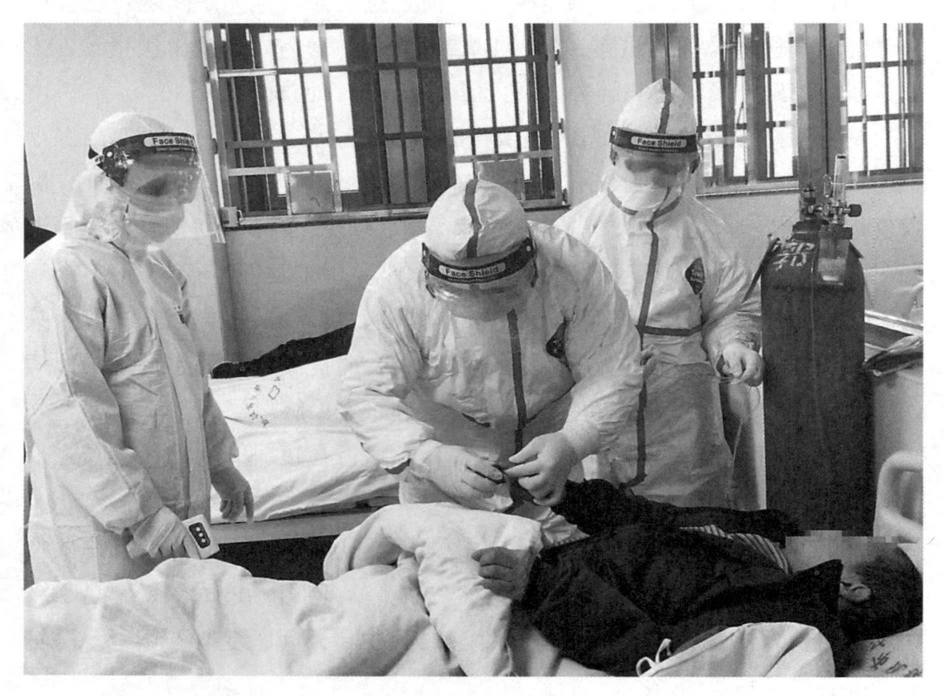

优抚医院隔离病房，护士在护理病人。受访者供图

“我们在进呼吸科（隔离病房）的时候已经穿了隔离服，那个时候护目镜还有，我们和医院提出来，医院马上就把（防护）物资搞进来了”，陆阳回忆。

当时上级部门提出排查新冠肺炎的标准之一，是华南海鲜市场接触史。但陆阳发现，一些没有接触史的病人CT也有问题。他们决定“先斩后奏”，把这些病人也收治进了隔离病房。

易立新透露，自那之后，优抚医院医护感染总人数大约50人，没有新发病例，都在慢慢痊愈。

1月以后：病人激增，没有“一线”概念

1月，邻近优抚医院、距离华南海鲜市场大约1.5公里的武汉市中心医院发热病人激增。

18日前后，中心医院疼痛科主任蔡毅接诊了一位疑似新冠肺炎的病人。令他纳闷的是，有些人开始没有症状，只是疼痛，后来拍了CT，他察觉到不对劲。蔡毅记得，那会儿大家不了解疫情，医护人员都没有戴口罩。

“这一病人感染了科室里的一位护士，目前护士仍在住院，”蔡毅透露，“李文亮医生发声后，我们最初都以为是造谣，直到后来我自己收了一个这样的病人，马上上报，才知道不是（谣传）。”

而李文亮自己，也在接诊一名“病毒性肺炎”患者后，出现咳嗽发热症状，1月12日入院治疗。

病人增多，人手不够，第二天，蔡毅关了科室，11个医生全部上了一线。“潮水，”那是蔡毅大量病人出现时想到的第一个词，“那两天，30个病人，一下子就收满了。”

“疫情早期，还没有‘一线’概念，医院（按科室）照常工作，没人提防护，口罩是自己备的”，另一位在17日确知自己感染的中心医院医生尹文向澎湃新闻记者分析。

这解释了为何在疫情初期，一些急诊和呼吸科以外的普通科室反而成为医护感染的重灾区。“确实低估了传染性”，武汉市第一医院的内科医生林子宁也后知后觉病毒的“狡猾”。和普通民众一样，对呼吸道传染病并不熟悉的林子宁也是在新闻中得知新冠病毒出现在华南海鲜市场，“当时没有很害怕，1月初，还没听说这个疾病危及生命。平时我们工作中会戴两层普通口罩，外科口罩也是从17、18日左右开始戴的”。

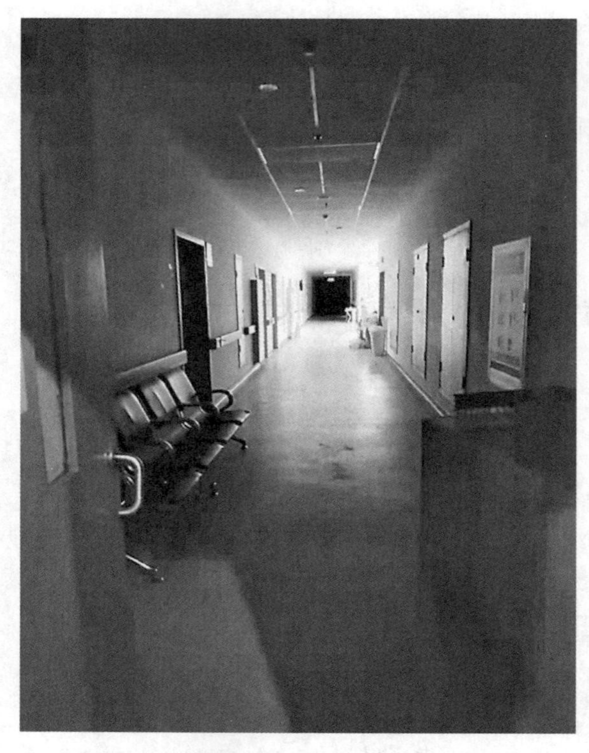

武汉中心医院后湖院区的急诊中心改为发热门诊，通往内科诊室的通道已关了灯。澎湃新闻记者葛明宁　图

林子宁向澎湃新闻记者指出，在第一医院，普通科室医护人员的感染率高于发热门诊，她认为这源于很多病人并不是因为发热就医，“例如他的症状是以腹泻为首发，后来才发现不是单纯的腹泻”。

武汉大学中南医院在医学期刊《JAMA》发表的回顾性研究显示，1月1日到1月28日，该院138名确诊患者中，57人为院内感染，其中40人为医护人员。感染的医护人员中，来自普通科室的医护人员共31人，占77.5%。

1月22日，林子宁自己中了招，咳嗽不断，直至27日确诊入院。她能想起的传染源是之前接诊的一名病人，林子宁给他听诊，需要贴得很近，病人当时正在说话。彼时，普通科室没有防护服和护目镜，她的装备只有口罩、帽子、手套、隔离衣。

两天后，林子宁的眼球结膜开始出血。

和林子宁类似，同济医院中法新城院区心血管内科医生周宁也是意外被感染。

1月17日，一位已经出现心源性休克症状的病人前来就诊，鉴于当时的肺炎疫情，周宁习惯性地询问病人有没有发热和华南海鲜市场暴露史，病人否认了，“但你不能太责怪病人，他入院时确实体温正常、没有咳嗽等症状，所以我们除了口罩帽子的日常防护之外，没有提高防护级别”。

1月19日，手术顺利结束，21日出院时，病人突然告诉护士入院之前曾经发过烧，12月初还去过华南海鲜市场。“要命的是，他是厨师，经常会处理从华南海鲜市场流出来的活禽和野生动物"，周宁后来回忆。

当时，武汉的疫情已经扩散，周宁紧张起来，开始回想与病人的接触史和暴露风险——18日术前谈话时虽然戴着口罩，但没有保持1米的安全距离；手术成功后，周宁曾摘下口罩和他握手致意、交谈。

周宁一下子感到自责，立即通知科室同事自行监测体温，加强防护。1月21日，周宁下了夜班，出现发热、恶心、腹泻、晕眩的症状，第二天血常规和CT结果表现为高度疑似，他开始居家隔离。

新冠肺炎患者最初症状的模糊让不同科室的医护人员措手不及，直至1月20日，国家卫健委高级别专家组组长钟南山在接受央视新闻采访时表示，新冠肺炎"肯定人传人"，明确存在14名医务人员感染。同日，国家卫健委发布1号公告，将新型冠状病毒感染的肺炎纳入《中华人民共和国传染病防治法》规定的乙类传染病，并采取甲类传染病的预防、控制措施。

澎湃新闻查询发现，这一时间前，医护人员感染人数已较快攀升。

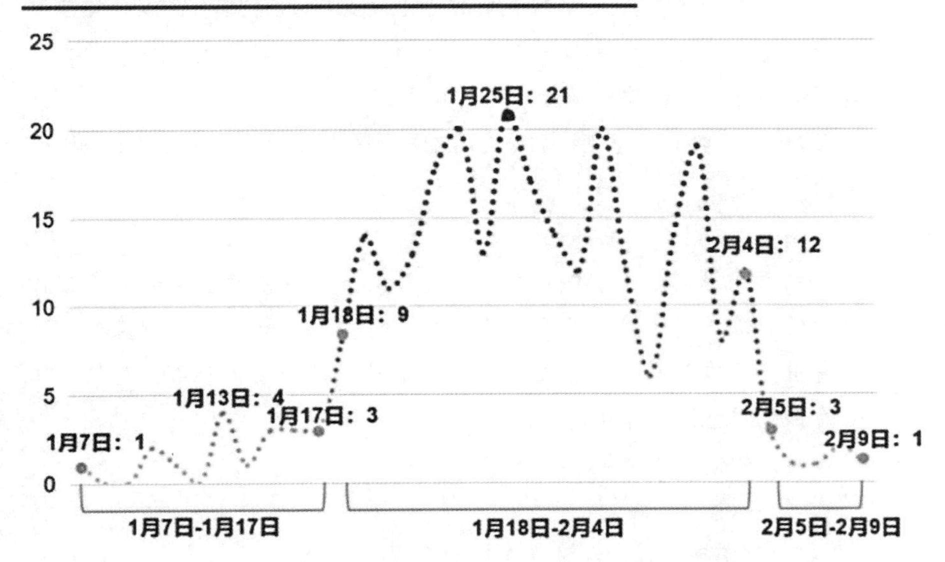

278名被感染医护人员确诊感染时间分布。数据来源：中国红十字基金会字节跳动医务工作者人道救助基金资助名单（截至2月14日）

1月29日，《新英格兰医学杂志》上发表了一份由中国疾控中心、湖北省疾控中心等单位人员撰写的研究报告。报告对截至2020年1月23日向中国疾控中心上报的425例新冠病毒感染患者进行了分析，发现在1月1日之前发病的确诊病例中没有医护人员；而在1月1日—11日之间，医护人员占确诊患者比例达3%；在1月12日之后，比例增加到了7%。

而截至2月14日，中国红十字基金会字节跳动医务工作者人道救助基金资助名单所公布的278名被感染的医护人员中，大量是在18日后被确诊感染，2月5日后，确诊人数下降。

1月24日除夕，周宁出现疑似症状的第四天，因为工作和学习的原因，十年没和父母一起吃年夜饭的他，为了一了父母的心愿，不让他们伤心，周宁戴着双层口罩，坐在餐桌旁，跟父母保持了一米的安全距离，“看”着一桌丰盛的年夜饭，筷子没动一下。

周宁后来在自己的公众号上自述：

> 强忍泪水的笑脸之下，我知道爸妈心里该是有多难受和担心。
>
> ……
>
> 每当我回家手舞足蹈地告诉他们我今天救活了哪个病人，每当我发表了论文、捧回了奖杯、得到了表扬，还有当我哭笑不得地拎回了病人送的土鸡蛋，他们脸上总是笑开了花。
>
> 但更多的时候，我带给他们的不是荣耀，而是无尽的担忧、害怕。
>
> ……
>
> 我不能指望老人们能理解我们。作为同济医院的医生，我们要承担的任务，远远不止看几个病人、做几个手术这么简单。就像这一次疫情当头，作为暴风眼中的医院，同济是稳定疫情的基石，是镇定军心的旗舰，也是指挥战役的前哨。
>
> 我们的使命注定更多、更重。
>
> ……
>
> “看”完年夜饭，我又开车回到了隔离屋。

苦战1月：防护“黑洞”与“超载”工作

“就地转岗。”何军是武汉一家三甲医院的医生，1月17日上午，全院开会，宣布科室重排；当日下午，何军进入新成立的感染二科。

病人数量只增未减，“一线”被不断扩充——这意味着越来越多的定点医院、被临时改造的病房和紧急接受培训的各科室医护人员。

但武汉原有的传染病防护资源有限。在武汉市中心医院南京路院区重症医学科工作了近11年的护士朱诚分析，这是一些定点医院也无法接收病人的原因，“按传染病房标准来设置的医院不多，除了金银潭医院和肺科医院，其他医院临时改造的病房不一定能达到标准”。

1月24日除夕傍晚，何军已连轴转了一周，一天睡2至3小时，门诊病人最多时一天有350至370个。躺在病房外的沙发上，何军向澎湃新闻吐露多日的担忧，声音嘶哑：医院里用担架、轮椅将重症病人运入隔离病房，没有专用电梯，必须经过医护通道，消毒措施难以及时做到。

呼吸道传染病房的设置遵循“三区两通道”原则，即清洁区、缓冲区、污染区与医患分开的两条通道，而在一些紧急时刻，这些分界并不明晰，暴露出院内交叉感染的隐患。

武汉一家三甲中医院的急诊科护士吴悦在1月24日接受澎湃新闻采访时也提到，她所在的急诊科当时不具备相应的隔离条件，黑压压的病人聚集，“高度疑似患者自由地走来走去”。当时科室的防护只有手术衣，数量有限，仅能提供抢救的医护人员穿。

吴悦透露，元旦过后，医院内部即公布了新冠病毒人传人的消息，“但是不允许拍照、不允许录音、不允许外传”。即便如此，物资也无法立即到位。

正是同一时期，防护物资开始肉眼可见地告急。

1月23日，湖北省中医院、武汉协和医院、武汉大学中南医院、武汉市中心医院、武汉市第一医院、武汉市第三医院等8家医院相继对外发出公告，呼吁社会捐赠N95口罩、防护服等物资。

疫情蔓延，医院人手紧张，医护人员往往超负荷工作。1月5日，黄冈市中心医院医生黄虎翔在呼吸科接诊了第一位发热病人，1月15日左右，中心医院被设为定点医院，病人一天天增多。

黄虎翔后来回想，那段时间病患多，可能不小心接触到感染患者，又经常加班，免疫力也下降。在黄虎翔被感染前，科室里24名医护人员中，已有2名护士、1名医生被感染。

武汉大学中南医院急救中心护士郭琴也忆起被感染时可能不足的免疫力。

2020年1月初，正是流感、心脑疾病高发期。1月6日，医院里来了位50多岁的重症患者，郭琴参与了紧急抢救。之后一周，她又接触到四五位后来被确诊为新冠肺炎的患者。那阵子，她每天工作十几个小时，只能睡四五个小时，感觉很疲惫。

郭琴成了中南医院首个被感染的医护人员。1月13日，住院第一晚，郭琴彻夜失眠。耳边，回响着治疗推车走动的声音、监护仪器的响声，和护士急匆匆的脚步声。

武汉大学中南医院重症医学科主任彭志勇向澎湃新闻记者介绍，郭琴感染后，医院开始重视防护措施，"之后各医院的医护人员都很警惕，我们会注重戴口罩、洗手，避免人员接触，医护人员吃饭时也背对背，彼此距离一两米左右"。

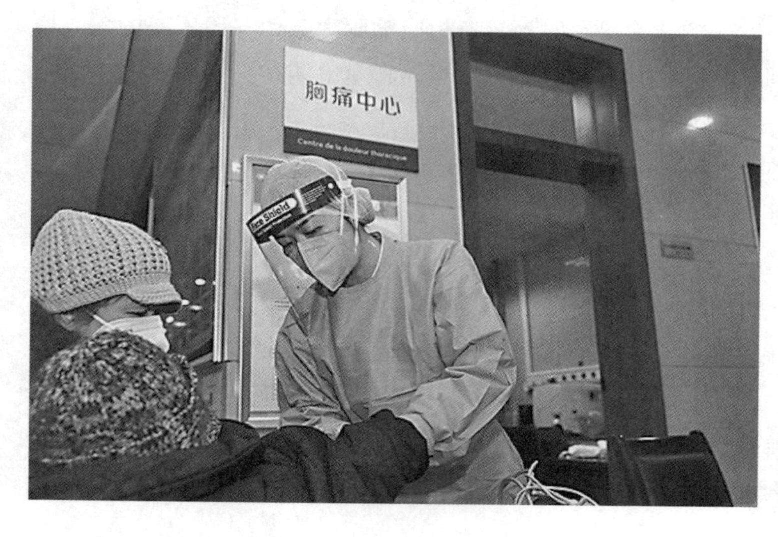

感染新冠肺炎痊愈后返岗的护士郭琴。受访者供图

1月底至2月:“还在顶着”,“支援来了”

印象中，林子宁只知道自己是第一医院第一批倒下的医护，在她之前已有同事被感染。林子宁回忆，武汉市第一医院在1月20日设立发热门诊后，在发热门诊和发热病房配发防护服、护目镜，“估计基本可以保障，但是其他科室可能就有点跟不上”。

从1月27日确诊住院至今，她的病情反反复复，但更多的时候，她想的不是自己。“每天看着一线的同事那么辛苦，心里面很难受。”林子宁说，她现在每天也换口罩，只要医护人员进来，就算是在吃饭，也要把口罩戴起来，就怕他们也被感染了。

各医院的防护等级渐渐达标，物资缺口还是最头痛的难题。

武汉市第一医院在1月23日第一次宣告物资短缺后，又于1月26日、2月10日再次求援。这几天，来打针的护士戴着不符合规格的口罩，林子宁问起来，她们只是说:“哎呀，每天都在变。”她们乐观、坦然，让林子宁很感动。

只有一次，她意识到自己曾离死亡很近。一天清晨近五点，她觉得乏力、缺氧，迷迷糊糊在睡觉，没听到对面床的重症病人被宣告临床死亡。林子宁没看见他的脸，直到殡仪馆过来接人，才知道这一消息。

林子宁体质不好，原有哮喘，此后呼吸特别困难时，她会在心底生出害怕。

何军的一位搭档在科室成立第一天接诊发热病人后，浑身酸疼、发烧，确诊感染新冠肺炎，有病人离世，“腾出”一张床，搭档成了他的病人。一个月来，他所在医院的防护物资依然短缺。2月初，科室的防护服已耗尽，医护们只能穿着蓝色的隔离衣进入重症病房。2月9日，何军也感染了，他向记者发来CT报告单，“自己给自己看病”。笔记本上，他细细写好接下来要服用的药物，为自己开了吊瓶。

2月16日，澎湃新闻回访吴悦，她也确诊感染了新冠肺炎，于2月初住院治疗。“前几天做CT，肺部磨玻璃状还在涨”，吴悦对澎湃新闻说。她接受了14天的激素治疗，“脚背的趾头、踝关节都疼，晚上稍微动一下，就会不停地出虚汗。早上把衣服换下来，搓一下，我的呼吸就跟不上来，要吸氧、躺好半天，才能缓过来”。

“武汉一线医护人员物资仍有较大缺口”，2月11日，湖北省卫生计生宣传教育中心运营的“健康湖北”公众号再次公布武汉25家医院的受捐公告。

那时，武汉市中心医院剩下的物资指日可数，医护人员只能在工业N95口罩外面加一层外科口罩。“外科口罩防水、防液体喷溅，工业N95口罩只能防油性颗粒、雾霾等”，中心医院负责物资联络的医生黄磊介绍。

“医用N95口罩非常少，每天给我们发200、300个，要用4 000个，怎么够呢？每天防护服要发出去2 300套。我们要囤10天的量，所以防护服至少要准备20 000套，口罩要准备40 000个。”黄磊在2月11日对澎湃新闻表示，她的电话在近日被“打爆了”:“我们也在收纳民间捐助，但是消耗太大，合格的物资产量本身就不高，肯定是不够的。”

澎湃新闻获取的一份武汉市中心医院物资需求清单显示，从防护类用品的每日消耗量来看，医用防护服2 280件，N95口罩4 560个，一次性隔离衣4 560件，医用防护靴套2 280双，防护面屏2 280个。

2月17日，中心医院负责物资联络的医生胡晓松告诉记者，现在物资情况好转了一些，政府定向捐助和民间捐助多了起来，“但N95口罩还是比较缺，一线医护人员的外科口罩、隔离衣可以保障了”。

过去一个多月，中心医院至少150名职工确诊或疑似感染新冠肺炎，受访的两位中心医院医生向澎湃新闻证实了这一数字。“后湖院区19—21楼，每楼有半个病区是本院职工，每半个病区编制47张床，不包括轻症没住院的”，另一位感染新冠病毒的中心医院后湖院区医生尹文对澎湃新闻说。

多位中心医院医生证实，该院眼科、心胸外科、泌尿外科的三位大夫，一位上了呼吸机，两位在靠ECMO（人工肺）维持生命。在重症病房的护士朱诚没想到，最后送进来的会是昔日的同事。

医护人员感染，加剧了人手的不足，蔡毅见过护士长哭泣，“她没有感染，是她底下的人感染了，其实她也一直在咳嗽，但肺部没有感染，所以每天还在顶着”。

2月之后："期盼医务人员零感染"

2月7日，跟随上海第四批援鄂医疗队出发去武汉时，陈翔压力很大，"都期盼医务人员零感染"。

陈翔是上海中山医院院感科的医生。院感，即对医院内部发生的感染进行有效的控制。疫情中的医护感染将被忽视的院感问题带出水面，此次各地支援武汉医疗队中增添了专业的院感科医生。

平日里，院感科的工作大多是预防患者因长期住院导致的交叉感染，在医务人员方面，院感科会关注医生护士护理病人时的接触预防、无菌操作。"很少遇到这样大型的传染病，医护人员周围都是确诊的传染病人"，陈翔对澎湃新闻说。

培训时，她能感受到团队里医护人员对防护的重视，"一个人穿防护服，旁边的人都会帮忙看对不对，有没有包严"，这让她觉得欣慰。成员大多年轻，没有经历过2003年的非典，很少有感染防控经验——有的医护觉得一层口罩不够安全，就戴两层，"这是不可以的，随着活动肯定会错位或移动，漏气就相当于白戴"；有的医护会把护目镜戴在防护服外面，"摘掉护目镜后，脱防护服时眼睛就没有受到保护"。

陈翔介绍，感染防控是一个全套的流程，到达武汉后，她最先投入到医疗人员居住的酒店、上下班公交车的防护中，感控措施包括消毒、避免人员接触等。到达武汉大学人民医院东院后，她也亲眼见到当地硬件条件的滞后：普通病房很多是临时搭建，区域之间做不到完全密封；理论上从清洁区进出污染区，应有两个分开的缓冲区，但医院里只有一个，有人在穿脱防护服时，还会有其他人进出，风险重重。

陈翔只有从最原始的方法开始改进：门与门之间的缝隙拿胶带贴，进入缓冲区前要求先敲门……实操起来也有困难。在污染区长时间工作，穿着防护服呼吸发闷，体力也吃不消，一些医护人员会急于脱掉；在实际工作中一般是一个人脱，没有办法互相监控、监督，而脱防护服往往是风险较大的环节，需要缓慢细致地进行来保证安全。

陈翔临时去家具店买了全身镜摆在缓冲区，让医护人员慢慢对镜操作，医院也安排护士长和专门的感控护士一起配合监督。陈翔知道，感染控制在于把控细节中的每一个风险。“管天管地管空气，”她这样笑称院感的工作，“精准、科学的防护也很重要，无需过度防护，例如在清洁区，一般只要求戴外科口罩，穿工作服。”

医疗队带了一部分物资接管病区，缓解了物资的紧张，只是仍要紧着用。每天，陈翔会从医护人员那里拿到不同标准的防护服，她要一一审核，除了查看检测报告，还需要检查包装是否破损，使用期限是否已过。

最初物资缺乏，她和医疗队刚来时，没有长筒的鞋套，就用医用垃圾袋替代，厚实一些；没有N95口罩，就戴工业口罩，外科口罩戴在外面，效果会好一些。

她很难判定，此前大量医护人员感染是源于哪一个环节。“特别是这种经过呼吸道传播的疾病，有一点点的漏洞也许就会被感染，”这让陈翔感到难受，“每一个数字对我来说都很心痛，都是我们的战友，而且我们也可能会变成其中的一个。”

回望2003年的非典疫情，医务人员感染多发于疫情初期。北大附属人民医院在2003年3月15日收治了一名疑似SARS患者后，没有采取严格防控措施，直至93名医护感染，4月24日，整座医院被隔离；而在后期建立的小汤山医院，参与治疗和护理的1 383名医护人员中，无一人被感染。

“相比SARS期间，我们对院感的重视有了非常大的进步”，陈翔说，“理论上来说，只要做好防护，是可以保证医护人员不被感染的。”如今，陈翔最害怕医疗队成员工作时间长了以后逐渐麻木，在一些细节上会松懈。她每天在群里发信息，叮嘱感控的要点，测量体温，提醒有不舒服的医护人员及时上报，先休息。

目前，医疗队136名队员没有感染，她做好了长久作战的准备，最终能带队员平安回家，“这是我的使命啊”，陈翔说。

尾　声

2月1日，周宁治愈，隔离至2月9日，回到同济医院光谷院区上班。周宁说，后期医院的防护措施加强，医护感染人数渐渐下降。

中国疾病预防控制中心新型冠状病毒肺炎应急响应机制流行病学组在《中华流行病学杂志》上发表的最新研究显示，至2月11日，在为新冠肺炎患者提供诊治服务的422家医疗机构中，共有3 019名医务人员感染了新型冠状病毒。其中，武汉市感染新冠肺炎的医务人员中，重症比例从1月1日—10日期间最高38.9%逐渐下降，到2月上旬为12.7%。

国家卫健委医政医管局副局长焦雅辉在受访中解释称，疾控中心公布的医护人员感染数据来源于直报系统，该系统只会显示感染病例的身份和感染情况。前述3 000多人中，有些医护人员是在医院、在工作岗位上感染了新冠肺炎病毒，还有一些医护人员可能是在家庭或社区感染了新冠肺炎病毒。

在医院防护加强的同时，增援力量也在充实。从1月24日除夕夜到2月15日，全国各级医院共派出203支医疗队、25 424名医疗队员支援武汉。

在家隔离时，周宁脑海中闪过回忆，2003年非典时他刚结束临床实习，没想到这次就上了前线。现在，医疗队来支援后，病房情况有所缓解，但要盯疫情一线和日常科室班，人手还是不太够，排班常常排不过来。

陈翔也感受到，医院内护工或保洁人员紧缺，卫生消毒、病人个人护理都靠护士负责，导致护士的工作量非常大，这是她来武汉前没有想到的。

林子宁仍在医院住院，病情在往好的方向发展，“就想快点投入到工作中，让辛苦的同事尽量休息下”，她说。

吴悦有些担忧康复后的生活质量和工伤认定，她期望出院后，能健康地在岗位上工作。

蔡毅说，医院已安排第一批医护人员换岗休息，他还想继续撑着，就希望物资充足，“继续战斗下去”。

他念着，疫情结束后，最想吃宵夜，喝啤酒，武汉市民喜欢吃喝玩闹。他还想回到科室开刀，做回一个疼痛科医生。

（王露、易立新、陆阳、林子宁、朱诚、何军、吴悦、尹文为化名）

采访、撰稿/黄霁洁、明鹊、朱莹、温潇潇、葛明宁、
张小莲、张卓、沈青青、陈媛媛、蓝泽齐
编辑/黄芳

在金银潭ICU的日子

2020年3月17日，41支国家医疗队的3 675名医护人员撤离武汉，返程回家。随着疫情形势转好，完成救助任务的各省援助湖北医疗队接下来将分批离开。而此时，在金银潭医院的ICU工作了50多天的医生钟鸣，还要站好他的“最后一班岗”。来自国家卫健委的数据显示，3月16日，在院的新冠患者还有8 200多人，其中重症和危重症患者共有2 800多人。

金银潭是武汉最早救治新冠患者的定点医院，这里的ICU收的都是最危重的病人，“经过种种治疗，不行了，再送到这里”。从1月23日在上海接到调令来到武汉，钟鸣常会感慨“难”。他不是没见过大阵仗。作为复旦大学附属中山医院重症医学科的副主任，他参加过非典救治，也驰援过汶川地震，可是面对这个“很有城府的病毒”，他不得不承认，“从没有经历过这种事”。病人前一天还能交流，病情稳定，第二天突然就走了，“超出我们对疾病的认识”。

目前，治疗新冠还没有特效方法，但药物和疫苗的研发都在进行，新的救治手段也在尝试。一个多月来，钟鸣积累了一些临床经验，也渐渐摸清了一些规律。

3月6日，他接受澎湃新闻记者的专访，谈到他对这个疾病的已知与未解。

“它超出我们对疾病的认识”

澎湃新闻：可以简单介绍下您来武汉之后的主要工作吗？

钟鸣：我是上海第一个援助武汉的医生，最早是接到国家卫健委的调令，来支援金银潭。

金银潭有三个ICU。最早一个是南七楼，16张床的ICU根本满足不了大量的危重病人，后来就把楼下两个楼层，南六、南五，临时改成了ICU。

1月15日，湖北省卫健委要求同济、协和、省人民，三大医院分别接收一个ICU病区，湖北各个地区都来支援。1月22日，这三个楼面调来了国家卫健委危重症救治的三位高级专家，后来，又调了我们三个全国的专家来。

我当时在金银潭担任临床治疗组长，除此之外，根据国家卫健委的要求巡视筛查危重病人，巡诊，负责卫健委指派的一些工作。

澎湃新闻：现在救治的是刚收进来的病人还是存量病人？

钟鸣：金银潭ICU里很少是刚入院的病人。这个病跟SARS、甲流、禽流感不一样，以前这些上来就是最高峰，这次新冠肺炎不是的。起病很温和，很多人没有症状，多数是发烧、咳嗽，到了第十天、两周后，开始出现呼吸窘迫、缺氧症状，然后才会变成所谓重症，再去金银潭或其他定点医院救治。然后再从重症转为危重症，从金银潭的普通病房转到ICU，或者从外面医院转到金银潭。

澎湃新闻：到你这边的病人，通常发病了多久？

钟鸣：区间比较大，但有一定的规律性。第一批病人，多数是起病两周之后变成危重症，送到我们这边来，多数病人去世是在第三周。但是经过一个半月的工作后，慢慢变了，现在是第三、第四周的病人多，不知道为什么。猜测是不是几代的时候毒性下降了，还是因为现在病人的身体条件比之前病人稍微好一点。我们没有获取大宗的流行病学资料，也不知道原因。

澎湃新闻：有没有可能是救治更科学了，延缓了送过来的时间？

钟鸣：客观地说，前面治疗得规范与否，很大程度上决定了我们后面治疗的效果。很多时候我们收到的病人非常危重，因为每个病人之前都经过种种治疗，不行了，再送到这里，所以就决定了我们应该是最艰难的一群医生。

澎湃新闻：你是重症医学的医生，应该是见过许多这样的病人？

钟鸣：不一样，大家经常讨论这个问题。大场面我们见的应该非常多，各种危重病人，包括有病人主动脉破了，我们直接把手伸到心脏去摁压，再去缝，各种各样的。

危重我们是不怕的，有的要插管，要上ECMO，指标特别差，差到一塌糊涂，休克了，这些都没问题，因为我们对疾病的走势会有预期。但这次，我们刚来时很多病人在预期之外突然就走了。

举个例子，我前一天跟病人还有对话交流，很稳定的，第二天突然很快就走了。有的病人似乎情况相较ICU里的其他病人还好，似乎转机要在不久以后到来，我给他高流量吸氧，用了无创呼吸机，他神志很清醒。但是，突然一下子就有了变化。

当时有很多病人如此大量、快速、意外地去世，超出我们对疾病的认识。这个疾病……它是个很有城府的病毒，它知道怎样让你放松警惕。虽然我们重症医学科见过很多大场面，但这次还是，唉……

“目前还没有特效方法”

澎湃新闻：现在有点理解部分病人为什么突然加重了吗？

钟鸣：也不是突然加重，病人身体之内的变化是存在的。可能和病毒内在的生物学特性有关，有些病人慢慢形成了清除病毒的能力，但有的病人病程特别长，体内的病毒载量很高，就会侵犯各个器官。

像SARS一上来就是危重症，中东呼吸综合征，甚至甲、乙流的死亡率都比新冠肺炎要高。这个疾病（新冠）死亡率没有那么高，但是它起病很平缓，然后突然迅速抬高。真正进入危重的话，死亡率其实也不低。

多数（新冠）病人缺氧的原因是，病毒导致肺会产生很多黏冻样的脏东西，但刚开始我们看不到。过去肺炎会有很多痰，用吸引器可以吸出来，这次什么都吸不出来。我们以为这个病毒是没有分泌的，其实它是分泌在非常深的地方，吸不出来。

这就解释了很多现象，为什么病人吃个饭喝个水，突然就缺氧呼吸困难去世了。我们上了呼吸机之后，为什么病人气道压力这么高，有很高的二氧化碳指数。

澎湃新闻：这个是看完病理解剖报告后想明白的还是……

钟鸣：不是，其实我刚来时就有怀疑。

我们发现气道压力和二氧化碳很高，按照传统，呼吸机给了这么多空气，二氧化碳一定会下降的，但就是下不来。那个时候我就去做了一个呼气末二氧化碳的分析，发现二氧化碳的波形是不正常的，它的表现就是小呼吸道梗阻，所以气体根本不能到达肺泡里面，当时就怀疑是什么原因导致的小呼吸道梗阻。

最早是钟南山团队在终末端小呼吸道里发现有一些黏冻样的分泌物。随着做了越来越多的二氧化碳分析，我们觉得应该就是这样——小气道里有很多东西，堵掉了。

直至看到第一例遗体解剖的结果，发现了大量黏状分泌物，和所有临床、监测的数据是完全吻合的，一下子觉得完全是这样。

澎湃新闻：现在还有哪些未解的东西想知道?

钟鸣：这些黏冻样的分泌物是怎么来的，什么机制下产生的，成分是什么？因为这决定了我们如何清理它，如何减少它。传统手段肯定不行。

网上大量谣言说，使用吸痰的方法使死亡率下降了一半。从这么多临床医生的角度看，这是不现实的。气道内外的压力差很大，它不是一个钢管，而是有弹性的，根本出不来。就算是水，黏度很低，在毛细玻璃管里也是流不下来的。

目前没有太好的方法去清除这些分泌物，单纯靠吸肯定不行。

澎湃新闻：你所说的是纤维支气管镜技术吗?

钟鸣：对，技术很成熟但吸不到。只能到达大的呼吸道，就下不去了，小的气道非常细，远端的小的黏液吸不到。

很多时候大家想象的和实际临床多数病人不一样。

澎湃新闻：最近用过这个技术吗?

钟鸣：用过，多数情况下吸不出来。

澎湃新闻：少数情况下为什么能吸出来?

钟鸣：很多时候它不是病毒感染，而是一段时间之后继发细菌感染。有些教授做灌洗，他打了很多水进去，然后水借助一些力量吸出一些东西，但这并不适合所有病人。换个角度说，你不能保证你吸出来了，它不再生成。就像我们感冒一样，鼻子塞了，通了一会儿又会堵。

澎湃新闻：要是知道它黏度非常高，可以发明一种办法更好地治疗吗?

钟鸣：目前没有更好的办法。我个人的想法，第一要减少它的分泌，第二要改变它的黏性。传统呼吸机之外，可能还得寄托于药物。临床上有一些像氨溴索之类的药物可以降低黏度，这种药都试过，但效果不好。

澎湃新闻：病情反复可以用黏液的问题来解释吗，还是有别的原因?

钟鸣：这个病康复的标准是病毒被清除。病情反复应该是之前没有形成好的免疫力。目前没有看到一个自身免疫能力形成后把病毒清除的人会二次感染。需要更多证据来支持，但从临床来看，因为免疫系统没有很好地把病毒清除掉，才导致反复。其实病毒性疾病最终解决方法都是自身免疫或其他药物的抑制，多数都是这样。所以我们希望疫苗的产生。

澎湃新闻：这个疾病它侵入的脏器特别多，这是其他的肺炎或病毒都没有的吗?

钟鸣：都是这样的。但新冠病毒是比较独特的一种，病程到了两三周，就出现很多肺外器官的损害，包括心肌内损、肾功能损害，还有看不见的血管内壁细胞损害。

这种情况非常考验重症医生的综合能力，要非常熟悉呼吸、循环、心血管，要有感染科的知识，还要有非常强的动手能力，你要插管、做心脏超声、测血液成分，对临床动手和知识的判断是全面的考验。这种操作是要求在隔离病房，穿着巨大的厚厚的防护服，通过不通畅的信息交流做出正确的大量的信息判断。

穿着这么多衣服，你手上的操作都会受到影响，你的感觉触觉听觉视觉会受到影响，还有和同事之间的沟通也是很大的挑战。我以前没经历过这种事情，哪怕在汶川地震的时候。

澎湃新闻：现在ECMO够用吗?

钟鸣：如果按照过去上ECMO的人的指征，也就是到了什么条件就要上ECMO了，那在武汉这里，是做不到的。从这个角度讲，ECMO机器肯定不够，管理ECMO的人力也都不够。

如果ECMO一上一定能救活一个新冠病人，那我们可以动用全国的所有机器、所有管理的人都到武汉来。但是，ECMO对这些新冠病人的治疗效果是有争议的，上了ECMO的病人最终存活出院的概率并不大。

ECMO并不是用来治疗的，在任何情况下都不是。它是给你赢得一定时间，有了这个时间让你自己去恢复，让其他治疗起作用。但是如果病人不能恢复，或者说没有其他办法治疗，那赢得的这个时间就没有用，付出了巨大的代价也没用。

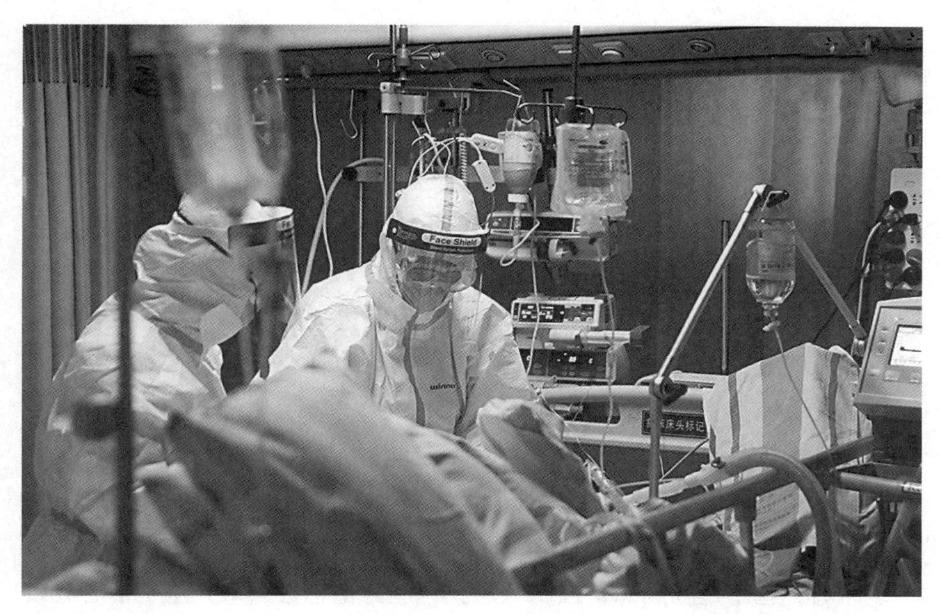

中南医院重症隔离病房，医护人员使用体外人工膜肺（ECMO）来替代肺的工作。澎湃新闻记者郑朝渊　图

澎湃新闻：其他医生也讨论过救活率。

钟鸣：这涉及时机，可能在疾病的这个阶段，用ECMO的效果会特别好，过了三天五天可能过了窗口，就不可逆了。对于我们ICU，病人之前的治疗不能控制。另一方面，当病人出现严重的低氧血症，我们还有其他的办法来改善，比如俯卧位通气，我们也会先考虑用俯卧位通气。这里面有很多的权量，要考虑到救活的概率，还有耗费的资源、人力成本、难易程度等。不能一来就用ECMO，要考虑到很多因素。

设备都在调，但最关键的一点是，你上了这个设备，要让护理人员去护理，在护理过程中是有风险的，管理不好会出很多问题。

澎湃新闻：还不确定有些病人要不要上ECMO？

钟鸣：是的，因为这些病人，要是在我过去工作的医院，我一定给他们上，但是在这里，真的，我们是真正经历了困难时期。那个时候，人力物力缺乏到连可能一些基本的医疗条件都难保障的程度，连温饱都没有解决怎么去谈高级需求，这是很现实的问题。

现在有四万人来武汉支援，有大量的护士和装备，我一直想，这些病人如果在我自己医院，有那么多丰富资源的时候，我一定会为每个病人做到最精益求精。现在我想，我的知识储备可能够，但是很多想法不一定能实现。你说一句话，护士要成倍地付出，他们的体力和人力资源是有上限的。

澎湃新闻：还会有下一批设备耗材来武汉吗?

钟鸣：如果有需要我肯定会争取。很多时候在病房里缺什么，我就会到处去要，他们都非常支持。比如说我前面提到呼气二氧化碳分析。原先团队里很多人不是ICU背景的，不会用，但我去找商业公司要机器，他们二话不说就给我送来了。然后我就观察到了这个现象，加深了对疾病的了解，呼吸治疗就根据二氧化碳的波形来做。

澎湃新闻：现在还有病例让你觉得很怪吗?

钟鸣：越来越少了。最近一个礼拜大概是没有的。

澎湃新闻：控制感又回来了。

钟鸣：也不是控制感，控制感是我有能力把它扳回来，这个信心我目前还没有。但是这种预见，通俗一点，“见怪不怪”的心态，是有的。对临床的基本规律还是有些积累的。

澎湃新闻：有没有推荐的治疗方法?

钟鸣：没有。我过去对瑞德西韦抱有厚望的，结果还没出来，也不知道。

我们是在寻找有效的治疗方法，有效是对所有人的有效。目前没有，但是有很多有潜力的药物在研制中，疫苗也在研发中，我们拭目以待。

澎湃新闻：你怎么看血浆疗法?

钟鸣：我不知道。对于血浆有没有作用，不应该由我这样一个局部点的医生来说。我只能说，如果这个方法有效，那资源的耗费是值得的。

澎湃新闻：对危重症新冠病人的肺移植手术呢？

钟鸣：我不想评论这个事情。

澎湃新闻：现在治愈率上升，是哪些因素在起作用？

钟鸣：第一，对疾病的规律有了更多的了解，治疗关口前移，不会等到不可逆的时候再去做一些补救性的事情。第二，我们还有支援的医疗队在这里，救治能力、硬件软件和之前完全不一样。第三，宏观策略也起到很大作用，包括隔离、分级等。定点医院、危重医院、ICU，有序了，转诊就更及时。

"一个成熟系统要对突发事件有准备"

澎湃新闻：你会怎么评价一个重症医生的工作强度？

钟鸣：工作内容，你适应它就会觉得轻松。就像你从来没锻炼过，突然跑一千米觉得肺都要出来了，你天天跑一千米，那就玩一样的。

刚开始病人不断在你面前去世，打击很大，心理压力很大。当你慢慢知道规律了，压力就小了很多；不熟悉、未知就会产生心理恐惧，就会有行为上的表现，我要拼命防护，要勒得很紧很紧，要穿五六层衣服。刚来时，人家叫我穿防护服，我心里还会嘀咕，这防得住吗，万一防不住……但工作时间长了后，就觉得我每天这样也挺好，一方面觉得是安全的，一方面觉得也就这样了，心态会疲。所以很多事情要靠时间来。

澎湃新闻：你是不是在努力克服这种疲？

钟鸣：怎么说呢，严重的担心是在减少，穿衣服脱衣服的速度越来越快，之前都会纠结半天，手有没有搁在不该搁的地方。

澎湃新闻：现在来的重症病人和之前相比，还有什么明显变化吗？

钟鸣：数量少了，工作强度确实下来了。但是另一方面讲，对每个病人做的工作越来越细致了。

澎湃新闻：你还会在这里待多久？

钟鸣：不知道。但是我应该是站好最后一班岗的人，张定宇院长也讲了，金银潭应该是最后一个结束战斗的地方。

金银潭本院的同事有些从12月底1月初直到3月初才轮休，在此期间一天都没休息过。现在其他来支援的也都轮休了，目前只有我和国家医疗组的一位教授值班。很多人都是一个月两个月没有一天休息的。

澎湃新闻：你之前感慨这次很难，“难”指的是什么？

钟鸣：依旧很难，在没找到特效治疗方法之前都是难的。但是当时的难，心态是措手不及，很多意外。慢慢认识更深入了，有了规律认识，有了治疗方法的选择，医疗投入和人力物力等各方面都有了很大的改变，没有那么难了。

澎湃新闻：你是上海第一个来武汉支援的医生，回望这个过程，有什么以后可以借鉴的吗？

钟鸣：大量危重病人集中出现，对我们重症医学科来讲，需要平常做好准备。一方面，业务能力素质要充分储备；另一方面，即使没有那么多高精尖的设备，也要有开展救治的能力，这次真的不够。回去后我对我自己团队也会有一些新的建设。

澎湃新闻：你来的时候疫情已经传染开了，当时觉得问题最大的是在哪里？

钟鸣：人力非常缺乏，硬件条件也不足。那时所有病人供氧设备的氧压都不够。以前在建设中央供氧管道的时候，没有想到有一天会产生这么大量集中的对氧的需求。就像城市的道路交通阻塞，只有一个车道。早期氧压跟不上，很绝望。

建设标准、硬件软件也不是泛泛而谈，关键是一个成熟的系统应该对突发事件有准备。比如中央供氧管道，就像城市的下水道，你是为了预防毛毛雨，还是为了预防百年不遇的大暴雨呢？

采访、撰稿/葛明宁、孙雪

编辑/黄芳

方舱无战事

半夜两三点醒来是常事。

摸到手机，李昕给好友发微信："紧张怎么办？你安慰安慰我。"

对方正在熟睡，她当然知道。只不过白天紧绷的神经一松，同济大学附属东方医院援鄂医疗队女医生的担子卸下，她开始忧心女儿的学习、母亲的糖尿病和自己的安危。被压下去的焦虑、惧怕和孤独，又冒了出来。

李昕打开手机里穿脱防护服的教学视频。示范的医生曾抗击过埃博拉病毒，现在在金银潭医院救治重症新冠患者。对方每示范一遍，她就在脑海里演示一遍，直到睡去。

醒来的时间是不固定的。其他医生生病、摔伤、剃头刮破皮肤或者临时没找到装备……李昕随时会接到临时值班的电话。

武汉东西湖方舱医院（又名"武汉客厅"方舱医院）医护人员每6小时换一次班，早上八点至下午两点为早班，接下来是午班、中班和夜班。每个人相邻两次值班的时间通常间隔24至48小时。

来回路程、穿脱防护服、交接班和回酒店消毒，算上这些时间，医护人员得提前2小时准备，延迟2小时休息。如果值早班，李昕清晨六点得起床；值完中班，她凌晨四点才能躺在床上。

梦里，她的血被制成特效疫苗，就连重症患者打了也能好。最后一个患者笑嘻嘻打完后，方舱空荡荡，医护人员全都放假回家了。

装　备

早班的闹钟会在六点将李昕从梦中唤醒。窗外昏黑一片，封城的武汉少了烟火气，也没有汽笛声。她习惯把这个位于东西湖区酒店九楼的房间称为“家”：比起方舱医院，这里让她感到更安全。

“家”里没有早饭，为了避免上厕所和低血糖，她没喝水，只是干咽了两个小蛋糕。防护用品有备无患，她左边口袋装着小瓶消毒水和眼药水，右边口袋里是口罩和抗病毒口服液。她把衣服塞得鼓鼓囊囊，用20个发卡固定好碎发，戴上口罩，套上胶鞋，下了楼。

李昕女儿画的卡通画，希望妈妈能治疗新冠病毒。除注明，图片皆为受访者提供

此时的武汉，道路空旷而冷寂，车里的医生坐在一起，忍不住“提前上班”：A患者本该两天前做的核酸检测迟迟未做，B患者因为老公去世在晚上大哭且抵触心理医生，C患者想看CT片子可方舱当时只能出具结果报告……

近20分钟后，车停了。

东西湖方舱医院二三十米外，浅咖色的医用帐篷紧挨着。一街之隔，收治重症患者的金银潭医院正俯视这片低矮建筑群。走进方舱时，医护人员感到金银潭医院在背后给自己施压：如果患者病情加重，很快就会进入更危险的境地。

李昕记得，2月5日，她和同事花了3个多小时搭建这些帐篷。那时，舱内的电路和通风设施还在建，没有隔板。看着密密麻麻的病床，她联想到新冠病毒，头皮发麻。

李文亮医生在2月7日凌晨离世，这则噩耗加深了李昕的不安。当晚，东西湖方舱医院收治患者，她被安排在2月8日凌晨进舱。“要进去打仗了，突然紧张起来，万一我有什么，女儿您帮我照顾，她做您女儿，我放心。”她发消息给女儿的班主任。她告诉了父亲自己两张银行卡的密码，说把钱留给女儿上学。“妈妈如果不在了，要照顾自己，已经是少年了，钱留着上学时候用，不要乱花。”她又叮嘱女儿。

女更衣室的帐篷里，她把手机放进储物柜，换上单薄的绿色手术服，顶着寒风往入舱口奔。东西湖方舱医院分为A、B、C三块区域，各有一个入舱口，舱口前都设有一个帐篷。每个舱每次轮班，都会有5名医生和近20名护士进去穿戴防护用品。

开舱之初，防护用品比较紧张，医护人员得适应不同规格的物资。绿色医用N95口罩第一天就被用完，只剩下了不防喷溅的白色N95口罩。再过几天，头挂式的口罩变为了耳挂式，像李昕这样耳朵比较软的人戴久了会脱落。领队也急坏了，连夜联系一家乳制品企业拆了牛奶箱的提手，用提手两端勾住口罩带子固定。

李昕第一次入舱时，帐篷还没有镜子。她按照脑子里记住的步骤，依次戴上口罩、手术帽，穿上蓝色隔离服、白色防护服，再戴上护目镜、面屏，套上手套和脚套。换口罩时，她怕交叉感染，跑到帐篷外头，在空旷处深吸一口气，再拿新的戴上。没办法检查安全性，她也不敢进舱。幸亏一名曾经当过护士的志愿者过来，帮她整理碎发，检查口罩和护目镜的密闭情况。

后来，这个帐篷设置了物资管理员。有些女护士的耳后被口罩皮筋勒

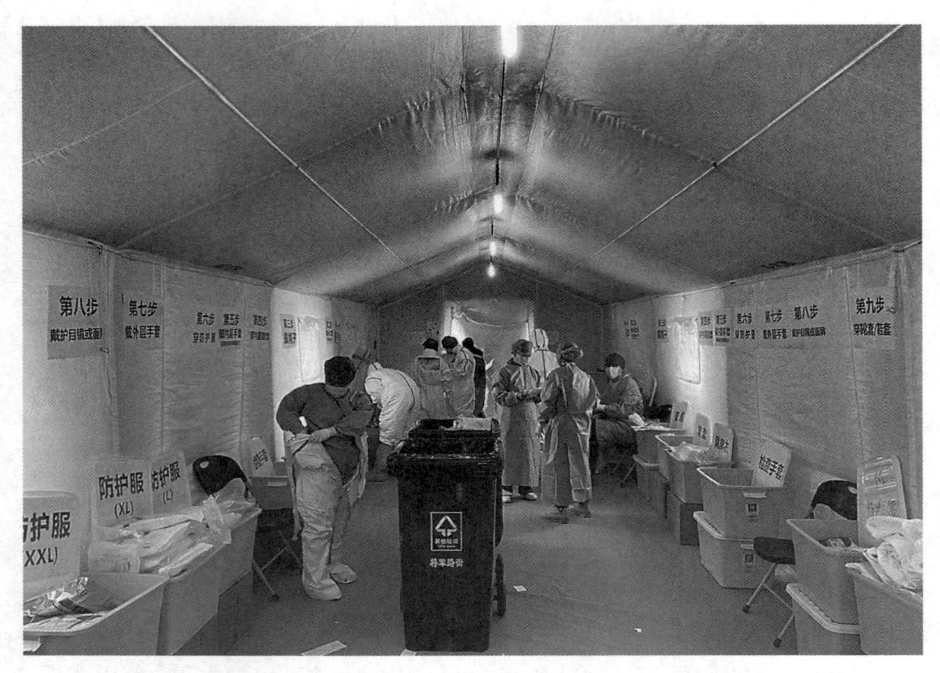

医护人员正在穿防护服，其中一位的衣服上写着“春天来了” 澎湃新闻记者赵思维　图

破皮，或是额头及鼻梁被护目镜压伤，能找管理员要“安普贴”。贴上这种水胶敷料，进舱后创口不会直接接触到汗水，不会感染。

负责物资管理的护士尤俪雯记得，几乎每个要“安普贴”的人声音都很小，没什么底气，仿佛是讨要一种“奢侈品”。能箍紧衣袖的外科手套、质量好的靴套、加大码的防护服，能领到的人对它们都无比珍惜。

有一次，一个女护士不小心把领来的N95口罩掉在了地上，盯着地上，半天没开口再要。尤俪雯再给了一个，对方连连说了好几声“谢谢”。

大约半小时后，互相在防护服上写好名字的医护人员相继入舱了。

战　场

穿过最后一道门，李昕进入她的战场。

A舱满员后，同济大学附属东方医院援鄂医疗队被安排至B舱，和宁夏、广东、新疆等地的援鄂医疗队一起搭班。李昕每班需要负责B舱B厅中的115名患者。此外，她还要“包干”10名患者，不值班时也要用电话和微信问诊。

她此前经过的清洁区、潜在污染区、污染区由三个小房间充当。病毒会随对流的空气传播，所以房间只能单门开。

交班像是坐过山车，平稳地沟通一阵病情，又突然接到个棘手难题。有患者的丈夫去世，一直哭嚎，上个值班医生会让她联系心理医生。有患者狂躁地要求知道核酸检测结果，她也需要在查房时进行安抚。

8点20分，李昕走到918病床前，开始查房。

确诊几天？现在哪里不舒服？核酸与CT做过几次了？药还够几天吃？同样的问题，李昕要问每个患者一遍，用纸笔记录下来。病人都醒了，看见李昕，立马从床上坐起身。不管是发烧、腹泻、胸闷、缺药，还是口罩戴久了鼻腔发热、隔壁床打鼾影响睡眠，患者都会细细说给李昕听。

新冠肺炎没有特效药，大多数时候，李昕做的多是采集病史和倾听宽慰。

“这个病毒比较诡异。”李昕了解到，很多患者都不清楚自己是被谁传染。一名家庭主妇告诉她，自己出门买了瓶醋，印象中没跟任何人有一米内的亲密接触，回家就开始咳嗽了。

作为从医16年的心内科医生，她发现，新冠肺炎患者的心率普遍升高。她负责125名患者，其中有二十几名分别是高血压、糖尿病、冠心病患者，她可以作出针对性的诊治。

病床是由志愿者铺的，白色的床品变成了花花绿绿的。穿过病床时，会有患者撩起床单，从自制的帘子间探出头来。

“不好意思医生，我这两天心跳特别快，稍微一动就到120怎么办？”一名年轻女孩忍不住“插队”。

“你有甲亢没有？”透过起雾的护目镜，李昕依稀看见女孩眼睛有点凸。

女孩称，自己患过甲亢，但已一年没有复查。应激可能刺激甲亢复发，李昕建议她每天吃一片降低心率的药。女孩想吃几天缓解后停药，李昕连忙劝她“千万别减，减了跳得更快，出院了，家里人团聚了再减，好不好？”

刚查过的一个患者跑来，问她怎样才能出院。旁边几个病人也悄悄围了过来，都在等着李昕的回答。

事实上，方舱医院的医疗设备是逐渐配齐的。最开始，舱内只有一台移动车载CT，一天最多能给30名患者拍片，而且舱内医生只能看到CT报告，无法调阅片子。现在，CT增加了一台，医生可以对比片子判断病程。抢救设施也从寥寥几个氧气瓶，变成了呼吸机、除颤仪、心电监护等齐全设备。

李昕解释，只有核酸检测显示阴性才能做CT。CT结果正常后，患者如果核酸检测仍为阴性，病程和症状符合规定标准，才能出院。核酸检测会出现一定的假阴性率，有些患者前后两次结果常常一阴一阳。按照这套出院标准，患者得多些耐心才行。

“这是现在临时搭建的医院，请你理解。”李昕重复这句话。

“历劫”

在李昕的“作战规划”里，目前舱内约1 400名患者赶紧出院，再收进来一批新的，这样正常周转三遍，这次战役就差不多能胜利了。

穿着密不透风的防护服，李昕在开着24℃暖气的舱里不停地走，一身大汗。不断有床位靠后的患者等着急了跑来等着，或者前头查过的患者过来催药。有的患者去办公室找不到她，凶完护士又焦急地过来催问结果。

戴着口罩说话声音闷着很难被听清，有患者喜欢凑到李昕耳边说话。靠太近有感染风险，李昕拉开距离，被防护服裹着大声说话。嘴越来越干，不停说话时唇部皮肤有拉扯感。口罩和护目镜压住鼻子，用嘴呼吸，连口腔都变得干燥。

满身的装备像是枷锁。

头戴式口罩的皮筋没有拉到头顶，边走边往下滑，她也没法用手触碰，只能保持头部僵直；护目镜太紧，勒得大脑有些缺氧；流鼻涕也不能擦，挂不住了再吸一下。

憋尿是常有的事。有的护士甚至会因为憋尿太久而尿血。身边有患者和其他医护，即使穿着尿不湿，李昕也不好意思尿，怕防护服破掉，也不太敢做蹲下的动作。实在憋不住，李昕会在路过隔板时站定尿一次。

遇上生理期，女性医护人员“像是历劫”。经血不受控地流到卫生巾上，平常3至4小时能更换一次，进方舱前后近10个小时，血又漏到安心裤上。走起路来，像是穿了一条黏糊糊的血裤。

不停把药发到患者手里，处理医嘱，给患者办入院和出院手续，记录患者没洗发水等琐碎问题……护士有时比医生还要忙碌。不吃不喝体力不支，再加上痛经，曾有生理期的护士晕倒在舱内。

3小时后，等最后一个病床的患者说完“谢谢李医生”后，李昕回到办公室坐下开临时医嘱。护目镜起雾，涂了沐浴液、碘伏消毒液也撑不了多久，只能360度转头寻找没有雾的角落。看电脑屏幕更是让人眼睛发晕。李昕把查房收集的开药、开检查、身体不适等情况录入。手指戴着两层手套，汗水黏糊糊的，打字成了很痛苦的事。

查房时不在的患者会过来补充情况。还有许多患者喜欢溜达，路过一次办公桌就催问李昕一次检验结果。护士会带着患者做呼吸操，分散他们的注意力，被“解救”的李昕就抓紧时间敲医嘱。

有一次，一位患者站在办公室门口，远远地叫她“李医生”。那个阿姨的亲人都在隔离，只剩两位85岁以上的老人待在家中。因为胰岛素笔里的笔芯只够两天的量，实在没办法才找她求助。怕传染病毒给她，宁愿隔着距离大声说话。

“她是没办法才会来找我的，所以我一定要尽全力帮她。”李昕的母亲也患有糖尿病，没有胰岛素会导致酮症酸中毒。临行前，她让母亲储备了几个月的药物才放心离开。方舱医院糖尿病人不多，她问遍整个方舱的医疗队，打电话给药物调度员，经过两天，给阿姨找到了配对的笔芯。后来，她将阿姨转到了定点医院。

“恭喜你，可以出院了。”将近十一点，方舱广播里响起五个人的名字。所有患者一起鼓掌。李昕听到里面有个她负责病区的患者，托护士嘱咐那位女患者等她把出院小结送过去再走。

等她再去时，病床上只剩下女患者的棕色羽绒衣。“简直是拔腿就跑”，李昕乐得像打了胜仗的将军。

突　发

计划外的情况随时出现。

方舱的深夜不熄灯，明亮如白昼。李昕第一次值班那天，社区凌晨还在往方舱送病人。方舱医院临时决定，先让所有患者进舱睡觉，第二天再补办住院手续和开医嘱。李昕所在的A厅离通道最近，患者进门就躺上空床，不到一小时，她所负责的区域一下就住进了180多名患者。

凌晨2点35分，一名A舱A厅24床的患者突然呼吸困难，血氧饱和度降到89%。李昕急得后背冒冷汗。办公室墙上的联系电话，她一个个打过去，转诊电话是忙音，终于打通了调度电话，但对方又说晚上无法转诊病人。

再跑回患者床前，他已经喘得厉害，无法躺平了。“没法抢救啊。”李昕回忆，当时舱内没有氧气瓶和呼吸机，万一患者不行了，只能靠心肺复苏。她站在那里，像个没有子弹的士兵。

一位夜间巡回的护士长“救”了她。

一个100多斤的蓝色氧气瓶，被护士长从舱外的抢救室一路滚到患者床前。等到3点半，两人终于给患者吸上了氧。半个小时后，患者的血氧饱和度升到94%，李昕才松了口气。

紧接着，36床的患者体温升至39.9℃，李昕又回到紧绷状态。当时许多药物还无法及时拿到，只能对患者进行物理降温，用冷毛巾敷在患者额头上。李昕守着，等到这位22岁的患者体温降下来再离开。

喊声、哭声也是一种警报。

曾有位感染新冠肺炎的精神科医生，在病房激动地喊叫。见到她和另外两位医生，那个男人“扑通”一声给他们跪下，甩出两本医生证件，说自己没有发热但测出核酸阳性，哭诉自己没病，请求出舱。随后两天，尽管他仍然觉得自己没有感染新冠肺炎，但也逐渐接受了舱内的生活。

一个失去丈夫的女人晚上突然哭起来。李昕到时，女人头发乱作一团，泪水滴到口罩里。病友递给她纸巾，她也不伸手接。李昕问她喝不喝水，他也不理人。

“想哭就哭吧。”李昕杵在那，听女人哭喊。她的丈夫患重症新冠肺炎，就在对面的金银潭医院离世，人走了，她连最后一面也没见上。20分钟后，女人哭累了，把头蒙到被子里，露出一只眼睛。看女人闭上眼，李昕走开了。到了后半夜，她蹑手蹑脚再去时，女人已是一副熟睡的样子。等第二天心理医生冯强进舱询问，女人对他哭泣，但已经不承认丈夫去世了。

慌忙之中，李昕的鞋套在舱内掉过一次。这种“瞬时裸奔”的情况可能是致命的。她站在原地不敢再走，一个宁夏的护士看到了，赶忙去办公室给她拿来酒精紧急消毒，找了个医用垃圾袋套上应急。

脱防护服比穿要更严谨，这是所有人的共识。出舱的医务人员通道分为缓冲区、一脱间、二脱间和三脱区。两个安保人员守在出舱口，每次只能放行两个人。

有次来接班的医生找不到鞋套迟来了，李昕在集中出舱的护士后面排队，等了两个多小时。

缓冲区没有灯，漆黑一片，为了防止气溶胶传播病毒，要站定一刻钟才能进入一脱间。动作要轻缓，步骤顺序错了，危险就会到来。放医疗废物的垃圾桶堆满了，多的垃圾堆得像人高。靠近时，李昕只能屏息。遇上手部消毒液、口罩被拿完的情况，人相当于被“卡住”，既不能退回污染更重的区域，也不能把病毒带到清洁区。

印象最深刻的那次，李昕站在那儿，等了半小时管理员才把外科口罩拿来。三脱区的门是敞开的，风灌进来，已经脱掉防护服的她冷得打哆嗦。

喘　息

重压之下，李昕偶尔也会与舱内的工作者聊天，在舱外放松片刻。

夜班时，患者大部分都睡了。没有暖气的那几天，李昕挨着电暖炉，坐在凳子上稍微打个盹。

武汉下雪那天，同事在群里说“寒流来了记得添衣”。李昕穿上保暖内衣，但舱内暖气调高了温度，热得她全身汗湿，“感觉都要人间蒸发了”。她从患者通道往舱外走，去透个风。出门左边是厕所，右边是洗漱台，中间是露天的走道。夜里人很少，两个男清洁工看见她，帮她搬了把椅子。

“你现在燥热，别说话，坐下来。”两人看见李昕身上写着“湖北媳妇”，跟她拉了些家常，说了声“谢谢你来武汉帮忙”就走了。

黄微，1990年出生，是武汉市东西湖区城市管理执法局的一名清洁工。为了不让排泄物漫出，他每天要和同事工作4个多小时，清理10到12吨的排泄物。

“粪便的味道穿过口罩直刺鼻喉，口罩似乎还放大了这浓烈的气味，直叫人恶心想吐。”黄微忍受着这种“永生不忘”的味道，在防护服的束缚下消毒、抬水管、吸粪。

防护服并不防水，可冲厕所、消毒都要跟水打交道。吸粪时也会有尿液溅到身上。尽管听说病毒可能通过粪口传播，但黄微觉得，也没必要太过害怕或者计较这些事情，“医生都勇敢冲在前面呢”。

从舱外回来，李昕会到处转转，偶尔会看见守着进出通道的安保蹲靠着墙打盹。

曹怀应属于因“封城”回不了家的人。看到方舱医院招募安保的信息，35岁的他和同事从公司宿舍来这里报了名。“就像在家里面一样，反正有你忙不完的事。”6个小时的值班时间里，曹怀应有时运送物资，坐岗守门，无聊了就去给饮水机更换桶装水。

一个患者因为看不惯另一个患者往埋着电线的沟里倒水，吵了起来。旁边劝架的人喊“四面八方的人来支援我们，再吵要丢武汉的脸啦！”他看见了，赶忙把两人拉回各自床位。

方言是最困扰他的事情。方舱里头老人多，有一次，一位老太太找他要家属送过来的东西，可他并没有收到。老太太听不懂他的普通话，说着一口方言，跟在他后头嘀咕了半小时才离开。

大多数时候，曹怀应都会收到一句“谢谢，辛苦了”，觉得自己来做志愿者也不算白来，“最起码别人知道你辛苦，知道你累”。

对于李昕来讲，累着从舱里出去是件令人愉悦的事情。

外面的空气无比清新，回到酒店摘下口罩，一口气喝下出门时剩下的半瓶可乐。那一瞬，她觉得健康活着的感觉真好。

不用值班的时间，她会写一些工作心得，写累了就在房间里跳郑多燕的减肥操。看着酒店下的篮球场，想象在那跑上一圈的滋味。有的护士在隔壁跳舞，发抖音视频给她看。房门是开着的，大家可以站在自己房门口戴着口罩聊天。

第一天刚到武汉的时候，李昕因为前一天还在上班，来不及回家收拾行李，只拿了医疗队发的箱子。陆陆续续地，社会捐赠的物资越来越多，李昕的房间里多了指甲剪、饼干蛋糕、洗发水、卫生巾、热水袋。

“家里吃的用的挺齐全了，感觉我可以跟对面小卖部老板PK一下。”李昕说。

她最忧心的还是女儿的学习。在她看来，四年级是个分水岭。班级群里，许多没有外出工作的家长都发了辅导督促孩子学习的时间表。

“人家在家放假三个月了，天天有人专门盯着学习，我就觉得我女儿输了，落下了好多。”家里老人管不住孩子，老公刚从外地回来正在隔离。夜深人静时，她成了一个普通家长，在焦虑中睡去。

再次醒来的时间仍是不固定的。能肯定的是，醒来之后，她又要再次抵达方舱。

采访、撰稿/钟笑玫、沈青青

编辑/彭玮

武汉，不能后退的理由

距离武汉封城，已经过去了40天。

这40天，有人离世，有人痊愈，有人还在忍受病痛；有人日夜奋战在一线，有人匆匆奔波在路上；有人彻夜失眠，有人在凌晨四点做了一个重要的决定……这座城市付出了沉重的代价，也熬过了最艰难的时期。

无数人的每一个瞬间，构成了武汉的40天。因这无数人的无数瞬间，一切在慢慢变好。

这是武汉不能后退的理由。

无声的蔓延

2019年12月30日，许世庆和一群中老年歌友去KTV唱歌。年过半百，快退休了，他没别的爱好，就喜欢唱歌，这已经是他那个月第四次去KTV了。KTV距离华南海鲜市场只有一两公里，环境不错，每天人很多。

K房封闭，开着空调，大家边唱边跳，气氛欢乐。许世庆为了给大家拍视频，时而蹲下来，时而站得高高的。

他后来回想，应当是在这次聚会中，被感染了新冠病毒。

他没有去过海鲜市场，也没有接触过动物。平时要么在家里，要么在上班。他是一名央企单位的保安，一个人坐在监控室里，极少和人近距离接触，目前单位还没有其他人感染。而那次聚会的歌友中，有几个人都住院了。

聚会回来后，他感到浑身发冷，还有些发烧，他关了门窗，把家里空调开得很热。当时以为只是普通感冒。之后有个同学聚会，大家都迁就他的上班时间，他本来有点纠结，最后还是参加了，要了一副公筷，吃得不多。事后他感到庆幸，他的同学没有人感染。

1月2日，正在上班的许世庆感到很不舒服，去同济医院拍片子，医生说有点严重，建议去武汉市肺科医院，那里有全科专家正在开设发热门诊。随后他便去了肺科医院，没确诊，开了一些药回家吃。

过了两天他发起高烧，又去了肺科医院。医生说他有肺气肿、支气管扩张，在普通病房住了两天，才转到隔离病房。在他住院的第二天，妻子也发烧入院，后来被送去金银潭医院。

此后40多天里，包括春节，他都在病房中度过。

在许世庆发病的同时，郭琴也感觉到，来医院的发热病人开始增多了。

郭琴是武汉大学中南医院急诊科的一名护士。2019年12月底，医院下发了通知，对发热病人有一套专门的就诊流程，需要发口罩、登记信息。几天后，急诊病房改造为隔离病房，专门收治这类患者。

郭琴说，急诊科风险较高，1月7日起就开始穿防护服；在此之前，他们会戴外科口罩，如确定患者有不明原因肺炎，也会穿防护服。

1月6日，郭琴初次接触新冠肺炎患者。那人50多岁，从菜场买菜回家后接连高烧，入院时已是重症，生命体征不稳定，她在ICU参与了抢救。之后一周，她又接触到5名后来被确诊的患者。

那阵子，她每天工作时间很长，有时只能睡四五个小时，直到身体出现不适。

1月12日，她上完10个小时的夜班，回家后身体一直发冷，到了晚上开始发烧。她怀疑自己可能感染了，就没再和家人接触，自己睡一间房，吃了抗病毒的药，喝了大量的水。

第二天早上起来，感觉头痛、四肢疼痛，下午烧到了39℃。丈夫把她送去医院，验血、做CT、做核酸检测。确诊结果是两天后才告诉她的。当时同事只是委婉地表示，怀疑是新冠肺炎，需住院观察，并安慰她说："不要害怕，有我们在，我们这么优秀，对吧？"

她嘴上说"我还好"，心里还是有些害怕。那天晚上，她住进隔离病房，和之前护理的患者住在一起。她不由想起那个重症病人，入院后出现呼吸窘迫综合征，最后上了体外膜肺仪（ECMO）才抢救回来。她担心，自己会不会也发展成那样？

郭琴不会忘记，生平第一次作为病人躺在病床上度过的那个夜晚。

她整夜没能入睡，伴有发热、恶心、乏力和疼痛。耳边回响着监护仪的滴滴声，病人的呻吟声，治疗车轮子的滚动声，还有同事急匆匆的脚步声。当晚值班的同事是郭琴的徒弟，一个年轻的小姑娘，刚进来一个月，“她一来接班，就说：‘郭老师，等我不忙的时候，就来陪你说话’”。但那天晚上她特别忙，一晚上没停。郭琴心疼她，却帮不上忙。

“每次她停下来站在我的床边，我可以感受到，她在看着我。”郭琴想到自己以前值夜班的时候，也是这样到每个病人床边，观察他们呼吸是否顺畅平稳，睡得怎么样。有老人要上厕所，还要帮忙脱穿裤子、抱上床。当郭琴成为那个被照顾的角色，才体会到，原来医护人员这样忙碌、辛苦，原来病人真的会不忍心麻烦护士，不好意思喊人。

也许正是那个无眠之夜的某一刻，让她暗自下定决心，等病好了，就回来上班。

凌晨四点的朋友圈

虽然早期已有一线医护感染，但大部分普通百姓真正认识新冠肺炎是从1月20日开始的。那天，钟南山院士在央视采访中确认，“新型冠状病毒肺炎是肯定的人传人”。

然而，居住在武汉郊区盘龙城的邱贝文一家后知后觉。

邱贝文的丈夫万路在盘龙城开发区第一小学旁经营着一家海鲜烧烤店，基本上每星期都要去华南海鲜市场进一次货，那阵子店里的货比较充足，隔了十来天都没去市场，正好错开了出事的时间。

后来他们看报纸才知道，其中一家有感染的店就是他们经常进货的商铺。那家店已经有人因新冠肺炎去世了。邱贝文当时有点被吓到，后来又释然，“因为我们拿的不是野味，只是牛肉，而且十多天没去了”。邱贝文说，她老公也觉得很庆幸，两人之后没怎么关注新冠肺炎的讯息，以为就是“可以控制”的小传染病。

1月20日左右，万路还在为店里采购各种肉类海鲜，以备营业到大年初六。之后两天，封城的消息传来传去，大家开始谈论肺炎，但邱贝文感觉，郊区的人对这个病没什么概念，即便在封城后，很多人也没有意识到疫情的严重性。2月中旬封控小区之前，她还经常看到有些人出门不戴口罩，她过去劝说，对方不以为意。

封城后，每天看着网上各种信息，朋友圈里也在传医护人员求助的截图，邱贝文揪心到睡不着觉，心里开始有个念头在滋长。1月24日除夕夜，身边在医院上班的朋友发来一段语音，一段崩溃的哭诉。这压倒了邱贝文的“最后一根神经”，她无法再继续袖手旁观，必须要做点什么。

在丈夫万路眼中，邱贝文那天晚上“边看边流泪”，捧着手机在编辑朋友圈，犹豫了很久。他不知道妻子在想什么，先睡着了。

这条后来登上微博热搜的朋友圈，在1月25日凌晨6：33发出来了。

捌号仓库（盘龙城，送餐）

从22号到现在我是真的真的没有好好睡过觉，那年非典我还是孩子，我不怕，我有妈妈，如今我是妈妈，我怕，因为我有孩子。真的真的由衷的感谢我大武汉所有的医护，我想说，我们担心着你们，一定要平安🙏🙏🙏

2020年1月25日 06:33

捌号仓库（盘龙城，送餐） 2020年1月25日 06:35

朋友圈里请把我推荐给有需要的医院朋友，以及人民子弟兵，不论哪个点，饿了，提前40分钟联系我，送到指定位置。我们24小时在线。

2020年1月25日 上午4:47

我是土生土长的武汉人，
我和老公经营着一家餐馆，年前备了大几万的货，准备着过年不休息，持续营业，直到1月23号武汉“封城”，我们不得不休息，停止营业。这几天我们都没有怎么睡觉，睡不着，我们既怕也不怕，不怕，是因为我们坚信中国医疗，我们怕，是怕我们的战士坚持不下去，朋友圈里一直疯传着医院缺这缺那的，我们想帮忙，但是，真的又帮不上忙，直到刚刚，我在朋友圈里看到医院的朋友说点餐不送，凌晨三点过后只有方便面，我想说我在盘龙城开车送161医院15分钟，送协和医院40分钟，只要医院医护人员需要吃饭，无论哪个点，提前半个小时打我电话，24小时在线。
店里和车里已经全部消毒完毕。
炒菜烧烤都有，我们店里5个人不过年，支持所有医护人员，武汉加油💪（我们不发国难财，我们就想出点力）

1月25日，邱贝文发的朋友圈。除标注外，本文配图均为受访者提供

“我在盘龙城，开车送161医院15分钟，送协和医院40分钟，只要医院医护人员需要吃饭，无论哪个点，提前半小时打我电话153****1171，24小时在线。”

早上六点多，第一通电话打进来了，此后连续两三天24小时电话都没停过。起初很多人打电话只是为了核实、转发，此后才主要是医护人员。被电话声吵醒后，万路才知道妻子瞒着他做了这么大一个决定。刚开始他有点蒙，“挺无语的”，但还是觉得这件事值得一做，只是要量力而行。

其实在发这条朋友圈之前，邱贝文已经考虑一天了。“不是因为怕感染，我当时对感染一点概念都没有，我想的第一点是人手够不够，能不能做？”她事先问过六位员工，他们都很支持，但朋友圈发出来后，因家里人反对，都不能到场。

正发愁着，“后援军”就到了。那条朋友圈她屏蔽了爸妈，却忘了屏蔽其他家人。尤其亲妹妹知道后特别担心，“骂骂咧咧”地说她，“我们姐妹俩很爱彼此，她觉得我要考虑孩子，但又很想支持”。于是，妹妹带着妹夫来了，万路的弟弟和妹妹也加入了。

当天上午，万路到超市采购了三千多元的蔬菜、鸡蛋和大米，同时作为唯一的厨师掌勺，其他人负责准备食材和装盒打包。但除了万路，其他人平时都没怎么下过厨房，邱贝文更是连菜刀都没碰过。

第一天“手忙脚乱”地做了180份盒饭，两荤一素，每份15元。邱贝文说，原本想定价10元以内，但菜价贵，这个价格做不了多久就会亏到做不下去。“我们是小本生意，我们一定要收费，但一分钱不赚。”

订单量与日俱增，从两三百份涨到八九百份。后来婆婆叫上公公，公公又喊了爸爸，除了在家带孩子的妈妈，一大家子九口人全上阵了。最忙时，一天要做将近一千份盒饭。九个人从早上八点忙到晚上十二点，中间几乎没有休息。有一次为了准备第二天的食材，切菜切到凌晨两三点。

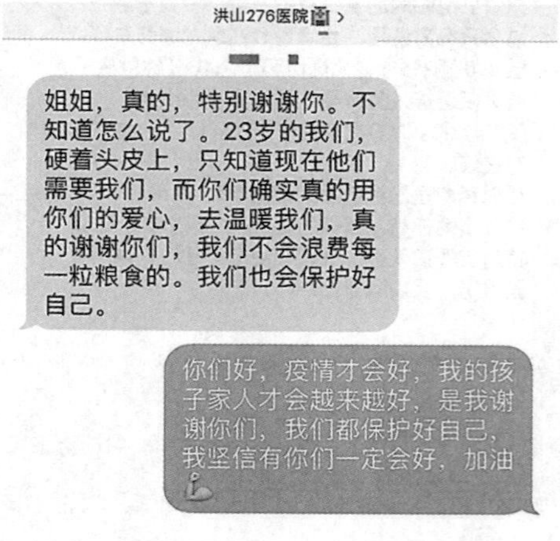

超市上午十点开门，限定人数，负责采购的公公每天一早在门口排队，第一个进去。超市人流密集，但是没有办法，他们没得选

骨科医院护士发给邱贝文的感谢短信

择。菜市场都关了，离得最近的批发市场环境更糟糕，那里的人连口罩都不戴，或者戴了口罩把鼻孔露出来。

在邱贝文看来，家人的全力支持，一个最主要的原因是，他们和自己都不知道疫情有多严重，如果知道了，可能就不会同意了。

第一次去医院送餐，邱贝文记忆很深刻。当时刮着很大的风，下着雨，街上空空荡荡，很冷清，没什么人，也见不到几辆车。她从来没有见过这样的武汉。还没靠近医院，消毒水的味道就扑鼻而来，她在医院旁边停了车，不敢更近一步。四周一片寂静，她站在外面等，鸡皮疙瘩从脚底蔓延上来，整个人都在发抖。

那一瞬间，她突然害怕了。

当时她只戴了一个普通的口罩。之后再想备些医用口罩、酒精、消毒水，已经很难买到了，不得不求助亲友。尽管如此，她还是庆幸自己做了这件事情。因为那段时间，是一线医护人员最难熬的时期，“什么都缺”，缺吃、缺用、缺防护、缺人手，连上下班也成了一个难题。

多休息一刻钟也好

在邱贝文考虑为医护人员送餐的同一天，住在汉阳区的张伟加入了接送医护人员的志愿者大军。

张伟今年31岁，长期在泰国做射击教练，1月9日回武汉，陪父母过年。除夕中午，他看到越野发烧友群里发了招募车队志愿者的帖子，立即扫码入群，当时群里只有几十人，接活儿全凭自愿。他当晚接了一个护士去医院上班，还送了一批定向捐赠的防护服给三家指定医院。其中200件送给湖北省中医院。到了医院，门口站着一位50多岁的男医生，穿着白大褂、皮鞋，仅戴着医用帽和外科口罩。

那个画面令张伟难以忘怀：一个年近花甲的男医生，看到防护服来了，一边拍手一边在台阶上跳，“太好了！太好了！”他一连说了好几次，然后迫不及待地打电话，让科室人员推着小推车来收货。“感谢你们！你们都是好人。”医生真挚地说道。

仅仅过了一晚上，群成员就增加到500人了。张伟又加了十几个志愿

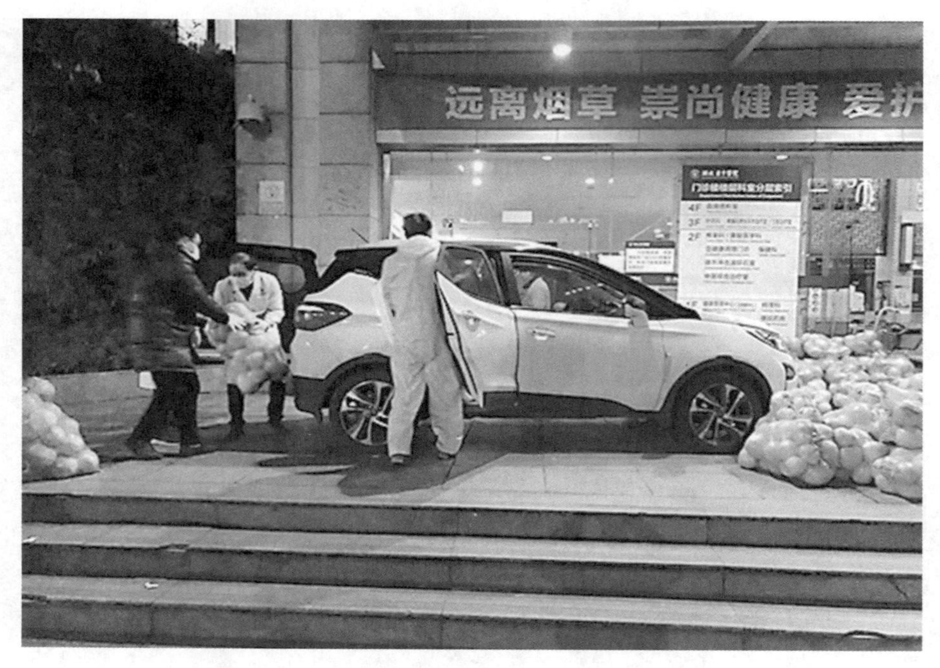

2月22日晚上，张伟给湖北省中医院光谷院区送捐赠的柚子

者群，哪个群有消息，需要用车，他有时间都会去接。“我这个人用武汉话说就是‘岔巴子’，喜欢管闲事，爱揽事儿。”张伟自侃说。

从除夕晚上至今，他每天接送医护人员上下班，有空就去运送物资，目前大概累计接送过200余人次。父母担心他，也劝过他：“你冒着生命危险，至于吗？”但张伟觉得，医护人员才是冒着生命危险在救人，“我还年轻，抵抗力好一些”。

刚封城那几天，医院最缺防护物资。张伟白天拉物资往医院送，跟调配物资的负责人和捐赠人联系，问可不可以留几套防护服给志愿者用，他们同意后，就会给他发一两套防护服。每次他拿到防护服就放在副驾驶座上，接送医护人员时送给他们。

“医护人员距离危险最近，比我们更需要。”他说。泰国的同事听说他在做志愿者，给他寄了200个N95口罩。他出门就戴个口罩，此外没有别的防护措施。

大年初二早上九点多，他去市第五医院接一位下夜班的护士。两天前，这家医院成为武汉第一批被征用的七家定点医院之一，也是汉阳区唯一收治发热病人的定点医院。汉阳区所有发热病人、新冠肺炎患者一下子都涌到第五医院，医院里人满为患。

护士告诉他，封城后公共交通停运，有时求助找不到车送，便骑共享单车上班。她住在靠近沌口开发区的地方，距离医院十几公里。骑一两个小时到医院，再爬十几层的楼梯（电梯是污染区），再穿上防护服，连续工作8小时，中间不能脱，不能吃饭，不能喝水，不能上厕所。

张伟听完后“特别心疼”，在他眼里，这位护士不过是一个“90后的小姑娘”。

他还听说一些医护人员家住汉阳区，医院在江对面的武昌，找不到车，不得不从三环大桥走路过去上班。他恨不得在车上贴张纸，写“医护人员招手即停！”但打印店都关门了，他只能多看看群消息。

他每天早上5：30起床，会收到6 000多条新消息。查看完重要消息，就要把群聊记录删掉，不然手机会卡死。每天晚上，他会把第二天早上的接送任务尽量排满：几点钟，去哪儿，接谁，送到哪儿，安排好再睡觉。

早上六点出门时，父母还在睡觉。一般送完上早班的医护人员，他再吃早饭。运气好的话，遇到卖早点的店铺，可以吃到热乎乎的东西；运气不好，只能到超市买点东西垫垫肚子。等到九点，上夜班的医护人员下班，他再过去接。

早班的医护人员基本都是八点上班，他不能出发太早，冬天早起困难，医护人员都很疲惫。有一次他和家附近的一个护士约好时间，但第二天早上，临时需要接一个医生去省中医院光谷院区，六点多他给护士打电话，问她10分钟后可不可以出门，当时护士还在睡觉。等快到她家楼下时，她打电话说不用接她了，一会儿她再想办法去医院，她想多睡一会儿。

这件事让张伟挺不好意思的。他是一个时间观念很强的人，和别人约好时间基本不迟到。平时医护人员上车地点分散，下车地点也分散，路程也比较长，中途还要停车，但他必须在早上八点前将每一个医护人员送到医院。如果早班的医护人员迟到了，意味着夜班的医护人员没办法正点下班，“大家都很辛苦，能多休息一刻钟也好”。

有一次早上九点多，张伟去市第四医院接三个护士下夜班，她们都住在汉阳区，距离他家不远。送完后，他回家一边吃早饭，一边刷群消息，突然看到刚刚送回去的三个护士的求车信息，要再从家送到医院。他马上联系她们，出门去接。第一个护士上车后解释说，领导刚来电话，上早班的两个护士晕倒了，需要两个人过去顶班。

“刚刚下了夜班，回家不到半小时，又要去上8个小时的早班。”张伟没法想象这种高负荷的工作状态，在此之前他也不知道，医院的人手这么紧张。

类似的情况邱贝文也遇到过。

1月26日下午一点，她把150份盒饭送到汉口医院，当时医护人员正在重症病房里忙碌，没办法出来取餐，她一直等到下午三点，才接到对方电话，让她把饭放在门卫室。但返回店里没多久，又接到电话说，他们现在有紧急任务，没时间吃饭，希望把这些饭免费送给其他医院。

她和志愿者又返回医院。这时盒饭已被搬到一楼的食堂，她不敢进食堂，志愿者替她进去，把150份盒饭抬上车，然后辗转送到各个医护人员安置点。再次回到店里时，已经晚上八点了。

有人逝去，有人归来

当护士的第15年，郭琴住进了自己工作的病房，成了医院第一个感染新冠肺炎的医护人员。幸运的是，她也是第一个痊愈的病人。

1月16日，住院三天后，郭琴退了烧，各项检查都显示情况稳定。隔离病房15张床都住满了，还加了两三张床，但床位还是很紧张。郭琴便出院回父母家隔离了。父母家有两层楼，可以分开住。直到此时，父母才知道她感染了新冠肺炎。

一开始，母亲没有很在意，有时候不听劝，非要进她房间聊天，还不戴口罩。父亲关注得多，就比较担心她，老是问：“你要吃药啊，你什么药都不用吃吗？你要不要打电话问下专家？会不会越来越严重了？这好得了吗？”

隔离期间，郭琴每天在家看书、听音乐，为了加深对病毒的认识，还看了SARS和埃博拉的纪录片，以及相关医学文献。她说，很久没有这样休息了。但看着工作群里的同事越来越忙碌，人员越来越紧张，她只想快点回去跟他们并肩战斗。

1月27日第二次复查，结果也是阴性。当时，她第一反应是终于可以去见孩子了。但转念一想，上班了还是要继续隔离，还是不能见面。

第二天，郭琴就回去上班了。十几个同事以拥抱迎接她，说咱们的英雄回来了。其实她并非无所畏惧，她只是觉得，自己是第一个感染并痊愈的医护人员，这对同事是一种激励，对病人而言则是安慰，是战胜病毒的信心。

返岗后，郭琴像往常一样护理危重病人。不同的是，这次需要全副武装地面对“敌人”。

为了节省一点物资，她和同事们每天只穿一套防护服，尽量不喝水不上厕所；防护服很闷，一活动就会出汗，湿了又干，干了又湿；口罩戴着也闷，有时候喘气都有点困难；护目镜容易起雾，老是看不清楚；长期接触消毒水、戴手套，手也长了湿疹，出现干燥裂痕……

她无暇在意这些不适感，只要一穿上防护服，就步履匆匆地忙到停不下来。

“我们这层楼有三十多个病人，这里的护士走路都是连走带跑的。”这是许世庆住院这么长时间的最大感受。有一天他问早班护士，你们什么时候吃饭，护士说下午两点半下班后再吃。在许世庆眼里，这些护士跟自己的女儿差不多大，但女儿也没有像她们这样无微不至地照顾自己，“真的是特级护理”。他只要看到医护人员，心里就很踏实。

刚住院那两天，他吃不下饭，只能喝一点粥，吃点鸡蛋白；一躺下来就呼吸困难，只能坐着。他连续发烧十几天，一直在喘气，直到烧退了才不喘。心电监护仪用了二十多天，每天接受吸氧、雾化、抗病毒等治疗。

1月28日，妻子出院回到家，女儿当天下午开始发烧，第二天烧到39℃以上，后来也住进了医院。他和爱人生病，他都不紧张，但女儿一生病，他当天晚上睡不着觉，“心都在绞痛”。直到几天后女儿病情稳定了，他才松了一口气。

一家三口都能住上院，他觉得运气挺好的，但有些人就没有那么幸运了。

他有一个歌友，69岁，在圈子里特别活跃，1月份还在组织活动。1月20日开始发病，到门诊打针，在朋友圈求助，等了10天，没排到床位，2月1日在家里去世了。

1月底到2月上旬，正是医院床位最紧张的时候。许世庆很快意识到这点。2月4日，住在硚口区的岳父开始咳嗽，连续发烧四天，去社区发热门诊拍CT，显示肺部感染，只能在家等待做核酸检测，身边无人照顾，两天后被送去隔离点。

2月7日，许世庆入院的第34天，因停了9天药，病情复发，咳嗽、胸闷，又去拍片抽血，还打了青霉素。之后医生每次来查房，都让他叫家人去买丙球蛋白，说可以提高免疫力，帮助治疗。可是谁帮他买呢？女儿在住院，妻子刚出院在家吸氧，一动就喘不上气，也没有交通工具。

过了几天，医生告诉他，可能要把他转去方舱医院。他表示愿意，毕竟自己一直不转阴，应该把病床留给更需要的重症病人，他中午就清理好物品，随时准备走。

那段时间，好消息和坏消息总是交替传来，让人的心也跟着起起落落。

2月12日，女儿出院回家。16日，妻子再次查出双肺疑似感染，晚上十一点被送往酒店隔离。同一天，许世庆也终于出院了。那天下午，他骑车骑了十几公里，大概两个小时，回到家已经天黑了。他感觉到久违的自由。

他活到56岁，已经送走了6个亲人。每去一次殡仪馆，都觉得，人生活着就是胜利。经过这场大病，他更加爱惜身体，决定在家好好调养，一年内不再唱歌，担心对肺不好。

不能后退的理由

现在回头看，邱贝文觉得自己当时做这个决定“太冲动”。

至今，她给武汉八成以上的医院都送过餐，接触了很多医护人员和志愿者，才了解到原来疫情比她想象的严重得多。她说，如果一开始就知情，她应该不会去做这件事，“因为我就是个很普通的人，我有家庭有孩子，没有人是不怕死的”。

但是她没有后悔过。

"因为需要你的人太多了，每一个向你求助的人，你根本没有办法拒绝。当他们开口说出第一句，你可能就受不了了。你明显能感觉到，他们冲在最前面，已经为你挡了很多东西。就像打仗一样，必须有一排士兵去挡那些子弹。这个时候，我觉得是个人都不会说退，也退不了。"

有一次，她给洪山区一家骨科医院送500份盒饭，四个护士出来迎接，每个人脸上都有压痕，看样子是刚刚脱下防护服，还没来得及穿外套，只披着一件白大褂，里面的秋衣也很薄。邱贝文站的地方离医院有一段距离，走在最前面的那个女孩，一路小跑跑过来，稚嫩的嗓音喊着："姐姐！姐姐！"然后在离她两米远的地方，停住了。

那一瞬间，她突然有了勇气，一点都不怕了。不知道是因为"姐姐"这个称呼，让她想起了自己的妹妹，还是因为，这个女孩只有23岁，满脸青春单纯的模样，可能还不知道前面的路会怎么样，但说出的话却透露出一股坚毅，像极了20岁时的自己。

第二天，女孩告诉她，他们医院要开始收治重症肺炎患者了。

志愿者张伟也遇到过一个年纪很小的女护士，她一路上很安静，没有说话，下车时送给他一盒阿比多尔，她说这药是医院给内部人特发的，有预防作用。当时这个药在武汉已经断货，后来他在群里看到有人发图片求药，才知道它这么珍贵。

在张伟看来，医护人员都很善良。一个白头发的男医生令他印象深刻，那人很斯文，也很执着。"早上我送他上早班，到了医院后，他不让我走，让我等他一下，然后急匆匆跑进医院。过了一会儿，他把医院里的紫外线灯牵出来，要给我的车消毒。到处找接线板，我说我准备了消毒液，但他坚持要连紫外线灯，问了保安、同事，找了很多人，最后实在找不到这么长的接线板，他才不好意思地让我走了。"

接送医护人员这件事，张伟说他会一直做下去，直到不需要他的时候。

邱贝文也抱有同样的想法。最近因为送餐的饭店多了起来，订单量回落到两三百份，她轻松了许多。

如今，医院不缺吃不缺喝了，她开始琢磨自己还能做些什么。听说免疫力强，病毒不易入侵，她就想，要不要做些汤给医护人员喝。她想起自己坐月子时喝的鸡汤，就去超市买了5 000多元的黑土鸡，加上山药等配料，做了几百份鸡汤，免费送给医护人员喝。本来只想送一两次，但鸡汤受到一致好评，其他没喝到的人都说想喝，邱贝文就决定再送几次。能被他们需要，她觉得“超开心”。

大概半个月前，邱贝文对疫情还比较悲观，担心这担心那，还跟丈夫说，万一自己真的感染了，也挺值得的。丈夫觉得她太焦虑了，劝她说，有这么多人在努力，情况必然会越来越好。

2月21日，一个护士给她发消息，说他们现在不缺东西了，各方面都在往好的方向发展。她看到之后特别欣慰，期待在不久的将来，武汉恢复往日的生机。

元宵节，邱贝文一家为医护人员准备了汤圆，墙上写的是邱贝文的座右铭：人总要仰望点什么，向着高远，支撑起生命和灵魂

她向记者介绍自己的家乡：武汉是一座很热闹的城市，很有市井烟火气。大家每天起得很早，一定要去吃早餐，早餐很丰富。武汉人也很喜欢吃夜宵，不论有没有钱，都喜欢，这是一种生活方式，尤其到了夏天，你会发现，男女老少都在外面吃夜宵。武汉没有夜晚，走到哪里都是灯，时时刻刻都有人，到处都有24小时营业的店……

最后她说：“很高兴认识你，我叫邱贝文，疫情过后一定要来武汉玩，它是座充满热情的城市，像我。”

（文中张伟为化名。澎湃新闻记者葛明宁、实习生胡友美对本文亦有贡献）

采访、撰稿/张小莲、朱莹、温潇潇、刘昱秀

编辑/黄芳

在线新冠康复之家：偶尔治愈，总是安慰

张晋医生建了个微信群，叫作“荣军发热三区康复之家”，为20多个痊愈出院的新冠肺炎病人答疑解惑。她说，病人的身体好转了，心态还需缓慢地重新建设。

张晋是湖北省荣军医院的老年病科主任，在新冠疫情中负责该院的发热三区。荣军医院原是湖北省民政厅所属的一家非营利性医院，部委改革后，由省退役军人事务厅接管。

1月20日，荣军医院被武汉市确定为61家发热门诊定点单位之一。1月23日，医院紧急召开全院会议，158名医护人员、全体行政后勤人员取消休假，紧急建立5个发热病区，原有60张床位快速扩展至160张床位。

2月3日，武汉市洪山区防疫指挥部下达正式文件，将荣军医院列为“新冠”确诊病人的指定收治单位。也就是说，在此之前，建立隔离病房一直是该医院的“自选动作”。

1月23日至2月26日，该院发热门诊累计接待3 711人，累计收治住院发热病人451人，其中累计确诊病例377人，治愈出院159人。此后，荣军医院被安排专门接收疑似病人。

张晋对记者表示，治疗“新冠”应当将患者看作一个整体，关注各个系统不同的症状，查房的时候，尤其要注意病人的情绪变化，言语上的耐心安抚可能对病情的稳定有很好的效果。在后期对康复病人的追访中，心理抚慰仍值得重视。

以下是医生张晋的口述：

“入院证就像纸片一样飞上来”

记得是1月初，我陪儿子参加学校的一个钢琴表演，在一个挺大的场子里。有个家长看我是医院的，就问我是否了解病毒情况，说反正现在没有人传人。我当时心里还是隐隐不安，据我们了解，呼吸道病毒主要通过呼吸道传播，又有家庭聚集性，说没有人传人，这两个之间有矛盾。

我有同学在武汉中心医院后湖院区，也说情况很紧张。1月20日左右，我同学给我拍了一段视频发过来，视频里，他们医院的发热门诊已经排了很长的队。

当天，钟南山院士接受采访说肯定有人传人的情况。我们作为医务人员就很警惕。而且据说老年人是易感人群，而我本来也是老年病专业的，又恰好在老年科。

我们医院同一天也被定为了武汉市61家定点发热门诊之一。发热门诊的医院名单在网上公布之后，病人开始暴增。我们医院收治病床加起来只有60张，很快就住满了。

我们科当时有50多个老年人，平均年龄有80多岁。封城前我们就开了个小会，主任让我们去通知家属，过年期间不要来医院探望病人了。平时有家属住得近，天天都来。我跟家属说，我们现在是安全的，如果来探视，老人可能会有感染的风险，一旦感染，这些老人凶多吉少。

有的家属电话里还说准备大年三十把老人接出去吃个年饭，都被我们否了。那时候还有些家属不能理解，觉得我们反应过度。因为那时媒体各方面都没有像现在这样去宣传。

我们担心大面积的感染，因为这些卧床病人的抵抗力很差，一旦被这个病毒感染，就很难办了。现在有监狱、养老院出现集中感染了，我们医院当时就意识到这个问题了。

1月23日凌晨，我看到主任在群里发了武汉封城的信息。早上七点不到，我们就被通知来医院开会。之前我们医院已经有两位疑似患者，一个是呼吸内科的，一个是内三科的，因为这两个科室已经各收了一个家庭里的婆婆和爹爹，所以那两个科室直接变成了发热一区和发热二区了。

院领导说，考虑到外面的疫情，很多人住不进去，所以如果来了重症的，我们还是想办法救治，如果把他们放回去，就有可能引发新的家庭传播。在这样的情况下，我带头成立了发热三区，最后医院一共成立了5个发热病区，提供了160张病床。

1月23日早上七点开完会，对现有的病人，能回家的全部动员回家，有特殊原因不能回家的，就转到其他非发热科室去。我们一边做动员，一边通知医生们赶快回来。有一个医生，母亲今年去世，按照习俗，要守初一，也被紧急从老家叫回来了。

十点半，发热门诊一开，入院证就像纸片一样飞上来，病人拖着大包小包从四处涌来，硚口的，江汉区的，各个区域的都来了。甚至好多病人从疫情最严重的汉口跑过来。

我有个病人，他是一位91岁的老爷爷，就住在汉口。刚开始他是两边肩膀疼，然后家属就带他去武汉市医院疼痛科看，看了几天后，还是疼。市医院当时也有很多发热病人，医生就跟老人说也没看出什么来，要他回去休息。

老人还是疼，疼到不吃不喝，家里人就又把他送到协和医院去看，协和医院门诊就给他做了个核酸筛查，结果是新冠肺炎阳性。但是协和当时也没有准备好传染病房，就让他去对口的红十字会医院看看。

去到红十字会医院后，他家里人都傻眼了，病人全都睡在大厅里面。老爷爷也睡在那里排队，睡了几天，还是没排上队。一听说我们这里发热门诊还有少量空床，就赶紧从汉口跑到我们医院来了。

来了之后，因为我们本身的专长就是治老年病嘛，我们知道，老人的肺炎，且不说新冠肺炎，就算是普通的肺炎，他们的表现都和年轻人不一样。老人不见得有发热、咳嗽的症状，有时可能仅仅表现出精神差、食欲减退。老年人各方面的免疫力也不像年轻人那样，可以立刻激活。

老人来了以后，我们首先给他止疼，至少能先让他的症状有所缓解，让他每一天过得舒服一点，然后再进行综合治疗，这就是我们的初衷。

这么大年纪的人，他如果患的是新冠肺炎，又有基础疾病，很可能就会丧命。一开始我们用药物不能止痛，就根据止痛的级别，用一些强一点的止痛手段，比方说理疗红外线啊，外用膏药啊，通过综合调理，然后加上营养。后来这位老爷爷被转到雷神山医院去了，我们也尊重病人的选择，我觉得他应该是可以熬过这一场疫情的。

边磨合边治疗

治疗本身就是一个磨合的过程。

我们毕竟是新组建的病区，护士是外科的护士，医生是内科的医生，其他的也有外科的医生，甚至还有妇产科的医生。

首先是医生之间的磨合。比如有些外科医生对于呼吸道疾病存在不了解的地方，我就要告诉他们应该如何去治疗。国家有一个治疗指南，我们来的时候就有第4版、第5版的指南，后来更新到第7版。第一天我就给每个人发了一份指南，然后在电脑里面把医嘱做成词条，让大家按照规范化的指南去治疗。

如果病人的轻重，医生把握不了，就提出来，咱们一起讨论，然后调整方案。如果情况稳定，我们就按照指南去做。

其次是护士的磨合。很多护士是泌尿外科的，平时给病人吊水，都是用的留置针，因为他们用的药都是500毫升、1 000毫升的大袋。但现在这是个内科病，医生开的都是100毫升、200毫升的盐水。这也就增加了护士的工作量。每组液体护士都要跑过去扎一下，然后挂好，一听到按铃，她又要跑去给另一个患者换药。护士也很辛苦，他们有时候就瘫软在输液台旁。有个护士说，每天换药瓶就得跑上240多趟。

还要和病人磨合。这个病在某种程度上也是心病，有些人很焦虑，甚至害怕到失眠。李文亮医生去世的那天，我记得是病人情绪最崩溃的一天。第二天早上，病房里很多人就变得很焦虑了。大家觉得，李文亮是一个医生，又几乎是举全国之力去救治，结果还是走了。大家就担心自己会不会像李文亮医生这样，一下子就走了。

我觉得得过新冠肺炎的病人，可能会像经历过汶川大地震的人一样，留下心理阴影。

我跟其他医生闲聊的时候说，就像一个女人，如果月子没坐好，将来的头疼脚疼都会怪当年月子没坐好。现在得了这个病，且不说以后呼吸系统、消化系统的问题，如果病人哪里有点不舒服的，都会想是不是这个病发了、是不是这个病毒在作祟?

好多人康复回去之后，还会来问我一些五花八门的问题。有的人问，我怎么天天口里泛苦？还有人问，我为什么老是拉肚子？

后来我就干脆在微信上建了一个康复群，叫“荣军发热三区康复之家”，我们直接在群里面和患者交流。有的人可能回去，在别的医院复查了，他们就会把化验单还有片子发给我们看一下，问结果是好是坏。还有人在隔离点接受治疗，那边的医生给他们开了中药，他们也会来问我们这个药可以吃吗、要吃多久？

我有两个病人，是一对夫妇，他们来我们医院的时候是核酸检测阳性，最后测了三次为阴性，CT也显示肺部不再有阴影，就很安心地回去了。回去后到隔离点了，结果妻子在隔离点的时候又测了一次，变回了阳性，就又被送到医院治疗了。

丈夫想不明白自己的爱人怎么会发生这样的事情，也很担心自己会不会复发。他就跑来问我是怎么回事，我就给他发了一个广东省疾控中心宋铁主任的解释。宋主任说新冠肺炎是潜伏期较长的疾病，有些老年人或身体差的人肺炎恢复得比较慢，出现阴性后复阳，可能是在炎症的吸收过程中产生的间歇性排毒现象。

我觉得这个意见可能会权威一点，这样告诉他，他心理上就会舒服一点，也可以稳定他的情绪。因为他也担心自己会不会又变成阳性，担心他的爱人怎么样了，是不是又加重了。

其实我也会担心，病人会不会复发。因为很多专家也讲这个病毒很狡猾，也许它就会像乙肝病毒一样，让病人最后变成一个病毒长期携带者。病毒到底是不是真的清除了，很难去界定。因为我们每个人对这个疾病是认识不够全的，我们才和这个病打了一个多月的交道，其他的专家可能从12月底就开始接触，所以他们可能已经有两个多月的认识了。所以我也很担心我的这一部分病人会不会在家里病情又加重了，或出现反复了。

病人也确实很焦虑。比方说，有位病人出院到隔离点之后腹泻、乏力，因为她之前发病的时候也是感到乏力，她就问我是不是复发了，还说她好后悔，想住回来。

我说不要焦虑，还告诉她人拉肚子之后，因为电解质丢失，就会感到乏力。我让她去问问隔离点的医生，看能不能补点氯化钾，或者自己吃点香蕉，补充点电解质之后再看看。她只要觉得肠道好一点，马上就有信心了，但是一旦按照你说的方法做了后，发现不行，她就很焦虑。

我们有同事感染了之后也是这样，他作为医生，其实是懂这个病的，但是感染之后一样很担心自己的每一项指标。我发现这其实是人的共性。我需要不停地给他信心，不停地告诉他没问题的，病人可能需要的就是你这句话。有的人原来并不是这种纠结的性格，但是被这个病搞得也有点纠结和焦虑了。

我每天会收到各种各样的这类小问题，就像热线一样。病人可能只是需要有这样一个渠道让他发泄。有时候面对病人反复的纠结，或者提一些无理的要求，我们其实也很理解。现在这个病，说句不好听的话，病不在你身上，你永远不能体会作为患者躺在床上的那种无助。

目前我们科室从头治到尾康复出院的有20多人，我们现在就服务这20多个康复病人的后续。

我们有时会在群里及时更新国家卫健委出台的治疗意见。我直接在群里发布后，大家可以看得到，也不用我再一一打电话通知。

我觉得在这种特殊时期建立的情谊非常难得。如果换做寻常，我可能不会像现在这样和病人建立联系。因为平常的话，每个人的病都不一样，你也不好在群里去讲。

在康复群里，除了我们医护给予指导，病人之间也会互相打气。有老太太在群里鼓励年轻人："你看我80岁了，现在挺好的，你们放心，你们年轻，肯定没问题的，你们要相信自己。"

在我们医院住院的病人，情绪不好的，我们除了给他们一些心理的抚慰，也会用一些抗焦虑的药和改善睡眠的药，让他能够休息好。如果休息不好，免疫力不就垮掉了吗？就像钟南山说的，这个病没有特效药，没有特殊的治疗。那么我们现在是以人为主体，维护人体的功能，缓解病人的不适，提供一定的支持，让病人能够有时间争取免疫力建立，然后抵抗这个病毒。这是我们的一个考量，也是我们的治疗方案。不管是上呼吸机也好，ECMO也好，都是帮病人撑到自己能够扛过最煎熬的时候。

艰难时刻

2月27日，我们医院最后一批病人都转去了雷神山医院，我们也算是完成了使命。像我们这样一个量级的医院，已经尽了自己最大的努力，虽然数字上不可能跟大医院去比，但是我觉得已经尽了全力。

因为历史原因，部分科室在很早之前有莆田系的背景。而这个“莆田系”的名头，给我们医院的医生也带来了一些心理上和物资上的压力。

我们不是真正的第一批定点医院，但我们1月20号就被列为定点发热门诊，很早就开始收治病人了。很重的病人过来了，总不能见死不救，袖手旁观，也不能把病人放回去，那个时候还没有封路，病人再坐公交、坐地铁又将感染多少人呢？所以当时医院院领导就紧急开会，说不管别人认不认可，先得把病房弄起来。

听到网上的一些言论，我们有些比较年轻的同事，可能会觉得心里不舒服，就有种没名没分地在这里干的感觉。我记得仁爱医院领的口罩比协和医院还多，有网友就把莆田系名单发出来，下面还有我们医院的名字，我们有“躺枪”的感觉。当时因为我们不是定点医院，我们的物资也只能靠医院的员工通过各种渠道自筹。我们有员工去弄物资，有的人还会质问，你们莆田系还跑过来领物资？

我记得第一天开科的时候，我们有5名医生，还有11名护士，但是一共只领到10套隔离服，都不能保证每人一套。到后来，也都没有做到完全的三级防护。因为时间太短，没有办法改成“三区两通道”，我们都是用普通病房改的，只能说是隔一下。

我们科有7名医生，其中有2名医生被感染了。我感觉应该是刚开科的时候，因为病人大多来自疫情比较严重的汉口，但我们防护不足，一件防护服可能要穿三天。一直到现在我们都是一件防护服穿一天，也无法做到几个小时就能换一套。防护服也不是标准医用的那种，应该就是工业级别的。我们还不是最惨的，我有同学在其他医院，曾经有段时间就穿那种像薄纱一样的隔离衣。我们这种，再差也至少是胶皮的，至少它不透气、可以防水。

直到2月3日，我们被征为定点医院。我们的隔离病房也就随之紧急整改成比较标准一点的了。

援鄂医疗队医护人员也过来帮我们分担了一些工作。我给过来支援的医护人员排班，也是严格地按照传染病的标准，一次只上4到5个小时的班，没有让他们待在病房太久，还是想保障人员安全，总不能让帮助我们的人再带着病毒回家。

开始收治病人的前半个月，我们医院一下子就爆满了。从早上十点半开始收病人，一直到凌晨三四点钟，病房全满了，还不停地有病人涌来。也有些医生护士的亲人打电话问能不能帮忙安排床位，但是很难安排。因为这是传染病，走廊上不好加床，也不太好吸氧。

有些病人直接来了，来了你就得收，有的病人病情很重，直喘气，有的已经呕吐拉肚子好多天了，他再瘫在那里，会很混乱。发热门诊的医生还要每天不停地填表、上报、排查，然后做核酸检测。那时候一天要填大量的表，后来这些工作才慢慢简化。

我们真正感受到压力减轻，是从社区进行分诊开始的。社区的人建立第一道关卡，先判断病人是轻症还是重症，再决定把病人送去方舱还是定点医院。

大概从2月8日以后，方舱医院、雷神山医院和火神山医院逐渐开放，我们也没有那么忙了。

活 在 当 下

我有时候会跟我的病人说，这场疫情让我们认识到在未来社会中，也许地位不重要，金钱也不重要，最重要的还是免疫力。

有些病人回去之后隔离14天，感觉无所事事。我就会跟他们说其实这个时候让你真的有时间去回顾一下自己的前半生，回顾一下这段时间所经历的事情。现在整个武汉按下了暂停键，其实有些东西你原来可能一直不停地在追逐、在忙碌，但你永远没有静下来思考，人生中到底什么是更重要的？

这样的机会让你可以看到一个人的全部，然后你也可以有机会去修复你的人际关系，包括夫妻关系，亲子关系，有的是和子女及老人的一些关系。你没办法，必须得唠嗑，必须同家人讲话，你原来可能说我忙、我累、我回来了，我门一关就进房。现在家里就那几个人啊，你总得讲讲话，总得讨论点大事，家里的疫情什么的，总有话讲嘛，我觉得这也真的是从未有过的一种感受。

像我原来对孩子可能没有这么了解，但是前前后后跟他待这么长时间，细枝末节的变化我都看得很清楚。不像平时我早出晚归，晚上吃饭才有一段时间闲聊两句。

有段时间下班回酒店休息，我也会想人生下一步该怎么走。看到这么多人，有的人地位显赫，有的很有钱，但是在这场疾病中也没有办法。

我觉得很多时候，最重要的还是要活在当下。我老公和孩子在家，当我老公在家里有点坚持不住的时候，我就鼓励他，我说这也许是这辈子陪孩子的最长的亲子时光，要好好珍惜。

孩子现在上网课了，他每天上午都要陪着上课，自己还要远程办公，单位还要每天打卡7.5个小时。孩子上课后，他做三餐饭，还得去抢菜。抢完菜之后回来还要消毒，给孩子洗衣服，晚上孩子学校里还要画个什么手抄报，拍个小视频什么的，他觉得整天都很忙很累。

孩子他爸原来是连饭都没有做过的人，我就很担心。过年那段时间，还没有上网课，我问我老公三餐吃啥，他说为了减少一餐，每天让儿子十点钟才起床，这样一天就只用吃两餐了。

我觉得这也算是很好的亲子时光吧。只要能过就凑合过吧，因为现在很多人都在家里凑合着，都在坚持。

采访、撰稿/葛明宁、沈青青、张卓
编辑/彭玮

跨过长江去武汉的少年

楼威辰

每个时代都不缺为民请命的人

有人逃离湖北，就该有人跨过长江

来年，我们一起去看樱花

看过太多电影，就不说“等我回来”了

武汉，坚持住

4000个口罩和一名志愿者正在路上

2020年1月25日 14:57

出发去武汉之前，楼威辰发了一条朋友圈。本文图片均为受访者供图

2020年3月27日，来武汉的第63天，楼威辰在给求助者买药的路上，车子爆胎了。送去汽修厂，发现底盘已变形，需要一次大修。

这63天里，为了给老弱病残等困难群体送物资，他的车跑了一万多公里，几乎跑遍了武汉所有区域，平均一天跑三四个区。

最近很少收到求助信息了。社区开始有限放行，市内交通在逐步恢复，各行各业也在陆续复工。这意味着，武汉已经不太需要他这样的志愿者了。

大年初一，25岁的楼威辰独自驱车700公里，从老家浙江安吉来到武汉做志愿者，其间把积蓄花完了，还委托中介把老家的房子卖了，只为继续救助更多的人。他在武汉挨过饿，失过眠，流过泪，忍过痛，还下过地，“就像一次变形记，体验了各种民间疾苦”，他说。

“武汉，对不起”

安吉至今零确诊，大年三十，楼威辰跟朋友出来玩，整条街上没人戴口罩，那时他还不怎么关注疫情。当晚，他频繁看到武汉各大医院物资告急的消息，开始在网上找口罩，没找到，凌晨五点才睡着。

第二天上午十一点起床后，楼威辰带上手机充电线和一床被子，便开车出门了。他在安吉当地到处找口罩，两个多小时，跑了十几家，终于在一家劳保店找到了，他花1 400元买了4 000个外科口罩，就直接上高速了。

出发前，他把手机解锁密码、支付密码和墓志铭发给了最好的朋友，并发了一条朋友圈，表示自己要去武汉做志愿者了。于是，一路上时不时就有消息弹出来，都是劝他回去的，也有一些质疑，叫他不要把病毒带回来。还有个朋友说，进了湖北之后，车内空调记得打内循环。他一下意识到危险和恐惧。十几个人连说带劝，他慢慢打消了留在武汉的念头，决定把口罩送到就回来。

他从来没有开过8个小时的长途。那天下着很大的雨，高速上一路畅通无阻，尤其天黑之后进入湖北境内，几乎没有同向的车。听着雨刮器的声音，疲惫和孤独感更加凸显，他只能靠音乐和抽烟来提神。他打开广播，想了解武汉的情况，但大多时候没信号，只能听到沙沙声。

晚上十点多，他在武昌收费站入口前停了下来。一眼望去，前方一辆车、一个行人都没有，黑夜中只见楼影幢幢。

外面还下着小雨。楼威辰摘掉口罩，又抽起了烟，犹豫到底要不要进城。一旦进城，也许很长时间出不来，他考虑了所有可能会面临的问题：无法回去复工、没有收入和住处、家人的担心、被感染甚至死亡的风险……

过了十几分钟，几支烟抽完，楼威辰还是决定进城。

他先联系了武汉科技大学附属医院，说要捐赠口罩，想当志愿者，对方说医院不招志愿者，可以找红十字会。他又联系了武汉市红十字会，接电话的人一直在咳嗽，让他恍然生出一种末世感，“连坚守一线的人也被感染了？”他更想进去了，“武汉越危险，说明它越需要人”。

1月25日晚上，楼威辰进城后就看到这个路牌通告，再度加深了他对封城的认知

十一点多，抵达红会办公楼。一楼放着很多物资，有几个人走来走去。办好捐赠手续，楼威辰大概说了下自己的经历，很快被围观，大晚上有个人从那么远的地方赶过来，大家都很惊讶，说这是大爱。

他们找了个空办公室，让他先休息。隔壁是接电话的话务组，24小时三班倒，电话铃声、嘈杂声彻夜不停。他躺在沙发上，凌晨三点多才睡着。

第二天一大早就被吵醒，他被分配到物资组搬货，干了大半天，宣传组的负责人偶然得知他原来做文案工作，便让他去了宣传组。在宣传组的半个月，楼威辰亲历了每一条针对武汉红会的质疑和谣言，“我们本来是个宣传组，后来变成一个辟谣组”。很多时候，他感到委屈又愤懑。

其中，山东寿光捐赠的350吨蔬菜低价售卖一事影响最大。楼威辰说，这其实是一个乌龙事件，红会确实从头到尾没有参与，事先也毫不知情。当时红会发了一则辟谣申明，仍有很多网友不相信，说“你们都拿去卖了，居然还说没收到这批菜？”后来武汉市商务局回应称，外地捐赠蔬菜的销售收入集中上缴市财政，作为防疫资金。

至于早期物资分发效率低的问题，楼威辰认为，这不能都怪罪于武汉红会，因其只负责中转物资和登记收发情况，医院领物资必须要有卫健委或防疫指挥部审批的函，如果有函，就算医院没车，他们也可以送过去。“从我第一天来就知道，他们确实没有权力发物资。”

当时，武汉红会办公楼只能暂时存放少量物资，大量捐赠物资必须集中转运到国博A馆临时仓库。2月1日，央视记者探访国博A馆时受到保安阻拦，交涉过程中直播被切断，现场未见红会人员。楼威辰称，该仓库实际上是防疫指挥部在管理，此事曝光后，物资捐赠工作便由防疫指挥部接管了。

2月8日，他送一个红会志愿者去武汉市中心医院，给李文亮医生献

2月2日，武汉街头

莫奈与海 V

2月9日 02:32 来自 坚果手机 R1

今天在医院门口看到几辆殡仪馆的车

还看到了李文亮的鲜花

只想对武汉说，对不起，真的对不起

我什么也做不了，我真的很没用啊 ⊙ 武汉

2月8日，从武汉市中心医院回来的楼威辰陷入愧疚中

花。他在医院门口看到几辆殡仪馆的车，门诊大门前堆满了花束，连院外围栏也放了一排鲜花在地上，每束花都有一张小纸条，寄托着同一种情绪。

当天晚上，他辗转难眠，觉得自己虽然在当志愿者，但并没有为武汉做出多大贡献，在红会也曾被人质疑“不干实事”。这一系列因素，让他决定去做实实在在的救助工作。

“我和希望都会出现”

秀秀家是楼威辰救助的第一个新冠肺炎患者家庭。

1月20日，秀秀父亲开始发烧咳嗽，27日凌晨被120紧急送去武钢二医院，但当时医院无法做进一步的检查和治疗，患者转院也很难。在排队做核酸检测期间，秀秀想把父亲带回家隔离，以免在医院交叉感染，医生也同意了。她都已经联系好车，在医院门口等了许久，最终还是看着父亲被带回病房。

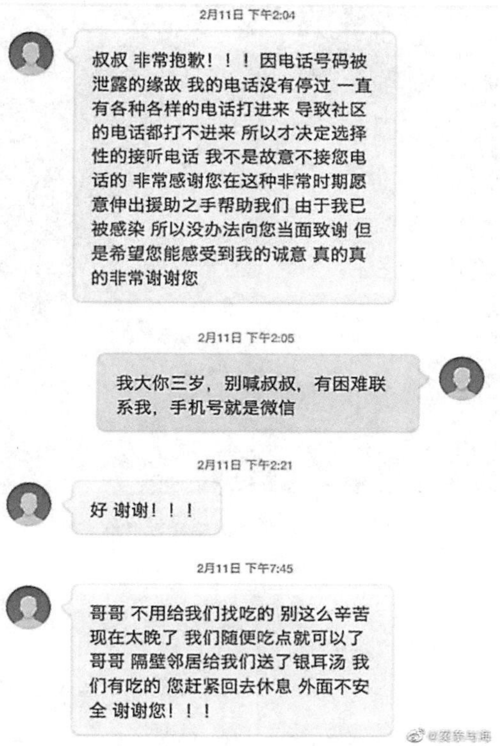

之后，母亲、秀秀和弟弟相继查出肺部感染。2月8日下午，秀秀姐弟陪母亲去医院输液，母亲病得“很难受”，拜托医生打一针让她离开。秀秀劝母亲说，爸爸也在坚强地活着，你也一定要坚强。她至今没有告诉母亲，父亲在当天上午已经去世了。

2月10日，母亲终于被收治入院，医生当天下达了病危通知书，母亲进了ICU。在家隔离的秀秀发着高烧，胸闷乏力，无法下床。那两天，是秀秀人生中最绝望的时刻。

11日中午，楼威辰得知秀秀家的情况后，立刻买了两盒饭送过去，因为是外地手机号，他打了四个电话，秀秀都没接。楼威辰又问到秀秀弟弟的电话，才联系上他们。弟弟把饭拿上来后，发现还有一张写给秀秀的小纸条：“没有一个冬天不可逾越，没有一个春天不会到来。坚持住，照顾好弟弟，你们母亲所需的蛋白粉已在打听。当无法坚持的时候，请拨打158****5998，我和希望都会出现。”

2月11日 下午2:04

叔叔 非常抱歉！！！因电话号码被泄露的缘故 我的电话没有停过 一直有各种各样的电话打进来 导致社区的电话都打不进来 所以才决定选择性的接听电话 我不是故意不接您电话的 非常感谢您在这种非常时期愿意伸出援助之手帮助我们 由于我已被感染 所以没办法向您当面致谢 但是希望您能感受到我的诚意 真的真的非常谢谢您

2月11日 下午2:05

我大你三岁，别喊叔叔，有困难联系我，手机号就是微信

2月11日 下午2:21

好 谢谢！！！

2月11日 下午7:45

哥哥 不用给我们找吃的 别这么辛苦 现在太晚了 我们随便吃点就可以了 哥哥 隔壁邻居给我们送了银耳汤 我们有吃的 您赶紧回去休息 外面不安全 谢谢您！！！

2月11日，秀秀与楼威辰的短信对话

当时秀秀几乎快放弃自己了，对住院已不抱希望。小纸条给了她一点力量，就像在一片黑暗中，“有一束光照进来”。

送完午饭，他又跑了一下午，买到蛋白粉、84消毒液、酒精、阿胶等物资，还打包了两盒炒饭，送去给他们。回到住处已经晚上九点多了，他才吃上当天的第一顿饭，一碗泡面。

12日，秀秀住进市第一医院，弟弟被送去隔离酒店。一家三口在三个地方，楼威辰三个地方都送，给秀秀送生活用品，给她弟弟送食物，给她

楼威辰给秀秀弟弟写的小纸条，鼓励他坚强独立

母亲送药，前后跑了大概10次。

秀秀一开始有些不理解，世界上为什么会有这么好的人，便问他，你是不是可怜我？这个问题让楼威辰意识到，秀秀内心对救助可能有一些抵触，于是他讲了自己的身世：从小父母离异，他跟着父亲和爷爷奶奶一起长大，父亲在他16岁时猝然离世，爷爷也在四年前因病去世，只剩下他和奶奶。

“我想让她明白，我并不是在可怜谁，不是高高在上地施舍，我们是同一种人，在救你的同时，其实也是在弥补自己当年一个遗憾。”楼威辰说，他希望消除那层因陌生而导致的隔阂，让救助者能够信任他。

2月26日，秀秀得知第二天是护士姐姐的生日，护士姐姐来自南京援鄂医疗队，只大她两岁，对她照顾有加。秀秀想给这个生日应有的仪式感，问楼威辰能否帮忙弄到一个小蛋糕，他一口答应了。

其实那个时候，蛋糕是稀缺品。刚好楼威辰之前救助过一个开蛋糕店的人，询问对方后，第二天他开了一个多小时车程去对方老家，把人接回市区的店里，做了一个精巧的蛋糕，再把人送回去。

楼威辰说他愿意这么折腾，不是因为她们真的很需要这个东西，而是想给这些困境中的人一点心理安慰：外面的世界还在正常运转。

黑暗中的光

2月28日晚上十点多，楼威辰收到一项特殊的求助。一个独居盲人张磊（化名）因电磁炉烧坏导致跳闸停电，无法做饭，打电话给社区，社区说暂时没法安排电工，只好通过朋友在网上求助。

盲人，饿肚子，这两个词组合在一起，让楼威辰觉得情况“很严重”。他立即带上仅有的面条赶过去，车速一度开到151 km/h。

小区不让车进，楼威辰把车停在外面，走了15分钟才找到地方，那是一家盲人按摩店。敲门后，他看见张磊攥着钥匙把玻璃门打开，觉得很神奇，进门后第一句就问：“您不是盲人？”更神奇的是，“问他电表在哪里，他居然给我指了一下。”

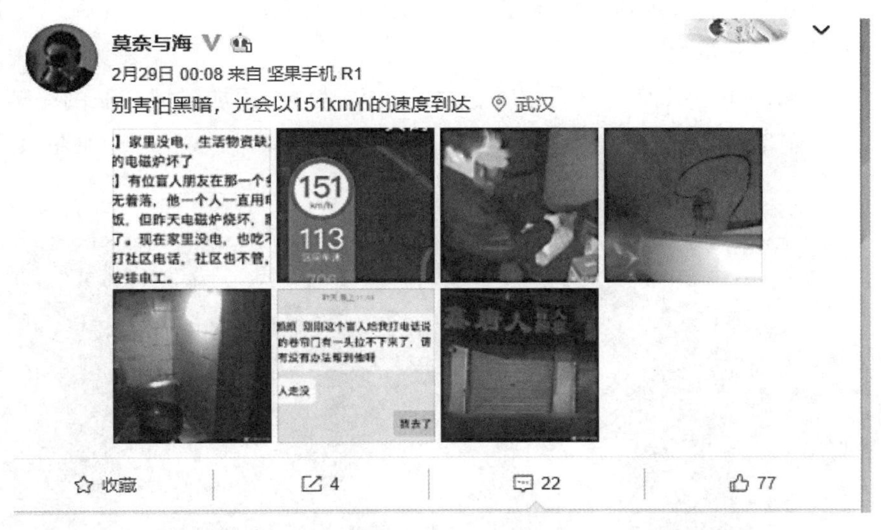

救助盲人那晚，楼威辰写道：“别害怕黑暗，光会以151 km/h的速度到达。”

楼威辰此前没有接触过盲人，无法想象，一个盲人在疫情期间怎么度过。他检查后发现并没有停电，只是跳闸了，但电闸在靠近天花板的地方，张磊够不着，尽管他知道是跳闸的问题，但就是解决不了。楼威辰搬了一张桌子爬上去，打开电闸，黑暗的屋子里又恢复了光亮。不会做饭的他想给张磊煮碗面，张磊说不饿，下午吃过东西了。

楼威辰走出小区后迷了路，绕了近20分钟才回到停车点，却收到张磊的卷帘门卡住的消息，他又返回，把卷帘门修好才走，回到住处已是凌晨一点多。

之后，楼威辰给张磊送去一个新的电磁炉、一袋米和一些菜。

3月中旬，他的志愿者团队进行电话回访后，又给张磊送了口罩、酒精、食用油和菜。张磊很感激，说疫情结束后，免费给这些志愿者按摩。

另一个故事也和“光”有关。

一个做建材生意的中年男子年底去黄冈结账，因封城被困在当地，钱也没要到。他在旅馆里滞留了一个月，十分想念在武汉的妻儿，于是办理了返乡证明，在2月23日这一天，骑着共享单车出发了。

他沿着国道骑行，用了半天时间到达两地交界处，由于共享单车不能跨市，交警扣留了单车。他没有停下来，继续往前走，从正午走到黑夜，经过无数的田野，无数的车辆也经过他，但没有人敢在疫情里向陌生人伸出援手。

后来，他在微博上看到楼威辰发的救助信息，添加了楼威辰的微信，说实在走不动了。由于当时手上还有其他救助任务，楼威辰便让他在原地

3月中旬，从来没下过地的楼威辰与其他志愿者一起去郊区农场摘菜，连去了6天，摘了6 000份左右蔬菜，送给十几个社区的贫困人员

等待。那一刻，支撑他走到现在的那口气终于卸下来，双腿再也迈不动了。

约三小时后，楼威辰忙完手中的事就赶去了他发的定位点，位置很偏远。送他回家的一个小时里，楼威辰理解了男子披星戴月的来龙去脉。汽车在星光下驶过大桥，男子一字一顿地说："不论发生什么事，只要家人在一起，就好。"

让楼威辰感触最深的故事，发生在两天后的一个雨夜。

2月25日，楼威辰奔忙12个小时，给孤寡老人送食物，给隔离人员送日用品，还领了一批免费的蔬菜大米，准备第二天继续分发给困难群体。睡前听说又到了一车免费菜，尽管很疲惫，他还是从被窝里爬起来，出门了。

那晚武汉大雨，楼威辰十点多回到住处，在小区门前看到一个外卖小哥推着电瓶车在街上走，没穿雨衣，全身都淋湿了。他停车询问，小哥说车没电了，还有三单没送。"接下来的事交给我吧。"楼威辰让他把电瓶车停在附近，然后上车，帮他送完剩下的单子，再送他回十公里外的住处。

路上，他问小哥："如果没有遇到我，你打算怎么办？"小哥用不太流利的普通话说："先把单子全部送完，然后找个屋檐底蹲一晚上，等天亮。"

"蹲一晚上"，他被这句话刺痛了。

送小哥回家后，他坐在车上抽烟，内心翻涌。他来武汉，最差的住宿条件不过是睡在车上，他无法想象在这么冷的雨夜，一个人浑身湿透，蹲在屋檐底下，不能合眼，要如何一分一秒地度过那个寒夜。

"就觉得，为什么会有这样的人间疾苦？"当夜，他凌晨一点多回到住处，久久不能入眠。

疫区众生相

在楼威辰看来，淋雨的外卖小哥是一个善良的人。小哥说，他看不起那些疫情期间高价收费的人，他从不额外收费，遇到困难人员则分文不收。那晚他送小哥回家后，小哥还拿出家里的两筐蔬菜，让楼威辰捐给有需要的人。

"那一刻我蛮感动的……对于一个在底层生活的人来说，两筐蔬菜可能就是他的全部了。”楼威辰说。

有一次楼威辰去医院帮人买药，排在他前面的也是一个外卖小哥，他跑腿帮顾客买药，刷自己的医保卡，以此来套现。当时后面还有很多人排队，收费员跟他说，刷医保卡走程序很慢，要不付现金吧。他说钱包掉了，只能刷医保卡。

每天在疫区见识各色人物，楼威辰慢慢看出：疫情会把所有事物都放大，包括人性。面对无偿的救助，大部分人会心怀感激，也有人会得寸进尺地索取。

他给一个老人先后送了三次物资，包括一千多元的药、一千多元的粮食肉菜，“至少保证他一个月不用愁”。但老人还是隔三岔五打来电话，说缺这个缺那个。有一次老人说想吃馒头，楼威辰当时手头有事，联系了另一个志愿者过去，拎了很多食物，还塞给他一个500元的红包。临走时，老人问志愿者能不能再买一个自嗨锅回来。楼威辰觉得很奇怪，一个六七十岁的老人竟然知道自嗨锅。后来他们了解到，老人是北京人，有一定的文化水平，儿子是警察，孙子是高铁工作人员，但都不在他身边。以居住环境来看，生活条件也不差。

后来，老人每天打电话给所有跟他联系过的志愿者，说需要什么物资。而当他们定期回访其他求助者时，大部分人都会说，不需要帮助了，谢谢你们。楼威辰渐渐觉得老人自私贪婪，就不再接电话了。

在救助过程中，楼威辰也受到过伤害和打击。

2月16日，他接了一个单，第二天送人从武昌回黄陂，有个黄陂的女孩看到后微博私信问他，返程时能否顺路带她回武昌复工，他把自己的微信号发给女孩，但直到第二天将近晚上七点女孩才加他微信，此时他已从黄陂回到江岸区，正在吃饭。饭没吃几口，他又开一个多小时车，赶去黄陂接她。

结果到了家门口，女孩说家人不同意她回武昌，可以支付他一定的费用。楼威辰拒绝了。他拖着疲惫的身躯，空车原路返回，回来后接着吃剩下的半碗饭。

“你没跟家里沟通好，没确定好，你就向外发出求助。”楼威辰觉得，这是一种罔顾志愿者心血、占用社会资源的行为。女孩最后跟他道歉，他说，“没关系，等你跟家里沟通好之后，再向我求助，我还是会来帮你。”

更让他难受的是那些质疑的声音。

“你能干什么？你在那儿不是给人添乱吗？”

“闲啊，吃多了啊，又不是医生，当你是救世主啊？”

“做什么志愿者，滚出武汉，浪费医用资源。”

这些质疑和指责，来自身边亲友、陌生网友，甚至武汉当地人。

“武汉不是我的家乡啊，我从来没有来过湖北啊，我是一个从浙江跑过来帮助你们的人啊，我不需要你们的回报，不需要你们的褒奖，不需要任何的名分，但能不能不要来质疑我？”楼威辰感到心塞。

2月13日，他去医院给秀秀母亲送免疫球蛋白。因为要走进呼吸内科，别人捐了一套防护服给他穿。当天他把相关照片发到网上，有人说，志愿者送个东西还要穿防护服，很浪费。

那是他的第一套防护服，没舍得丢，一直放在后备厢里。之后他再去医院给病人送药送食物，都只戴个口罩。直到一个央视直播节目委托他给隔离病区的一线护士送花，他才把后备厢里那套防护服拿出来穿。至今只穿了这两次。

失去的和得到的

来武汉时，楼威辰带了一床被子，本打算一直睡在车上，节约开支。没想到先后有两位志愿者朋友收留他，后来又有个房屋租赁公司给他提供免费住宿。

但这两个多月，他几乎没休息过一天，尤其参与救助以来，每天在外面跑十几个小时，紧张，忙碌，心理压力，加上本身有点神经衰弱，所以常常失眠，要吃安眠药。失眠时，他会想起那些被救助者的脸，还有那些没能去救助的人，无力感和紧迫感如影随形，连做梦都在救助。

为了帮到更多人，他在网上公开了微信号。有次睡前忘了静音，凌晨两点多钟，来了一条添加好友的信息，他瞬间醒了，以为是求助者，结果对方是来给他加油的。

莫奈与海

2月20日 11:59 来自 坚果手机 R1

好消息！我已经有办法弄到通行证，恢复接单，有需要求助的私信我（社区、医院这种部门之间的问题我没办法），武汉城内的，生活困难，没有食物、日用品、防护用品的有困难的家庭，或者出行有困难的，不需要你一分钱，有需求发给我，放心，找我肯定有用，我会保证你们的生活，我楼某人说到做到，现在公开微信号:miss　　　　 如果加油打气的我白天不一定会回复，见谅，以需求优先.请帮助扩散，能救一个是一个.　武汉 收起全文

收藏　81　29　152

楼威辰在网上公开联系方式，以便收到更多求助信息

他经常饿肚子，一天只吃一顿，往往是一碗泡面。有次忙了一天没吃东西，饿到手发抖，回来后，他吃了两口泡面就吐了。还有一次超过30个小时没进食，前一天中午吃完饭，一直到第二天晚上才吃上一碗泡面。

别人劝他好好吃饭，他说吃泡面是为了省时间，其实是为了省钱。来时身上有2万多元存款，很多物资都是他自己掏钱买的，因此一度负债。3月初，黄晓明团队给他捐助2万元，他又全都用在救助上。

老乡捐给他个人的自热米饭、口罩和手套，他也全部拿去发给别人。他说，令他记忆深刻的不是一天只吃一碗泡面，而是偶尔从别人手里收到的小面包、肉包子。

他在武汉哭过一次。

那天，他答应给两个女学生送食物和一口锅。她们在武汉上大学，寒假留下来打工，被疫情困住，家庭条件一般，求助时基本弹尽粮绝了。下午四点，他收到消息说有个公益组织那里可以领免费蔬菜，他过去等了半个多小时，才得知他们只对接社区和医院，不对个人发放。他说他是一名

楼威辰和同伴在路边吃饭

志愿者，专门给贫困人口送物资，能不能领一点菜，说着说着“就变成求人家了”。

前后花了一个多小时，还是无果。打开手机一看，五点多了，超市已关门，想买菜也买不到了。那一刻，他突然就崩溃了，眼泪涌出来，一直责怪自己收到一个错误消息，导致两个女孩饿肚子。

接着，他赶紧去了武汉红会，凭着一张熟脸，蹭了一个盒饭，“还很不要脸地偷偷多领了一盒米饭”，给女孩们送过去。女孩们不知道，他也饿了一天肚子，连泡面都没吃。

2月底，他吃到了来武汉的第一顿热饭。一个志愿者朋友邀请他去家里做客，是那种真正意义上的“家”，有客厅，有沙发，有厨房，还有个会做饭的妈妈。当他坐上餐桌、拿起筷子的时候，忽然觉得好陌生，原来吃饭是这样子的，他都快忘记了。

因无法回去复工，楼威辰把工作也丢了。他在武汉已花了七八万元，一半是借的钱，每月还要还房贷。为了继续救助，3月21日，他委托中介把老家的房子卖了。很多人劝他为自己考虑一下，他总是想，钱没了可以再赚，但“我不去给他们送菜，可能真的会有人饿死”。

他曾救助过一个孤寡老人，住在一个废品站后侧的筒子楼里，四周都是矮平房，道路坑坑洼洼，楼内昏暗无光，没有门牌号。老奶奶家里只剩一点面条，冰箱是空的，什么都没有。由于语言障碍，他放下物资，没有过多交流，走了几步回头看，老奶奶站在楼梯拐角处挥手，眼里闪着泪光。

刚开始只有他一个人，信息不通畅，效率也不高，每天救助的人很有限。后来他召集了20多人成立了团队，有几个救助过的人也成了他的志愿者，他们主要负责在线上核实信息、安排流程等，线下还是他一个人跑，一户一户地送。

在他卖房的同一天，他发布了两张海报，想要扩大救助范围和团队规模，覆盖整个武汉的贫困社区。尽管居民的出行和采购都不再成问题了，他依然没有停下脚步。

在4月8日武汉解封之前，他们还要做三件事：给即将出国援助的医护人员捐赠高规格口罩；给一个贫困社区的3 000多户送物资；给30户自闭儿童家庭送米面肉菜和一个娃娃，并附上一张小纸条。

为出城做准备，楼威辰去做了核酸检测和抗体IgG/IgM检测。这两个多月，他出入无数单元楼，多次进出医院，载过新冠患者，接触过疑似病例，救助过流浪猫狗，也曾感冒咳嗽，写下六百字“身后事”。

幸好，结果是双阴性。他答应过奶奶，一定会平安回来。

采访、撰稿/张小莲

编辑/彭玮

伤逝

一个“重症肺炎”患者的最后12天

翁秋秋至死也不知道自己患的是什么病。

病势汹汹，从头痛、咳嗽到呼吸困难，“肺全变白了”，直至死亡仅仅12天。那是2020年1月21日，翁秋秋所在的湖北黄冈是武汉之外疫情最严重的地区。

医生告诉翁秋秋的丈夫陈勇，她患的是不明肺炎。在花光了借来的二十来万元医药费后，翁秋秋的病情没有好转，陈勇最终签下放弃治疗的同意书。

死亡时，翁秋秋还不满32岁，她刚查出自己怀孕不久。死亡证明上，她的死因写着：“重症肺炎、呼吸衰竭、感染性休克。”

很难追溯她的死与新冠病毒有无关系。截至1月27日24时，国家卫健委收到30个省（区、市）累计报告确诊病例4 515例，现有疑似病例6 973例。与此同时，1月24日，武汉大学人民医院研究组发布的报告提示，新型冠状病毒肺炎症状多样，容易漏诊误诊。

检测病毒的试剂盒一度短缺，是确诊难的原因之一。此外，1月22日之前，武汉市所有疑似病例的样本都需送到湖北省疾控中心统一检测，22日之后为加快检测速度，检测权下放到各个定点医院。中国疾控中心主任高福接受央视采访时表示，将保障病毒检测的试剂盒下沉到基层的数量。

陈勇不知道如何回答大女儿的问题：妈妈去哪儿了？他懊悔自己不够坚持，有时他想，如果继续治疗，妻子也许能抢救回来。

以下是陈勇的口述：

（一）

1月7日的时候，妻子去菜市场买了鱼头、鸡肉，还有青菜，回家后做了一锅火锅，我们一起吃的饭，她胃口不错，吃了很多。

第二天，女儿幼儿园放假，妻子说她不舒服，让我去幼儿园把女儿接回来。1月9日，她和五岁的女儿在家里没有出去。中午的时候，她给我发微信说感冒了，让我下班后带点感冒药回去，顺便买一盒验孕棒，她怀疑自己怀孕了。

那天，我五点多下班，回家后把感冒药和验孕棒给她。晚上六七点时，她告诉我说怀孕了，我当时还有点高兴。晚上我做的饭菜，炒了一个猪肝，一个咸菜，还有一个青菜，她吃了一大碗饭，但精神状态不太好。我在厨房洗碗时，她就回房睡觉了，不久女儿也睡着了。

我当时以为她只是小感冒，休息下就会好，很快我也睡着了。

1月10日凌晨三点多，她突然把我叫醒，说自己不舒服，头痛，喉咙痛，她当时发烧38℃多。当晚，我们骑着电动车，带着女儿一起去了医院，因为家里没有人带小孩，我不放心把女儿一人留在家里。

我们去了黄冈市中医院，医生说要等到白天才能吊水，当时拿了点感冒药，回家路上突然下起雨来。我们到家已经凌晨四点多，妻子一直咳嗽，没有睡着，我也没有睡着，就女儿睡了一会儿。

那天下了一整天雨，早上七点多我们起来，又去了黄冈市中医院，照了片子，医生说她喉咙感染发炎了，因为我老婆怀孕不能吃药打针，我们就转去了黄冈市妇幼保健院。

那时已经到了中午，我们打算先回家，下午再去黄冈市妇幼保健院。回到家里后，我问妻子想吃什么，她说想喝粥。家里之前买了小米，我给她做了小米粥，她只吃了几口就吃不下了。

下午，我们到了黄冈市妇幼保健院，医生说怀孕不能吃药不能打针。我们又回到了黄冈市中医院，去了呼吸科，那时我老婆已经呼吸困难，没有力气，走路都走不动了，而且明显比平时怕冷。在黄冈市中医院做了一个心电图后，医生让我们转到黄冈市中心医院，没有看成后，我们又去了同济黄州医院。

那时已经是下午四五点了。我们之前一直带着女儿，当时已经没有办法了，我打电话给孩子舅舅，他们过来把孩子接到了外公家。我坐在医院凳子上问我媳妇，我们不走了，就住这里好不好？她那时已经不能说话了，只能不停地点头，我当时心里很难受……

那一天非常漫长，到了晚上十一点，妻子最终转院到了武汉的一家三甲医院。

到了武汉的医院后，医生跟我说我妻子是病菌感染，肺部全都变白了。

（二）

半年前，我们从蕲春县来到黄冈市，投入了3万块钱，跟人合伙开了一家门窗店。原本是希望改变以后的人生，没想到会发生这样的事情。

我妻子今年32岁，她在我们入股的门窗店做业务员。1月份是淡季，她基本不出去跑了。门窗店因为刚开张，一直处于亏损的状态，我们每个月只有三千多块钱的基本工资。除掉500块钱一个月的房租，女儿上幼儿园的钱，半年来每个月都入不敷出。

原本打算1月12日放假后，我们回老家过年的。

1月10日晚上，妻子被送进了武汉的医院。一开始，她进入了发热科，到11日凌晨一两点，她转入急救室抢救，很快又进了重症监护室。

当晚医院有很多病人，一些病人家属没有戴口罩，很多医护人员都戴了口罩，我跟护士要了几个口罩戴。

妻子送到发热科后，就被隔离了，医生说她患了不明（原因）肺炎。

第二天，医生跟我说，妻子这个病情很重，要修改治疗方案，需要用一种机器，费用很高，一天要两万块钱，而且只有不到10%的希望，我当时都要崩溃了。那几天，我一直没有休息，到1月12日早上七点多，我实在困得受不了了，坐在医院的椅子上睡了一个多小时。

那段时间，我和我妈住在附近的一家旅社，为了节约钱，第一天没有开空调，60块钱一个晚上。第二天觉得实在太冷了，开了空调，80块钱一个晚上。当时旅社住了很多病人家属，他们跟我一样，亲人患了肺炎在医院里面治疗。

白天的时候，我们在医院大食堂吃饭，八块钱一碗面，十四块钱一个饭。

我一直住在旅社，又不能去医院看妻子，每天都在想怎么筹钱。在黄冈医院的时候，我就向我哥哥借了一万块钱，后来我又向所有的亲戚朋友都借了一遍。我那时很害怕，一心只想着不能停药，要把妻子的命救回来。

我当时还打了市长热线、省长热线，以及很多媒体的电话，我还向社会筹款，筹到了四万多块钱，但是根本就不够。进医院的前三天，每天费用五六万块钱，之后每天费用两万多块钱。

另一方面，我想看看妻子，想跟她说说话，问她好些了没有，想吃什么，想去做什么……但一直看不到，有时打电话问医生，每次都是没有醒，还是一样的严重，或者更加严重了。她本来就怀孕，抵抗力也下降了。医生告诉我，妻子手全都发紫了，后来脚也发紫了，都坏死了，病情恶化得特别快。

妻子进入重症监护室后，我再也没有看到过她，直到她变成一坛骨灰。

（三）

1月21日中午，我实在借不到钱了，妻子病情又没有任何好转，真的是灰心丧气，我跟我岳父商量后，签订了放弃治疗的同意书。

一个小时后的13点46分，我妻子过世了。当天晚上，她的遗体被送到殡仪馆火化。死亡证明上写的死因是：感染性休克、呼吸循环衰竭、重症肺炎。

我后来知道，当时医院的一位老人，病情和我妻子一样严重，经治疗已经慢慢好转了，虽然还在隔离状态。我现在内心非常复杂，虽然岳父母没有怪我，但我依旧很内疚。我有时想，如果继续治疗，可能还能救得过来，但当时实在是没有办法了。我们自己花了十八九万元，全都是借来的，门窗店的股份也退了出来，新农合保险报销了六万多元。

我以前在外面工地干活，有时一个月赚两三千块钱，有时能赚六七千块钱，一年能赚一两万块钱回家。我老婆一直在家里做窗帘、衣服。我们结婚七年了，一直都没有什么积蓄，也没有房子、车子变卖，家里只有父母的一栋老房子。

妻子过世第二天，我们在医院办完手续后，去了武昌殡仪馆领骨灰盒，外面有十几个人和我们一样等着领骨灰盒。拿到骨灰盒后，我们坐车回了老家，至今都没有回过黄冈市。

我们回家后，很快武汉、黄冈都“封城”了，慢慢的，周边几个城市也都“封城”了。我现在很担心，一方面担心自己感染上了肺炎，另一方面也担心家里人被传染了，而且我现在欠了一屁股的债。

我哥哥接我女儿回家时，带着她去医院做了检查，没有查出问题。我自己没有去检查，不过我状态也还算好。

这些天，我晚上躺在床上，每晚都睡不着，脑子里很乱，心痛得说不出话来……

虽然是过年，但家里冷冷清清，村里的人都很紧张，大家基本都不出门。女儿不知道发生了什么事，她太小了，理解不了，有时她问妈妈哪儿去了，我也不知道怎么回答她。

（翁秋秋、陈勇为化名）

采访、撰稿/明鹊

编辑/黄芳

从不生病的健美冠军，没能躲过新冠病毒

邱钧给人的印象，大多和健身有关——每天早上拎着装有哑铃和水杯的红色布袋出现在公园，在健身器材上上下翻飞；下午又来到健身房，和“小徒弟们”挥汗如雨，间歇时能一口气吃下七八个水煮鸡蛋；又或者是在各地的健美比赛中，浑身涂满橄榄油的他展示着与年龄不相符的傲人肌肉。

认识邱钧的人至今都不愿相信，这个身高一米七、走起路来虎虎生风的健身达人，竟然会在一夜之间输给新冠肺炎。但他们回头一想，邱钧已经72岁了，再强健的肌肉，也敌不过岁月和疾病的侵蚀。

从1月24日发现病情到确诊新冠肺炎入院，邱钧用了11天。住院3天后，他便匆匆离世。

健美冠军

20世纪50年代，邱钧随当兵的父亲从福州来到武汉汉口。受生活环境影响，每天他看着士兵们出操、跑步，便也跟着效仿学习。

中专毕业后，16岁的邱钧进入武昌车辆厂，从工人一直干到运输车司机，他始终兢兢业业。单调的生活之余，他喜欢去操场上跑上十来圈，俯卧撑和引体向上是他少有的娱乐。

1990年，邱钧代表厂里参加湖北省第一届健美大赛，并拿到全省第五的成绩。从此，他迷上了健美。

2003年“非典”爆发之际，邱钧从厂里退休，两年后他的妻子过世，他和唯一的女儿邱玥相依为命，好在还有健身这个爱好，他开启了一种不

同寻常的老年生活。

海容涛在2011年与邱玥相识相爱，一年后他们开始谈婚论嫁。当邱玥介绍起父亲时，一脸自豪。海容涛第一次看到未来岳父的照片时又惊又喜，觉得原来真有人这么大年纪还能保持这么好的身材。

女婿上门的时间比预计的推迟了三个月，那段时间邱钧正在准备健美比赛，每天都泡在健身房里，同时必须严格控制饮食。等比赛过后，邱钧这才精心布置了家里，准备了十道菜，邀请女婿上门。

邱钧每天早早起床，吃的都是蒸馒头、红薯、鸡蛋和番茄，随后把健身器材装进布袋，风风火火地就往公园赶。公园里有个健身角，每当邱钧露出肌肉，总会引来路人围观、拍照。等到下午，邱钧又出现在健身房，与每个前来锻炼的人打着招呼，不管男女老少、中国人还是外国人，每到一个健身房，他总能迅速认识一帮朋友、徒弟或者粉丝。

海容涛说，在家里邱钧是个不善言辞的老人，从来都是说得少、做得多。但到了公园或健身房，他就变了个人，好像年轻了40岁，滔滔不绝地跟人探讨如何规范动作、使用器材，并经常指导、矫正新手的动作。结婚后，原本体重将近180斤的海容涛在岳父的带领下一同锻炼，三个月内减了30斤。

2016年，他们全家报名了武汉马拉松赛，邱钧和邱玥参加的是健康跑，海容涛报名跑全程马拉松。在健康跑结束后，父女俩坐着地铁来到终点等待着海容涛。此时已经跑了42公里的海容涛已经筋疲力尽，每一步都在艰难蹒跚。但当他看到终点前100多米为他振臂加油的妻子和岳父时，他形容自己“就像在沙漠里喝到了甘甜的水”，全力完成了冲刺。

“那个瞬间应该是我们家最温馨、最动人的一个场景了。”海容涛说。

除此以外，邱钧经常会外出参加健美比赛，海容涛全程陪同，在比赛中到处寻找好的拍摄角度，记录下岳父的光辉时刻。

2019年邱钧在北京的一次比赛中获得了元老级别的金牌，那是岳父最高兴的一次，他开心得像个孩子，把硕大的奖牌挂在身前，走到风景合适处，便停下说：“来，容涛，照张相。”随后掀起了上衣、摆起了pose。

在2019年参加完淮安“奥赛之夜”的健美比赛后，回程路上海容涛对岳父说：“爸，我回去也练练，下次跟你一起参加比赛。”邱钧连忙答应，

"赶紧搞啊!"如果不出意外,他们会一同参加2020年6月在南京举办的"奥赛之夜"健美比赛。

病毒来袭

直到1月23日,邱钧还在坚持锻炼,彼时虽然健身房已经歇业,但他还是雷打不动地去公园锻炼。可那天海容涛发现了异常。

大年三十的早上,邱玥煮了面条,海容涛起床后发现岳父已经去了公园,但邱玥说父亲早上没怎么吃,这引起了海容涛的警觉,"老爷子健身消耗大,很少会没胃口"。

海容涛从新冠肺炎刚爆发之际就开始关注,把新闻里提到的感染者症状都记在心里,并不断提醒岳父,最近还是少出门,出门戴口罩。但他知道,岳父认为自己身强体壮不会感染,说太多会伤他自尊,所以没有强制要求他防护或者禁足。

"那会儿我倒不担心健身房的人,他们身体都还可以,主要是公园人来人往的太多了,大多是老人。"海容涛说。

1月10日,一家人坐下来吃饭时他主动提出了这个问题,邱钧听他说了半天,最后憋出来一句话:"该么样就么样"(方言:该怎么样还是怎么样)。接着又说,"别人都没戴口罩,我戴口罩多难看"。

听了这话,海容涛也说不了什么。当时他所接收到的信息都是零碎的,没有比较可靠的预警说服老人。1月24日,湖北省启动重大突发公共卫生事件Ⅰ级响应。

之前海容涛从没见到岳父生过病。但谨小慎微的他在发觉岳父食欲不振的当天下午,就赶紧去买了三支体温计回来,分别给家人测量。邱钧的体温为37.6℃,依旧食欲不振,此时距离春节联欢晚会开始仅剩两三个小时。

海容涛当机立断,立马让妻子收拾东西住出去,自己则陪着邱钧进行隔离,看他的情况是否会好转。邱玥虽然也想留下来照顾父亲,但海容涛坚持分开,并安慰岳父可能就是个小感冒。邱钧没有多说,当晚一个人在屋里看着春晚,早早地睡了。

1月25日一早，海容涛冲到药房买了15天剂量的感冒药，同时又加购了口罩。回到家后他便给自己和岳父戴上口罩和手套，两人一人一个房间，除了送饭一般不接触。

海容涛介绍，那两天岳父的情况并没有好转，胃口越来越差，晚上他甚至能听见从隔壁传来的呻吟声，“那是老爷子发烧痛苦，哎，我听了实在难受！”海容涛见岳父的病情没有好转，就想着把他送去医院。

1月29日，邱钧在社区医院验血后，医生直接让他转去华中科技大学同济医学院附属协和医院。但到了协和医院后，海容涛感到害怕，“走廊里挤满了人，排不上队拿不到号，还有人躺在地上”。

无奈之下他们只能回家，第二天辗转多家医院，最后终于在湖北省新华医院做了CT检查，诊断意见是双肺多发感染性病变。

海容涛一个人拿着白茫茫一片的CT报告去见医生，医生表示如果要确诊新冠肺炎还需进行核酸检测，只有确诊了才能分配床位住院。这期间只能给病人进行输液，输液药物一天一开。海容涛有些不理解，他认为此时应该尽量避免去人流密集场所，防止交叉感染，但他此刻只能带着邱钧前往输液室。

他翻出了一副墨镜，用于眼睛的临时防护，两人还分别穿着雨披当作防护服，略显突兀地穿梭在医院里。尤其是受病痛折磨的邱钧，此时已经全然顾不上他人的目光，女婿让干嘛，他就照做，没有多余的话。

难 求 一 床

邱钧的转变海容涛都看在眼里，从一开始的讳疾忌医、百般拒绝，到就诊时的忧心忡忡、言听计从。

“他可能有些怕了，担心自己如果得这个病怎么办。”海容涛说，在医院动辄就要排队排上个把小时，为了让岳父多休息会儿，他只能自己上。海容涛穿着雨披，想办法把自己裹得密不透风，但仍然感到深深的恐惧。在某个时间点，他觉得自己如履薄冰、进退两难，透过朦胧的墨镜，他只看到人们焦虑和绝望的样子。

而邱钧的情况并没有随着输液好转，从前可以扛着杠铃起蹲毫不费力，而如今走路都会气喘，而且病情以肉眼可见的速度日益加重，女婿为他准备的鸡汤他也喝不了几口。

1月31日凌晨，海容涛来到协和医院，只见门口停满了车，病人在车里坐着，家属在医院排队。他也开始排队预约新冠肺炎核酸检测，他戴着潜水面罩、穿着雨衣，让岳父在家里等。

2月1日上午十点，邱钧完成咽拭子采样，2月2日得到结果，阳性。

来不及难过，海容涛立即拿着确诊单联系社区，想要上报到区里寻求医院床位。在住院之前，邱钧仍然要到新华医院进行输液。在这个间隙，心理压力已经到达极限的他瞒着岳父，给自己挂了个号。他告诉医生，自己的岳父已经确诊，他担心自己也有危险，想拍一个CT，医生答应了。等他自己的肺部CT被送到医生手上后，海容涛能感觉自己快要窒息，甚至紧张地把“没问题”听成了“有问题”。直到医生重复说“正常”，他才仿佛从地狱回到了人间，浑身都软了下来。

走出诊室后，海容涛给妻子打了个电话报平安，妻子无比激动。

紧接着又一个好消息传来，社区通知海容涛，武汉市红十字医院可以收治邱钧，让他赶紧带人去。海容涛知道，此时床位非常紧张，他在去医院前甚至告知岳父，如果见到了医生，直接往地上一倒，这样有可能得到一个床位。岳父说好。

但等两人来到红十字医院门口，保安将他们拦住，核对名单并没有找到邱钧的名字，海容涛给社区打电话反映，社区也派人来到医院进行协调，但没有效果。三个小时后海容涛又把岳父带回了家。

2月3日，海容涛自己来到红十字医院门口确认名单，直到下午六点才看到岳父的名字，连忙把人送进医院。由于医院有着严格的管控，只允许病人进入，家属不能陪同，对于极少去医院看病的邱钧来说，他连挂号都不会，只能一趟趟步履艰难地走回到医院门口，向海容涛询问。直到邱钧进去后很久都没有出来，海容涛这才三步一回头地离开。

回到家后，他第一件事就是消毒，给家里每个角落喷洒酒精，晚上又去给岳父送饭。隔着门口的护栏，邱钧告诉女婿，自己没有床位，只能坐着输液。第二天海容涛问朋友借了一张折叠床又送了过去。

2月5日下午，邱钧给女婿打来电话，说要几桶泡面。海容涛一听高兴得不行，“这是治疗有效果了，有胃口了”。他立马买了六桶泡面送了过去。

还是隔着护栏，邱钧还问买这么多干嘛，海容涛就说留着吃。回去后海容涛立刻把消息告诉了亲戚们，大家都觉得老爷子这是要好起来了。

最后一面

2月6日上午八点，海容涛接到红十字会医院医生的电话，邱钧病逝。

“当时我都不知道要先穿衣服还是先穿裤子。”海容涛说，自己花了很久才冷静下来，大口呼吸，手机攥在手上，谁也不告诉。

他还要为岳父办手续，为此需要进入医院里，这是风险最高的，他怠慢不得。

他带上所有证件赶往医院。等来到一个看起来像输液室的二三十平方米的地方，他看到岳父被白布包裹着，躺在自己借来的那张折叠床上，护士用屏风做了个隔断，一边还有六七个人在输液。

海容涛走上前去，给岳父磕了三个头。“磕第一个头的时候我就在想，怎么会这样呢？”每磕一下，他都觉得这是一场梦，那个壮硕无比的老头会醒过来吧。但等他磕完头，眼罩里满是泪水，岳父依旧躺在那里。

邱钧有个习惯，自己重要的东西包括身份证都放在腰包里。为了拿出腰包，海容涛费了很大的劲，因为岳父体格健硕，他轻易搬不动他，一旁的护士过来帮忙，用剪刀剪开腰包，这才取了下来。

海容涛发现，腰包上还带着岳父的余温，回忆至此，他哽咽了很久。

他像“行尸走肉一般”办完手续，邱钧的遗体被送上了殡仪馆的车，一同被带走的还有另外两具遗体。来不及再看一眼，来不及说声走好，邱钧的遗体被匆匆运走，海容涛看着远去的白车，只知道哭。

回到家已是中午，海容涛花了20分钟让自己冷静，随后给妻子打去了电话。

“早上八点多医院通知，爸爸走了。”

“怎么可能，你在开玩笑吧？”

海容涛听到妻子这话，绷不住大哭起来，之前的冷静全然无用，两人在电话里号啕大哭。哭完后海容涛又一一通知亲戚，每打一个电话，他都大哭一次，此前压抑的情感如今都爆发了出来。

到了晚上，恍惚之间海容涛感觉到点了，岳父这会儿应该刚从健身房出来要回家了。但他转念一想，岳父已然不在了。

这之后的日子，海容涛作为密切接触者，被社区安排到了专门的酒店进行隔离。因为不能开空调，他带着电热毯；一日三餐都有人送，但有时吃了又饿，他带上了过年没吃完的零食；为了保证营养，他还带了罐奶粉，一个人在酒店里慢慢恢复平静。

妻子的情况则不是很好，从大年三十分别，她就再没见过父亲，和海容涛也只是远远地见过几面。她不接电话，只在微信上打字，也不敢和丈夫视频。关于父亲的悼文一律不看，只是默默收藏起来。

"保小家，就是保大家"

邱钧的离去，让很多人感到震惊，许多曾经与他一同健身的朋友纷纷留言，回忆老爷子的精神矍铄与和蔼可亲。

也有人问，这么健康的邱老怎么一夜之间就离开了大家？海容涛说，老人毕竟72岁了，再强健的肌肉，也耐不住这岁数。

北京大学第一医院感染疾病科主任王贵强在接受访谈时提到，免疫是把双刃剑，如果一个患者病毒很多，免疫能力也很强，就容易出现局部斗争，这样会带来炎症因子风暴，导致病情迅速爆发恶化。

老人已经走了，在他的讣告中，他的女儿和女婿写道："在武汉全城抗疫的特殊情况下，我们不设灵堂，丧事从简，告别仪式根据疫情结束情况再另行通知。"

简单地处理完岳父的后事，海容涛开始了隔离的生活。除了每天测量体温，他需要做的事并不多。回忆起这几天的经历，有时他会自责，"我是不是做得太绝了，把他们彻底隔离开来，家里人可能会觉得没帮上什么忙"。

但他也强调，自己的初衷是为了防止人传人，他见过太多悲惨的故事："我见过最惨的就是一家五口全死了，还有父母都得病住院了，留下七八岁的孩子，邻里之间照顾着。"

尽管海容涛非常想念和担心妻子，但他不敢和妻子见面，“我岳父走了几天以后，我给她买了四五筐东西，放到她门口我就走，她再下来拿，基本上我俩是见不到面的”。

2月10日下午，一位马拉松跑友找到海容涛，说自己的岳母也确诊病逝了，自己的妻子要开车冲到医院去见最后一面，希望海容涛帮着劝劝。海容涛给跑友的妻子打去电话，介绍了自己的情况，然后先让她把车靠边，对她说：“你家里还有两个宝宝，你去（病毒）高密度的地方，万一带了病毒回家，你孩子怎么办？”电话那头的人一边哭一边说着什么，最终还是听了进去。

海容涛说，中国人的传统是想最后见一面的，但在这种情况下真的没办法。他觉得，“保小家，就是保大家。在前线的医护工作者们都不容易，我们彼此也要做好防护，避免交叉感染”。

采访、撰稿/沈文迪

编辑/彭玮

“新冠肺炎”家庭的爱与痛

69岁的李华说，只要挺住了，这一切都将成为历史。

1月23日，武汉“封城”。早期轻视疫情，防护不力，让这座城市错失了阻击病毒的先机。之后病人一度或难以确诊，或一床难求，一些人因此错过了最佳的救治时机。

据湖北省卫健委通报，截至2月22日24时，武汉市累计报告新冠肺炎确诊病例46 201例，死亡1 856例；累计治愈出院8 171例。

武汉，没有哪个时刻像现在这样，千万居民同呼吸共命运。

护士杨柳每天都很害怕，但依旧坚持在一线，直至自己被感染；菜贩刘娟二十多天没有洗澡，终于治愈，卸下一身的焦虑；失独家庭李华夫妇给彼此打气，希望更多的人能够挺过去……

他们无论是什么身份，都是新冠肺炎的患者，是千千万万的普通人。一个月来，他们用倔强与坚持在跟病毒抗争，付出了爱和痛，甚至生命。

发病与“封城”

56岁的刘娟和丈夫陈彪在武汉市江岸区西马路菜市场摆摊卖菜已30余年，每天从早上六点到晚上七点，主要卖些菌子、蘑菇、青菜。

1月12日下午，摊铺来了一位老客户买菜，蒙着头，裹得严严实实，像得了重感冒一样。此后，刘娟开始头痛、全身酸痛。

此时，武汉已出现多起“不明肺炎”，但多数人觉得离自己很远。据《长江日报》报道，武汉市疾病预防控制中心主任、主任医师李刚1月19日接受媒体采访时表示 :“新冠病毒传染力不强，不排除有限人传人的可能，但持续人传人的风险较低……疫情是可防可控的。”截至1月20日，武汉卫健委的通报中显示，“密切接触者中，没有发现相关病例”。

时间回拨到2019年12月8日，一名来自武汉市华南海鲜市场的病人，因持续7天发热、咳嗽和呼吸困难入院，后来他成为武汉市卫健委1月11日通报的首例“不明肺炎”患者。五天后，这位病人的妻子也因同样的症状入院。

一直到2020年1月1日，这个位于武汉闹市区、离汉口火车站仅一公里的华南海鲜市场才关闭。

西马路菜市场离华南海鲜市场有四五公里，市场有三百多个摊位，是武汉市江岸区最大的菜场。那时候，菜场里已有不少人生病了，但没有人想到是“传染病”，而且都不愿意说自己的病情。刘彪也一样，别人问起他妻子，他就含糊说道，“不怎么样，过几天就好了”。

刘娟去诊所吊了四天水，病情却一天比一天严重。1月17日，她烧到了37.9℃，出现拉肚子、呼吸困难等症状。陈彪看到妻子很难受，把摊铺一关，带着她去了武汉市第六医院。

一进医院，护士叫他们戴口罩，并给他们每人发了一只。陈彪不理解，觉得戴着口罩不舒服，一直不愿意戴。那时，医院挤满了病人，医生都穿着刘娟从没见过的白色防护服，她对丈夫说，“穿这个衣服像大熊猫一样”。

他们挂号、查血、做完CT后，医生说她感染了一种新病毒，让他们去武汉市第五医院隔离。到了第五医院，刘娟被诊断为社区获得性重症肺炎以及脓毒血症。

当天晚上，她整晚都在留观室打点滴。晚上，刘娟去上厕所时，突然昏倒在地上，被护士抬上了担架。那时，第五医院只剩重症监护室有病床，一天的费用要五千到一万元。陈彪对医生说，不管花多少钱也要把妻子治好。

刘娟记得，迷迷糊糊之中，她被推进了重症监护室。医生用无创呼吸机给她吸氧，打点滴来抗病毒、抗感染、抗炎和营养支持。其间，她还做了核酸检测，结果为阳性，被确诊为“新冠肺炎”。

1月20日晚上，医生打电话给陈彪，说准备把刘娟转到金银潭医院集中治疗。陈彪问："她不是好一些了吗？为什么要转院？"医生说接到上面的指示，让转过去统一治疗，而且治病也不收钱了。刘娟成为收治免费后金银潭医院接收的第一批新冠肺炎患者。

陈彪给妻子送衣服过去时，已经快到凌晨了，几十台救护车都在马路上跑。

他后来才知道，就在1月20日的晚上，国家卫健委高级别专家组组长钟南山称：新冠肺炎肯定存在人传人，有14名医务人员已经感染了。他建议没有特殊情况，不要去武汉，有感冒要到发热门诊就诊，要戴口罩。

第二天，从外地的部队驻地刚回武汉不久，李阳阳去药店买到了几只口罩，之后他又去超市买了一些年货。

两天前，30岁的李阳阳因为有事，刚从部队驻地回到武汉。他没有想到，接下来发生的疫情，成为一场历史性的教训。

1月21日，一家人提前在家里吃了年夜饭。第二天，武汉传出要"封城"，但很快又说是谣言。那时候，李阳阳发现武汉人变得谨慎又慌张，一方面认为疫情不严重，另一方面又敏感多疑。

事实上，"封城"的消息传出后，一些人当晚就"逃离"了武汉，一些人到处询问、核实，犹豫要不要提早离开，还有一些人决定留下来。

李阳阳回部队的火车票，很早就已经买好了。1月22日当天，他送妻子和孩子回了在黄冈武穴市的娘家。晚上回到武汉后，他又去药店买口罩，抢到了店里最后一盒N95口罩，50个，19块8毛钱一个。那时候，他还不知道什么是N95口罩，只觉得它很贵。

1月23日凌晨两点，武汉市政府宣布：23日10时开始"封城"。此后的1月26日，武汉市市长周先旺表示：武汉市有1 100多万常住人口，户籍人口990多万，流动人口将近500万。因春节和疫情因素，已经有500多万人离开了这座城市。

那天一早，下着小雨，车站、机场人山人海，李阳阳跟着最后一批出城者离开了。到上午十点，武汉正式"封城"，公交、地铁、轮渡戛然而止；长途客运、机场、火车站全部暂时关闭。

截至当日24时，湖北省549例累计报告的新冠肺炎确诊病例中有495例来自武汉。

急诊护士的伤痛

武汉，别称“江城”，历史上被称为“九省通衢”，是中国内陆最大的水陆空交通枢纽。因为错过了最好的防疫时期，病毒已悄然在人群中迅速蔓延，很快攻破了整个武汉市的防御。

在武汉一家医院急诊科上班的护士杨柳记得，1月10日，他们医院接诊了第一个发热病例，之后每天人数疯长，10个、30个、60个……

不久，他们医院开设了发热门诊，但病人不愿意去发热门诊，害怕会交叉感染。所以，一般患者过来就诊，会先到急诊科检查，病情严重的，再由急诊转到发热门诊。

杨柳回忆，以前患者来打针，唧唧喳喳说个不停，如今每个人都戴着口罩，低着头，鸦雀无声。

白天黑夜，急诊室都黑压压的，全是病人。医生、护士连吃饭、上厕所都得挤时间；而马路上空空荡荡，进出医院的人要么开车，要么打车，要么走路回家。

武汉“封城”第一天，做市场推广的黄晓民6点钟下班，开车途经武汉协和、武汉同济等四家医院，发现路上车辆很少，路边很多人打不到车。到了晚上，他跟朋友商量，决定组队当志愿者司机，免费接送医护人员。

他发了一条朋友圈，新建了一个微信群，群里人数很快达到400多人，其中有300多名医护人员，86名志愿者司机。

1月24日，除夕夜，一名护士在群里发了一条出行信息。黄晓民打电话过去确定时间、地点，最后在武汉中心医院后湖院区接上了对方。这是黄晓民接的第一单，那时候，他戴着泳帽、泳镜、口罩，“有点像蜘蛛侠”。因为是第一次，他有些紧张，把车窗全部都打开了，风“哗啦哗啦”地吹进来，车里的噪声很大，听不见对方说了什么。到目的地时，护士要给他钱，黄晓民不要，说自己是志愿者。护士很感激，第二次便带了几个一次性帽子、手套、口罩和一个防喷溅的面罩给他。

有天晚上，他送完人，上车准备要走时，看到一辆殡仪馆的车经过，一个姑娘在后面一边追一边哭着喊妈妈，他感觉心都碎了。

1月25日早上，黄晓民起床后有点咳，呼吸不顺。他不想去医院检查，觉得医院病毒多、风险大，而且轻症患者只会让回家隔离。所幸他吃完药后病情渐渐好转。

三天后，武汉市新增了800例确诊病例。黄晓民知道后，在车里哭了两回。他觉得压力很大，担心没法保障志愿者的生命安全。当天晚上，他写了一份倡议书，建议从1月29日开始，志愿者暂停接单，直到获得专业的防护服和N95口罩。但第二天，依旧有车队队员私底下运送物资上一线。

除夕的前两天，杨柳急诊科的同事确诊被感染了，当天中午就被送去了隔离区。几天前，他们医院另外一个院区，一个高度疑似的病人死亡后，当天参与抢救的医生很快就发烧被隔离。

截至此后的2月12日24时，全国共报告医务人员确诊感染1 716名，其中有6名不幸辞世。

杨柳很害怕，妈妈打电话给她说："你回来，不要去了。"但哥哥告诉她："你不要回来，老人都年纪大了，你回来会把病毒带回家里……"杨柳呆坐在凳子上想，自己确实是病毒携带者，不能回去。

2月3日，杨柳做了CT，检查结果是双肺磨玻璃状，她被感染了。

摄像头下隔离的父亲

同样是2月3日，刘静的父亲入院医治不久便去世了，遗体接收表上写着"疑似肺炎"。

11年前，刘静的母亲遭遇车祸，撞伤了大脑，之后没有再出去工作过。

父亲今年54岁，是一名普通的工人，每个月工资四千多块，却省吃节用地攒下了一些钱。自那次母亲生病后，父亲就想如果再生病，可以不要再去找别人借钱。

1月17日，刘静和父亲突然咳嗽，以为是感冒了。此时，武汉新冠肺炎的确诊病例很少。刘静当时还想，武汉一千多万人，他们也没有去过华南海鲜市场，病毒不可能会落到他们头上。五天过后，刘静的体温一直在36℃多，但她父亲发烧接近39℃。当天，父亲在家吃了退烧药，体温很快就降下去了。但到了第二天，他又开始发烧了。

当时武汉已经“封城”，汉口属于重灾区，刘静怕去医院会交叉感染，只能让父亲先在家里隔离。她每天不停地刷手机信息，看到网上说空调开到30℃可以杀死病菌，她就把空调调到30℃。但她一开空调，父亲就说他要热死了，刘静听到这话，跑回房间哭了。那两天，父亲每两个小时量一次体温，“看到37℃，他就很开心；一量到39℃，他又发慌”。

1月26日，父亲一个人去了社区医院查血。回来后，刘静把父亲的检查结果发给了学医的朋友，对方看了说CRP的指标（C反应蛋白）小于5 mg/L，而新冠肺炎患者这个数值都非常高。但刘静不放心，当天下午又让父亲再去武汉普爱医院做CT。他们家离医院有点远，家里又没有车。刘静联系社区，社区说没有车，她又打了120，对方答应调派车辆过来。

刘静记得，那天去医院前，父亲在家哭了很久，边哭边说放不下她们母女俩。

“结果不太好，基本上确定是这个病毒。”父亲在医院打电话来，母亲听到后，像个小孩一样哭得很厉害，说父亲很可怜，没享到什么福。

父亲的CT显示肺部有磨玻璃阴影，确诊为双肺病毒性肺炎。医生说是新冠肺炎，但因为没有试剂盒，也没办法确诊。第二天早上，他整个人烧得不行，刘静又给他吃了退烧药。

事实上，自武汉“封城”后，母亲就一个人睡在客厅。家里的菜炒出来就会装成三份，三人在各自的区域吃。大家在家里交流基本都靠微信和电话。刘静只有在擦酒精、送饭的时候，才会进父亲的房间，父亲总是让她快点出去。

家里客厅原来有个摄像头，刘静把它拆下来装到了父亲的房间，时不时地在手机里看看他——他经常卷在被子里，露出一只脚，大喘气地呼吸，有时重重地咳嗽。刘静越看越沉重。

1月27日晚上，刘静听朋友说武汉协和西院第二天会增加600个床位。她一整晚没睡着，早上六点就开始拨打120，一直到八点多，120回复说没有床位。于是他们又没去成。

那天中午，叔叔带着父亲又去了武汉普爱医院，抽了一大管血，说要等四个半小时才能出结果。刘静以为是给父亲做了核酸检验，后来去拿报告，才发现是血常规报告，她非常失望。

刘静希望父亲住院治疗，这样一天来回奔波，精神会越发得不好。她打120、社区热线、市长热线……能打的都打了，基本都回复说让她上报社区，但她早就上报了。刘静知道武汉的床位确实不够，但她还是得想各种办法，“我怕爸爸跟新闻里的人一样，还没开始医治就去世了”。几天后，父亲终于住院了，他一度好转，还跟女儿讨论退休养老的事。2月3日，父亲却在医院突然呼吸衰竭死亡。

大多数时候，母亲坐在客厅重复看老电视剧，《还珠格格》《情深深雨蒙蒙》……她好像停留在以前的状态，不太关注新发生的事情，也不太会看疫情的新闻。刘静说，她一说起爸爸，妈妈就不停地哭。

坚持与希望

李阳阳离开武汉不久，父母先后发烧了。

很快，57岁的父亲病情恶化，他吃不下东西，一天只吃一个饺子，有时候是半瓣橘子。李阳阳知道后，心里很难受，他担心父母没有人照顾，后悔自己离开了武汉，无数次想偷偷地回去。

2月初，武汉市开始“四类人员”的集中收治与隔离。2月10日，习近平总书记强调，湖北和武汉是疫情防控的重中之重，是打赢疫情防控阻击战的决胜之地，要做到“应收尽收”。

为了帮父亲找接收的医院，李阳阳不停地打120、市长热线……2月9日，社区的胡书记告诉他，其父亲已经成功申请入院，等街道办好对接手续就可以住院了。两天后，李阳阳的母亲也搬进了正规隔离点，他才终于安下心来。

在这场战疫中，留守老人、失独老人，除了自救外，更多地需要依靠社区的帮助。

在更早的1月中旬，69岁的失独老人李华与妻子，去武汉长航总医院接96岁的母亲回家过年。老太太96岁，有心脏病，住院十几年了。第三天，老太太突然呼吸困难，一二十分钟后就过世了，没有人知道她是不是感染了新冠肺炎。

几天后，李华的老伴开始感觉不舒服，没力气，喘不过气来。李华带她去阳逻中心医院看病，医生给她量体温，37.1℃，开了盐酸左氧氟沙星、肺力咳胶囊、连花清瘟胶囊三种药后，让他们回家观察。从医院回来后，老伴要他离开家，担心会传染给他。李华不想离开，老伴就生气，于是他就到几公里外的老房子住了两天。

李华跟妻子18岁开始谈恋爱，24岁结婚，一起走过了四五十年。那些天，他们每天聊天、视频，李华看到老伴一个人在家时，每天空调、暖气都开着，她就躺床上，勉强喝点鸡汤，吃点剩饭。他不放心，又跑回家看她。老伴让他回去，他说："你一个人怎么办呢？要死死一块，我们都70岁了，管它哟。"

打了三天针，还是不见好转。李华又带妻子去医院复查，做了CT，查了血。医生说她病情比较严重，让回家吃药再观察几天，不行就直接去住院。

1月30日上午，李华的妻子住院了。事实上，回家照顾老伴后，李华也开始发烧。他CT显示双肺均有感染，CRP（C反应蛋白）数值达70.09 mg/L。医生让他回家吃药观察。李华回去后，每天在家睡觉，看电视，自己做饭，除了扔垃圾、看病，基本不出门。家里一天喷三次84消毒液，每日开窗通风。

1月31日晚上，他烧到了38℃多。第二天，社区工作人员送他到医院检查，检查结果显示为轻症，他又回了家。之后几天体温正常，血氧95以上，感觉有点力气。

他每天给妻子打电话、发微信。妻子天天念叨，叫他要吃药、吃好点，多休息。他叮嘱妻子安心治疗，保持良好的心情，有什么情况跟他说。李华觉得，在大疫面前，人其实很渺小，"要来的终归要来，只要自己心态好，挺过去就行了"。

刘娟转到金银潭医院后，依旧迷迷糊糊，浑身上下没有劲，也吃不下东西。医生很着急，打电话给陈彪说："你老婆不吃不喝怎么行，你跟她说一声，让她一定要吃，这个病就是要有营养，要有抵抗力才能战胜病魔。"

每天中午，陈彪骑电动车给妻子送稀饭、汤、牛奶、草莓……他只能送到医院门口，再让保安送到里面。他妻子觉得东西太苦，陈彪就在稀饭里加一点糖。这样过了三四天，刘娟慢慢开始吃东西，病情一天天地好转，甚至可以偶尔看下手机。刘娟不看手机不知道害怕，看到手机新闻里报道死了很多人，她害怕得整晚都睡不着。这个时候，护士安慰她，耐心地给她插尿管、导尿，督促她吃药、喝水，告诉她病情在一天天好转。

2月3日，刘娟出院了，她感觉像重生了一样。

2月6日至11日，武汉连续6天治愈人数破百，此后治愈的人数越来越多。

李华妻子的病情也渐渐好转。她两次核酸检测均为阴性，医生说肺部恢复得很好，2月21日，她出院了。

（文中大部分人物均为化名）

采访、撰稿/明鹊、朱莹、钟笑玫、陈媛媛、刘昱秀

编辑/彭玮

两次未完成的告别

2月15日，武汉迎来了庚子鼠年的第一场雪。

这天上午，李悦（化名）的父亲因患新冠肺炎，在经历两个多小时的抢救后去世。

而就在一天前，作为早前新冠肺炎的康复者，李悦冒着严寒、拖着还有些虚弱的身体，踩了一路共享单车重返武汉市金银潭医院，成为该院首位自愿捐献血浆的康复者。抱着一丝希望的她，想用自己的血浆去救父亲。

希望还是破灭了。这一个多月来，李悦就像做了无数场噩梦：先是癌症晚期的母亲病情恶化；接着疫情暴发后，自己和父亲先后被确诊为新冠肺炎；在父亲离去后，母亲的治疗又一度陷入僵局，最终离去……

如今李悦独自守着空荡荡的屋子，无比希望这段记忆也一同被隔离尘封。

三口之家

这原本是个幸福美满的三口之家。

李悦的父亲67岁，退休后喜欢宅在家里，摆弄相机、修图、看电影；母亲63岁，热爱美食的她喜欢跳广场舞、打腰鼓，还和伙伴们到各地演出。

他们的独女李悦从小就很优秀，北京大学毕业后，2016年赴英国工作，未来一片光明。

初到英国的日子并不孤单，李悦时常都会和母亲视频聊天，隔着八小时的时差讲述着彼此的生活与见闻。但从2016年底开始，李悦慢慢发现母亲时常拒接视频电话、智能语音。问起来，母亲说自己在温泉休养，信号不佳。感觉到异样的李悦开始到处询问亲人，但得到的回复都是没事，李悦之后想来，觉得应该是母亲给他们打了招呼，不让自己担心。

但母亲的病情终究还是被发现了。

2017年夏天，李悦假期回国后才知道，母亲已经是直肠癌晚期，而且做过了一轮化疗和手术。李悦瞬间崩溃了，她很难想象，母亲是如何瞒着她独自把病痛扛了下来。

李悦的父亲起初也是和李悦一样的反应，懵了好几天，在母亲的支撑和鼓励下才慢慢接受现实。在接下来的三年里，夫妻俩的爱好都停了。父亲每日奔波在家和医院之间，给母亲送饭、陪护、擦洗身体。由于直肠癌患者比较特殊，身上开了一个造口用于排泄，更换和清理工作也由父亲承包了。

在母亲患病后，李悦原本想要回国陪伴，但母亲不允许她这么做，去国外发展是她对女儿的期望。就连李悦回国后，母亲也不愿意她来医院，她不想女儿看到肿瘤病人的痛苦。

从那时起，母女俩开始天天视频，起初母亲会说很多话，但随着病情的加重，她能说话的时间越来越短，画面中的母亲也越来越瘦。

“我妈妈是非常好强的一个人，就算疼，她也不愿意给人添麻烦。有些病人会呻吟，会找护士，她只会用手紧紧地攥着枕头，眉头皱得很紧，一直忍着。问她是不是很疼。她会点头，但不吭声。”李悦说。

2019年12月，在第三轮治疗不见效果的情况下，日渐虚弱的母亲无法进食，开始靠打营养针维持生命。但一段时间后，母亲想要停针，和家人度过最后的日子。此时母亲每天要打45毫克吗啡，服用强效止痛药，但癌痛仍然让她备受折磨。

一天在视频的时候，父母告诉李悦，母亲已经写了不抢救声明：停针后出现任何需要急救的情况，希望医生不要采取任何急救措施。李悦说，自己是不能接受这个决定的，但等她亲眼看到母亲有多痛苦时，她才明白，母亲不是为了自己而活，而是为了自己和父亲而活。

然而还没等到一家人做出最后决定给母亲停针，新冠肺炎爆发。另一场意外冲击了这个家庭，母亲必须坚持下去，她最爱和最爱她的人还在等待着她。

感　染

2020年1月9日，母亲突然问李悦能否回国，李悦一听就知道母亲可能时日无多，第二天就从伦敦飞回了武汉。

回国后医生告知她，必须24小时陪护：一是生活上的照料，二是母亲的情绪也需要安抚。一位护士偷偷告诉她，母亲痛得一个人发脾气，担心会轻生。

李悦义无反顾地24小时待在医院病房，父亲中午坐着公交来送饭，一直到晚上七八点再坐公交回家。此时此刻，一家人全然不知新冠病毒的传染性有多强。李悦说，从回国后，她只在室外戴口罩，在医院里并未做防护，回家后也未采取消毒措施。

直到1月19日，李悦注意到病房的医生和护士开始戴起了两层口罩，里面N95、外面外科口罩；平时不戴帽子的医护人员开始戴起了两层帽子，把头发都收了进去。

一位医生把李悦叫了出去，告知她家属在病房时也要把口罩戴上，说外面的情况比想象的严重得多。从这时开始，李悦真正警惕起来，匆匆抢购了一盒口罩。然而最让人担心的事还是发生了。

之后几天里，李悦一直觉得嗓子痒，想咳嗽。1月25日中午，她开始发烧和轻微咳嗽，她想着等一天看看，也许只是医院环境干燥，睡一觉可能就好了。但第二天情况没有好转，她和父亲一起去了发热门诊，她的CT显示肺部有斑片状的磨玻璃影，父亲也是如此，检查结果符合新型肺炎特征。但因为没有进行核酸检测，他们还无法被确诊。

从1月27日开始，李悦和父亲没法继续留在医院陪护母亲，必须在家隔离，他们请了一位护工阿姨来照顾母亲。但母亲说自己一个人能行，去上厕所也不会麻烦别人，硬撑着自己去。

回家后的父亲一直挂念着母亲，提到母亲就哭，他懊恼自己无法陪在爱人身边，只能通过电话进行联系。更让他懊恼和自责的，是这个时候让女儿回国，感染上了病毒。

几经周折后，父亲和李悦分别于1月30日和31日被收治到武汉市第八医院，两人在不同楼层的两个病房里。实际上李悦在住院前就已经退烧，

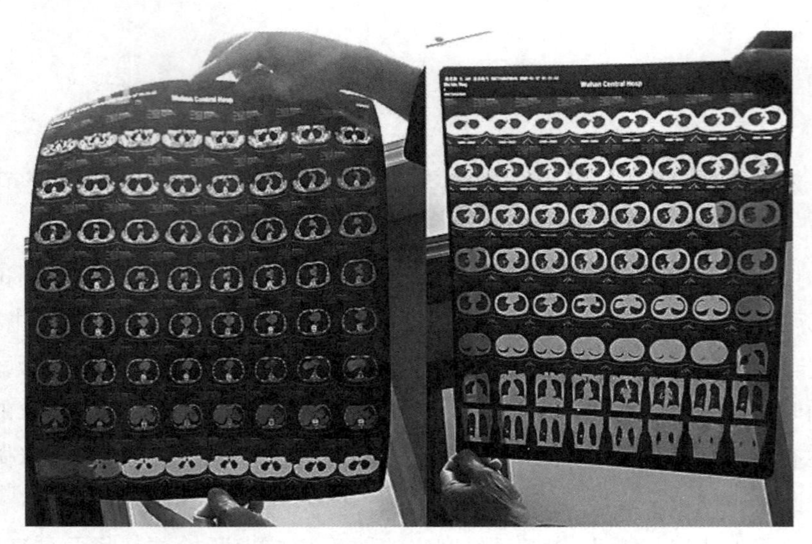

父亲（左）和李悦（右）的CT结果　受访者供图

住院后她托人买了丙球蛋白给自己和父亲用上，加上抗病毒和消炎药，她的病情很快就稳定下来。

但父亲则情况不佳。他从1月31日凌晨开始发烧，体温39.5℃，由于患者太多，他没有接受更多治疗，只是靠自带的退烧药强撑着。医生也告诉李悦，此时第八医院只是临时安置病人的地方，连核酸检测都做不了。一天内父亲所在的楼层已经走了三个病人。

医生还告诉李悦，新冠肺炎需要靠自身免疫力来做斗争，但在医院，早饭、午饭是饺子，晚上是米饭和冬瓜，家里也没人可以给他们送饭，此时李悦甚至对住进医院萌生悔意。

她只能通过外卖来给自己和父亲补充营养，由于隔离，她始终无法见到父亲。直到2月3日，她得知被确诊为新冠肺炎的父亲需要被转到金银潭医院。在送父亲上救护车时，她发现父亲已经很虚弱，但她没能想到，这会成为永别。

等不到的血浆

李悦的父亲被转到金银潭医院后渐渐有了好转，能够自主呼吸，氧饱和度有所提升。但医生告知她，老人的炎症始终无法消除，一直在发烧。其间李悦三餐都会给父亲打电话，鼓励他吃东西。

2月5日，被确诊为新冠肺炎的李悦也被转到了金银潭医院，第二次CT检查显示，她的肺部已经有了明显好转。在三次核酸检测为阴性之后，她于2月9日出院。

之后她回家静养，一边照顾着母亲的情绪，同时还要时刻揪心着父亲的情况。父亲告诉她，出院后就待在家里，母亲那边也不要去，保护好自己。

2月12日，她接到医生电话，得知父亲病情恶化，刚被抢救过来。医生告诉她，父亲的情况已经很危急，中西药都用过了，仍然没有好转。李悦除了着急和无奈，没有别的办法。偶然的情况下，她看到新闻说江夏区有11个病人在接受了新冠肺炎康复者捐献的血浆后，治疗有了明显效果。她立马打电话给医生，询问自己是否可以捐献血浆，得到了肯定的答复。

武汉市金银潭医院院长张定宇向澎湃新闻介绍，一个人的血浆大概可以救两三个人。血浆疗法不是说输了血浆就保证病人百分之百存活，但是拥有血浆以后会给危重患者增加存活机会，也为医生救治赢得时间。

2月14日，李悦毅然赶往金银潭医院。由于没有交通工具，社区也无法安排车辆，她只能和出院时一样，自己骑了六七公里的共享单车来到医院。

在献血的过程中，她有些紧张，一旁穿着防护服的医生不停地给她安慰和解释，"0.01秒，0.01秒的疼痛，就好了。"抽血的过程很顺利，她被告知自己的血浆还需要被送到实验室进行病毒检测、灭活后检测抗体的成分，如果有效的话还要进行提取和加工，最后提供给患者。

回家后，她开心地给父亲打去电话，告诉他自己已经献了血浆，让他再坚持几天，也许很快就会有"解药"用到他身上，这样他们就可以一起去看母亲了。电话那头，父亲喘得非常厉害，说不了几句话。李悦并不确定，父亲是否听到了自己的鼓励。

李悦心里明白，血浆从抽血到用于治疗患者大约需要七天时间，父亲用上的可能性有些渺茫，但她还是抱着一丝希望，希望父亲能够再坚持一下。她说："就算我爸爸用不上，其他的患者也可能用得上。"

希望只持续了一个晚上。第二天上午八点，李悦接到电话，父亲被送往ICU进行抢救；两个小时后，又一个电话打来，父亲去世了。

没有最后一面，没有遗言，李悦就这样“告别”了父亲。

所有的后事手续都在手机上办理，她添加了一个叫“汉口殡仪馆”的微信号，在发送了所有的证明后，当晚父亲的遗体就被火化。

2月15日那天，武汉下起了雪，医院让李悦尽快去医院领取父亲的遗物，但恶劣的天气加上悲伤的心情，李悦已经走不动一步路。她缓了一天后，才在武汉志愿者的帮助下，找到一辆电动共享单车，迎着悲伤的雨雪，她又一次去了金银潭医院。

未完成的告别

“我觉得她心里应该是知道的，因为之前我爸爸都会跟她联系，然后他们现在已经很长一段时间都没有联系了。”李悦哽咽地说，自己还没把父亲过世的消息告诉母亲。

此前母亲想停掉营养针慢慢离去，但因为丈夫和女儿被感染隔离，她必须再坚持一段时间，再见上他们一面。李悦自责地说，“我觉得这也挺自私的，我们想让她坚持到我们出去，能陪她走完最后一程。”

在李悦捐献血浆后没多久，母亲所在医院的院区被征用收治新冠肺炎患者。医院护士告诉她，留在医院的非新冠肺炎患者会有交叉感染的风险，而且由于部分医护人员被调走，母亲的照料无法像之前周全，所以建议她把母亲接回家。但李悦刚康复不久，在家也没法给母亲打针，只能将她继续留在医院。随后的日子里，母亲的营养针中断了，李悦给母亲打电话时，母亲的意识已不太清醒。

绝望的李悦一一给医生和护士打去电话，得到的都是无奈的回复，其他医院也无力收治癌症晚期病人。此时本应该一周更换一次的造口袋由于父亲的离去，已经两周无人更换，李悦更是心急如焚。她只能到处求人，多次与医院沟通之后，医护人员2月17日深夜把母亲的止痛针打上。

2月18日，武汉市卫健委官网发布最新消息，公布全市非新冠肺炎特殊患者医疗救治医院名单，李悦母亲所在的医院被列为恶性肿瘤定点救治医院，她的营养针终于在当天重新打上。然而护工告诉李悦，母亲的精神状态很差，说话只能嗯嗯啊啊，她担心母亲撑不了多久。而她目前还处于隔离期，小区被封闭，无法正常进出，她甚至都开始担心是否能见到母亲最后一面。

2月20日上午，医生给李悦打来电话，由于母亲的情况十分危急，医生向李悦确认，母亲之前签下的不抢救通知书是否还有效。忍着悲痛，李悦表示尊重母亲的意愿，让母亲安稳地离去，她不希望母亲再遭受病痛的折磨。下午，医院的电话再次打来——在父亲离去5天之后，李悦又失去了母亲。

当天，李悦带着一件中国风外套、白色裙子以及鞋袜走到小区门口。母亲生前告诉她，这是自己旅游时穿的衣服，她希望自己在离开人世的时候再穿上，就当是又出了一趟远门。然而李悦的姑妈打来电话，老人在电话里哭着劝她不要再去医院，这个家庭已经失去了太多，她不希望李悦再出任何一点事。虽然满是遗憾，李悦还是答应了，她将母亲的身后事交给了护工，独自回了家。

家里还是父母离开之前的样子。每天早上，李悦会做做广播操。经过复查，她已经没有新冠肺炎的症状，但仍在咳嗽，做操有助于她恢复。家里物资充足，她喜欢做饭，心情会好很多。

每当胡思乱想的念头袭来，她会看看电视，看看窗外的景色。关于已经发生的厄运，她劝自己不要去想。

她说，父母已经离去，她一个人要养好身体，这是父母生前所希望的，也是身边的亲友所关心的。她还在期待雪停的那一刻，这样她就能走出家门，感受到春日的阳光，再去和父母好好地告别。

采访、撰稿/沈文迪、温潇潇

编辑/彭玮

方舱里的100种情绪

方舱的晚上不关灯，墙、隔板也是一片白色。冯强第一次走进去，感到刺眼，他下意识想，有些患者也许会失眠，单调的颜色让人缺乏安全感。

冯强是同济大学附属东方医院的临床心理科医生，2月4日，他和54名同事组成应急医疗队，从上海出发驰援武汉，4天后，入驻建成不久的“武汉客厅”（东西湖区）方舱医院，上了第一个夜班。

他发现，刚进舱的患者会把这个布满床位的“大帐篷”想成仓库，而穿得像“外星人”的医护人员被划为“你们”，“我们”像是被“你们”遗弃了一样。

有的患者很焦虑，忧心尚未有发病症状的家人、未成年的孩子、自己的病情；也有19岁的少年，因抑郁有过轻生念头，但对医生闭口不言；还有一些人，正在艰难地面对失去亲人的“悲伤反应”。在同一个方舱里，每个患者都有自己的故事，有的埋藏在心底很深。冯强每天在这些情绪中穿行。

2月13日，他和来自新疆、宁夏、广东的两名心理医生以及一名心理护士，组成了“武汉客厅”方舱医院的心理干预工作组。

他们帮一些患者装上床帘，发给他们志愿者捐赠的眼罩。在白色的墙壁上，装点绿色的树和彩色的宣传画。冯强也会把自己的微信二维码打印出来，贴在读书角的墙上、发给护士，走到哪儿手里总攥着一张，方便患者找到他。

冯强觉得，总会好的。疫情过后，他还要回一趟母校武汉大学，再去爬一次珞珈山，去看看樱花。

以下是冯强的口述：

（一）

“这是不是一场演习？”到达医院时，还有人这样小声嘟囔。

集结号是2月3日傍晚吹响的：“支援武汉，集合待命。”当时武汉的雷神山和火神山医院都在建，很多人没有想到会有一次这么紧迫的集合。

我们医院有90多人主动报名参加应急医疗队。接到集合通知后，不管正吃饭还是没吃饭，都赶紧打包行李赶去医院。

焦虑、紧张在蔓延。

有些年轻的护士才二十几岁，工作没几年，不知道要面对的是什么。就连工作近十年的“老江湖”也有点抓瞎，去不去、谁去、去多久都是不确定的。

大概晚上十点左右，55人的名单宣布了。知道要去后，很多人心就定了，开始往集装箱内搬物资。

仔细观察，你会发现，名单之外的医生心情也很复杂，有点失落，有点轻松，又有点自责内疚，在送别的氛围中还有些感伤和担忧。没人哭出来，但我现在回忆起来倒是想哭，挺感动的。

第二天，火车站送别，我们都穿着统一的制服、拉着统一的箱子，就像军人穿着军装一样自豪。不单媒体，游客也给我们拍照。

但坐上火车，轻松气氛就慢慢消失了。

一开始是有列车员跟我们讲，车上有去武汉的乘客（不确定有没有接触史），不要乱走动。有的护士跟父母通视频，说着说着就声泪俱下。她们也知道这样父母会跟着揪心，但就是控制不住。有队员跟我说，听到播报“武汉站到了”的时候，心都感觉要跳出嗓子眼了。

我从事精神卫生工作8年，出发前我就想好，要时刻注意队员们的情绪变化。但我也不敢强调这个，主要是怕他们可能会有压力——谁跟我走近点、多说几句话，可能就涉嫌心理脆弱了。我能感受到被回避。比如坐车来回方舱医院的时候，双人座我坐了一个，旁边的位置就没人坐，就算有人坐那人也很不自然。

我只能往群里多发些《抗疫·安心》这样的科普读本，平时尽量把自己跟他们同化为医生，而非凸显自己是心理医生。

最初的一周，我被安排作为内科医生进舱。其他医生也一样，不管原来是什么科室的，现在都统一负责新冠肺炎的诊治。

让患者得到治疗，这是首要任务。你身体健康都不能保证，哪来的心理（治疗）？就医有保障、信息通畅，也是有利于患者不往焦虑和抑郁发展的。

（二）

2月4日傍晚，我们到达武汉，第二天一早就奔赴“武汉客厅”方舱卸物资、搭帐篷。2月8日凌晨两点，我上了第一个夜班。

客厅方舱晚上是不关灯的，一进舱，灯光很刺眼，我下意识就想到，有些患者会失眠、精神不太好。墙、隔板一片白色，很单调，让人没有安全感。

陌生的环境可能让一些人想起仓库，再加上一些穿得像外星人的医护人员，衣服上写着的一些外地地名，患者可能会把里面的人划分为“你们”和“我们”，觉得“我们”孤立无援，像是被“你们”遗弃了一样，陷入恐慌。

有些患者会跟我说，你们是不是觉得我们太危险了，不要我们了？

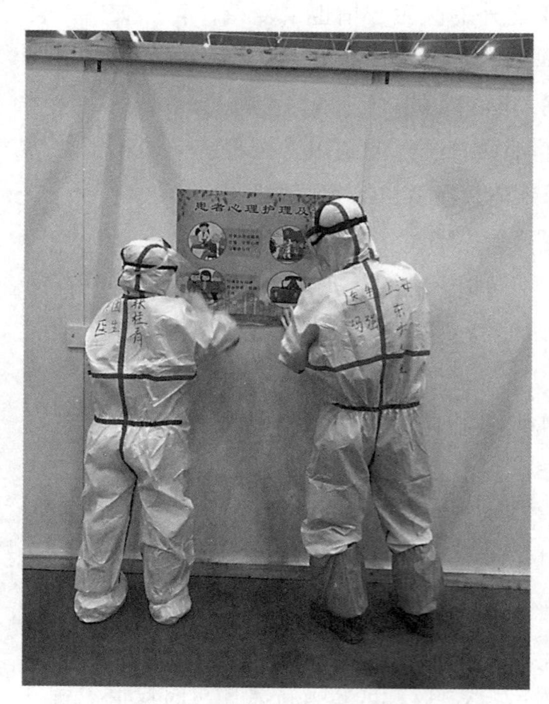

冯强和另一位心理医生在墙上张贴《患者心理护理及调适》 受访者供图

其实有这些心理都很正常，因为刚到一个环境，人搞不清楚状况，多少会缺少安全感，更别说身处疫情之中了。我会安慰他们，说我们也是医生护士，这里也叫医院。我们也帮一些患者弄了床帘，志愿者也捐了眼罩过来。墙上除了党旗、国旗，还贴上了绿色的树、彩色的《患者心理护理及调适》宣传画，还设置了读书角、电视、移动充电宝、暖气片等，让大多数人的心态都慢慢稳定了下来。

有患者跟我说，这边管吃管喝、免费治病，也不会像在社区一样给别人带来恐慌，一旦病情有点变化，医护人员立刻就能反应。他们住下来很安心，不太想出院。

其实医生的感受比较复杂。一方面想要帮助病人，另一方面时刻会提醒自己病毒无情，做什么事情都需要谨慎，包括不要靠病人太近。

隔离衣、防护服、口罩、面罩、两层手套、两层鞋套……这样的装备穿在身上，我们不仅呼吸不畅，而且眼镜里常蓄着“雾水”——眼镜片上起的雾多了，形成水滴下来。耳朵被口罩皮筋勒得像刀割，鼻子被护目镜压得像是被打了一拳那样酸痛。在这种躯体负荷下，情绪会比较容易烦躁，注意力不能持久。防护服比较容易被暖气烤坏，鞋套容易磨破，有的医护就会带着恐慌感工作。

气溶胶传播的可能性在一开始还只是听说，有的医护人员就会觉得周围空气里都是病毒，有明显的超价观念（精神医学的一个专业名词，指某种强烈情绪加强并在意识中占主导地位）。

夜晚还是比较冷的，还好我们的医生站有两个电暖器，可以烤一下。一起搭班的是重庆医疗队的，大家都紧张地进入了各自的岗位，书写病历和处理病人医嘱。每个人好像都是严重的近视眼，头基本上贴到了电脑的屏幕上，打字也好像老奶奶一样，一个一个字母看着打。

一个福建医疗队的队员不经意间提醒我，也许我靠近电暖器太近了，把右腿的防护服烤漏了。我一看，吓了一跳，马上觉得无孔不入的病毒进入我的衣服里了，我立刻用消毒水一顿狂喷，然后拿透明胶布把烫漏的裤子粘了起来。

时间不快不慢地过着。我作为内科医生，上了3个班次。上周，也算是“找到了组织”——新疆和宁夏援鄂医疗队各有一个心理医生，广东医疗队里有一个心理护士。我们四个人组成了一个心理咨询小组，轮流入舱，专职负责方舱内1 400名左右患者的精神科会诊和心理援助。

（三）

精神卫生的问题和传染病不一样，发病率一般都是1%，多的时候百分之十二三，不会是“断崖式”爆发。我们所面对的患者在整个方舱里是零星点缀的。

也就是说，100个病人里面只有几个需要去干预，甚至吃药的。其他人都是一些情绪问题，只要给予教育、宣泄和疏导就可以，减少他们出现抑郁症、PTSD（创伤后应激障碍，指个体经历、目睹或遭遇到一个或多个涉及自身或他人的实际死亡，或受到死亡的威胁，或严重的受伤，或躯体完整性受到威胁后，所导致的个体延迟出现和持续存在的精神障碍）的可能性。

每位医生一进舱，不管A、B、C哪个厅出现了相关情况，都要负责，比如我在舱内的时候发现了某患者的焦虑情况，下次另一位心理医生进舱时可能再会去跟他交谈。

目前我们有两种方式接触患者，发现问题，一种是医生、护士、志愿者反馈给我们，另一种是我们自己去巡视发现。

如果是白天的班，我会重点关注躺在床上的人，蒙在被子里或者睁眼发呆的，想着他们是不是有心事昨晚没睡好，或者比较消沉。要是晚上，我就会跟到处溜达的人聊几句，他们是不是因为某些事情失眠。

比如上午的时候，一个人蒙着头睡觉，我们会叫醒他，问："帅哥，你怎么了，昨天没睡好吗？"有的青少年会说不要管他，他就想睡。大多数患者都比较配合，因为医生在关心他嘛。有的人会说自己只想缩在床位里，怕到处活动病情加重。有的人会马上就坐起来，说起自己失眠的情况。一般我都会跟他们多聊几句，这跟我们平时在门诊"守株待兔"的状态不一样，"主动出击"才能触及更深层次的情绪问题。

比如有位女患者一开始说因为认床睡不着。我关心了几句，她才说自己和老公都感染新冠，但是老公现在住在另外一个方舱里，她很发愁，想要转舱。其实这种问题我是没法解决的。我只能安慰这个女患者遵医嘱，锻炼身体康复后尽快出院回家，跟老公在家里见面。诸如此类的，还有患者想要催着快点拿药、拿到检查报告、孩子不满18岁但想要跟孩子同舱治疗，等等。

除了失眠，我们还碰到过焦虑和抑郁的患者。

有位焦虑的女患者会一直忧心没有发病症状的老公会不会被"抓走"，黏着医生不让走，问了一遍"会不会被抓走啊？"医生安慰了她半天，她就像没听见一样，又再问“抓走是不可能的对不对?”此外，检查结果、药、家里未完成的事、自己的病会不会好，都有可能成为他们焦虑的原因。

有位抑郁的19岁男孩，听到“心理医生”四个字就非常抵触地说:“我想睡觉，我没有问题，我不想说话!”但是护士和医生查房的时候，从周围患者那里了解到，他有过轻生的念头。

我和另一位来自新疆的心理医生张桂青跟男孩接触了两次。第一次他是排斥的，张医生说这种情况是混熟了才好说话，隔了一小时我们又去找他。张医生告诉他:“我们又来了，看看是不是可以聊聊呢?”他说:“我没有病。”张医生说:“不一定有病我们才聊啊，我们会和很多人聊的，你看我们都聊了一圈回来了。”

这时候，男孩坐起来了，开始告诉我们自己睡得不太好，但不需要辅助睡眠的药物。张医生告诉他:“你这么年轻，很快病毒就会被你的免疫力杀死的，你需要的话，医生会随时给你帮助的。”他本来是不怎么跟我们有目光接触的，听到这句话，他抬起头，我从他的眼神里看到他得到了一些安慰，然后我赶紧抓住机会，向他推荐了一个抗疫心理音频，他主动扫上并观看。

这里需要提醒一点，平常心理咨询遇到的目光不接触以及身体不正向面对你等情况，在这里不一定就能说明这个人内向或者回避沟通。

有个网络工程师，心态特别积极，把电脑带进来每天工作，还给我展示他之前给医院设计的办公平台。我跟他聊的时候，他侧身不看我，跟我解释:“对不起，这不代表我不礼貌，而是不想正面说话（导致）空气喷过去增加你们的危险。”这种患者真的特别贴心。

这次疫情凶猛，一些住进方舱的患者失去了家人。目前我接触了3位患者，分别失去了父亲、母亲和丈夫，有不同程度的“居丧反应”（失去所爱的人后的一种自然反应。与死者关系越密切的人，产生悲伤反应也就越严重。猝然死亡，引起的悲伤反应最重）。

一位失去父亲的女患者，在朋友圈写了一大段的哀悼文字，回忆父亲特别善良，曾经让找不到酒店的陌生人住在家里。但是这么善良的人在患新冠肺炎离世之前，很难得到床位和找到车送去医院急救。她在哀伤中带着怨气，创伤有点大。

我没入舱的时候，托跟她接触的医护人员把我的微信给她，她也不加。今天（2月19日）另外一位心理医生入舱了，他会去了解一下这个患者的情况，进行干预，帮助她顺利度过这段时间。

（四）

其实我做好了心理准备，很多病人可能会有“病耻感”，不太愿意去求助心理医生，怕被人看轻。而且有些人会觉得心理医生不管用，只是随便聊聊，觉得这种治疗都是胡扯的。特别是有些中年男性，平时抽烟、酗酒、闷声不响，其实有很严重的抑郁症和焦虑症。他们害怕暴露自己，在别的男性面前“没面子”。

我们在巡视过程中，看到还是有很多的人在床上看手机。我一开始感慨，手机让大家都着迷在虚拟的时空中，一方面我们的视野更大了，可以躺在床上看世界，另一方面人更孤独了。但我又意识到，在这个特殊时期，也许手机让更多人可以进行自我隔离，我们也可以通过手机宣传心理卫生

读书角上方的墙上，张贴着冯强的微信二维码。澎湃新闻记者赵思维　图

的工作。

所以我开始“发传单式宣传”，把我的微信二维码打印出来，贴在读书角的墙上、发给护士，走到哪儿手里也攥着一张。我也会定期在我们医护人员的群里发一些短视频，宣传心理健康，比如怎样改善睡眠，或者如何改善医务人员的情绪等。到目前为止，只是有些队员会问我失眠怎么办，还没人私下找我深聊。

抢救室不用的时候，我们预计把它作为一个临时心理干预的工作室。那里有窗户，通风比较好，还有凳子，可以坐着聊久一点，而且比较私密。不过暂时还没有患者进去过。

据我所知，目前在武汉的一线精神科医生是70人左右。我也会跟其他方舱医院的心理医生交流。有的方舱医院开舱不久，心理医生还没有专职做过这方面的工作。而且整个方舱要是只有他一个心理医生的话，他也会觉得是孤军奋战，会有压力感。

我们有个专家后援团，大多是从事临床心理科工作数十年的“老江湖”。他们给了很大的支持，经常会发一些“干货”到群里给我们看。如果我们遇到疑难个案难以处理，就可以通过这个后援团获得一个资深教授或者主任医师的指导。

网上的心理咨询热线也是一个很重要的途径。很多武汉市民以及愿意主动寻求心理咨询但害怕在方舱这个“小社区”内暴露的患者会拨打心理热线。不论什么途径，我希望每个人都能怀着一个健康的心态去度过疫情，一切总会变好的。我本科是在武汉大学医学院上的，等结束了，我想回去一趟，见见老师，应该也能见到这次抗击疫情的战友，爬一次珞珈山，看看樱花。

采访、撰稿/钟笑玫

编辑/黄芳

众生

不回武汉过年的人

武汉如临大敌，回不回武汉过年成为难题。

武汉市长周先旺接受央视采访时称，截至2020年1月20日24时，湖北省武汉市累计报告新型冠状病毒感染的肺炎病例258例，已治愈出院25例，死亡6例。

截至1月20日24时，国家卫生健康委员会收到国内4省（区、市）累计报告新型冠状病毒感染的肺炎确诊病例291例（湖北省270例，北京市5例，广东省14例，上海市2例）；14省（区、市）累计报告疑似病例54例。

针对疫情防控，钟南山院士表示：从初步流行病学分析，病毒通过野生动物传到人是比较大的可能；现在出现人传人的现象，是大家应该提高警惕的时候；目前尚无有效的针对性药物。

疫情发展牵动着家在湖北、在外打拼的人，春节在即，他们涂上免洗消毒液、戴上N95口罩，犹豫到底回不回家。新型冠状病毒的消息确乎搅动了他们关于情感与安全感的思虑。

（一）妈妈成功劝退了三波想回家的人

陈觅，31岁，湖北武汉人，上海媒体从业者

昨天（1月20日）我退掉了武汉到上海的火车票，其实意念上早做了决定，行动上稍许迟缓了。

我是武汉人，在上海工作，去年10月新婚燕尔，11月还在武汉办了婚礼。

按习俗，婚后第一个春节在男方家里过，我爸妈本来也没指望今年我能回家过年。是我先生提议说春节后半段去武汉，我们计划着初三或初四回去，中间段的票比较充裕，就没马上买票，1月2日只抢了初七早上回上海的返程票。爸妈当时知道我们春节回家还挺高兴的。

2019年12月31日，我在和父母的微信群里第一次讨论了不明肺炎的事，我转发了媒体向武汉卫健委核实的消息，让他们小心，出门戴口罩。我爸妈的同学群里有好几个医生，他们也有自己的消息来源，还给我发了一些消息。

1月18日，周六，我妈聊到她在楼顶上晒太阳，我说楼顶上晒太阳比较好，比出门要好。顺势聊到肺炎的话题，我妈主动提了一句："我在考虑你们要不要回武汉。"

与此同时，我和先生当时还想再观察一下，商量着把初三去武汉的票买了。虽然看到病例增多，我也没有扭转决定，因为我外公已年迈，心里总觉得看一次少一次。

1月19日，我先生小心翼翼地试探我，"我不是不愿意奔波的人，也想让大家开心，但现在我的确有些担心，到时候看，但我还是听老婆的。"我和先生在不同城市工作，他开玩笑说如果隔离在一起倒也挺好的，毕竟平时相处时间少，但我们如果去了武汉，过完春节，我回上海，他回北京，即使隔离了，还是不在一起。

到了那天下午，我妈在群里主动说："你们别回武汉了。"她有个同学在武汉做医生，跟她说其实医院很紧张，有医生被隔离了，但是市民还没引起重视。我妈意识到事态严重。这天，我给爸妈在网上下单了50个一次性医用口罩和4瓶免洗洗手液。

另一方面，我外公80多岁了，万一我们在外面晃带了病菌回去，年轻人也就隔离一下，对老人家可能就致命了。我妈像家中的春运总指挥，用这个理由劝退了在北京的小姨和在东莞的舅舅，不让他们回武汉过年。

我问了一个武汉同学，她在上海工作，她父母今年计划从武汉来上海"反向过年"，还说要在江浙沪自驾游。我昨天（1月20日）实在忍不住了，劝她们家别出门自驾游。结果新闻披露了更多消息，她父母决定不来上海了。她去退订酒店，结果酒店说不能全额退款。她爸爸听闻后调侃道："你跟他们说我们是武汉来的，如果不退的话我们就真的去了。"

相较而言，我妈这次就表现出非常强的自觉意识，她说武汉人就不应该出去。很多人以为自己出去可以躲避危险，但不会想到自己出去对别人来说是危险的。

我的很多朋友跟家里人沟通却很难。

有个武汉的朋友去年刚生了双胞胎，她先生在医院工作，她说先生上班都不穿防护服，尽管离发热门诊也就隔一个楼层。她还跟父母置气，因为她发了一些媒体报道提醒她父母注意防护，他们不听，还嫌她烦。

我还有个武汉的前同事在北京工作，父母坚持让她春节回武汉，她自己挺害怕的，但父母又不愿看她只身留京过年。她还在艰难地劝说家人，也一直发病例上升的新闻给他们。她妈妈还是护士，经历过“非典”，觉得那时候没啥事，这次就还好。她哭笑不得，却没退掉1月23日回家的票。到今天（1月21日）中午，她爸爸才改口让她别回家了。

武汉人其实没有经历过严重的疫情，不知道事情可以严重到什么程度，他们满脸都是没受过伤害的纯真模样。

“非典”那年，我正好要参加中考，整个湖北只有6例确诊的。我们当时在武汉连口罩都不戴，上学路上要经过一个长途汽车站，我们的做法就是沿着车站对面的马路走，避过人流，好像觉得那样就安全了。而我有个同学转学去了北京，他那年中考因为“非典”延迟了三个月，还一直停课，只能在家上网课。

我就担心武汉人疏忽大意，太彪太“勇敢”了，下面的地级市更没有防疫能力，意识也不到位。我哥就评价说，武汉人“不服周”（湖北方言，指不服气、不甘心），他最近打电话问在仙桃的同学，那边离武汉一个小时车程：

“你紧不紧张？”

“紧张，办年货很紧张。”

“我不是这个意思，我是问面对疫情你紧不紧张？”

“哦，我前两天去过武汉，很热闹。”

（二）错过姐姐订婚，取消带女友见家长

王龙，25岁，湖北武汉人，深圳某公司程序员

今年过年本来有两件大事，一是我姐大年初六在武汉订婚；二是我携

女友从深圳回家。

幸运的是，12月中旬的时候，公司替我们员工买到了回家的高铁票；但不幸的是，临回家前，武汉爆发了新型冠状病毒的疫情。

我最初从网络上看到消息，当时官方披露的信息里病例少，也没发现人传人。女友倒是有一些紧张，但我当时并不觉得有多严重，更不会想到这会影响我回家的计划。

我姐也在深圳工作，她1月18日先回了武汉。可是第二天，还在上班的我偶然间刷到微博，说病例新增了100多例，而且出现在多个省市。我盯着看了几秒，觉得问题有点不妙了。

我第一时间把消息转发给家人朋友，提醒他们做好防护措施。我的家人有一个微信群，他们很乐观，并不觉得有多严重，还开心地准备着过年。但我面对骤然上升的病例数，还是忍不住忧心起来。我反复和女友以及家人商量，到底要不要回家。

直到昨天（1月20日），我终于下定决心，还是不回去了。女友也觉得可惜，本来想着让家里老人开心一下，但她更担心我的健康和安全。

回家的票我早就拿到手了，于是我拿着这张票戴着口罩去了深圳福田高铁站，把票退了。心里挺不舍得，好不容易抢到的票，几秒钟就退了。但看着火车站人山人海的景象，心想还是算了，安全第一。我退完票坐地铁回去，那时深圳已经有确诊病例了，但地铁里只有两三成的人戴了口罩。

对于我不回家这件事，姐姐有些埋怨，觉得我有些小题大做。我挺委屈的，只能跟她解释，我希望大家平平安安、健健康康的，想回平时也可以回家。我还安慰她说，等疫情稳定了我再抢票试试，看能不能赶得上参加她的订婚仪式。虽然我心里知道，这种可能性不是很大。

过年是看不到父母了，他们觉得过年必须待在自己家，出去了也给别人添麻烦，自己老老实实待在家就行。我只能反复劝他们出门的话戴好口罩。

一般大年三十的时候全家会齐聚吃年夜饭，过年白天放鞭炮晚上放烟花，热闹得很。但深圳不能燃放烟花爆竹，我一个人也不知道能上哪里去。

我们高中同学每年都会聚一次。今年聚会地点选在了武汉，大家已经买好了酒水、零食，独缺我一人。不过，安全起见，聚会也取消了。年轻人获取信息途径多，安全意识比较强，我们约定来年再聚。

明天公司最后一天上班，之后就放假了，我租住的屋子就剩我一人，难免有些孤单冷清。女友建议我一起回她老家江西，但我也没拿定主意，我们还在讨论。不出意外的话，今年是我第一次在外面过年，可惜和难过是在所难免的。我曾想过同家人在线视频吃年夜饭，他们在那头吃，我自己也备些菜，隔着手机和他们干杯，哈哈，可能还挺有意思。我觉得我的心和家人是在一起的，只要人在，任何时候都可以把团圆补上。

（三）不经过武汉的列车，除夕半夜才能到家

彭佳，25岁，湖北荆州人，上海金融企业员工

刚知道武汉海鲜批发市场爆发疫情的时候，我没有往我自己身上联想，我甚至都不知道有这个市场。我大学毕业后留在上海工作，我们家有住在武汉的亲戚，但走动不多。

直到昨天（1月20日）晚上，在武汉当护士的表妹给我发微信说，她上午在医院给人抽血，下午听说那个病人有肺炎，不清楚是哪一种类型。她有点紧张。我才意识到这事可能影响到我过年回家了，因为我买了途经武汉回家的火车票。我又联系在武汉的朋友们，发现他们很淡定，说马路上没有戴口罩的，大家都忙着办年货。

还有个朋友在医院上班，他说看上去新型肺炎病毒毒性不是很强，几例确诊的“人传人”都是有密切接触的，去火车站的人群里走一走，传染上的概率很小。但我感觉他更多的是在安抚我的情绪。

我前一天出门去给猫咪打针时，戴了口罩，还买了两瓶消毒液。我本想买点抗病毒的药，查了一查，全需要处方；第二天我出去买早饭就没戴口罩，算是一种情绪反复吧。

今天（1月21日）早上我又纠结了一小时。我特意查了一下，上海到荆州的火车，不经停武汉的，现在只有除夕夜的车次了。

原本我打算提前三天到家，先跟父母待待，大年初三再去广东看望我姐姐的，她嫁去了广东，今年就和男方的家人一起过节。如果除夕那天半夜里到家，初三就走，这样太仓促了，不如不去。

我就下了决心告诉我妈，今年不回去了，以后再请假看望家人。我爸

妈都表示理解。我计划直接去姐姐那里过年。我买到了1月23日出发的车票，尽管后半程可能是两小时的站票。

我才打包过行李。本来去湖北过年，我要带两件毛衣、两条棉裤；而去广东的话，就不带这几样了，我要带几套好看的秋季衣服。行李箱还摊在地上呢。

我父母亲原先完全不把疫情当一回事。之前通行的说法是“没有明确的‘人传人’迹象”，结果《新闻联播》播报了它可以“人传人”，我父母亲也都知道了。

我下午给我妈打电话的时候，她在外头打牌呢。我说，你们记得戴口罩、开窗通风。那时候她都没有把我的话放在心上。我也给外婆打电话。我说，几个舅舅都是犟脾气，得了感冒容易硬扛，注意让他们不要这样。我外婆在电话里说，她都懂，现在也开窗通风了。

回不了家，我不算特别感伤，不过，我猜我妈会偷偷地哭一下：她有两个女儿，过年一个也不在身边。等上一段时间，这波疫情总可以过去了吧。

（四）年初回过武汉，退了票还是慌张

陈越，26岁，湖北黄石人，设计师

退票是一个很快做出的决定。

我今年26岁，老家在湖北黄石大冶。2017年大学毕业后，我来到上海做设计师，老婆也是上海人。

原本是期待回家的，一个月之前刚放票，老婆和爸爸就帮着我一起抢票，因为一天只有一班车，我抢到了1月21日的票。有一年没回家了，总有想念，我们一家人关系很好，以前回家时，常常喝茶聊天到深夜。

问题在于，我回家的列车一定会经过武汉站。2019年12月，我就在微信公众号、朋友圈看到过疫情相关的简短报道，认识到这次的病毒不是SARS，是另一种肺炎，疫情发生在海鲜市场，那时候信息不多，我没觉得很严重。

2020年1月4日的周末，我和老婆还一起去武汉看望双方父母，我岳父

因为工作，一周有5天居住在武汉，我父母也从黄石过来相聚。在这之前，我岳母在超市买了带呼吸阀的N95口罩，一个个发给我们，很着急要求我们戴上，告诉我们武汉有雾霾，又有传染病毒。

所以一下高铁，我们就把口罩戴上了。没想到在地铁口见面，岳父笑了，他们都没戴口罩，“你们太夸张了”。因为岳父对此很不重视，所以岳母也没有再坚持。我只好摘下口罩，那三天一直没再戴上，我心里是有些犹豫的。

从武汉回来，1月的病例开始增多，那段时间我也在微博和抖音上浏览相关信息，但是重复内容多，我没放在心上。转机发生在昨天（1月20日），我还在公司做模型和方案，中午打开手机，各大微信群全是截图和消息，仿佛一下子炸开了。

我老婆的哥哥是医生，他提到医院已经要求医护人员必须戴口罩，还讲述了各地的疑似病例。我爸妈也发了微信给我，说事态好像升级了，要我注意安全。我爸发了一个猫戴着口罩的图片，又发了一个视频，内容是飞机起飞之前，穿着防护服的工作人员为乘客测量体温。这时候，我意识到这次情况不太寻常。

这天下午，我在朋友圈看了关于冠状病毒的科普，还觉得病毒被画得太可爱了，不应该这么可爱。那时候工作仍然忙碌，但我开始有点心神不宁，脑海里犹豫要不要回去，想起年初去武汉的场景，不禁觉得有点后怕。

下午近四点，我终于抽空给爸妈打了电话，和他们商量是否回家。我爸妈都很理解，我妈说，这次疫情比我们想象中严重。他们也不打算来上海反向过年，毕竟也会经过武汉站，“等过了风头再说”，我可以听得出他们语气有点紧张。

挂了电话，我妈又在微信上叮嘱我，“为了安全起见，你们春节不要外出，在上海安心生活，我们随时视频交流，等情况控制好了，我们年后到上海来团聚”，还提醒我们在家保持通风卫生。我岳父也在群里说，针对参与公众活动及去公共场所，乘坐地铁及公交，武汉政府的六字真言请谨记：不必需，不参与。

打完电话，我就把1月21日下午四点的票退了，心情有些复杂。

我后来感觉到，岳父对于之前自己不重视这次疫情挺后悔的。他4天前在武汉的时候感冒鼻塞，一直到周日回到上海才告诉我们，虽然与病毒无关，但1月20日晚上，我们去他家吃饭，准备走的时候，我和老婆要去看电影，他突然神情严肃地阻拦我们，“我很少以长辈的身份这样跟你说，一般情况是不会干涉这种事的，涉及生命安全的时候才劝。”

我们知道他怕我们被传染。之前我老婆去家里吃饭，说话时他都坐在距离很远的沙发上，吃饭时用公筷，会把菜先拨到另一个盘子里。春节过后，他还要再回到武汉上班，现在仍然在观望疫情的发展，不需我们提醒，他就非常小心注意。

不能回家过年，我感到很可惜，但我也不善表达，很少跟父母流露这样的情绪。本来打算过去待6天，能见到许久未见的爷爷奶奶、外公外婆，但我相信我们都有共识，健康是最重要的。

决定不回家后，我妈拍了家里的视频发过来，让我们看看家的样子，她说，明天会贴门神和春联，也尽量不出门了，不去人多的地方，就画画喝茶听音乐，在家散步。我想，这也是一种宽慰吧。

（为保护受访者隐私，文中人物均为化名。）

采访、撰稿/彭玮、沈文迪、黄霁洁、葛明宁

编辑/彭玮

武汉“封城”倒计600小时

1 100万武汉人卷入新型冠状病毒肺炎漩涡。

看不见的病毒，伴随春运大潮“流动”，直至武汉“封城”——1月23日10时开始，武汉全城公交、地铁、轮渡、长途客运暂停运营，机场、火车站离汉通道暂时关闭。政府发布公告称，如无特殊原因，市民不要离开武汉，恢复时间另行通告。

身处肺炎风暴中心，那些在武汉工作、生活的人，有的赶在“封城”前，回了老家，成了家里“不受欢迎的人”；有的留守武汉，不敢出门，期盼能平安度过疫情；有的疑似或确诊感染病毒，与无常抗争，追寻生的希望。

1月23日，汉口火车站外执勤的特警。澎湃新闻记者郑朝渊、汤琪、周琦　图

2019年12月30日，“发现肺炎病例”

“你们华南出现病毒了。”2019年最后一天，李艳收到朋友发来的微信消息。

她和丈夫在武汉华南海鲜市场开店，做鲜货贝壳类生意。华南海鲜市场位于武汉市江汉区，距汉口火车站不到1公里，由东、西两区组成，共有650余个摊位，1 500余名从业人员。

李艳的店开了18年，每天凌晨四五点开门，下午四五点收工后还要进货——十几种鲜货，从山东、江苏、福建等地，由冷藏物流车运来，之后出售给饭店或散客。生意滚雪球般慢慢做大。两个孩子从童年开始就跟在她身后，把捞鱼的网兜传来传去地玩。

肺炎消息突然传来，她分不清真假，只当是谣言，照旧早早入睡。

1月1日凌晨六点多，天刚亮，她正在店里称重、打包鲜货，和采购的人说话。突然，一群穿着蓝色制服的政府工作人员涌进市场，设塑料围栏，封锁进出口，随后张贴休市公告，让商户们尽快关店离开。

“怎么回事?”李艳一下懵了，和其他商户面面相觑。她拿了现金、手机，把闸门拉下、锁上。在一扇扇闸门轰然拉下的声音中，跟随人流走出市场。市场不让久留，一些商户不舍地看着自己的店铺。

李艳回了家，决定先好好睡一觉。“关门也没什么大不了的，马上就会再开”，她想。之后两天，一直没等到开市的消息，她心里不安，和商户们每天在微信上互问“什么时候开市?”，没人知道答案。

三天后，她回店拿账单，看到市场外有很多执法人员把守。登记姓名、电话后，执法人员跟着她进去，以免她拿走坏掉的货物。在店里待了三分钟她就出来了。她看到穿白色防护服的防疫人员，把一些烂掉的货物倒进塑料桶、袋子，心情有些复杂——那些货价值九万元，连带损失的是收不回的散户。

休市后，她和客户一一打招呼解释，回答“为什么你们这关了，为什么不给我们供货”，之前没结清的账目也要不回来了。之后几天看了新闻，她才慢慢意识到疫情有些严重，安慰自己“人比货重要”。

李艳得知肺炎消息的前一天，2019年12月30日，武汉市卫健委发布

《关于做好不明原因肺炎救治工作的紧急通知》，次日又发通报称，已发现27例肺炎病例，均与华南海鲜市场有关联，其中7例病情严重，到目前为止调查未发现明显人传人现象。

家离华南海鲜市场不到4公里的何磊，看到新闻后马上到家附近的药店买了医用外科口罩，戴了两天就没再戴了，“那个时候身边很少有人戴，警惕性都不高，觉得只要不去华南海鲜市场那一块就行了”。之后大半个月，他没太在意，照旧聚餐、看电影、逛欢乐谷。

大学生高亮12月31日下午还去过华南海鲜市场，看到摊位间的通道两米来宽，地面潮湿，垃圾桶旁散落着大量垃圾。东区大部分商户还在营业，商户们有的不知道肺炎情况，有的已经戴上了口罩。

“感觉大部分武汉人处于不知道或是没当回事的状态。”他以为事不大，没跟父母科普，提醒他们提高警惕。亲戚们也正常地出门置办年货。他让姐姐别带小孩出去摘草莓了，姐姐含糊地应了一声，还是出门了。

2019年12月31日下午的华南海鲜市场。受访者供图

2020年1月21日，“一天比一天紧张”

李艳真正紧张起来，是在1月19日。武汉市卫健委发布通报，称18日和19日两天，共确诊新型冠状病毒病例136例，武汉累计确诊病例198例、死亡病例3例。

20日，钟南山院士接受央视采访时表示，新型冠状病毒肺炎肯定存在人传人现象，目前处于起始阶段，医护人员也有感染，需要提高警惕，没特殊情况不要去武汉。

紧接着，北京、广东、上海等地相继出现新型冠状病毒肺炎确诊病例。

李艳连忙去药店买口罩，给两个孩子都戴上；按照朋友说的，教孩子用盐水漱口，多洗手，注意保暖。走在路上，她发现戴口罩的人明显多了。去超市买日用品，收银员和自己隔着口罩寒暄，“这次是挺严重的”。

“很担心会变得跟‘非典’一样，还是要注意一点。”29岁的西安女孩魏婷在武汉生活了8年，如今已在武汉安家，公司在光谷附近。看到肺炎病例增至100多例，她才感觉，事情变严重了。

“非典”爆发那年，她读六年级，因为感冒咳嗽，被老师隔离到最后一排，不让她和其他同学接触，后来学校停课一个月。

她去药店买口罩，发现没货了，网上买，年后才能送到，只能掏出以前生病时买的救急戴上。她的朋友，有的在外卖平台上买，商家说口罩订单太多，骑手都出去送口罩了，只能自己去店里取；还有的托在外地的朋友购买口罩后邮寄过来。

“大家都还挺慌的。”魏婷说，很多朋友、同事不敢去火车站；有的坚持要买最贵、最有用的口罩，上班也戴着；公司HR通知大家，感冒的赶紧回家办公，不要到公司。

魏婷的公婆在距离武汉100多公里的安陆市，公公就在安陆火车站工作，人来人往。魏婷很担心，特地打电话提醒公公戴口罩，但老人没当回事。

谢杰家住光谷，公司在东西湖区，原本每天坐二三十站地铁上班，上周开始他开车去公司。他担心上下班路上被感染了，会传给家人，甚至留下后遗症。

“每天办公室都在讨论肺炎，一天天地看着病例数目上升，大家就一点点慌，一天比一天紧张。”谢杰说，1月20日开始，公司对厕所进行消毒，有的部门发口罩，有的发板蓝根。有人打喷嚏、咳嗽，“我就远离他，不敢靠近”；身体没问题的，也总觉着自己好像嗓子有问题、会不会染上了，“心理上有点崩了”。

他自己，也跑去药店买感冒药、消炎药囤着。谢杰听说，因为肺炎，武汉不少公司提前一两天放假；有的国企还规定员工不能离开武汉，已经离开的要做好登记。

也不是所有人都感知到了危机。

“全世界都知道武汉被隔离了，现在只有武汉不知道武汉被隔离了。”1月20日那天，刘曼的朋友圈被这条网络段子刷屏了。她感觉，在武汉的人都比较淡定，不在武汉的人对疫情更加关心，很多在外地工作的同学问她武汉疫情怎么样。一个在北京工作的朋友，因为公司说回武汉过年要报备、回京上班时间待定，而把票退了。

1月21日从武汉回宜昌的始发动车上，她看到很多大人、小孩都没戴口罩。有个5岁小男孩在她旁边，她包里刚好有多余的口罩，就送给了小男孩一个。

1月22日，“医院一床难求”

张婕至今想不明白，病毒是怎么“找”上丈夫和父亲的。

她家离华南海鲜市场一公里左右，丈夫经常在家办公，父亲已经退休，都没去过华南海鲜市场，只有母亲偶尔去那边买菜。

2019年12月，两岁儿子突然发烧，打了三天针也没退烧，拍片子后，发现肺部有感染，吃药后慢慢好转。照顾孩子时，她自己也感冒了两天。

1月2日，丈夫突然发烧达38℃多。他们起初以为是感冒，服用各种抗生素、感冒药，没见好。之后去华西医院打了3天针，去武汉大学人民医院做检查，吃抗病毒的药，烧没退，状态反而越来越差。

1月7日，这场不明原因的病毒性肺炎病例的病原体，被专家组初步判定为新型冠状病毒。

第二天，张婕丈夫去同济医院拍CT，显示双肺感染，怀疑是新型冠状病毒，马上被送到金银潭医院隔离。入院前两天，他住在疑似病例病房，护士每天给他家人打电话，告知病情，第三天查出不是此次新型冠状病毒后，他被转到了普通病房。

到现在，他还需要24小时吸氧，通过电话和家人联系，话讲多了或声音大了，就会喘气；情况好的时候，一天能睡四五个小时。妹妹每天会送一些提高免疫力的营养品到医院门口，由保安递给他。

张婕知道，这会是个漫长的过程。

丈夫被送进金银潭医院那天，她年近七旬的父亲开始发热，去协和医院拍片子，发现肺部感染，医生排除了冠状病毒，让回家吃药、观察。

两天后，烧还没退，他们找同济医院的专家看，专家建议住院治疗。1月10日去协和医院时，被告知没床位，让他们回家等消息。之后，张婕父亲去新华医院打了几天针，没好；又找熟人去普仁医院，登记后说没床位，他只好回到新华医院继续打针。

"我们找了很多关系，把检查报告发到别的医院，最后都说收不了。"张婕说，父亲肺炎症状严重，控制不了，如果不是新型冠状病毒，只是发热和肺炎，医院不会收诊。"我们唯一的希望是，有一个医疗机构能够正常地系统地去治疗，不能等人器官衰竭了，才送到医院急救。"

1月21日晚上，父亲病情加重，呼吸困难，嘴唇发白，走不了路。母亲急忙打120，急救人员将他送到家附近一家四级医院后，医院说没有床位。母亲请求送到新华医院，离家近，急救人员说必须先和医院联系好，医院有床可以收才行。

张婕感到恐惧，"能找的朋友我都找了，也找熟人联系了很多医院，都没有把他送进去，走投无路了"。当天，她发微博讲述了父亲看病的难题。武汉卫健委工作人员联系她，将她父亲收治到了汉口医院。她后来得知，武汉市专门开了几家医院来收治肺炎病人。

就在21日下午，武汉市卫健委副主任彭厚鹏在新闻发布会上回应了疑似病例住院难的问题，他介绍说，目前武汉市流感高发和新型冠状病毒感染高发并存，给医院收治病人带来了很大困难，目前按照国家、省、市联合制定的治疗方案，集中患者、集中资源、集中专家、集中收治，武汉市三家定点医院设置床位800张用于收治病人，其他直属医疗机构为配合患者救治，也将于近期腾出1 200张床位用于患者救治，确保病人得到及时的收治。

母亲告诉张婕，新华医院里很多肺炎病人在吸氧、打针，有的插着呼吸机，也没法住院；和他父亲每天一起打针的病人，有一两个已经去世了。

“他之前急诊每天只能开一针，第二天情况不好再来看，这不是一个完整系统的治疗。”入院后，父亲血氧饱和度一直很低，仍然是重症状态。

自丈夫发热后，张婕不敢住家里，担心孩子感染病毒，她在家附近租了间民宿，一个人带孩子。父亲1月8日发烧后，每天早上会戴口罩出门吃早餐。

液体输进身体，黄兰感觉稍稍好受了些。

她所在的病房有80来平方米，有100多个病人在输液，有的没位子，只能坐地上，还有一些病重的，做皮试需要站起来，“站都站不住，很可怕”。38.8℃高烧让她气短、全身没力气，想要呕吐，医生开了4个吊瓶——这还是托关系才找到的。

1月6日，在武汉市第四医院常青花园院区住院调整血压时，黄兰隔壁病床转来一个高烧的新型冠状病毒肺炎患者，住了2天后，被其他患者投诉，担心会传染人而被转走。

黄兰家在东西湖区，这个月，她没去过汉口火车站，也没接触过野生动物，1月15日从武汉四院出院后，接连出现感冒、低烧症状，吃阿莫西林胶囊和肺部消炎的药，也没有缓解。在北京工作的女儿打电话催她去医院检查，她心里害怕，担心是肺炎，会交叉感染，加上医院病人多，便想挺几天，看会不会有好转。

黄兰的姨夫也出现过发热和肺炎的症状，血氧饱和度最低时降到60%多，在中心医院治疗。1月15日人快不行了，被转院到汉口医院治疗，家属赶到时，姨夫已经不治身亡。姨夫去世第二天，姨妈也出现肺炎发病症状，医院没床位，黄兰的表妹打市长热线才让姨妈住进中心医院。21日被确诊，第二天转院到汉口医院治疗。

一想到这事儿，黄兰心里就发凉。

1月21日晚上，她再次发烧，去协和医院看病，发现“整个大厅都是患者，都没有落脚的地方”。医院其他门诊都停掉了，只有急诊内科，床位非常紧张，只给她做了登记，说有床位再通知她。

22日一早，丈夫带她去武汉市中医医院拍片子、做血氧检查后，医生说像是新型冠状病毒肺炎的症状，让她去定点医院治疗。上午11点，他们到协和医院排队等号。大厅里，排队等号的队伍排成蛇形，拐了几道弯。两人拿雨伞垫着坐地上，坐一会儿站一会儿，排了六个半小时的队也没排上。最后托朋友找关系，晚上才在武汉红十字会医院打上点滴。两人中午没吃饭，只啃了两口面包。晚上丈夫趁她输液，才有时间出去吃了碗面，给她也带了碗，但她吃两口就吃不下了。

那天，女儿给她打了不下20个电话，时刻都在问“检查了吗？确诊了吗？住上院了吗？”女儿原本打算回武汉过年。患病后，黄兰让她绝对不要回来。她虽然和丈夫分房休息，房间、碗筷都消毒了，但还是担心丈夫会被感染。

“像我们这样的病人真的非常需要帮助。我们跑去跑来的也会增加传染概率，虽然戴着口罩，但接触到的人都有可能感染。”黄兰身体还很虚弱，她不知道，明天还有没有床位，“希望可以得到正规的隔离治疗。”

但她也知道，“现在这么多人都需要救治，有什么办法？”

1月23日，“封城”

“我姑娘要从武汉回来了，需不需要隔离起来？”1月20日那天，刘曼母亲去宜昌医院量血压时，特意问医生。

医生说：“不用隔离，注意防范就行，勤洗手。”

刘曼所在的公司原本1月23日晚上才放假，受疫情影响，领导说外地员工可以先回家，还嘱咐他们带上公司电脑，以防年后不能及时回来。她因此赶在“封城”前回到了宜昌老家。

回家后，母亲对她说的第一句话是：“是不是得给姑娘消消毒？”还坚持让她每晚测量体温，不要乱出门。

她联系在老家的好友，说自己从武汉回来了，群里没人回应她，“可能担心我约她们见面、吃饭，容易被传染吧”。她瞬间感觉自己从武汉回来，“突然变得不受欢迎了”。

谢杰在洪湖老家的朋友们，也跟他开玩笑：“你最好别回来，别把病毒带回来。”

两周前，他母亲在武汉帮姐姐照看孩子，被外孙传染了感冒，打喷嚏，流鼻涕，喝药后，体温慢慢恢复正常。那几天，她很少出门，在家也戴着口罩，按时量体温。但心里还是担心，说“武汉不安全，回家好一点”，自己坐汽车回了洪湖老家。

谢杰原本打算把父母接到武汉过年，但母亲希望他回洪湖，觉得老家安全些。“武汉回洪湖的人也多，那边防范意识差一点，可能更容易被感染。”纠结许久后，1月22日，“封城”前一天，他和妻子回了老家。在老家，一家人也不敢出门。

早在1月14日，武汉就在机场、火车站、长途汽车站、客运码头安装红外线测温仪35台，配备手持红外线测温仪300余台，设置体温检测点、排查点，加强离汉旅客体温检测工作。

1月21日开始，武汉对进出人员加强管控，武汉市旅游团队不组团外出，公安交管部门对进出武汉的私家车辆进行抽检，检查后备箱是否携带活禽、野生动物等。

高亮的母亲1月20日从武汉回鄂州喝喜酒时，就在客运站被工作人员测出体温是39.5℃，带去了休息室。5分钟后，体温降到36℃，才被放行。她淡定地在家庭微信群里说，“没事，（工作人员）送我一个口罩”。高亮姐姐很快在群里转发了一篇文章《求求你们对新型病毒上点心吧！》。

彭子妍也赶在“封城”前从北京回到了武汉。她在北京一家互联网公司工作。她听说，一些互联网公司发了通知，让家在武汉或从湖北经停武汉的员工，回家后自行办公隔离7—15天，没什么异常才能去公司，“我们公司应该很快就要发（通知）了”。

独自北漂，对于回家这事，她并没有犹疑。她认识的湖北老乡，也大部分都回家过年了。只有一个女领导，孩子只有七八岁，回家要经过武汉，因为肺炎疫情决定留在北京。回武汉前，有同事对她和另一个武汉人说：“你们俩就别回了，肺炎挺严重的。”两人有些懵，又有些尴尬。

她问弟弟家里肺炎疫情严不严重，弟弟说还好，嘱咐她火车上一定要戴口罩。1月20日晚上抵达武汉站后，她发现，出站的人几乎都戴口罩了，反而是接站的人几乎都没戴。

回武汉第二天，她和父母、弟弟带着2个小孩，到家附近的佰港城商场买年货。出门前，她让父母戴口罩——弟弟说武汉口罩脱销了，她于是从北京带了20个回家。父母一开始不想戴，觉得别人都没戴，等出门后发现很多人开始戴了。

一路上，她发现车特别少。到商场后，“吓了一大跳”——B1层的游乐园空荡荡的，一个游客都没有，只有两三个工作人员在整理东西。去年过年前，她曾带侄子过来玩，人群乌泱泱的，人挤人。商场一楼化妆品、生活用品、服装店里，大部分没有顾客，“特别萧条”，店员们大都戴起了口罩。

二楼家乐福超市里，几乎都是成年人，70%戴了口罩，人们快速地挑选商品，小推车里堆满了东西。结账时，她前面的人买了3推车的东西，花了3 000多元；另一个买了一推车的东西，花了1 000多元。“感觉大家跟我们想法一样，出来一趟不容易，东西买齐了赶紧走，没人闲逛。”

从超市回家后，她感觉嗓子有点疼，猜想可能是着了凉，便赶紧猛灌热水，“后悔了，不该出门”。

1月21日开始，武汉众多在春节期间举办的公开活动相继宣布取消，归元寺、武汉动物园等景点宣布暂停对外开放。22日，武汉要求全市市民在公共场合佩戴口罩。

彭子妍感觉，家里氛围明显紧张起来，之前一直“淡定”的父母开始担心自己感染了，会传给孩子。他们戴着口罩、手捂着鼻子去了菜场，火速买回一周的菜。

23日“封城”后，一家人决定“谢绝一切往来”，待在家中。父亲疯狂刷新闻，母亲用“84”消毒液清扫，一天拖了3遍地，想着“等半夜没人了，再下去倒垃圾”。她则忙着回复北京同事、亲友们发来的问候。

“回不来了怎么办？”魏婷很早就接到了母亲的电话，催她赶紧坐大巴回西安老家。

魏婷原计划把婆婆从安陆老家接到武汉过年，初二再一起回安陆。武汉“封城”后，小区禁止外卖人员入内，她火速在手机上下单，买了鸡蛋、豆腐、土豆等囤着。她准备宅家里，然后安慰自己，“出不去了也挺好，可以打好久的游戏！”

（文中部分受访者为化名）

采访、撰稿/朱莹、黄霁洁、钟笑玫、刘昱秀、陈媛媛

编辑/黄芳

武汉的除夕静悄悄

这是武汉最不寻常的一次除夕。

街头巷尾少有卖年货和对联的店铺，水果店和小型超市也门面紧闭，最拥挤的地铁线路、最热闹的商圈都空荡荡的，偶有路人经过，也是口罩蒙面，行色匆匆。

有1 100万人口的武汉城在除夕的前一天“封”住了。

1月23日10时开始，武汉全城公交、地铁、轮渡、长途客运暂停运营，机场、火车站离汉通道暂时关闭。24日12时起，武汉的网约车也停止运营。

从外地回到家乡的年轻人，目睹升级的疫情忧心忡忡；无法确诊的肺炎病人焦急地等待被隔离治疗；把父亲和丈夫送上抗疫一线的妻子，在忐忑地等待他们平安归来；还有另外一些片段，比如被女儿哭闹相逼放弃出车的出租车司机，又被女儿劝上了路，去帮助那些出行困难的人，而无奈与家人分离，留守武汉的女儿，在疫情中意外实现与父亲的和解。

2020年，武汉的除夕静悄悄的，身处城中的人们却是心绪翻滚。

回武汉的年轻人：忧虑着，年还是要过

得知武汉“封城”的消息，李晓心酸得想哭。

她在上海读医学硕士，1月19日回到家乡武汉。在家她起得早，23日6点45分就起床了。

穿好衣服准备去洗漱，李晓才发现手机微信里一堆信息，点开一个好

友群，发现大家在疯狂转发武汉“封城”的截图，是《长江日报》发布的通告：“全市城市公交、地铁、轮渡、长途客运暂停运营；无特殊原因，市民不要离开武汉。”

李晓去微博上搜“武汉封城”，看到央视新闻的微博也转了这个信息，知道这是真的，她一下子有点情绪爆发。

前几天，她心里一直有隐隐的恐惧，这种感觉19日就有了。她下了高铁站，出站人群中只有七八个戴口罩，感觉大家都不在意疫情，不过火车站的警防力量似乎加强了，每个出站口，在列车抵达时，就有6—10个穿迷彩制服的武警模样的人在把守。

疫情比她想象中还要严重，在当地医院实习的朋友告诉他，病房里收了很多病毒性肺炎病人，但没确诊为新型冠状病毒肺炎。

1月20日，她和这个朋友在汉口见面，她罩了三层口罩，在离疫情发生地7公里左右、也是武汉最繁华的江汉路，目测日流量不低于万人，但大家都是一副高高兴兴过年的样子，几乎没人戴口罩。

朋友说，她在一个偏僻的分院工作，也收治了一整个病区的疑似病例，医生资源紧缺，她的老师不是呼吸科的，也被抽调到门诊收治发热病人，这天刚好接诊了一个20多岁的高度疑似病例，老师让所有实习生都不要去医院了。这让她更加紧张。

李晓决定不跟别人接触，为了保护自己，也不给别人添麻烦。回家后，她取消了和朋友的所有聚会，一直没出门，21、22日唯一一次出门就是为了拿快递来的口罩，她买了300只给自己和父母。

很多朋友发信息给她，问“你还好吗”“你情况怎么样”。她想到一会儿要出去见到父母，就让自己冷静下来，决定得做点什么。和还守在武汉的朋友聊天，发现大家都在囤物资，就琢磨要去超市买东西。

父母也起床了，她说市内交通停了，“封城”了，可以看得出父母心情凝重，但是表情还是很镇定。父母开始商量要不要回到他们各自的老家阳逻和江下，但年关时的武汉反而是一座空城，相比之下或许更加安全，因此一直也没有商量出结果。

妈妈的很多亲朋好友也打来电话，用着急的语气问：“你那边好吗？”李晓的爸爸是国企员工，今天还有最后一天班，她劝爸爸不要出门，“这是工作”，爸爸特别坚持。昨天晚上，他临时收到通知，今天要开会督促大家做好防疫工作。李晓只好给爸爸戴上口罩、帽子，差点想让他戴护目镜，但家里没有，看他戴着近视眼镜也觉得安心了一点。

快9点的时候，李晓赶紧收拾了一下便出门，步行15分钟去中佰超市，其实可以骑共享单车，但是一切跟人接触的东西她都不敢碰了。路上的人不多，也可能是将近年关了。但超市里人头攒动，走到跟前，就想赶紧去看看有没有货。蔬菜柜台上，番茄、西兰花、黄瓜还是有的，但是新鲜的绿叶菜都空了，优惠减价的商品都卖完了，物价没有特别上涨。

李晓买了很多速冻饺子和面条，觉得最实在，能撑到初七、初八左右。买泡面的时候，她听到身后持续了快一分钟的咳嗽声，听上去肺部有啰音，嗓子里有痰，她心里很警惕，但是觉得自己不能反应过度，因此没作声。回头一看，一个老太太，没戴口罩，吓得她拎着篮子就往别的地方跑。

在她前面选泡面的中年女性向超市员工抱怨，怎么只剩这几个口味了！员工跟她说，因为你来晚了，很多都被拿空了。那个人没有接话，默默地塞了好几包在自己的车里。

走的时候，李晓看到货架上只有10袋米，她问售货员，仓库里还有货吗？售货员说，所有的货都在货架上了。

收银队伍排挺长，李晓前面有八九个人，大家都不怎么讲话，戴着口罩，拎着一堆满当当的吃的用的。有中年大叔的购物车里放着五六桶油，也有年轻女孩买了很多洗手液。她总共买了200元不到的食物，但冰箱也塞不下了。

一回到家，李晓就把窗户全部打开通风，脱下外套后用免洗洗手液消毒，又把买来的东西包装擦了一遍，然后再洗手，接着用酒精棉片把手机整个擦了一遍，最后从头到脚好好洗了个澡，用酒精搓手，她觉得自己都有一点病态了。

中午，李晓的妈妈从菜市场采购回来，买了各种能买到的新鲜蔬菜，拎了好多袋子。饭桌上她讲起来在菜场的“搞笑经历”：她买完萝卜，回头想再去看看的时候，已经坐地起价，价格翻了一倍，平时土豆一两块钱一斤，昨天卖到了六七块，“也是难得一见”。

小年夜，李晓本来准备一家人一起置办年货，吃年夜饭，“封城”的消息出来，他们都不敢出门。李晓一直担心在外上班的父亲，下午两点他终于回来了，回来前在微信上发来一条消息，“今天加油站人有点多”，去加油站时已经加不到油了。

对于不去吃年夜饭，亲戚们都同意。从23日下午到24日中午，一家人就再也没有出门，唯一接触外界的渠道就是网络和窗户。小区人不多，能看到窗外有外卖小哥穿着整齐的骑手服，戴着口罩，匆忙而过。

在家待着，李晓和父母聊聊天，看看电视，自己找了一直想看但没看的书翻一翻，不然干坐着只会越想越慌。看书间隙，她还是会搜一搜新闻，关注疫情的最新进展。

今年年夜饭虽然少了点热闹的感觉，但三个人也很快乐，父母早早把对联、“福”字贴好了。湖北人过年喜欢做炸货，早上她帮着妈妈炸鱼丸，拿出之前备着的腌鱼、腌肉、虾、排骨，在厨房忙活。家人群里的气氛也还是热闹，亲戚们会发来“除夕快乐”的表情包、宅在家里可以看的片单，聊聊近况。爸妈给爷爷奶奶打了电话问候，老人们也知道，“最近不太平，不要出去晃”。

现在，李晓唯一的忧虑就是“封城”会持续多久。

出租车司机：女儿不让我出车，又劝我出车

“封城”之后，武汉地铁公交都停运了，出租车成了城里最主要的交通工具。

25年前，张国明买了一辆车，开始做出租车司机，他当车主，再找了副班司机帮忙分担着开。武汉缺副班司机，运气好的时候一辆车可以三个人开，运气不好就两个人，两个人开就没有假期，一年365天，几乎天天都在外面跑。

武汉疫情暴发后，副班司机不愿意开车了，张国明只能自己开。

1月22日，张国明接待了一名乘客，带着自己妈妈和小孩去医院看望生孩子的同事，目的地正是接诊众多发热病人的武汉大学中南医院。乘客要求张国明把车开进医院才肯下车，当时医院已经停满了救护车。

女儿张璇听到父亲回家说起这件事，在家里又哭又闹，坚持不让爸爸

再出车。

第二天早上，张璇和父亲收到了武汉“封城”的短信，公共交通也停运了。看到通知后，张璇问父亲医生护士没车上班怎么办？病人着急去医院，没救护车怎么办？

“你要不去帮帮大家吧。”张璇在微博上看到还有人的爸爸也是出租车司机，也还在出车，纠结良久后，张璇还是下决心让爸爸出车。“那我出去转转。”张国明答应道。

张国明不愿意戴口罩，总说太闷了，开窗也不是，关窗也不是。虽然出租车公司给驾驶员发了口罩和“84”消毒液，但是口罩质量不好，是单层的，“84”消毒液也不太好。张璇只好叮嘱父亲戴上她准备的N95口罩。

“封城”以后，部分没来得及放假的公司中午都放假了，人流量很大。中午十一点，张国明出门了，下楼给女儿抢了颗大白菜和一些面条后出车了。他在微信上给张璇发了张自拍，自拍中他戴上了女儿给的N95口罩，并告诉女儿自己的防护做得很好。

“我想给他打电话，又不敢总打，我怕打扰他开车。”张璇一边不忍心看到市民出行受到影响，一边又担心着父亲的安危。张璇跟父亲约定好，下午四点一定回家。

23日下午五点了，天下雨了，很多人下班要回家，而张国明没有按约定的时间回家。下午六点了，“爸爸打电话了，马上回来！”接到父亲的电话，张璇抑制不住地开心。

饭桌上，张国明跟家人聊起今天的经历。下车休息的间隙，张国明遇到一位年轻人，骑着自行车，气喘吁吁的，问他：“师傅走不走？”张国明说走，到达目的地后，打表显示50元，年轻人说：“师傅给你个吉利数字”，然后给了张国明60元，说了句“谢谢师傅，不找了”就离开了。当天早晨张国明还在微信群里收到了市客管处的通知，说不允许出租车“不打表”、“一口价”、加价、议价，但他却没想到，自己还会遇到这样的事情。

张璇问父亲这个特殊时期开车有没有补贴，张国明反问道：“那医院医生都没补贴呢，谁会提这个？”

大年三十，武汉的网约车停运，巡游出租车也开始实行单双号限行。

张国明今天没有出车，而是选择和家人一起在家里吃年饭。张璇的亲戚本来都要来家里吃年饭，但疫情严重后，他们都不来了。张璇妈妈提前准备了很多菜，这会儿，也不用去超市抢购了，这些菜还够吃好几天。年饭由张国明来准备，尽管亲戚们没来，但张璇不觉得心情受到影响，“大家一起对抗嘛”。

张国明一家的年饭

一切如昨，张国明给女儿准备了一桌她最爱吃的饭菜。

一线医生的家属：只望家里的两位大夫平平安安

这个年，洪雯过得忐忑，她的丈夫和父亲都在抗击新冠肺炎的一线。

1月17日晚上，洪雯倚着床头刷手机，正准备睡觉，丈夫抱着5个月大的儿子玩，她再一抬头，发现丈夫靠着卧室的门框盯着自己看，像没事儿人似的说：“我们科室收到通知，即将作为收治病毒性肺炎患者的专门科室，最近两天所有床位都要腾空。”

洪雯什么话也没说，低头继续盯着手机看，却看不清楚屏幕上的内容，眼泪已经在眼眶里打转了。

洪雯15岁时赶上“非典”，父亲所在的武汉市脑科医院开设了发热门诊，医院要求医护人员手机开机，24小时随时待命。父亲经常累到回家倒头就睡，那段时间父亲和母亲分床睡，就怕传染到家人。当时，洪雯还不清楚父亲距离生死关口有多近，也不懂得害怕。但今年的肺炎疫情她特别害怕，因为家里还有一个孩子。

这时，丈夫突然对着儿子唱起了《说句心里话》里的歌词，“你不扛枪我不扛枪，谁来保卫祖国，谁来保卫家……”洪雯知道，丈夫是唱给她听的。

作为医生的女儿，洪雯是在父亲的“缺席”中长大的。小时候她对父亲没什么印象，他不是在医院上班，就是在外面巡回医疗。15岁中考那天，武汉的天很热，好朋友在进考场前和父亲深情地拥抱，往考场内走时，还能望得到她父母站在栏杆外招手。但她一回头，“就看到我妈在一群父母中间孤零零安静地望向自己”，她的心里不是滋味。

后来洪雯嫁给了医生，以为自己习惯了“缺席”和面对危机，但那天晚上，她还是一夜无眠。

之后两天，洪雯听丈夫说，以前住在科室的病患全部强制出院，不然会造成交叉感染。“先生每周有两天值夜班，不值班时回家也很晚。他在医院穿防护服给病人取样的时候，鞋子还是会暴露在外，所以回家时都会把鞋子脱了，关在大门外。”

丈夫也会和洪雯说起白天医院发生的事，“每天都能听到新增的医护人员疑似或确诊病例，每听到一次我的心就紧一次”。此外，丈夫的同事在外租房住，主动和家庭隔离的例子也屡见不鲜。万一不幸中招，总还能保证有一个人照顾孩子。“现在先生晚上睡在客厅沙发，我和孩子在卧室，也算是在家隔离。”

大年三十，洪雯的丈夫上24小时班，家里只有她和婆婆，婆婆去年9月份从湖南到武汉帮着带孩子。原本她计划回自己父母家过年，但洪雯的丈夫、父亲都奔赴一线救治患者，“也是担心出门孩子抵抗力不足”，她只是和母亲通过视频问候，让母亲视频看了看外孙。

“今年过年，一切从简。只是希望家里的两位大夫，以及千千万万奔赴一线的大夫平安健康。”洪雯说。

留守武汉：别样的“团圆”

纪涵在武汉某互联网公司做运营，今年是她和男朋友在一起的第三个年头。前两年春节她都是带男朋友回到自己老家荆州石首，和父母过年。今年，男朋友和纪涵商量一起回厦门过年，去见他的家人。最后两人买好1月23日10：25飞往厦门的机票。纪涵提前一个月就给男朋友的父母、奶奶、小姨准备好了礼物，也在脑海中预演过了见家长的场景。

出发前一天，纪涵收拾好了行李，把自己养的狗寄养在了大学同学家里，同时给自己的猫咪也在闲鱼上找好了“临时喂养官”。“喂养官”上门来拿钥匙的时候，纪涵把家里最后一包螺蛳粉送了出去。一切准备就绪。

纪涵和男朋友说自己一切都准备好了，就等见他家人了。男朋友却突然说“要不我们别回去了吧”，纪涵一时之间无法理解男朋友的想法，因为他们两人都没有任何症状，精神和食欲都很好。男朋友解释病毒的潜伏期是两周，自己没有百分百的把握，不想冒险回到家里，害怕万一自己被传染，回去后又会传染家人。

男朋友和家里人说了自己的想法后，家人还是劝他们回去，说你们回来吧，回来后我们就四个人在一起，也不出去吃饭，也不去见其他亲戚。纪涵和男朋友本来不很坚定，被家人一劝，便还是放弃了不回去的想法，决定按照原计划回厦门。

临出发的前一晚，纪涵和男朋友睡不着，他们一直在刷着微博，更新新闻动态。看着新闻弹窗一个一个地弹出，病例一例一例地增加，男朋友最初的担心和恐慌也随之增加。

23号凌晨一点多的时候，他们还是退掉了机票，决定待在武汉过年。收到了退票消息后，纪涵依然无法入眠，内心十分纠结，不知道自己的选择是否是正确的。凌晨两点，纪涵看到了武汉“封城”的消息，瞬间释然，像是给自己找了一个心理安慰，“现在‘封城’了，即便我没有退票，也走不了了”。

一直到五点多，纪涵放下手机，开始说服自己睡觉，告诉自己特殊时期如果不好好睡觉的话免疫力会下降。但想到自己这么晚才睡，一觉后醒来会不会超市里的物资都被抢空了，纪涵就开始焦虑。她把男朋友叫醒开始在线分头下单囤物资。在京东生鲜和沃尔玛小程序上囤了八百多块钱的“干粮”，纪涵才安心地睡了过去。

上午醒来后，订好的商品一直迟迟未到。纪涵打电话给商家，商家说十点半前下单的物资都会正常派送。但纪涵和男朋友还是很担心，怕不能送过来。于是中午，她和男朋友戴上口罩，走出家门，去家附近的菜市场买菜。

街上的人很少，可以看出来大家都是去买菜的，人们带着各式各样的装备，塑料袋、购物袋、双肩包，大爷大妈推着那种小推车，还有人拉着拉杆箱。

走进菜市，并不像之前视频中看到的疯抢场景，大家整体上是平静的。只是在有一个店家新补了白菜后，身边的人竞相挤过去抢着买白菜。菜价也并不像是网上看到的一颗白菜要35块，他们花48块买了两颗很大的白菜。

回来的路上，街上陆续有几位陌生人看到他们手里提的白菜，于是前来搭讪，“你买的白菜多少钱呀？在哪里买的呀？”纪涵觉得有点好笑，觉得危急时刻，人与人之间的距离仿佛拉近了。

还没走到家门口，纪涵就在楼道里闻到了一股炖牛肉的味道，这让她开始想家、想自己的父亲。这是她严格意义上第一次不回家过年，去年因为和父亲起了争执，自己赌气说坚决不回家。当时她也是和男朋友去超市买了一大桌子的零食，打算两人留在武汉过年，自己赌着气说“我在这里有猫有狗，过年也挺好”。但在春晚的倒计时响起时，纪涵想到独自在家的父母，哭了出来。在大年初一的凌晨，她和男朋友订了回家的机票，回到了父母身边。

但今年，是真的回不去了。

纪涵和父亲的关系一直不是很好，她向父亲分享了自己发的退票不回家的微博。她跟父亲说好神奇啊，居然会有这么多陌生人来评论点赞我。过了一会儿，她就看到自己多了一个粉丝，是新注册的账号，头像还是灰色的，这是父亲拿自己的实名注册的。

除夕夜，纪涵和男朋友准备煮火锅，然后和家人视频拜个年。

采访、撰稿/黄霁洁、刘昱秀、沈青青、陈媛媛、张卓

编辑/黄芳

一个“留守宠物”代喂者的出行

封城的那刻，玲姐觉得武汉一下子被“冻”住了。

她住在汉口，原本是个极宅的半退休妇女。当别人都闭门不出的时候，她反倒打了鸡血一样天天往外跑。

她不忍那些“留守宠物”因主人无法回城而饿死、病死，就瞒着家人开车去帮忙喂食和清洁。“没人管的话，那些视猫狗为亲人的主人也会焦虑、悲伤、甚至想尽办法溜回来，这样岂不是会带来更大的隐患？我们帮助猫狗也是帮助人。”

世界卫生组织称，目前没有证据显示狗猫等宠物会感染新型冠状病毒。她希望疫情消退后，武汉每只留守的毛孩子都能活蹦乱跳地迎接他们的主人。

以下是玲姐的口述：

偷　溜

做出帮忙喂养的决定是在为期一天的“溜走实验”之后——我找了去超市、拿快递、去老家浇花等各种理由频繁出门，发现家人没有起疑。

八年前，我孩子去国外上学。丈夫忙，半退休状态的我白天基本都是一个人在家。上午守着QQ等着跟有时差的孩子聊天，下午睡觉，心里蛮空虚的。这时候，我养了第一只狗——皮皮（化名）。

算是踏上了一条不归路吧。我把皮皮当孩子，一把屎一把尿地把它带大，狗粮要细细挑选，时不时去看看它的水盆，经常问“饿了吗？渴了吗？”为了它的健康成长，我还会带它去我家附近的草坪玩耍。

我看过一部电影《忠犬八公的故事》，一只狗在主人死后每天都去车站等候主人归来。慢慢地，我被狗的忠诚和纯真打动了，不是电影里的那只，也不是我家里的这只，而是这个物种。

说来也巧，七年前的一天，我本来只想捐些狗粮给武汉市小动物保护协会，可是在开车过去的路上，我看见快车道上有条黑色泰迪在走，似乎眼睛有问题。我怕我开走后，后面来个车它就没命了，于是我打开双闪灯停在快车道上把它抱进车里，救助了它。之后，它被一个女孩子领养了。再后来，我成为一名志愿者，救助的动物越来越多，也越来越不忍心看着小动物受苦。

这次疫情来得太突然了。本来大家没想着人传人，还在高高兴兴办年货、走亲戚、吃年饭呢，嗨得不行。“封城”一声令下，整座城一下子就“冻”住了一样，特别安静。

疫情是无情的，我每天看新闻，隔离数、确诊数往上走，像是战时。可人在“打仗”的时候，小动物就必须得沦为炮灰了吗？那些因为主人离汉无法归来的“留守宠物”怎么办？

我觉得这些没有自救能力的宠物挺可怜的。它们是伴侣动物，给人带来欢乐、驱散人的寂寞。封城之后，不能由着它们饿死、病死吧？再说，没人管的话，那些视猫狗为亲人的主人也会焦虑、悲伤，甚至想尽办法溜回来，这样岂不是会带来更大的隐患？我们帮助猫狗也是帮助人。

说实话，从本能上讲我还是会担心自己，毕竟汉口被很多人视作感染风险“高危地”。家人也很重视，跟我叨叨疫情严重，不让我出门。我想，做好防护措施，我开车去一个不住人的房里喂完动物，再一个人开车回来，一路上也不跟人接触，应该没事。

1月27日，我给武汉市小动物保护协会的负责人发微信，接下了疫情期间汉口某个区域入户喂养的活。

“我们现在忙都忙不过来。”他语音回复我。

“我等你的安排。”跟他聊天时，如果老公在身边，手机一亮我就离他远点再打开。

宠物主人一般是在协会发的微信文章后留言或者加群联系的。他们会写明宠物类型、大概几日断粮、地址等。我们根据缓急来确定上门时间，并提前打电话确认对方有没有邻居或其他亲友可以求助。如果需要撬锁，我也要提前联系好开锁师傅，两人约定在小区门口见面。

没封城之前，我凭着身份证去药店买了30个医用口罩。因为经常去基地帮着清理狗舍猫舍，我过年前囤了些一次性袖套和手套，恰好能派上用场。酒精是朋友送的。

现在是特殊时期，我和我老公一人睡一间房。我家两只狗，也是他带一只我带一只。吃完饭，我老公回房，我偷偷拿上车钥匙和防护用品就出门了。

有天我出门帮喂，开着车呢，我孩子邀请我视频通话。孩子一看到我在外面就喊了起来，“跟你说了不能出门!”我说开着车呢，没事，撒谎称是去顺丰拿快递，因为现在都是自提，不送上门了。虽然有时候会因为撒谎感到愧疚，但想想是为了小动物的性命，也算是个善意的谎言吧。

车少了，路都像变宽了一样。开车倒是蛮爽，以往40分钟走走停停的路我现在20分钟不到就能开到。

到了宠物所在的小区门口，保安盘问，我就说人家要求我们帮忙上门喂猫。目前为止，还没有保安为难我。

上　门

到现在，我通过协会帮喂过6只猫、1只狗。最远那家在北湖的一个老小区，养了两只猫。我和撬锁师傅从1楼爬到8楼，两个人喘了半天。开锁全程跟女主人通着视频的，师傅在那弄，她说家里有个大的猫砂盆，应该不会很乱。

门一开，一塌糊涂。

她家两个卧室都开着，本来是想让猫玩的地方能大一点，结果一张床上是猫屎，一张床上是猫尿。

“怎么会这样?”她看着视频通话里的画面吓呆了。

我进去一看，猫砂盆里装的是膨润土猫砂，盆子倒是挺深的，但面积太小了。膨润土又重，猫扒拉不动，没法把屎埋起来。几天就拉满了猫砂盆，就往床上祸害了。主人气得要死。我说这不是猫的原因，是人的原因。你没回来，也没准备充足。我从餐桌下找到只橘猫、窗台上找到只白色长毛猫。万幸，它们都活着。

其实帮助小动物的很大一部分工作是处理屎尿，听起来挺污糟，但这就是上门喂猫的工作之一，也是人养宠物必须要忍受的。这两只猫单独在家有十天了，一张床上有几十泡屎，隔着口罩我都能闻到刺鼻的臭味。

然后，我戴着手套拿他们家的餐巾纸抓床上的屎。干巴巴的、黏糊糊的，通通都放进我随身带着的塑料袋里。那主人舍不得扔床单，我还要把床单理出来扔在门外。

我都不嫌弃这些屎尿，我原来在协会的基地见识过更脏的呢。每周一次去做义工，那都是一身屎、一身尿回来。那些小狗看到人来开心嘛，不停地扒拉着想要抱，尽管它们脚上踩了屎尿，但看着它们水汪汪的眼睛，你是很难拒绝的。

等我从基地出来，一身固定的行头上全是猫狗蹭上的屎尿，只能脱下来再装在塑料袋里、把口子扎紧了才敢回家。我家狗都嫌弃我。我进门跟家人招呼都不打就冲进浴室，先洗衣服后洗澡。

我去过一个满是呕吐物的房间，属于一套房隔成好几间合租房的那种。一张床、一个写字台、一个衣柜，两个猫砂盆和猫粮就挨着衣柜放，这些东西就把七八平方米的房间堆满了。第一次去的时候，那只猫咪等在门口，估计是以为主人回来了。我一进去，它“噌”一下就钻到床底下，我只看到个影子。

它的主人是个来武汉打工的男生，20多岁吧。他跟我讲，猫是朋友不要他才养着的，大概是他买的猫粮太便宜了，猫吃得少而且拉稀呕吐。我看着床上、地上，那种黄绿的东西一摊摊的，十天下来，干的干、湿的湿，也没法下脚，于是去公共厕所拿拖把、扫把，清理了将近一个小时。

边拖我就边跟他聊，夸他有爱心，就花心思各种表扬他吧。因为也怕他回来以后嫌麻烦就把猫丢了，或者对猫不好。小伙子嘛，他听了（我的话）心里不就舒服一些，就不会把猫扔掉了嘛。

他家猫粮、猫砂不够，朋友都在别的区，封路过不来。我先在我小区附近的宠物店给他买了四包，又提前跟市区的一家猫舍联系好，专门开车过去买了三袋猫砂。35元一袋的猫砂，可不便宜，平时网上买也就20元左右。可现在武汉全城的猫粮、猫砂都告急了，也没人会嫌贵。

我第二次去他家的时候，那只三四个月大的小猫跟我很亲，摸我的手，扑我的脚，到处蹭。当时我就觉得，自己是个好人。

我还遇见过一个打工男孩，他的猫被关在猫笼里。养猫的人管那叫“猫咪别墅”，猫粮、猫砂盆都在里面。我去的时候盆里有水，但没猫粮了。那只看上去已经成年的猫看到我扫都不扫一眼，也不叫唤，好像不怎么开心，比较冷漠。我也只敢隔着笼子摸摸它。

我一般是喂完、收拾完就离开的，有只小狗是个例外。那只黑白色的约克夏被关在铺着一次性尿垫的阳台上，身上一股尿骚味。看到我来，它兴奋得转圈。我把它从阳台放进来喝水，真的是牛饮，一下子就喝了半碗。

它主人去西安玩，封城后没办法回来，亲友也没人可以照看。我就说可以把这只小狗带去我家附近的宠物店，正好那家宠物店还寄养着我从协会带出来的两只残疾狗，我每天都会去照看它们。

跟我回去后，那只小狗肚子那边的毛全被我剃了。因为它毛长，尿尿的时候粘到了，时间久都打结了。它脚上踩了屎，臭得不行，宠物店的热水器不能用，我也只能把它脚掌的毛剃光。它主人也蛮在意这只狗的，后来从西安租了个车赶紧返回武汉了。前一天晚上到，第二天就来店里接狗。

那天我在宠物店搞卫生，三只狗在店里撒欢。主人一叫小狗的名字，哇，给它开心的哟，两只爪子不停挠玻璃门，就想要出去。那种再见到主人的开心劲，让我觉得做这个事，值了。它主人没进来，不知道是因为疫情还是因为狗太臭了。于是我们就隔着口罩、玻璃门喊话，我把狗装在航空箱里递给她，她发短信感谢我。

限　　行

2月3日中午，我接到了一条“限行”的短信，大意是提醒私家车主，对非参与民生保障工作的，一律不得上路行驶，否则会予以查处。那几天天气比较好，可能有些人蠢蠢欲动想出门，交通部门才再次提醒吧。

当天正好我下午有个帮喂的活。想了一会儿，我还是放心不下那只猫，冒着被交警扣12分的风险也要去。说辞我都想好了，要不说我没看到限行通告，要不说我这也算保障民生，毕竟动物尸体腐烂也会造成卫生问题吧。

那只猫的主人是福建人，她全家在武汉做建材生意，她把猫关在商铺里，说自己可能要10天后才能回来。本来她是要把电动卷闸门和玻璃门的钥匙寄给我的，但快递到不了武汉，只能让邻居到家里拿了备用钥匙给我。

下午三点我拿到钥匙，三点十分我就出了门。正在开门的时候，女孩在视频里叫“毛毛”，猫就在里头喵喵叫。女孩也特开心，很兴奋地喊：“太好了，你还活着！”

进门之后，里头黑黢黢的，见不着光。那只七个月大的白色田园猫，脑门上有两条黑花纹，一看它就躲我。水、粮还有猫砂盆还是准备得蛮充足的，我搞完卫生、添好猫粮和水，感觉这只猫能支撑到主人回来。

后来我也没再接帮喂单子了。我每天去一次小区附近的宠物店，把从基地带回来的两只残疾小狗牵出去遛。也不能让它们在外面待的时间长了，有些地方传言说动物会有传染病，捕杀猫狗，我还是很担心的。宠物店外大概是十点半左右会有阳光，我一般就在那时候带它们出去晒晒，遛二十多分钟再回去。

去宠物店的路上会路过一家店面，里头关着两只小狗，每天一见我就隔着玻璃门摇尾巴，身后是满地的屎尿。本来是有人去喂养它们的，但那人封城后就不愿意去了，隔了好多天去说受不了，房子里面太脏，回家身上过敏。我能从缝里塞狗粮给它们吃，但没法把水放进去。我纠结了几天，还是不忍心，辗转联系到人开了门，进去打扫了两小时。唉，又是扫屎拖尿。我腰不好，累得不行。

回到家，我洗澡前往我家空气净化器边上一站，数值直线上升到265。我吓得赶紧走，幸好丈夫在边上没注意，不然看到又要说我。

有时候在家里做家务、看电视，一下子会想起帮喂过的某只宠物的样子，就像一张照片一样。比如被关在笼子那只冷漠的猫，它主人后来联系过我一次，但因为封路了，我也过不去，只得让他再联系协会的其他志愿者。偶尔我就会想它之后会怎么样，会不会有应激反应。

有的人会写日记之类的，我就是一笔糊涂账。比如说我救助的狗，别人领养了，过得好，我心里会很舒服；过得不好，我就会去想，是不是我不该把它送出去，会不会有另一种结果？我就会开始纠结、烦恼。我怕积攒多了自己压抑，干脆就不去主动联系那些宠物主人，默认小动物都在享福。

现在我家里除了“原住民”皮皮之外，还领养了只老年狗。一般这种狗体弱多病，没人领养，我也只是想给它养老送终。

我觉得我从狗身上学到了很多，以前我跟老公吵架，会觉得情绪一下子特别激动，愤怒或者难过。可见多了那些残疾狗，这些狗的生活条件那么差，仍然还对人保持善意，开开心心地吃饭、玩耍，我觉得人真的应该知足、平和些。

其实我平时很宅的，反而别人都宅家里时，我却打了鸡血一样天天往外跑。帮喂不易，疫情消退的话应该是春天吧，希望那时候宠物主人回到武汉，都有一只活蹦乱跳的毛孩子等他们，这样我就知足了。

采访、撰稿/钟笑玫

编辑/彭玮

我在异地隔离，遥望武汉感染的父母

李阳阳还没回过神来。短短十余日，他毫无预料地成为逃离武汉的一员，更没想到父母感染上新冠肺炎，卷入疫情风波之中。

“儿子，帮爸打个120吧……”2月9日，高烧11天后，从不求人的李阳阳父亲李德玉，用气若游丝般的声音在电话里向儿子恳求道。

30岁的李阳阳很平静地挂了电话，他心里一阵难受。他已经打了各种电话，但是没有用，尽管父亲的CT显示肺部感染，但两次核酸检测都是阴性，不满足收治条件。此时父亲的喘气声已经十分粗重，听着声音，他似乎能看到父亲艰难起落的胸膛。

2月8日，中央指导组要求“应收尽收，刻不容缓”。紧接着，2月12日，国家卫健委发布《新型冠状病毒感染的肺炎治疗（试行第五版）》，其中写明疑似病例只要具有肺炎影像学特征者，为临床诊断病例。这意味着只要CT符合症状，就按确诊病例收治。

恰逢其时，李阳阳父母被收治了，他从没想过，有一天会因为父母都住进了病房而感到安心。

以下是李阳阳的口述：

“没敢相信武汉封城了”

直到火车向前奔去，我都没敢相信武汉封城了。

1月18日，我从单位回到家，计划在家待五天。20日的傍晚，我们家一个在医院做护士的亲戚来串门，聊天时她谈到了疫情，说现在这个新冠肺炎传染性极强。她听说很多医院的工作人员因为没有做好防护被感染了，而且医院人满为患，去看病弄不好要交叉传染。

她这么一说，我们一家人都很紧张，气氛一下子凝重了。一月初，我和爸说过这事，他当时不屑一顾。这时，亲戚在讲，他沉着脸，不说话。我爸有点大男子主义，认准自己的一套理，不服软。他不说话，我就知道他已经听进去了。

第二天一早，我和爸妈一起出去买菜，准备中午提前吃个年夜饭。从超市出来后，我们在边上的药店买了些医用口罩。从那时起，我就和家人约定，以后不管去哪儿，都要戴口罩。

1月22日，我和父母把我的妻儿送回了娘家。我和妻子2018年结婚，儿子现在8个月大，妻子平时和我父母一起生活。当时主要是考虑到疫情，还想着我今年没法在家过年，她回娘家的话，那里亲戚多，小孩照顾不来，也能有人搭把手。

一大早，我爸开车直接走高速，没几个小时就到了妻子的娘家。每次过收费站，我们都会戴好口罩。中午，我们留岳母这吃了饭。当天晚上，我们回了武汉，我怕家里的口罩不够用，又跟爸跑出去买。当时，我们找了好几家店，都说没货了，好不容易找到了一家店，买了10个N95口罩，19块8一个。

23日早上，我起床的时候，朋友给我发了一些封城的消息。我问了爸，他不相信。直到我走进了地铁站，还是不确定武汉是否封城了。那天的地铁车厢内很安静。绝大部分人都戴着口罩，避开脸，往人少的地方躲。地铁乘了大半个小时，无形之中的紧张感压得人喘不过气来，谁也不知道什么时候病毒就在自己身边，恨不得列车下一秒就到站。

到了汉口火车站，检票口没多少人，站得零零散散的。我没看到工作人员，连安检也没有，检票要人脸识别，我只能憋着气，拉下口罩，迅速过了安检。进站后，我看了看时间，八点整，离开车还有一个半小时。我找到进站口后，那里的人多得不知道说什么好了，我没敢在那里停留，躲到了工作人员通道里。已经有五个人在这儿了，但是大家分得很开，至少隔着七八米。

眼前的一切让我难以置信，我压根没来得及反应，便卷入了人潮。缓过气后，我马上给家里头打了电话，说了下我看到的情况，然后叮嘱他们千万不要出门。

检票上车的时候，我虽然戴着N95口罩，还是不放心，右手提着行李，拿着身份证，左手仍要捏紧鼻子，因为我总感觉鼻梁处还是有间隙，怕没封紧。当时一心想着快点上车，不敢东张西望。

动车上的人都戴着口罩，没人说话，我的口罩也一直没敢摘下来。虽然我带了泡面，也带了水杯，但我不敢喝，不敢吃。也有少数人接水泡面，但即便闻着泡面的香味，我的胃饿得打滚，我的理智还是一个劲地吹哨命令，千万不能吃，一刻也不能摘下口罩。

一到达目的地，我又换乘地铁到单位，整个过程太像逃命了。到单位后，我就被隔离了，我也巴不得自己被隔离，真的怕自己携带了病毒。

不夸张地说，这一整天，我都感觉自己是个装在套子里的人，不想出来。之后很快单位停止了一切探亲休假事宜。本来打算年初四请年假回去，这下我回不了家了。

气得直喊我妈名字

过年那几天，我妈本来很想去外婆家吃年夜饭，但是外婆说现在形势不太好，不让她过去。父母给故去的老人烧了纸，还去了趟超市，就在家里过了年。

我在隔离室的第七天，突然得知爸发烧了。我虽然有点紧张，但还是往好的方面想，可能是受凉了。爸跑药店买了些头孢之类的药，吃下去后，第二天体温降下来一些，37℃多。看到体温降下来后，我们的疑虑也差不多打消了。结果没想到，2月1日他又烧至38℃多。

那天早上，爸去了医院，当时照了CT没有发现问题，所以医生只当作普通发烧来治，开了退烧药，爸就回来了。但是后来几天，爸的烧一直没退下来。2月2日，妈也发烧了，这时我才真的紧张了。我怕他们得新冠肺炎，但还是略带侥幸地想，可能是会传染的病毒性感冒。

隔天一早，爸妈决定一起去医院。我听他们说要去医院，心里就焦急得麻乱。我知道现在医院的患者特别多，去那边很危险。可是没办法啊，他们俩都不舒服了，医院还是得去。

他们一到医院，我就想知道他们怎么样了，没办法在身边盯着，只能通过视频看一看。当时我爸在排队，我妈坐在边上等。视频一开，我刚看到我妈，就生气了，直接喊她名字，我说："潘秀荷，你不要命了！只戴一层口罩。你看你的口罩脱到鼻孔了，戴了跟没戴一样。"我妈不认真和我说话，头动来动去，口罩和鼻子间的缝隙很大。她的性子大大咧咧的，有时候话不说重，她好像就不会放在心上，后面她嫌我啰唆就戴起来了。

他们搞了一整天，中午都没吃饭，下午拿到了CT，我妈的CT没问题，爸的CT显示：双肺感染，考虑病毒性肺炎。而核酸检测结果要过一天才能出来。

2月5日，我爸的核酸检测结果出来了，是阴性。当时很高兴啊，松了一口气，我们觉得这样可以说明爸没被感染。一家人都很庆幸。可是另一方面，爸的病情明显恶化了。视频的时间越来越短，他都不愿意和我说话，呼吸也变得吃力起来。

好几次，我把视频电话拨过去，看不到他太多的面部表情，他人缩在被窝里，接通了就把手机放在一边。他的面色灰灰的，半合着眼睛，他说他很冷。

爸又做了第二次核酸检测，还用了退烧栓，体温正常以后，吃了一大盘饺子。

2月8日早上，我爸烧到了39℃，他又吃了退烧栓，可是这次烧虽然降下来了，但是呼吸愈发费力。但是没办法，不能打针看病，他就经常在我们家餐厅里的药箱里，瞎折腾找药吃。况且他准备开车去医院再看看，不吃药的话，车都不知道怎么开了。

开车到了武汉市第三医院，我爸已经气都喘不过来了。医生看了他的CT，说就是新型冠状病毒肺炎，但是现在没有床位，让他先上报社区等床位，他还是只能硬着头皮开车回家。

这趟回来后，我爸变得很安静。之前，还会跟我妈掐嘴，自己瞎折腾找药吃，现在什么都不做了，基本窝在被子里。我们问他体温多少，他也不说，妈妈送进去的饭，他也几乎没动过。我感觉我爸去了三趟医院后，他知道现在看个病有多难，跟我们说也帮不上忙，他不抱希望了……

爸求我帮忙叫救护车

2月9日，爸的第二次核酸检测结果出来了——阴性。社区说，目前阴性还是没办法住院治疗。当我知道只有阳性才能得到救治时，又看到爸的病一天天严重起来，却无法去打针吃药，我巴不得他是阳性，心里很难受。

那时，妈打电话过来，着急地说爸的情况很糟糕了，每天叫他也不应。我妈一共给爸煮了五个饺子，他就吃了一个，掰了四瓣橘子过去，只吃了半片。

晚上八点，爸主动给我打了电话，他的声音很虚弱，喘气非常困难了，他说："儿子，帮爸叫120吧……"爸不知道在他说之前，我已经打了三个电话了，但是没用。我可以想象得到爸有多难受，我从来没听他这样哀求似的说过话。我心痛，当时特别想回家，想着在这里打120还得多一个区号。

我很平静地挂了电话，心里一阵难受，但还是疯狂地打各种电话，求社区胡书记。爸的情况胡书记心里一清二楚，她也着急，因为我爸的事哭了好几场，打了紧急报告上去，区里又把爸的名字给划掉了。因为爸的核酸检测结果不符合，表面看来症状也不够重。

我知道我爸这种两阴的情况，能进方舱医院就已经算破格了。所以我当时和胡书记说，我知道病床紧张，我不奢求能住院，只要能打针把体温降下来就行，先得把命保住啊。

那天很晚了，胡书记还在帮忙联系，她说今晚不睡了，陪你一起等。后来终于联系到区里，第二天可以送方舱医院。我心里比较高兴，但是一想到我爸的呼吸十分衰微了，我又生怕他挨不过这一晚，我和妈说："如果半夜起来的话，去看一下爸吧。"我真的怕他一睡不醒。

第二天将近中午，区里面还是没有消息，我们知道没指望了。好在很快，胡书记直接把我爸送到了武汉大学人民医院东院。医院看我爸的情况很危急，就直接收治了。

我妈把爸送到了医院，自己做完检查回到家里，已经傍晚五点多了。她发来了视频通话，和我说今天在医院忙了什么，做了CT，上面写着：左肺感染性病变。还做了核酸检测，说到这里，我能感觉到我妈和我一样，都很担心她的核酸检测会是阴性。

她还说，社区准备第二天把她送隔离点去，要她现在把爸的衣服被子收拾出来烧掉……说到自己还有很多事情要做的时候，她流泪了。只是几秒钟的时间，她的泪水溢出眼角后，又很快提起袖子把眼泪抹掉了。

一个小时后，我又视频找她，她说没胃口吃饭。我只能鼓励她，爸爸不在身边，你要自己照顾好自己，饭一定要多吃，一个人一定要撑住，还要一起等爸出院。妈点了点头。

睡前，我们再次通视频的时候，她说把之前我给她买的猪肉，炒青椒一起吃了，她硬是吃了很多。

盼着回家做饭

2月11日，凌晨两点，我妈提着两个塑料袋子，被送到了隔离点。我妈进隔离点不到十个小时，医院那边打电话给我妈，说爸进入了危症，在用呼吸机供氧，医生已经把最后一道药给爸注射了。我妈也没听清是什么药，只知道这是最后的希望。

妈妈跟我说这话的时候，她很想哭，但是她忍着，我也忍着，我看她的眼眶已经红了。我说，我们现在唯一要做的就是相信爸能挺过去，要对爸有信心。然后妈也在那里说，爸是个好人，这辈子没做过坏事，应该保佑他渡过这次难关……

电话挂断后，我哭了好几场。但没办法，电话还是得一个一个接着打，我想尽快把妈送去医院，不能让她再送晚了。

过了几个小时，我的妻子听到消息打电话过来，她哭得很崩溃，一直怪自己，她说当时要是强硬点，把父母留在（娘家）武穴，就不会像现在这样了。

第二天，我给领导打口头报告说，我想回家，想陪父母渡过这一关。我作为儿子，什么都不怕，我根本不怕病毒……回想当时说话的情形，我有点小孩耍性子的感觉。不过领导也理解，他和我分析了一通。我知道我回去了也帮不上什么忙，能做的很有限。另外我也担心要是我们三个有什么事，我的妻子和儿子就真的没有依靠了。

幸而没多久，爸爸醒来了，他给我妻子和妈发了信息，唯独没给我发。

我们当时都很吃惊，还疑心是不是谁用他的手机发的，所以我想着视频看看爸。要按键通话的时候，我挺紧张的。视频一接通，看到爸爸的头靠在白色的枕头上，呼吸面罩盖在爸的口鼻上，他的面容有些微起色，精神还可以，这时我的心才踏实了。

但是傍晚的时候，我想着他应该吃饭了，给他拨了个视频，他的状态又不好了。他的两腮有点红，眼睛眯着，看起来有些乏力。我不忍心让他说话，让他听我说话点头摇手就行。

我记得，我问他，现在感觉怎么样了？他摇了摇头；嘱咐他要多吃饭，强迫自己吃，他点了点头。再说几句，他就摇手了，意思是不说了，要挂了。

2月13日，社区接到通知，只要CT符合症状，就可以收治，所以我妈也很快住院了。父母都有了病床，我心里确实安心了不少。

这几天，父母的情况都还算稳定，爸虽然还在重症之中，但是恢复一些了，他现在跟我视频，都会尽量坐起来，还有一次，甚至把面罩扒起来，对我说了几句。我能感到他愿意和我多说些话，眼神总是停留在我脸上。妈的情况也还可以，就是比较嗜睡，沾着枕头就睡着了。

现在我就盼着疫情快点过去，回去看看爸妈，看看妻子和儿子，我想给他们做饭。以前每次回来我都会给他们做，邻居会说，别人儿子回家被当成宝，你们儿子回来怎么干这干那的。其实能为他们做饭，我心里挺美的。

（文中受访对象为化名）

采访、撰稿/陈媛媛

编辑/彭玮

滞留在武汉的异乡人

滞留在武汉40天了，陈欣觉得每天都像是在“坐牢”。

身上还穿着40天前匆忙离开咸宁时没来得及换的睡衣，那天，陈欣四个半月大的女儿发烧烧到了40.7℃，把她急坏了，于是和丈夫、母亲穿着睡衣便开车去了医院。她先去了老家咸宁嘉鱼县的医院，做了检查后，医生说可能是脑炎，建议马上送武汉问诊。

陈欣从未想过，本是去武汉求医却被困在这里，还差点流落街头。一边是还未痊愈的女儿，另外一边是在家生病的父亲。

陈欣和其他同样滞留在武汉的外地人聚集在一个500人的微信群里，他们都有一个共同的愿望：回家。

“封城”时刻

这些滞留者们因为各种原因在封城前进入武汉：有人来看病，有人来探亲，还有人来旅行，也有人是在封城后下错了高速被困在这里，他们都焦急等待着出去的那一天。

2020年1月17日，广东江门的梁秀文出发前往武汉探亲。姐姐的婆家在武汉，年前姐姐回到武汉备产二胎。梁秀文想带着父母和孩子来探望姐姐，顺便开车把姐姐在广东念书的大儿子带来，然后一大家子一起过年。

出发前，梁秀文就看到有关武汉“不明原因肺炎”的新闻，有点担心，就打电话向姐姐询问情况。姐姐说：“新闻上公告过了，说是谣言，已经把几个人抓起来了，没事的，我们都没事。”姐姐连着说了几次没事，打消了梁秀文心里的顾虑。

刚来到武汉，因为姐姐家住在乡下，所以也没有感受到疫情的紧张，“过来一看还是和以前一样，没什么变化”。

在封城的前一天，姐姐的二胎出生了，姐夫的弟弟一家也来了，三家人都在为新生感到喜悦。一大家子聚在一起，十分热闹，还没过年，就已经开始有了年味。

23日早上，梁秀文醒来后看到了十点封城的消息，这一刻她才意识到这次疫情可能不同寻常，已经到了要封城的地步。她开始有点慌了，和家人商量要不要趁还有点时间赶快走。

“我们当时讨论说应该不会封太久，而且本来也是打算在这边过年，刚来没几天就走，也不太好意思。”她回忆。于是，梁秀文一家留了下来。

此时，武汉妇幼保健院里，陈欣和母亲、丈夫，正在病房里陪着他们四个半月大的宝宝。眼看着原本住着四位病人的病房里，其他家庭渐渐离去，最后只剩下他们一家。

去武汉前，陈欣和丈夫也一直在微博上关注疫情，但当时还没有说“人传人”，“我们想大概就和甲流差不多吧，没想那么多，就赶往了武汉”。

1月20日，陈欣的女儿在武汉市妇幼保健院被诊断为脓毒血症，住进了ICU，要等着做一个腰穿手术。

陈欣女儿所在的病房，住了4位病人，封城那天早上，邻床一个小朋友的妈妈催着护士赶快打完了针，说他们要赶在十点前出城回家。陈欣回忆，那天医院清了一部分病人离开，同病房一个两个半月的宝宝，刚从ICU出来没几天，也被劝着回家了。

而在几天前，医生还告知陈欣做好在医院过年的准备，因为女儿的烧还没有退，打的是需要用机器辅助的最高阶的抗生素，老家的医院没有这类设备。因此，封城的消息并没有给陈欣一家带来太多心理的波澜，“我们想着封城也就封一两周吧，到时候宝宝也好了，我们就可以回去了”。

每天晚上，陈欣和女儿挤在一张床上，母亲坐在旁边的椅子上。刚开始几天陈欣丈夫是坐在走廊的椅子上睡觉，封城后，医院说为了防止交叉感染，只能留一位家属，但陈欣一个人又照顾不好女儿，就让母亲一起留下，丈夫则去车上睡了。

女儿还一直在发烧，晚上经常会哭，有一次哭得很厉害，把周围的小朋友和家人都吵醒了。陈欣和母亲只能带着女儿去走廊，抱着她走来走去，等她睡着了，再回到病房。

除夕夜，陈欣的女儿打完针睡了。她想起女儿前两天做腰穿的场景，一根很长的针插进那么小的身体，从骨缝里将脑脊髓抽出来，女儿不停地哭，她也不停地哭。

她睡不着，白天周边敞亮，心情还好，到夜里，整个世界都是灰暗的。起身站到窗边，望着窗外那条在封城前格外喧哗的街道，近日来变得一片沉寂。

遥遥无期的围困

陈欣觉得封城后的这段时间，像是过了十年。

1月29日，医生找陈欣谈话，建议她带着女儿回家。陈欣感到困惑，不用等到抗生素降级后再走吗？医生隐晦地表达了待在医院可能会更危险，让他们自己权衡。

新冠肺炎疫情越来越严重，他们所在的这层病房之前有小孩感染了肺炎，陈欣和丈夫商量帮女儿办理出院。第二天，陈欣带着女儿出院了，女儿的病情还未稳定下来，他们一家四口又碰上了难题——“在武汉没有家，那我们住哪？”

她打了很多家酒店的电话，没有一家愿意接收。陈欣打电话求助，希望在说明情况后申请离开武汉回家。她打了市长热线、交管局、疾控中心、社区、救助站等各方的电话，电话打过去，对方总是会给她下一个电话，一圈打下来又回到了原点，“你打市长热线问问吧”。

陈欣看着自己还在发烧的宝宝，想若是自己一个人经受这一切都没关系，但是宝宝还这么小。“再这样下去过两天要抱着宝宝在街上流浪了……我该怎么样，帮帮我吧”，陈欣无助地发了一条求助微博。

出院那天晚上，陈欣一家就先在车上凑合了一晚。第二天，有朋友看到了她的微博，说自己的房子空着，备用的钥匙在门口的地毯下，让陈欣一家去住。

总算是有了住的地方，但问题依然接踵而至。有天晚上，陈欣的父亲一个人在家心脏病发作，给陈欣发微信说身体动不了了，头是麻的。陈欣帮父亲打了120，但社区上门登记后听到陈欣父亲是从广州回来的，就走了。

那晚，陈欣也不敢挂父亲的电话，时不时地说几句话，确认父亲安好。直到父亲吃了药说自己好转了，有点困意，陈欣才挂了电话。

比陈欣更急着回家的是她母亲，一边是发病的父亲，另一边是身体一直不好的外公。母亲晚上睡不着，“她就像只猫头鹰一样坐在那里”，一发呆就是半天。

外公年前刚做过心脏搭桥手术，最近心脏病复发在家里吸氧。陈欣母亲也不敢让两位老人独自去医院，母亲边和外婆打电话边哭，陈欣也想哭，但怕自己哭起来母亲更收不住了，只能在一旁咬着嘴唇强忍着。

最近这段时间，外婆外公都是靠邻居们“投食”，楼上楼下谁家有多的菜就往外公外婆门口放一点，敲敲门就走了。陈欣说，若是能一家人在一起，那自己可以照顾宝宝和父亲，母亲可以去照顾外公外婆，但是现在相隔两地，太无力了。

梁秀文也越来越心慌。每天早上醒来第一件事情便是看疫情实时数据，她的心被不断成倍增长的感染人数揪着，焦虑也随之成倍增长。前两天梁秀文做了个梦，梦到自己踩单车回到了江门的家里。但梦醒时分，依然是在武汉。

5岁的女儿刚来的时候还很开心，整日和亲戚家的几个小孩混在一起玩。最近，开始玩倦了，加上家里水果蔬菜紧缺，女儿叫着好久没有吃到肉了，还想吃柚子，总追着她问，“妈妈，我们什么时候才能回到自己家?”

每天三家十几口人要一起吃饭。餐桌坐不下，只能分批吃，老人小孩先吃，剩下的人再吃。梁秀文每天也不好意思多吃，觉得自己一家五口住在姐姐的婆家给人添了不少麻烦。

“你看这么一大家子人，我们再吃下去都要把人家吃空了，现在东西又不好买”，村子里实行管控，只有村口小卖部的老板能隔几天出去进一次货，保障村子里居民的物资供应。“蔬菜大多都是二十几块一斤，连土豆都要七八块一斤。”

另一边，回不去的这一个多月时间里，房租、员工工资加上还贷款，梁秀文支出了5万多元，“如果再不回去我就要破产了”。

2月20日，江门政府取消对重点疫情地区人员来江门的限制，逐步开始复工。梁秀文听到其他在家做个体户的朋友们都陆陆续续开始开门营业，她更加着急了。

城内的挣扎

黄亮是湖北孝感人，来武汉务工的三年里，他做过建筑工人，也做过临时保安。原本计划在1月23日回家，因为武汉离家近，黄亮回家的票都是随走随买。1月23日他一觉醒来已是十一点多，看了新闻推送才知道封城了，回不去了。

比起回不了家，更让黄亮感到恐惧的是，无法出门挣钱。原本就是有一搭没一搭做着一些临时工，手里也没有太多积蓄，如果封城封得久了，自己可能就要撑不下去了。

正月初五，黄亮住在一个小区里的朋友说雷神山医院建设工地在招临时工，黄亮正愁着去哪里找点活挣钱，于是就跟着朋友一起去了雷神山。黄亮回忆，自己去做工的那两天，那边真的是人山人海。他当时看着那么多的人，感到很疑惑：为什么政府让商场都关闭，呼吁居民们都要隔离，不要聚集，街上空无一人，但工地上这么多的人，人与人之间都离得那么近?

每天工作八九个小时，黄亮说也并不是很累，“人多啊，全是靠人堆起来的”。在雷神山做工的那两天，是封城以来黄亮吃得最好的两天。

做了两天后，雷神山那边说不需要临时工了，黄亮又失业了。

28岁的王天明是在封城后进入武汉的，为了早点回来赚钱。

他家在离武汉100多公里的天门，过去一年他在武汉做快递众包骑手，1月10日，他在武汉租的房子到期了，就先回家过年了。过完年，他在家憋不住了，想着继续回武汉送外卖，可能这段时间外卖员少，自己还能多赚点，“当时很多地方信息都还不畅通，好像也没有现在这么可怕，就回来了”。

当时虽然已经封城，但对进城没有限制。2月1日，他搭着一位朋友的便车回到了武汉。但等到了武汉，王天明发现情况和自己想象的完全不同。

下车后，他先去找自己的电动车，发现找不到了。再回到之前租房的地方，房主说不能续租了。

他就先住进了汉口火车站附近的一家旅馆，一天50元，还在他的承受范围内。那天，入住旅馆后，他去超市买了食物，刚出超市，看到有一个50多岁的男人在旁边翻垃圾桶，那人说，“现在连垃圾桶里都没有吃的了”。他觉得男人挺可怜的，就把自己刚买的一包食物递了过去。那个男人说：“谢谢，我好几天没吃饭了。”王天明返回超市又重新给自己买了一包。

他又尝试在自如、蛋壳等平台租房子，但都失败了。到了2月23日，王天明花光了身上所有的4 000块钱，他决定走路回家。

这些年来，王天明在外面闯惯了，16岁时，他辍学去广东打工，有过从东莞黑砖厂逃出来，走路去惠州的经历，所以他觉得从武汉回天门也并非难事。一早退了房，王天明就踏上了归途。

回到原点

王天明将自己走路回家的行为称为“冲锋”。

“一路上遇到好多关卡，我都是绕着走，换条小路从田野上走”，通过骑摩拜单车和步行接力，傍晚，他到达了武汉和汉川边界，汉江大桥附近。

在这里，他又遇到了一个关卡。关卡旁边是河，他绕着河走了两公里，试图找到其他路线，但发现如果要绕过关卡的话，就一定要过这条河。于是，王天明就又倒回了河边，想游泳过去，他把带着的几件衣服都丢了，站在河边思考到底要怎么办。这时，桥上执勤的辅警看到了他，喊着问他要做什么。

辅警询问了王天明的情况后便报了警。随后，新沟派出所的警察来带他去医院做了体检，检查结果显示正常，警察说要送他去救助站，但是王天明拒绝了。“我以前在广东的时候进过救助站，进去后他们就把你的东西都收了，很不自由”，所以他不想去。

当时已经是晚上十一点多了，王天明在大街上晃悠了一阵，也不知道去哪里。手机停机了，他也没法打给别人，他就又拨打了110。2月24日凌晨一点左右，三店派出所的民警把王天明送去了安置点住下。

“哎，我冲锋失败了，”王天明说，真正劝服他停下脚步的，是当时在河边辅警的那句话，“即便你真的游过去了，后面还有几十个关卡要过。”王天明想想也是，今天走了半天都不知道遇到了多少个关卡，每次都要绕着走，真的太难了。

王天明就这样回到了原点。

2月24日，“武汉发布”先后发布了两条通告，先是在“17号通告”中提到“滞留在汉的外地人员可以出城”。通告发布仅仅三个半小时后，“武汉发布”又发出了《武汉市新冠肺炎疫情防控指挥部通告》（第18号），宣布上午发布的“17号通告”无效。

所有滞留在武汉的外地人在这三个半小时里，心情像是坐上了过山车。梁秀文说上午看到17号通告，感觉自己像是中了五百万彩票，再看到18号通告，像是去兑奖，结果被告知彩票过期了。

她不甘心，又打电话给防控指挥部，咨询能不能以丈夫消防单位的名义开通行证回去，还是行不通。她放弃了，把收拾好的行李一件一件拿了出来，只能和微信群友相互打气。她发了一张门口玉兰花的照片，和群友们发语音说“看看鲜花吧，心情会好一点”。

陈欣看到18号通告的那一刻，并没有很诧异，她说在这段时间经历了这么多后，她并不对事情的走向感到意外。

出家门时，宝宝才四个半月多，现在已经长出了两颗下门牙，陈欣说看到宝宝两颗白花花的小牙的时候，是她这40天来最开心的一刻。

黄亮说即便明天就解封，他应该还是会留下来去找点工作挣钱，也不急着回去。房租已经拖欠了5天了，自从雷神山工地做工回来后他也再没吃过那么多的菜和肉了。

2月27日，武汉发布滞留在汉外地人员救助通道，有朋友知道黄亮的困难，就转发了链接让黄亮填了申请试试。

当日，街道送了黄亮一些萝卜和白菜，黄亮说自己已经很知足了，他说比自己困难的人肯定还有很多。“有点吃的就行，我就尽量把命保住，等疫情过了，我还是要靠自己。”

采访、撰稿/张卓

编辑/彭玮

一个武汉小区想要消毒

消毒开始了。

形似手枪的喷雾器，汩汩而出气状的白烟，隆隆作响。全副武装的消毒公司员工，肩扛着设备，从一楼喷洒到七楼。

2月17日起，武汉市开展为期三天的大排查，希望将新冠病毒感染确诊、疑似病例、密切接触者，以及有发热症状的四类人群“应收尽收”。

在这个位于长江西岸的老小区，“消毒”是人们最迫切的愿望。小区进出的救护车，身穿白色防护服的工作人员，滋生出各种想象，包括谣言。业主们在社交媒体上反复发帖，要求社区增加消毒频率。尽管社区回应，许多人心惶惶的楼栋并没有病人，“请居民不信谣、不传谣”，但最终他们还是请来了消毒队。

楼道弥漫着雾化的消毒水，和其他武汉小区一样，2月20日，这里进入“全封闭管理”模式。眼下，足不出户已经多日，业主们的焦虑似乎没有解除——一面来自买菜买药之类的日常，一面来自小区里可疑的“异动”。

疫情中的一个武汉小区，正在经历复杂的情绪波折。

（一）

小区外观有些陈旧，3 000多名住户里中老年人占了大半。2月中下旬，已是“四类人群”清零的最后时刻，但在小区深处的一栋居民楼，有人还是怀疑有遗漏的病人。

二楼的王凤英50多岁。她隔着纱门对记者说，物资紧张可以理解，但小区里有的事，令她心里打鼓。

小区门口有个棋牌室，老板是不到七十岁的老太太。王凤英的老公常去打牌，与他们家人很熟。女店主在年前被看见去医院吸氧，听说也发过烧。“以前只听说她有高血压、颈椎病。她生病以后，我们反复打过几个视频电话，想问候她，全都是她的家人接电话，总说她的病还好。”

后来女店主去世了，家人说死因是急性心肌梗死，但王凤英不信。那时，小区的微信群都在提醒不要接近病人和家属，居民们遇到都会绕道走。她很想问女店主的真实死因，但“我们不好打听呐，问的话，就像是我们要看她家的笑话”。

王凤英有两个80多岁的亲戚，都是确诊的新冠肺炎患者，因为床位紧张，他们没能住进医院，1月下旬先后去世。临终时，他们才从家里被送去急救中心，再被拉去殡仪馆。

王凤英自认还年轻。但她的同学群里，也不时有人提到同龄的朋友去世，对王凤英来说，那都是有名有姓的人，她的心止不住地震颤。

“莫得办法呀。这是一下子爆发出来的，医院收不了这么多，年纪大了，抵抗力差了呀。这个病它没有特效药，就是靠免疫力拼呀。”

在小区封闭管理前，她也不愿意迈出家门一步，要不是家人要吃要喝的话。

她两三天出一次门，回家给衣服喷上消毒水，然后挂到阳台上。她用掉了一包鞋套，很遗憾自己没“眼镜”（护目镜）。万不得已出门倒垃圾，她心里总是很慌。

说着话，王凤英往空空的楼道里扫视，也许楼上有发热病人，只是躲了起来，不愿意说。她对记者说，很盼望消毒，把整栋楼都彻底喷一遍。

（二）

不时有救护车和接送病人的白色面包车停在小区门口。车辆的照片被拍下来，在业主自建的微信群里流传：有一辆白色的车子开出去了。

业主群里大多是生活信息，例如自发团购口罩和食物的接龙活动，但有时疫情“线索”也在这里流通。

听说，小区新增了确诊病例，“谁能告诉我啥时候带走的啊？”一个年轻的头像发问，“我下午稀里糊涂地在外面……谁能告诉我有没有跟（病毒）擦身而过？”

“人是在 × 栋 × 单元上的车。”另一人说。

“是有个什么车子进去，好像跟门口的人还争论了两句，我看了一眼……然后出来的时候，我在门卫室这边，露了一点头出来。”她连发了几个哭泣的表情。

业主们试图复盘小区“疫情”的起源和传播路线。

王凤英的朋友，住在三楼的江小梅肯定地说，这病是小区里的老年舞蹈队吃年夜饭传开的。她们回来后，有一部分人发烧，有的住院了。

江小梅揣摩着，舞蹈队里的一些阿姨很爱面子，她们得了病，可能“阴着”不说，平时她们和老公吵架了也不会说。

“听说有个女的老公一直在咳”，江小梅神秘地对记者说。她是个说话中气十足的老年人。江小梅一直不喜欢舞蹈队，何况，舞蹈队与小区物业走得太近，江小梅对物业又不满意。她抱怨说，物业聚餐“抠门”，端一盆圆子上来，物业的人一下就倒走了，要带回家里。“我说这次你吃得好吧，大家全部都到医院里去了呗。”

自从病毒源自年夜饭的说法传开后，小区里有人四处打听，那张桌上，究竟坐着哪几个人。

在江小梅楼上，六楼的住户邱兰分析，好些密切接触者在外乱跑。比如，一个黑衣的女青年——她向记者展示了一张穿黑羽绒服的女性照片，但她不认识图片中的姑娘。

这样的图片也来自业主群。从居民楼往下俯拍的视角，据说是前一天拍的，图片上还有水印文字：“父亲已确诊。”

50多岁的邱兰有些激动：“她爸爸已经住院了。她应该上报去隔离呀，她带着那个病毒，不是把我们所有人都害了吗！”

邱兰自己和儿子儿媳住在一起。她在疫情中费劲得到了批准，把儿媳妇平时独居的奶奶接来住。这些事搞得她焦头烂额。

有的业主打电话给社区要求全面消杀，那时正是疫情最胶着的时候，社区表示人手不够。业主们又提到“黑羽绒服姑娘”，要求社区对她进行强制隔离。社区回复说，她父亲没有确诊，那个说法是谣言。于是业主们又打市长热线，投诉社区干部。有的业主看到病人家属出门买东西，选择了报警。

“社区说话的口吻比我们的硬，”邱兰的儿子说，“不肯管我们。”他有心脏病，一直喘息着。邱兰让记者不要担心，不是病毒。

七楼的住户王南很同情社区，他觉得社区和物业的工作人员没做什么防护，就在户外工作，与医护人员一样，都是“搏命”，他不想给他们增加负担。王南和老伴都快七十岁了，他们在顶楼搞了一块菜地，日常摘些蔬菜吃用，已经有一个月没下楼了。

王南说话慢条斯理的，他说自己是退休干部，原本是河南人，一直在武汉工作。他也想抱怨些什么，但终究没有说出来：“要我怎么说呢，闺女，你要我说什么好呢。”

（三）

整栋楼的人都觉得消毒的事应该由物业负责，而物业经理对记者说，小区有几十栋楼和十来名物业人员，其中三个看大门，两个负责管理，其余的是电工和保洁员。物业做不到对所有楼道进行消杀。

邱兰推荐记者去见一位热心的业主刘正凯。这是个高高胖胖的年轻人，27岁的健身教练，他自我介绍，早年爱玩，喜欢打架，现在已经改好了。

刘正凯回忆，有一天他在自家的露台上倒茶，看见一副担架抬着病人出去，他只感到一阵气血上涌，在那一瞬间，他觉得要站出来组织大家共同“抗疫”。

在健身房的不远处有家书店，刘正凯读了一本切斯特·巴纳德写的《组织与管理》。他当即制定出计划：在小区里招募年轻志愿者，最好是30岁左右没结婚的，40岁以下也还可以，每栋楼招一个人，统一负责出门采购；还要集中采购一批消毒药水，也由年轻志愿者实施消毒。其他时间，居民都不要出门。

这是记者见到他之前数天发生的事情。但2月13日的刘正凯有点丧气：他往小区微信群发送自己的微信二维码，然后在夜晚端着喇叭在小区里循环播放，号召居民出来参加消毒——但没有年轻人来加他的微信。

40岁的邻居姐姐想参加志愿者活动，刘正凯说，你有孩子，要注意安全，不要外出。还有几个60岁的老人也加他的微信，刘正凯觉得这与害人性命无异，他一一拒绝了他们。

后来，社区书记向记者解释，小区里本就老年人多——曾经有个活动叫“邻里关爱”，内容是60岁的志愿者给80岁的老人跑腿采买。以前，刘正凯从不参加小区里的社交活动，早出晚归的他只认识一个年轻邻居。

刘正凯孤独地用浇花用的小壶给自己的楼栋消了一遍毒。他觉得小区里的传言有点过分，于是独自守在大门口，记录每一日运送病人车辆出现的频率。

因为业主群流传某一户人家有还未送医的确诊病人，刘正凯决定亲自上门验证真假，他特意选择晚上去，这样家中必定有人。出门前，他甚至戴上了驱邪的钟馗挂件，结果证明都是谣言，那单元房里没有住人。

“一个个都只会在群里传图片，瞎说八道。”刘正凯后来变得有些愤世嫉俗。

但是，他又能理解他们的心情。采访的第二日，他也给记者发来那张黑羽绒服女性的照片。“整栋楼的人都吓得要命。”刘正凯说，“能不能帮忙核实一下？”

他有个朋友的母亲发热，住在某栋楼的顶楼，楼下出过新冠肺炎确诊病人，那天晚上，刘正凯六神无主，和记者探讨是否要把病人送下楼去看病，“会经过确诊病人的门口”。

最终，朋友的母亲还是去看病了，确诊也是新冠肺炎。

（四）

“你跟他们很难说得通。”记者见到负责该小区的社区书记周文山时，他显得很烦闷。

“有的人投诉说物业只往楼道口洒点清水，这怎么可能？还有人要整栋楼全部消杀，物业经理说，哪怕高档小区的物业也做不到。居民能听得进这种话？”

物业一般归房屋管理局指导。周文山说，社区平时让物业做些事，靠的是私人情面。在“四类人员”“清零”的当口，周文山再顾不上居民和物业之间的矛盾。

2月13日，他正忙着劝说密切接触者去隔离点。据街道办事处的人说，周文山曾到某户居民家门口蹲了一晚——劝说是一件机械的事，是不断与人说同一套话，最后把人“哄”上车去。

“隔离是为了你的安全，也是为了你家人的安全。政府花这么多钱，都是为了你们居民好。麻烦的并不是你，你身体好，你屋里（家里）要是别人身体有点……划不来嘛，到隔离点去有吃有喝，又不要你掏一分钱。”

近一半人都需要周文山反复说这一套话。2月19日，记者第二次见到他，仍旧如此。

他正接起一个电话，电话那一头的同事说，解释不通，有个密切接触者不想带被子去隔离点。周文山说：“那我们一下买不到嘛，你说是不是，你说能不能买到？”

酒店改为隔离点后，他们“抢着”把密切接触者送进去。否则，出现新一例的确诊病人，就会立刻多出许多密切接触者，又有很多变数。

武汉各区疾控中心掌握街道、社区的“四类人员”身份信息。除了各街道城管和志愿者负责开车接送，周文山所属的区要求社区干部亲自将“四类人员”送上车，完成交接。如果是确诊的病人，街道办事处要派员跟车。

于是，在2月19日下午，周文山两次艰难地将自己套入一身工业级别防护服里。他说，社区干部大多都是女的，胆子小，而他，是个55岁的男人。这一桩事要接触患者与密切接触者，如果大家轮流去，回到社区服务中心容易交叉感染。说完，他骑上一辆有“社区巡逻”字样的电瓶车飞驰而去。

此前，听记者提起那个强烈要求消毒的小区，周文山脸上的烦闷又加重一层。他回忆，这个小区里有个密切接触者不想去隔离点，非常难搞。最终，他一气之下对那名女子说：“你小区微信群里都在咒你。要不，你写个保证书，以后被业主打了，不要找我。”对方听了，要求立刻去隔离点。那是一个夜晚，临时找不到车辆，周文山领着她，走了2.5公里的夜路。

（五）

坐到记者面前，周文山说，正好把之前的经历都梳理一遍。

社区服务中心有十多个工作人员，除了一个人专门负责数据，其他人都忙些琐事。辖区内有一万多人，有的居民会提出稀奇古怪的需求。有的人明明60多岁，子女只住在一公里外，可非说自己已经80岁，要社区给他送菜去。周文山内心觉得不应该，但他担心被投诉。只要有居民打市长热线，甚至有直接报警的，他们都要交书面材料。

没疫情的时候，对居民提的要求，社区干部会做入户核查，一般只有无子女的孤寡老人、残疾人，才能享受特殊照顾。可是，周文山现在不愿意差人到居民家去。那些送药送菜的需求，只能先答应下来，给居民送到门口。

他说，腾不出人手去做消毒。即便有志愿者愿意去消毒、与病家接触，周文山也不会放行。这是有感染风险的事，即便志愿者不责怪他，他们的父母和朋友也会打市长热线或者报警。

一切发生得太快了，他感慨。

1月23日，武汉封城。那天是腊月二十九，有外地人到社区服务中心来，想请他开个证明。他们以为社区能批准他们离开武汉，但周文山开不出证明。他当时还想，等疫情过去，这些人能回家过元宵节的。

大年初一晚上开始，周文山住到了他位于社区服务中心二楼的办公室里，此后的20多天，他都没有回过家。他的手机总是连着充电宝。春节的头几天，大量的病人家属打不通“110”“120”，就打他的电话——他的电话写在社区的公告栏里。

最紧张的时候，是正月初三、初四，他没有怎么睡过觉。那两日武汉下了小雨，到初五，就转成了雨夹雪。周文山挂了一个电话，能看见刚才没能打进来的号码，回拨过去，那一端是对他的哀求：我在屋里头，烧得快要死了。但床位太不够了，他只好对病人们说，我们社区只有这点条件，我明天给你上报到街道。

那段时间，周文山不脱鞋睡觉，也不关灯。

有位女病人在家生病，社区里帮不到她。她的女婿先到社区服务中心来骂了一场。第二天，仍然不能住院，她的女儿跑来社区，摘下口罩，哈出一大口气。

2月2日，情况“松动了”。这一天开始，病人陆续住进了医院。可周文山感到疲倦万分：之前深夜来电，有发烧的人攻击他，说他不为他们服务；病床供应增加以后，甚至有人夸大病情，想赶快住院；还有的人想给周文山送钱，这让他感觉受到侮辱。

最近，周文山在给老年人送菜。他说送菜挺开心的，虽然爬楼累点，但老人们都感激他。

（六）

“防护服不可能按照需求量来送。”街道办事处主任刘宁对记者说，“区里只是大致估计一下各街道的需求。有时候，为了省防护服，接完病人就在楼下站一会，这样能省下一套。”

省防护服的是刘宁自己。他替区政府解释，要求基层干部亲自运送病人的理由是：到了医院的接待处，病人之间为避免交叉感染会主动站得“非常分散”，需要有人维持秩序。

刘宁与负责开车的城管队员去过两次方舱医院。2月15日上午，刘宁在街道办事处的走廊里踱来踱去，给密切接触者打电话。社区书记搞不定的密切接触者，也要转到刘宁这里。但刘宁说，他没有社区干部困难：“他们与无数的人打交道，我们只与有限的人打交道。”

特殊时期，社区办事处原有的建制被打乱，分成运输组、物资组与数据组。运输组调度改装过的城管车辆，作为临时救护车运送病人；物资组要给隔离点的患者送日用品，从区政府运回酒精和成箱的中药，再分发到各个社区；数据组实时更新各社区的病例情况，包括体温、核酸检测结果、每个确诊病人的密切接触者。

数据组的王佳在区疾控中心的微信群里。最忙的时候，群里会在深夜跳出信息，说是某个医院有床位，请各街道上报病人最新情况。王佳忙不迭地给区疾控中心发邮件，内容包括辖区内重症患者的个人信息和胸片。王佳总觉得，自己在与其他街道比拼手速。

那段时间，为了确定上报名单，刘宁和王佳要给各社区上报的重症病人排队，分出轻重缓急。刘宁说，各个社区书记在材料里的口风不一样，有的特别紧张，有的可能在辖区里收集到太多病例，描述时反而轻描淡写。

一开始，刘宁会找街道卫生中心的人看一下胸片，但后来中心主任染上新冠病毒，就再没有多余的医生帮他干活。刘宁是哮喘患者，“对咳喘的事比较了解”，于是他自己给重症病人家属打电话。有时候他也会想，错了怎么办，“那只能尽力而为吧”。

他说起一个35岁左右的新冠肺炎患者，有哮喘的基础病，“我还好，”病人在电话里说，“把床位让给其他人吧。”过了一会儿，病人的妻子给刘宁打来电话，边说边哭。其实这个病人的情况不太好。后来，刘宁把他送去了同济医院中法新城院区。

方舱医院刚开始收治病人时，有几天，接收重症病人的定点医院还比较满，刘宁想让辖区内的病人都及时住进医院。

“住进方舱要测静态血氧饱和度，”刘宁回忆，“我就和病人们讲，去的路上平心静气一点，不要急躁，一急躁血氧饱和度会下跌。”

2月15日，刘宁有一件事想和区政府汇报：辖区内有一名不到30岁的尿毒症患者，核酸检测为阴性，但属于符合临床诊断标准的新冠肺炎病人。他不愿意去方舱医院，理由是不方便去另一家医院做透析，而且有交叉感染的风险。刘宁想问下区里有没有折中的办法。

他的另一桩任务是筹备封闭小区。在刘宁的辖区内，不少居民楼的楼栋直接面向马路。只好组织一下，把马路也封起来。

千头万绪的事等着他们去做，消毒只是其中一件。

疫情暴发以后，只要是有人在家死亡，无论是否有迹象显示与新冠肺炎有关，都要对房屋内部进行彻底的消杀。坐在王佳斜对面的郑云，就负责收集社区人员的去世信息，对接区疾控中心去消毒，给他们协调车辆。

她还负责核对密切接触者。当一个病例确诊后，区里会先找病人了解情况，然后把密切接触者的名单发送给她，她打电话复核后，重新上传。过一段时间，区里会给王佳一个确定版本的密切接触者名单。王佳再把名单分发给各社区，说服他们接受隔离。

但作为“其中一件”的消毒，此刻在居民眼中无比紧迫。

刘宁交办郑云，联络下可以做小区外部消杀的第三方机构。在前述工作的空隙，郑云打了几个电话，第一个说自己正在隔离点干活，第二个关机，第三个说，消杀一栋楼的价格是700元。郑云觉得有一点贵，她拿不准从哪项经费中出这笔钱。

（七）

消毒前后用了三四天，里里外外雾气滚滚。

“现在居民也比较怕，要让他们有安全感嘛。”2月19日的采访中，周文山说，他劝服了物业经理，掏钱搞一次消毒，要不然，他也不知道该怎么办。

小区已实现封闭管理了。2月20日，物业张经理在协调给小区居民买菜。他对记者说，别老听着居民骂我们，这个小区的物业费标准，不过每月每平方米6毛钱，这点钱能干什么事？

疫情之中，物业倒下了一个电工。他大约52岁，高高瘦瘦的，武汉黄陂人，他的老婆也得病了。看门的大爷说，居民看见电工出门就很紧张，为此报过警。

至于那个身穿黑色羽绒服的年轻女性，在街道办事处的文档中，她的母亲在1月30日住进医院，是确诊的“新冠”病人。她的父亲在2月2日左右也开始发热住院，但核酸检测为阴性，也不是临床的疑似病例，最近被定性为普通发热，已经出院了。所以，黑衣的姑娘不算是密切接触者。

小区里长期分成支持物业与反对物业的两拨人。江小梅经常与物业争吵，2月20日，当记者再次见到她时，她抱怨说，消毒的时候只听到隆隆的响声，闻不到“84”消毒水的气味，担心是走形式。但她又说，现在觉得，物业也很不容易。

她态度转变的起因是，小区封闭后，开始招募团购志愿者。江小梅想撺掇其他反对物业的姐妹去报名，正好让物业看一看，她们是怎么管理这个小区的，可那些姐妹又不愿意。江小梅很不忿，她想自己去当志愿者，外出替居民采购。

邱兰还是惴惴不安。她对记者说，前一天小区微信群里还有求助的，是个女人，已经喘不上气了，住在楼上的王南为此报了警，后来又说不是“新冠”。邱兰搞不明白到底怎么回事。

但王南向记者解释，他没报警，只是打了市长热线。过了一会儿，社区回复说，求助帖不是本人发的，是那个女人的朋友代发的，朋友在电话里听女人气喘吁吁的，就报警了。实际上，女人家里的确有新冠肺炎病人，但14天之前已经送医，她也不算密切接触者。

小区出门左拐是个大卖场，三个中年男人站在门口，阳光打在他们的脸上。他们都是小区的团购志愿者，在等着搬运各类货物。其中一位说，小区不招募志愿者了，人再多一点，就变成“人群聚集”了。

刘正凯最终没参加这次志愿者活动。他觉得，自己之前在外购买消毒物品，又拿大喇叭在小区招募志愿者，接触太多，需要在家自行隔离。可在家待了几天之后，他在微信上吐槽，“我好无聊啊”。经过朋友介绍，他决定去当治安志愿者了。

2月22日，他的任务是去方舱医院附近巡逻，夜班，晚上六点开始。

出发前，刘正凯有点紧张，他担心有坏人冲他吐口水。但是，“没关系，我会综合格斗，要是有人敢在夜里做坏事，我就去抓这些坏人”。

他戴上了他的钟馗挂件。

（文中人物均为化名）

采访、撰稿/葛明宁、张卓、沈青青、蓝泽齐

编辑/黄芳

一个盲人在武汉熬过50天

黑暗中，张磊突然听到，小区的广播在喊："封城了……"他感到惊讶，不知道发生了什么，也不知道意味着什么。从4岁失明起，张磊在黑暗中生活了32年，他已经想不起，自己见过的红色、蓝色长什么模样。

他打小孤独，没上过学，跟着外婆在山里，"一个人静悄悄地长大"。十年前，他从老家潜江来到武汉，学按摩，帮人打工，攒了一点钱。

直到封城的五天前，他交出5万元转让费，盘下了武昌的一家盲人按摩店。店铺装修有点老旧，用手摸着墙纸都开裂了，但好在终于有自己的地方了，自己做自己的主。那一天，张磊还沉浸在喜悦中，憧憬着赚到钱后，早点找女朋友。所以，当封城的消息传来，他只是惊讶了片刻，心想最多半个月吧。

但十天、半个月、一个月过去了……

他整日窝在店里，把门关得严严实实，不轻易出门半步。白天，他至少十分钟洗一次手，用"84"消毒液拖地三到五遍，喝三到五瓶温热水；晚上，他每天洗澡，用白醋泡脚半个小时以上。

从前，帮人做事，都是一群人住在一起。这是他第一次独自生活，各种具体而琐碎的麻烦不停地冒出来——封城的第37天，电磁炉"扑哧"一声烧坏了，家里的电也跳闸了；封城的第39天，卷帘门关不上了，他害怕得要命；封城的第47天和49天，冰箱隆隆作响，厨房水池又堵了……

他手上没剩下什么钱，每天要交房租、水电费，还要买菜。菜也不便宜，两颗包菜、三根莴笋就要四十多块，有挺长一段时间，他只吃素。

还好，有志愿者在帮助他，给他送了菜、油，还送了口罩和酒精。他们帮他关好了卷帘门，修好电路，甚至给他带来了电磁炉和冰箱。他想，疫情过后，一定要给志愿者免费做按摩。

不过眼下，他正为要不要撑住这个按摩店而烦恼。3月7日，他身上只剩下几十块钱了，不得不向母亲求援。他一度想把店铺转让出去，可又想还是应当坚持，哪怕去打工赚一点房租钱。

封城的50天，他盼望热闹的武汉快点回来。

以下是张磊的口述：

（一）

1月18日，我交了5万块钱转让费，接手了一家按摩店。

它有80多平方米，7个按摩床，4个足疗床，每个月房租5 200块钱，在武昌一个小区里面。我那几天很开心，终于有一家自己的按摩店了，想着赚钱后能早点找到女朋友。

我今年36岁，在按摩行业干了10年，此前一直帮人打工。

刚营业那几天，店里来的客人不多，一天有几个，都是做普通按摩，60块钱一人次。1月20日，店里帮忙的朋友回家过年了，我一个人招呼不过来，于是干脆把店门关了，准备正月初八再营业。我没想到，三天后，整个武汉市封城了。

当天，我关了按摩店后，去了汉阳一个朋友那里玩。那时候，汉口已传出有肺炎了，但我们都觉得不严重。1月23日，我听说武汉封城了，也不以为意，当时觉得最多封半个月。

朋友叫我赶紧去买口罩，我说我有口罩，按摩戴的一次性口罩。对方说这种口罩没有用，要去买什么医用口罩，说这个肺病传染性强。我当时还是很怀疑，我说有这么严重吗？但还是去买了口罩。

我走到小区门口，一家药店一家药店地问，走到第三家药店时，店员说还有两包口罩，但他只能卖给我一包。我当时有点惊讶，但也没有说什么，于是就买了那一包。普通的医用口罩，一包10个，10块钱一个，一共花了100块钱。之后，我又去买了10瓶“84”消毒液，一共花了20块钱。

第二天，一个在汉口上班的朋友告诉我，他外出时看到路边一个人，走着走着，突然间倒了下去，就没有再站起来。我听到后被吓住了，之后再也不敢出门了，每天都把自己关在按摩店里面。

我不知道怎么办，也不知道怎么回事。一开始，我打市长热线，他们让我找残联；我打残联的电话，一直没有人接；我打社区的电话，他们让我不要出门，偶尔会帮我买菜。

我自己也在网上买菜，手机装了软件，手摸到什么，手机就会“说”什么，比如发短信、微信都有声音。前几天，我在团购网站上买了两颗包菜、三根莴笋，花了40块钱，虽然比较贵，但还算新鲜。我听说五花肉卖50多块钱一斤，一般的肉也要40多块钱一斤。我自己在网上也“看”到过，更贵，不到半斤肉要四十多块钱。

我不敢买肉，手里没剩什么钱，每天还要交房租、水电费。大年三十的晚上，我买了鱼丸、肉丸，花了十几块钱，一个人在店里煮着吃了。很长一段时间，我都只吃素，像和尚一样，但素菜也很贵。

后来我听新闻说，2月24日到3月10日，武汉有10元10样的菜卖，里面有土豆、青椒、大白菜等，一共10斤蔬菜。我打电话问社区，他们说没有，我估计是被抢完了。我就买了58元的套餐，有大白菜、青椒、西红柿等，不过有的菜也不太新鲜。

日复一日，我不知道过了多久，也不知道还要持续多久。我经常焦虑地睡不着，每天晚上用手机听新闻、按摩资料、武侠小说，心情好时还会唱唱歌……通常凌晨两三点钟才入睡。

前一段时间，我问房东，是不是能免一个月房租，他没有回复我。

（二）

我老家在潜江市，离武汉只要坐一个小时的动车。

四岁那一年，我出麻疹，之后发高烧，去医院打了青霉素，也没见好转。我后来听父母说，当时我肿得像包子一样，我妈妈按农村方法用老鼠尾巴七搞八搞，我的眼球突然间凸了出来，很吓人。后来吃药打针，眼球才缩了回去，但我完全看不见了。

父母带我去医院，医生说治一只眼睛要五六万元，但家里没有这么多钱，去看了几次后就放弃了。

我失明前的记忆，现在全都没有了。印象里，我一直生活在黑暗中。

别人说红色就是红色，别人说蓝色就是蓝色。我好像都没有看见过，不知道颜色到底是什么样子，或者早已忘了它是什么样子。

我从小孤独，没有朋友，没去过学校，一个人静悄悄地长大。

我父母都是工人，家里还有两个姐姐，但父母上班比较忙，姐姐们也都要读书。我从小由外公外婆在山里带大，后来，他们来到我家里，带我去逛街、逛公园、散步，跟我讲他们遇到的事情。

父母陆续退休，我也很快成年了，慢慢开始想要独立。像我们这些盲人，不能做其他事，只能学习按摩。我通过联系潜江市残联，跟着一位按摩师傅学了一年，主要学各种按摩手法，以及身体调理的知识。

十年前，我离开潜江，一个人来到武汉，去了湖北省残联的一所按摩学校学习。学校有32个学生，一开始我不太适应，不习惯跟陌生人交流，但很快跟同学们都处得不错。当初离开老家，对我来说，是下了很大的决心。其实父母起初都不同意，但拗不过我，我很想到外面来看一看，也希望能在外面学习到更多。

我们在按摩学校学习小儿推拿，外科、妇科知识，以及针对乳腺增生的按摩方法等。我在那里学了三个月后，又去了武汉市盲校待了六个月，也是学习各种按摩知识。

我从学校出来后，一直帮别人打工，包吃包住，工资两三千块钱一个月。大部分时候，我都在武汉，从这个区辗转到那个区，中间也去过上海和苏州，但因为饮食不太习惯，没有多久又回来了。

五年前，我跟女朋友分手后，没有再找到女朋友。

每次回家，父母都很着急，我也很着急。在按摩店打工待遇不高，一般很难找到女朋友。我年纪也越来越大了，想着不能老是帮人打工，于是就打算自己开一家按摩店。

去年夏天，我一个朋友告诉我，他老板想转让按摩店。我之前去过他们店里，也跟老板沟通过，后来也来“看”过几次，觉得这边生意不错，装修虽然老了一点。2020年1月18日，我筹到了五万块钱后，把这家店接了下来。那时候，还有两个月房租才到期，剩下一些米和油，之前的老板全部送给了我。

我本来想要改变生活，却没想到陷入一个泥潭。

（三）

我们有一个按摩微信群，里面有两百多人，全都是在武汉的盲人。封城前，他们基本都回老家了，只有个别人没有回去。我因为刚接下按摩店，回去又要被父母催婚，所以当时没打算回去。现在真是后悔，人算不如天算。

封城那一天，我父母打电话给我，叫我不要出门。这一个多月以来，我一个人在按摩店里，每天都把门关得严严实实。

刚开始，我自己在网上买东西，送货员打电话来说，小区门口封住了不让进。我就让他跟社区的人说，我看不见，不方便出去，让他送到我家门口。他们就会送进来，把菜放到我家门口，有时直接递给我，我打开门就会戴口罩。

我身体还不错，而且我从不出门，除了去外面丢垃圾，或者拿东西，都戴着口罩，所以我不太担心。但父母年纪大了，虽然老家疫情没有武汉严重，我还是会担心他们。我每天给他们打电话，叮嘱他们不要出门，要勤洗手、多喝水。

我白天最少十分钟洗一次手；然后每天用“84”消毒液拖地3到5遍；每天喝温热水，3到5瓶暖水瓶温水。每天晚上睡觉前，我都会洗澡、用白醋泡脚半个小时，白醋可以软化血管，还可以杀菌。

这些方法都是在盲人学校学的，另外还要少吃垃圾食品，少熬夜，少生闷气，这样也可以预防新冠肺炎。

事实上，我自己也做不到，经常凌晨两三点睡，早上十点多才起床。

2月28日中午，我在家里煮饭时，电磁炉“扑哧”一声，可能冒火花了。我当时吓死了，发现电磁炉烧坏了，家里的电路也跳闸了。我不知道怎么办，打电话给社区，社区的工作人员说，电工没有上班，让我第二天再联系他。但我既做不了饭，也炒不了菜，不能一直饿着肚子。没有办法，我就跟我一个朋友说了，他帮我在网上发了一条求助消息。

很快，我接到很多电话，有江苏的、甘肃的，武汉的……当天晚上十一点，两个志愿者过来了，他们帮我弄好了电，还送来了一些面条。

3月1日，卷帘门突然关不上了，刚好又联系上了志愿者，他们给我带来了新的电磁炉、一袋米、一些菜，又帮我把卷帘门关好了。

我真的很感谢他们，想着等疫情过后，免费给这些志愿者按摩。

（文中人物均为化名）

采访、撰稿/明鹊

编辑/黄芳

一个武汉菜农再次从心酸到心宽

从2019年12月中旬开始，武汉农民陈柏林每天一早就骑着摩托去自己的田里，晨雾朦胧，朝阳耀眼。看着自己30亩绿油油的西兰花菜地，他的心情格外欢畅。

那几天，家里的亲戚们帮着他下地采摘和挑拣装篓，跟陈柏林一起等着踩皮鞋的菜贩前来询价。陈柏林会从衣兜里摸出根皱巴巴的香烟递给菜贩，三言两语谈好价格，成交装货。随后他在记事本里写下当天卖出的斤两。

他本应更早体会这份收获的喜悦。12月的头几天，网上误传当地“拔萝卜免费”，在他的200亩地里，约120万斤萝卜在四天之内被附近的村民拔光，让他损失了20多万元。

这个乐观的59岁老农并没有消沉太久，“今年西兰花价格好，最高卖到4块钱一斤。”陈柏林说，萝卜亏了就亏了，靠西兰花能弥补些损失，“等开年再上市一波，那不就赚回来了？”

但随之而来的新冠肺炎疫情打翻了他的如意算盘，陈柏林抽着闷烟、看着一地无人问津的西兰花，心情复杂。

忽然封村

陈柏林是武汉市东北面新洲区大埠村的农耕大户，他和另外两个村民一起承包了720亩土地，数十年来辛勤耕作，种得一手好菜。

“拔萝卜”事件过去十多天后，他的生活就慢慢恢复了平静，依然每天奔走在田间地头，偶尔去鱼塘捞几条鱼，挣点过年的伙食费。

虽然萝卜被拔光，但他很快在地里又种上了大麦，等着来年收割。而在另一块田里，他种的西兰花陆续开始成熟，每天都有两三个菜贩前来收购。他的西兰花通过两三道菜贩子，最终销往武汉的农贸市场。因为品质上佳，许多菜贩前来问价。

那段时间，陈柏林享受着卖方市场。有菜贩买不到他种的菜还会说闲话，责怪他怎么不留给自己。那一阵子，“萝卜阴霾”一扫而光，加上西兰花每斤能卖到三四元，他心里更是美滋滋的。

“我还跟老婆说，如果开年菜价保持下去，我能赚六七万。”陈柏林说。

好景不长，年还没过，1月23日武汉封城了。

在手机上看到消息，陈柏林有些担忧蔬菜的销路，但他又安慰自己，“人总归要吃饭吃菜啊，我这菜总归会有人来买的”。

等来到田边，他眼见村里的干部用土把村里通往防洪堤的道路也堵上了。陈柏林问村干部，“（堵了路）菜怎么运出去？”对方无奈：“那也是没办法的事。”

他所在的村子与长江支流举水河只隔几百米，中间是绵延十公里的防洪堤，经防洪堤过了举水河大桥就是黄冈，所以他最能感受到严防输入的压力。每次经过大桥，他总能看到十几个警察和志愿者守在桥头，严阵以待。

村里的喇叭反复喊着，“不要出门，要戴口罩”。所幸的是，陈柏林的村子以及附近的几个村子都没有感染病例。

过年期间，陈柏林和妻子高秀梅（化名）除了农田哪也没去。

他常常骑着摩托就往地里去，照样要给田里的菜施肥防虫。只不过干活的时候要戴着口罩，工人之间的距离不能靠得太近。就这样，他把摘下来的西兰花堆在田边，用袋子装好，等着小贩过完年来收。可等了几天，一个菜贩也没来。

陈柏林开始着急了。那几天，他从田里回来后坐在客厅翻着手机，轮流打电话给认识的菜贩，“你搞一点出去嘛，（帮我）处理一些嘛？”

得到的回复大多是：“不敢来，这个时候哪个敢来啊？”

高秀梅在厨房准备晚饭，不时能听到陈柏林的叹息声、打火机声，以及电话打开免提时那头一个又一个的无奈回答。

等吃饭的时候，陈柏林有些垂头丧气，高秀梅也不多言语，两人就低头吃饭。她心想，西兰花是卖不出去了，她就当没听见吧。事后高秀梅说，她知道老陈心里不舒服，但别人都想着保命，非常时期谁还要赚这个钱呢？

无人问津的蔬菜

家住武汉市新洲区双柳街道的泽大鹏（化名）今年50岁了，他从2013年开始从事蔬菜收购和批发工作。附近哪家种了什么菜，他都了如指掌。一年到头，他将菜农的菜收购过来，再拉到武汉的市场售卖，薄利多销。

他干这行以来，和陈柏林经常往来，过去几年陈柏林种了西兰花，泽大鹏必定会去收购。但此次疫情初期，他的生意就受到了影响，家里人干脆让他歇歇，等疫情过了再出去跑。所以他也就没有办理通行证，无法进入武汉中心城区。

可从年初三开始，陈柏林就开始打电话给泽大鹏，希望他能帮忙运一点西兰花出去。但泽大鹏的儿女都不允许他这么做，反复关照，让他留在家里。但耐不住陈柏林多次打来电话请求帮助，“你不来没贩子到我这来啊，我这么好的花菜，你不搞去我丢了多可惜”。

看在两人的交情上，泽大鹏决定先去把陈柏林的西兰花收购过来，放在自己的冷库里，等疫情缓解后再办证去卖。

年初六下午四点多，泽大鹏偷偷穿上外套，摸了个口罩溜出家门，随后跳上货车一路奔向陈柏林的菜地。途中他被交警拦下，他回答自己是去附近拉菜，随后被放行。15公里的路上，泽大鹏的车仿佛行驶在一座空城，他只见到了两辆车，路边商家大门紧闭，看不到一个行人，“一路上瘆得慌”。

等来到路口，陈柏林用一辆三轮蹦蹦车把一千多斤西兰花从田里运到了路边，他还花50元雇了一个人帮忙。

见了面，陈柏林问道：“现在这个价钱怎么搞？雇工钱都雇不起。”泽大鹏也是无奈，“那没办法啊，我要不来你这些花菜都没人要”。最后陈柏林的西兰花一斤卖七八毛，陈柏林说：“当废品卖的，都不值废品钱。”

等回去后，泽大鹏把西兰花收进了冷库，随后立马回家消毒。等他走进家门，他的儿子和女儿已经在吵嘴，斥责他不顾安危地偷跑出去。泽大鹏只能赔笑，答应不再出去。实际上，他后来又去帮陈柏林拖了两次菜，三次总计约有上万斤西兰花。

泽大鹏本以为，十天半个月后疫情就会有所缓解，但事与愿违，武汉始终处于紧张封锁的状态中。等两个月后泽大鹏打开冷库，西兰花有的已经发黄发蔫，有些甚至已经开始腐烂。除此以外，他还有三四万斤的菜薹也都坏了，整体损失约有十多万元。

“后来（菜）都丢了，今年种地的都亏得一踏糊涂。”泽大鹏向记者倒苦水，直到3月中旬，他才去办了通行证，逐渐开始收购蔬菜。与此同时，菜贩们也陆续给陈柏林打去电话，但他已无菜可卖。

烂掉不如捐掉

陈柏林卖给泽大鹏的西兰花至今没有结账，泽大鹏也不知所措。而陈柏林还有上万斤没收的西兰花留在地里，大约数千斤西兰花被搁置在田边，无人问津。他甚至开始想，要是西兰花也能像当时的萝卜有人抢就好了，但路上一个人都见不到，他只能独自在田边抽烟发愁。

这之后他听闻，网上有农民把自己卖不出去的菜捐了出去，他突然想到，不如自己也把已经采摘的菜捐出去，“反正也没人要，捐了免得浪费”。

2月22日，双柳街道水运社区的院子里突然开进来一辆货车，身形圆滚滚的陈柏林从车上跳下来，开始往下搬西兰花。等工作人员听到动静跑了出来，陈柏林和另外几个人已经把菜全部卸下。等他要离开时，一位工作人员拉出他，“莫走莫走，给你照个相”。

照片里，戴着口罩的陈柏林满脸通红，但仍然能看出，他脸上挂着微笑。

工作人员介绍，水运社区约有1 020户人家，3 000多口人，但没有自己的土地，此次疫情期间有不少农户主动送来鱼、草莓和蔬菜，他们对此非常感激，为有这样的老乡感到骄傲。

回家后，陈柏林也没有声张，高秀梅也不知道这件事。直到一天有个

陈柏林的西兰花堆在田边，无人来收购。图片来自陈柏林朋友圈

认识的人来他们家门前聊天，无意中提起老陈做了件好事，高秀梅这才知道。听着外人夸奖着陈柏林，高秀梅嘴上虽啥也不说，心里却与丈夫暗合。她也认为，卖不出去的蔬菜不如送给别人吃，“吃在肚子里，比丢了不好一点吗？”

她联想到之前的萝卜，自己辛辛苦苦种的却被别人扒光，心里到现在其实还有些在意，但这次就当是“给国家做贡献了”。

直到3月初，陈柏林的地里还有大约上万斤的西兰花没有采摘，有的已经开花，采摘还要花费人力物力，即使采摘了也没人来买。他索性开来机器，把西兰花全部打掉，再把土地翻锄，洒下了玉米种子。

他在朋友圈发了一个视频，配文写道：“抢晴天，战雨天，抓紧时间搞春耕，季节不等人。”同样的视频，高秀梅发到抖音，配文写道：“自己选择的路跪着也要走完，世上没有绝望的处境，只有对处境绝望的人。”

虽然夫妻俩写得都很积极，但私下里两人都感到困惑，“农业的出路在哪里？”

高秀梅始终对种地的现状不满，但又不能放下家人不管。她的大儿子患有自闭症，需要她来照料。

而陈柏林守着土地，信奉父亲的话，“土打脚，稳妥妥”。2016年他因车祸，左腿打了钢钉。他原本计划开春了去医院把钢钉取出来，但现在他既没钱，也不敢去医院，只能再等一年。

夫妻俩在接连遭受打击后，虽然也会消沉，但陈柏林总会同情处境更糟糕的人，“我这人心态好，身体要顾好，过了段时间就好了。有的农户种了100多亩地，损失几十万的都有”。

高秀梅每年都看着老陈这里亏那里赚，拆东墙补西墙，早就习以为常。她说：“谁也不知道什么时候会踩到雷，但还是得种啊，只能往前冲。”

等到5月，他们会收割种的大麦和玉米，陈柏林说只要长江不淹水就能保本，甚至赚钱。所以他时不时就去江边转转，看水位到了哪，即使下着雨，他也会打着伞去溜达一圈。

有时候夫妻俩一起去，顺便拍个视频。画面中，陈柏林夹着香烟、盯着手机，一身灰黑挨着摩托车；而系着红色围巾、踱着步子的高秀梅则是画面中的一抹亮色。在他们身后，是即将收获的土地。

采访、撰稿/沈文迪

编辑/彭玮

住在医院的“流落者”

4月8日零时起，武汉市解除离汉离鄂通道管控措施。

市民们纷纷走上街头，来到江边拍照，来到公园赏樱；各行各业陆续复工，武汉高铁动脉恢复搏动，这座城市正在重新出发。

而退回3月初的武汉，疫情依旧紧张。

入夜，武汉市协和医院急诊大楼灯火通明，楼下挂着一排灯笼，不时有闪烁着警示灯的救护车驶过，红蓝相间的灯光交错，这是武汉抗疫的最前线之一。

在急诊大厅一楼的等待区，有一群人带着大包小包和棉被在这里住了近一个月。他们大多数是武汉本地人，没有房子，远离亲人，拒绝救助，在疫情来临之前靠着包吃住的短工度日。

之后的38天里，他们得到了政府的安置，但武汉解封后，他们的去处又成了问题。他们还在等待，等待疫情冲击过后，重拾生活的秩序。

睡在医院的人

阮秀音（音）说自己是“捡瓶子的”，外人很难相信。

疫情期间，只要在协和医院的急诊大厅里见到这个82岁的老人，她总是穿着一件绛紫色棉袄，干净整洁，这是她靠之前打工挣来的钱买的；脖间是一条花绿丝巾，一头整齐的黑发从中间开始略微发白。

她在两张椅子上铺上纸板，坐在上面吃泡面、闲聊。因为关节炎，她向好心人要来一块毛毯盖在膝盖上，就这样在协和医院度过了十多天。

阮秀音说，自己是土生土长的武汉人，早年离了婚，有一个儿子。她年轻的时候曾去广东打工，做的都是最脏最累的活儿。等61岁回来时正值改造分房，她看儿子一家四口人压力颇大，索性放弃了房子，“那个时候还有钱啊，就租房子。后来去包吃包住的地方，不包吃住的，有时候就住旅社、医院”。

她说自己是个勤快的人，但总有些日子打不到工，她就起早贪黑地去捡瓶子，每天挣个二三十元填饱肚子。晚上就去医院大厅过夜，那里有空调，安静。她推算，自己一年光景里大概有一个多月的时间在医院度过。

“我在同济医院睡得多，冬天就搞点被子，有时候老板给，有时候自己买，一床被子几十百把块。再搞个枕头，搞几件衣服，以前都不晓得冻，现在我的关节疼。”阮秀音说。

年前，她还在街上打工卖盒饭，腊月二十八老板就收工回家了，无处可去的她第一晚睡在了武汉市第一医院，一边吃着泡面，一边看着大厅里电视播报新闻。阮秀音说，那里的保安自己都熟，进去点头打个招呼就行。但后来那栋楼成了发热门诊，她只能离开，一路走到了不常去的协和医院。

她自己也知道，这个年纪待在医院怕受不了。有护士看她可怜，给了她两个口罩，她自己又花了30元买了两袋，一直顶到今天。但她又说，穷人身体好，不会感冒，因为没钱看病。要是鼻子塞了，就去弄点开水敷在鼻子上，买点红糖一冲，出身汗。

“今天在，明天还在不在都不知道。”隔着口罩说话的阮秀音口齿清晰，普通话流利，深陷的眼窝看上去格外沧桑。

她觉得只要自己不碍事、不乱跑，人家也不会反感自己的存在。如果再想想办法，晚上十一点后还可以去厕所隔间洗澡洗衣服，梳子肥皂都有。等天亮了，前一晚洗的衣服也干了。

经济宽裕的时候，她喜欢去理发店洗头，20元一次。她说自己讲卫生，不喜欢邋遢，头发总是梳得清清爽爽。但疫情暴发后她没有再去。别说理发店，就连收购废品的人也不见踪影，即使她出去捡了废纸盒和瓶子，也卖不出去。

有几天，她身上只剩两元，吃饭全靠爱心人士赠送的盒饭。2月29日那天没有人送饭，她只能借20元买了4桶泡面。

“你有时候拿钱都买不到东西。方便面原来是4块吧？今天我去买要六块五，我说我没有那么多钱，我说我这也是找人家要的20块钱，于是他就20块钱卖了4桶给我。”

阮秀音坐在椅子上低头吃起了泡面，好心人送来几包火腿肠，她有些费劲地拆开包装，折成几段放了进去，吃得津津有味。

孤独的栖居者

疫情之下的协和医院里，像阮秀音这样无处可去的人大约有十多个。

50岁的流浪者老成此前住在网吧，网吧关门后他也来到了医院。“跟社会脱了轨，赚的钱只能过生活，租不起房子，别人也不会租给我。”于是24小时开放、空调不停、随时有热水供应的医院大厅成了他的落脚点。

70岁的老宋拎着两个大包，一路从汉口火车站走了几个小时来到协和医院。他之前在宾馆洗床单，包吃住，可后来宾馆关门，他睡过地铁、麦当劳。如今他戴着口罩和黑色鸭舌帽，在等位椅和储物柜之间的狭窄空隙里铺上被子，趁没人看到的时候眯上一会儿。

今年57岁的罗冠武离婚后孤身一人，平日里靠打散工一个月可以挣3 000多元，还管吃住。放假后他靠着积蓄住在40元一晚的旅馆，可再后来，旅馆也关门了。

住在医院的人们都有一个共同点：孤身一人，居无定所。

罗冠武也试着给姐姐打电话求助，姐姐在电话里说，现在有事，不在家。一听到这话，罗冠武明白了，“那还说什么呢？”

阮秀音上次接到儿子的电话是在九年前了，他去投靠儿子，但儿媳不愿意收留，小夫妻俩大吵一架。阮秀音一看就赶紧走了。

很多人本来靠打工能够养活自己，只是突如其来的疫情冲垮了他们原有的生活。

在阮秀音来到协和医院的第三天，有一个年纪比她稍小的老人雇她做短工，阮秀音帮她穿袜子、把屎把尿，一天可以赚50元。对于这份临时工作，阮秀音很满意，既打发了时间，又能挣到钱。以前在医院的时候，她也会帮着扫扫地，这样人家就不会赶她走。

阮秀音说，自己有时候睡在椅子上，半夜里醒过来就会瞎想，这辈子从来没遇到过这样的事，“哪会想到武汉会封城的呢？没有”。

她期待春天来临，只要交通一通，工作自然就来了，她也不会待在医院。

至少住在医院的这段日子里，她是如此设想的。

“我不去救助站，去了救助站就不自由了。”

对于大厅里的栖居者而言，大厅靠墙的绿色储物柜也是极为重要的空间。他们可以把干粮藏在里面，等吃不上热饭的时候用来充饥。这些储物柜原本是给保洁工放置物品的，阮秀音见一个柜子空置，便和另一个老人把柜子占了，用红绳绑着。

有时候她会把毯子叠好收进去或放在角落，她担心万一有保安来驱赶他们，毯子丢了她就没东西盖了。她对送她毯子的好心人说：“你放心，你们给的东西我不会丢掉的，死都会裹在身上。”

住在医院十多天后，阮秀音已经摸清了保安工作的规律：晚上九点交接班的时候会有人过来把他们叫起来，不允许打地铺、脱鞋，必须佩戴口罩。等半小时后保安松懈了，他们才敢躺下去，半睡半醒到第二天六点又被叫起来。

协和医院的安保人员老胡说，流浪人员聚集在医院，一来影响不好，二来对他们自身健康也是个威胁。但是多次清理之后，仍然有人住进来。

“有时候清理也是睁一只眼闭一只眼，不是说我们工作不认真，而是他实在没地方去。”老胡说。另一位医院工作人员无奈地说，医院只能好好做他们的工作，但往往把人劝走了又会回来。他曾见过救助站的车辆在医院门口停了一上午，有人来问了些情况，照了相，但没带人走。

阮秀音哪也不想去，“在救助点就赚不了钱，不就成了老年痴呆？那只有坐着等死。在这里自由，看着人一说一笑”。

50岁的陈辉（化名）来自黄陂，在武汉流浪已经三五年了，身份证丢了，户口本也没带，平日里打散工、拾荒、住网吧。疫情暴发后，挣不到钱、没地方住，他来到医院，“凳子上面靠一下，我酒一喝一眯就着了嘛。什么害怕不害怕，活着就不错了”。

陈辉随身带着一瓶18元的二锅头，已经见底，黑色双肩包里有三四包

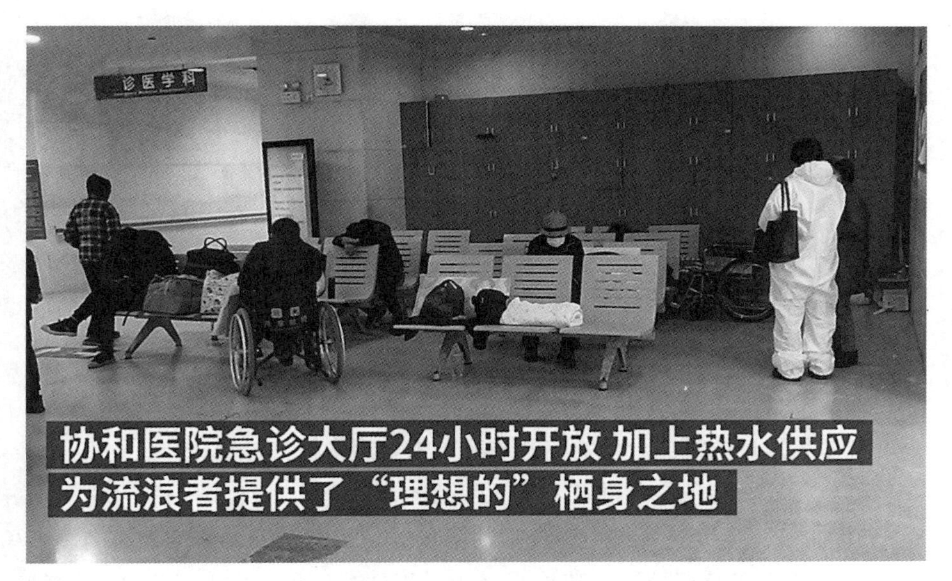

疫情期间的协和医院急诊大厅。截屏图

小零食，他说这只能吃一天。

“我不去救助站，因为去了救助站就不自由了。”陈辉说完转过头去，沉默不语。

安　置

2月25日，湖北省新冠病毒肺炎疫情防控指挥部发布公告，其中第一条指出：“对因离鄂通道管控滞留在湖北、生活存在困难的外地人员，由当地政府及有关方面提供救助服务。”第三条指出：“对生活无着落、确有困难的人员，由各地设置集中安置点，提供食宿、医疗等基本生活保障。”

江汉区新华街道一位扶贫专员介绍，区里按照公安系统属地管理原则，共同完成流浪乞讨和滞留人员的安置工作。其中流浪乞讨人员安置点是长期设置的，而外地滞留人员安置点是应对此次疫情的。

但一位前来协调安置工作的民警介绍，住在协和医院的人既不属于外地滞留人员，也不是流浪乞讨人员。因为他们有工作能力，只不过在疫情期间找不到工作和住处。

一位医院工作人员说："他们流浪了，但还有尊严。"

以阮秀音为例，她不希望被救助，甚至还想着在医院打工，"兴许有人会过来要个短工，我赚个几十块钱，买个裤头"。

在协和医院门口有个蓝色帐篷，有工作人员负责进行流浪人员信息登记，但需要人主动从医院里走出来。上级有关部门的调查人员询问一位流浪者是否见过这个登记点，对方回答没有，"还以为是抓人的"。

面对穿制服的人，住在医院的人们总是很警惕，如果看到警察，他们会躲到楼上，等到警察走了再下来。

詹大鹏（化名）曾经坐过一次警车，跟着警察去了一处临时隔离点，是一家即将拆迁的酒店，气味有些难闻，需要用木板打地铺休息。

他觉得安置点的条件还比不上医院大厅，后来又返回医院了。

3月1日，上级有关部门派人来到协和医院了解情况，调查人员向多名住在医院的人了解了情况，建议当地街道把"非滞留、非流浪"人员也纳入安置人员名单中。武汉市江汉区区长李湛对此表示，"有多少收多少"。

在当天，有几位流浪者愿意离开医院前往新的安置点。一位穿着军绿色大袄的老人还担心会收费，前来接人的民警说，"不收钱，那个地方白给你吃、白给你喝"，老人这才提着东西上了车。

看到新的安置点条件还不错，离开医院的人越来越多，但阮秀音还不肯走。直到李湛亲自对她说："你放心，我是区长，我们专门设立了宾馆，就是一个人一个房间，热水都是免费的。"阮秀音这才放下了戒备，晚上拎着两个包，跟着身穿防护服的民警上了车。

解封之后

协和医院的保安老胡说，在流浪者们离开的日子里，医院里很少见到过夜的人。即使有，好言劝说几句便会自行离开。

但在4月8日中午，老胡又见到了几张熟悉的面孔。

这天中午，阮秀音满头大汗地出现在了协和医院急诊大厅，相比一个月前，她身上的衣服单薄了一些，精神和气色还算不错。

阮秀音说，她在政府安排的宾馆里住了38天，直到解封日这天离开。

4月8日上午十点，她从4公里外的宾馆出发，由于没有手机，无法注册申请健康码和绿码，她无法乘坐公共交通，只能一路步行，花了两个小时才走到医院。除了她之外，大约有七八个此前住在医院的流浪者也回到了这里。

他们大多说自己“无处可去”。

阮秀音说，她住在宾馆的时候，一人一个单间，每日三餐免费供应，每天还可以洗澡，有人来量体温、送中药，她什么也不用做，每天看电视、睡觉。但是随着武汉解封，身无分文的她从宾馆出来后没有去处，第一个想到的就是医院。

同样想起协和医院的还有33岁的咸宁小伙龚平（化名）。此前他在协和医院住过一段时间，被安置后住在阮秀音的斜对门。他在解封前已经在网上找好了工作，离开安置宾馆后便直接去上班。

到了下午四点，他惦记几个老人没有去处，又无法与她们取得联系，龚平抱着看一看的心态来到医院，发现他们果然都在。阮秀音对龚平说，自己一天都没吃东西，龚平便买了点面包、八宝粥和方便面，一人送了一个口罩。

阮秀音拎着两桶面，靠在医院门口的护栏上，和龚平闲聊着未来的打算。那一晚，阮秀音等人依旧睡在了协和医院的长椅上。

第二天清晨六点，阮秀音就从医院走了出来，想去马路对面的商场找事做。路上行人不多，许多商店超市还未开门，一直转到九点，她一无所获，又返回医院。

往常，她做得最多的是帮商家发传单，在医院干一些跑腿的活儿，一天二三十元，足以果腹。如今，她说自己的情况比疫情期间还要紧张，“至少那时候（疫情期间）还有人（志愿者）送饭。”

这几天，阮秀音开始想念在安置宾馆的日子，虽然不能外出，但食宿无忧。“在外面是自由，但是没有钱，温饱都解决不了，那不是活着受罪啊？”

她希望政府能够帮助她们，至少在这几天为她提供一个安身之所。澎湃新闻记者随后致电武汉市江汉区新华街道办事处，一位工作人员表示，已经把情况告知领导，目前还在等待回应。

而据龚平介绍，也有住在医院的流浪老人闲聊时说起，自己每个月15日可以去领退休工资，约有2 100元左右，等拿了钱或许会去租个小房间。龚平答应对方，等4月15日过后帮他找房子。

4月10日，有位八旬的流浪老人给自己买了身新衣服，把花白的头发染成了黑色。对他们来说，医院大厅的长椅终究不是一个长久的栖身之所，武汉正在慢慢重启，他们的生活仍然等待复苏。

采访、撰稿/钟笑玫、沈文迪、闫海龙、张卓

编辑/彭玮

一位单亲妈妈，穿过武汉最深的夜

李少云被一个男人拿铁棍打了，众目睽睽之下。她感到极度狼狈，想到了死。

这样崩溃的瞬间，她经历过许多次。她45岁，是个单亲妈妈，带着6岁的女儿开夜班出租。

三年前，有媒体报道了她，很多人给她帮助，也有人想与她重组家庭。她顾念孩子，也对建立新的亲密关系踌躇不前。

她仍是开着出租车，独自带着女儿依依，觉得再难也要硬撑下去。

被打没多久，新冠疫情来了。李少云和依依窝在武汉8平方米的宿舍

2017年8月，李少云带着依依开夜班出租车。本文图片除标注外，均为澎湃新闻记者朱莹　图

里，挨过一段慌乱的日子，直到武汉解封。

在疫中

解除封城第二天，李少云就带着依依出车了。出门前，她仔仔细细地给依依裹了一层塑料袋，当作防护衣。

关了快三个月，这趟出门她“高兴死了”，可车子兜了一圈，路上也没什么人，到下午三点，一单都没接到。接下来几天，行人倒是渐渐多起来，但许多都是步行，这个冬天过于漫长，春日显得格外珍贵。

2019年12月下旬，李少云送人到汉口的一家医院。车上，乘客刷着朋友圈，突然冒出句：“啊，SARS病毒！”

她觉得不太可能，有“非典”你们医院会不知道？

几天后，传出发现不明原因肺炎、但不会人传人的消息，她没放心上。直到1月19日，她才在朋友的劝说下买了10个口罩。第二天，新闻里说到“人传人”，她不敢带依依出去，只自己出门跑了几单。

武汉封城那天，她送一位女大学生回鄂州，路上堵了三四个小时。返回时，武汉与鄂州的交界处已经封了，出城方向的车排了几公里。一群人拦住她，劝她不要进武汉，帮忙送人出去。那时候已经晚上七点多，依依

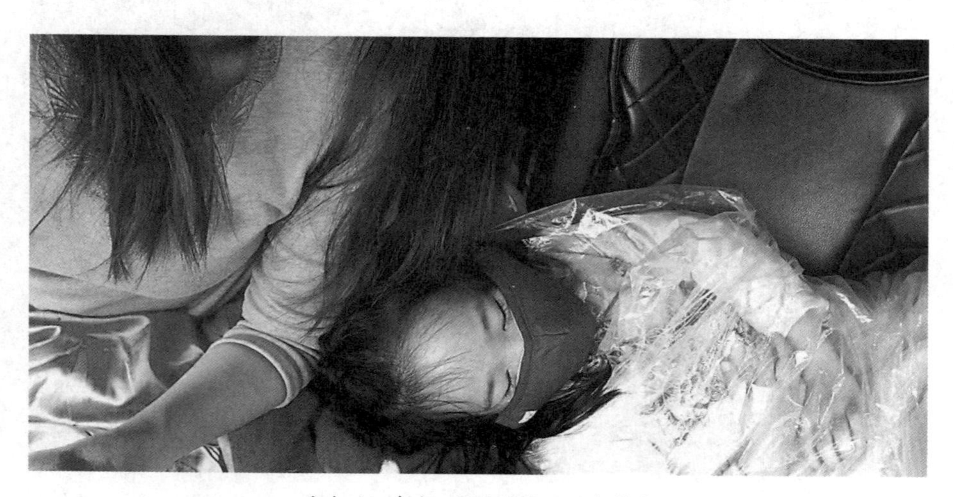

出车时，李少云给依依裹了层塑料袋

电话催她回去，她就把生意推了。

第二天就是除夕。往年母女二人都在车上度过除夕，碰上好心乘客，依依会收到红包或是小礼物。但今年，偌大的武汉空荡荡的。她很纠结，要不要出车：出去的话，依依一个人在家，她回来了没地方隔离；不出车，车辆租金、生活费哪里来？

两天后，武汉中心城区实施机动车禁行，她不用挣扎了，倒轻松了。

生活停摆了，必须做点什么。李少云加入志愿者车队，报名接送一线医护人员。考虑到依依没人照顾，她的申请没有通过。她转而协助车辆调度，加了十多个微信群，每天从早到晚接收群里的求助信息，转发联络。一天下来，看得眼睛疼，但她觉得心安。

李少云的家，在出租车公司免费提供的宿舍，动画《冰雪奇缘》的壁纸贴满整面墙，一张单人床、折叠沙发占掉大半空间，没有厨房，卫生间公用。

往常，依依三餐在幼儿园吃，她就在外边随便买点。周末，公司值班师傅会从家里带菜，在值班室煮饭，端给她们，她也一直没开火。

封城后头几天，师傅还能帮忙带饭，疫情严重后，小区封锁，师傅没法来上班，吃饭就成了难题。依依的零食很快见底。饿极了，她从床底翻出4年前的方便面，吃了两口，不敢再吃。

附近小卖部都关了，买不到菜，李少云也不敢走远——家里除了几个口罩，酒精、消毒液都没有。口罩她要省着用，每次戴后会放在取暖器上烤一下，下次再戴。她还用网友寄来的棉布，给依依缝了个口罩。吃饭只能点外卖了，两个青菜，就要五六十块，她也不敢多点，每回拿到外卖，她会打开取暖器消会儿毒再吃。

扛过十来天后，隔壁小区邻居骑车去远处找菜，帮她带了几次。几斤番茄、胡萝卜、包菜，就得100多元。她精打细算地吃，煮面条或是汤饭，加一点菜，能管一个星期。最紧缺的时候，两三根大蒜混着灰面，做成煎粑，吃了两天。还好依依不挑食，总安慰她“好吃好吃”。

最难的时候，她也没向社区求助，“大家都这么难”。

依依咳了十多天，喝止咳药也不见效。虽不发烧，但李少云急得慌，不知道该不该带她去医院，那是武汉疫情最紧张的时候。后来，一个朋友骑车送来紫苏，李少云把它熬成药，让依依喝了3天，才慢慢好了。

2月底，媒体报道她的生活状况后，社区和不少好心人送来菜、米、油、肉，演员姚晨给她捐了10万元，演员连奕名、杨若兮夫妇寄来防护用品和零食，还想每个月资助依依。

援鄂医疗队撤离的那天，李少云带依依出车欢送他们。几十台车，浩浩荡荡地开在空寂的路上，驶往天河机场，那是过去5年，她带着依依走过无数遍的路。她边开边哭。

单亲妈妈

最早带依依开出租车，是2015年。那时，她离了婚，带着孩子，没有一技之长，开车是她能想到的最合适的工作。

她开夜班车，跑机场，图的是人少、车少、租金少，带孩子方便。

依依在出租车上长大，从6个月到快6岁。醒着，就找妈妈说话，和乘客玩，或是盯着窗外发呆；困了倒头就睡。她喜欢上机场，因为排队时，可以下车玩。

2017年夏天，母女俩被媒体报道后“火”了，很多人前来采访，找她拍电影，捐助的衣服、玩具、零食等一个接一个快递寄到家里。如今，她家里所有值钱的物件——冰箱、沙发、桌子……几乎全是别人送的。

加她微信，想给予经济资助的人更多，她大部分都拒绝了，对方多次坚持，她才不好意思地收下。

那段时间，她遭遇了一场车祸，一辆电动车逆行撞上了她，老板担心再出意外，就劝她别带着女儿开车。她失业了。爱心人士也给她提供过各种工作机会：餐馆服务员、超市兼职、博物馆售票员……她觉得“不安稳”，也不想依赖别人。

她仍是四处找车开。那年9月，依依上了免费的幼儿园，她晚上把依依放家里，独自出车，但依依一醒来就要找她。她只能带着孩子开到凌晨三四点。早上依依起不来，她就背着她，挤地铁去学校。有时抱不动，就让她坐肩上，那时“太累了”。

2018年8月，她借钱在盛源出租车公司包了辆车。之后，每天早上八点先开车送依依上幼儿园，之后跑车，下午五点接依依，带着她跑到凌晨两点回家。周末白天陪孩子，晚上有时会开夜班。

她每天18个小时在车上，经常一天只吃一顿，很少喝水，因为找厕所难，因此落下了胃疼的老毛病。

出车被人认出来是常事，有人给她吃的、红包，鼓励她“辛苦了，好好照顾孩子”；也有人见车上有孩子便不愿上车，或是责怪她“你这样不对，不安全，孩子放家里好”；有乘客送了她安全座椅，她不敢用，说占去大半空间，别人更不愿上车。

车队朋友调侃她，“你那么红了，怎么还在开车?”她觉得，别人的帮助就像“火山爆发，劲过了就没了”，还是得靠自己。也有人三年来一直帮衬她，经常叫她的车。有乘客甚至提出给她买辆旧二手车，让她开快车。

李少云的微信里有一组备注——“帮助我们的人”。她告诉依依，你是吃百家饭长大的，以后要回报帮助过你的人。

依依爱热闹。有人要来家里，她一大早就开始问，“妈妈她怎么还没来呀?”6岁的她，现在还喜欢坐商场里的摇摇车，因为很少坐，“太孤单了”。

小时候，她喜欢跟乘客玩，见乘客上来就往后座爬。长大后变害羞了，常独自唱歌、玩游戏。看到窗外灯光闪烁，就会说“妈妈这个地方好漂亮啊，你都没带我去玩过”，李少云说“好，我放假带你来玩”。但其实，放假了她只想补觉。

仅有的远行，是前年到北京参加《超级演说家》节目，那是依依第一次坐飞机，她激动得不行。录节目时，李少云太紧张了。刘晓庆提示她台词，她念了一句，又忘了。下台后，依依哭着说:“妈妈，你怎么失败了呢?”后来导演问她想不想“复活”，她说:“不去了不去了，又失败了多丢脸啊。”

依依性格敏感，有时路上堵车，李少云接她放学晚了，她会打电话说“妈妈你是不是不要我了”；乘客聊到离婚，她会突然插一嘴，“我也是爷爷奶奶不要的孩子啊”。

世　　相

在开夜班车的上千个夜晚，母女俩见过许多幽暗的世相。

有一晚，车外上来一位喝醉酒的年轻姑娘，妆很浓，穿得也清凉。李少云一眼认出是做“摸摸唱”（陪唱）的，这些姑娘她见过不少，有时见她们年纪小，会忍不住劝一下。

“怎么喝那么多酒，要爱惜自己的身体啊。”李少云问，“你父母都不管你吗？”

姑娘说父母早离婚了，“谁管我呀？再说做这一行有什么不好的，挣得多，来钱还快”。

“要是我女儿这样，我会跟她拼命。”

“所以说你穷一辈子啊。”

她也遇到过一位长相斯文的男人，等了老半天打不到车，坐上她的车后还在抱怨，知道李少云是单亲妈妈后，说“世界上单亲家庭多得是，你怎么不去死啊？”

要不是依依在车上，她就跟对方争起来了。

十几岁时，她走夜路都怕，还没到家门口，就喊快点开门。开夜班出租后，她见过混社会的、嗑药的，都不怕，因为要活下去。这几年，她被骂过，被嘲笑过，都会咬紧牙关忍着，但“小委屈可以忍，大委屈会去争”。

有一晚，依依不在车上。她送三个喝醉酒的男人，坐副驾驶的那人要起酒疯，在车上又拍又打，抢对讲机时，还刮了下她的脸，还扬言要打她。李少云气到了，说“你看到我是个女的是吧？你打撒，我今天打不赢你，也要咬你一口……”

男子下车跑了，另外两个男的说，我们是混社会的，把我们搞进去了，等下就放出来了。李少云说哪怕警察当着我的面把你放了都没关系，今天我就咬你一口。最终两个男人道了歉。

硬气有时候是她的保护色，担心示弱被人欺。

1月初，她被打了。那天送依依去幼儿园后，她到附近菜场买早点。车停在一辆快车后面，她以为车里没人。

几分钟后，她拎着豆浆回来，只见快车旁站着一个二三十岁的男子，指责她的车挡了路，害他丢了订单，语气很冲。

“单子取消了，你想么样？”李少云回了句。

“你好贱啊”，男子骂她。

李少云“毛了”，反击回去，两人吵了起来。

男子突然从驾驶室抽出一根铁棍，一手揪她衣服，一手朝她腿上打。她踉跄倒地，男子骑在她身上。打了几下记不清了，她只感觉懵了，紧紧扯住对方卫衣领子。男子起身后，她一下爬了起来，抓着他不放，又被推到地上，再次爬起后她想要报警，“他冲过来掐我脖子，把我按在地上打”。

路人将他们劝开，报了警。派出所里，警察问她脖子怎么回事。“被掐的”，她眼泪一下子就掉了下来。男子承认推了她，但没有动手，说是李少云打了他一巴掌，把他衣服扯烂了，还踢了他下体。

李少云辩驳说，没有打他，只是被按在地上时腿在蹬，可能踢了两脚，“我说那里有监控，我如果打了你，我可以把孩子拿出来发誓，你敢不敢？”

调解无果。李少云去医院做了检查，花了一千多元，她没舍得住院。回到家后，全身都作疼：右手、右腿、膝盖、后背、左脸下颌，头像炸了一样。

依依抱着她安慰：“妈妈，我给你吹吹，吹吹就不疼了。”在家休养的这段时间，依依没去上学，每天给妈妈买早餐、烧水。她要喝水，依依就找来一根吸管，让她可以躺着喝——很小，依依就知道去买热干面给下了夜班的妈妈当早餐，她还会洗衣扫地；李少云不舒服，她会说“妈妈你别动，今天我来照顾你”；看到妈妈很累，她会上前抱住妈妈，说“我来保护你”。

被打后，李少云往派出所跑了一周，还是调解失败。那天晚上，趁依依睡着，她坐在床边痛哭：受伤不能开车，孩子不能上学，求不来的公平，她感觉“没希望了”。

这些年，她像根绷紧的弦，什么事都自己扛着，不想麻烦别人，“撑着撑着就过去了”。但这次，一想到被人掐着脖子按在地上打，被众人围观，她感觉自己狼狈不堪，“成了个笑话”。那天幸好依依不在，否则她“想死的心都有了”。

将李少云从绝望中拉回的，是一个记者的电话，对方说“别慌，我帮你想办法”。父亲去世后，再也没有人对她说过这句话了。

被打后第九天，那名男子跟她道歉，赔了1万元。

婚　姻

在别人看来，只要妥协一点，李少云的日子就会比现在轻松。

被媒体报道后，很多男子打电话到社区，问她的联系方式，还有的直接找到她家。有一个40多岁的男子，拎着两个缠在一起的布袋，从内蒙古坐车到武汉，说想拿出10万块钱给她投资，“像是一场交易”。李少云说自己不想投资，只想赚钱养孩子。

还有很多单身男子加她微信，问愿不愿意去他的城市，她也一口回绝。

李少云帮一个男车主开过车。车主离异，想跟她组建家庭，“一起奋斗”。李少云不愿意，“如果再找一个人，我要开车，要照顾孩子，还要帮他照顾老人，那我为什么要找？”她也不放心让别人照顾依依。

车主为了逼她妥协，三天两头让她休息。她干脆不开了，重新找车。

对他起心思的，也有男乘客。知道她是单亲妈妈后，有人提出每个月给她钱，只是没有名分，是“包养”的意思了。

起初，她不作声，对方下车时让她考虑下，她会客气地说“对不起，我不适合”，心里“恨不得一脚把他踹下去”。后来见多了，只当是玩笑话，她旁敲侧击，“不管男女，做第三者最可耻，我最讨厌这种人了。对不起，我不是说你啊”。听到这些，对方就不再说话。

也遇到过条件不错的。那个男乘客50多岁，个儿高又魁梧，在事业单位工作，离了婚，女儿在国外。他问她，愿不愿意做家庭主妇，只需照顾三餐、带孩子就行，态度很真诚，但李少云觉得不靠谱，因为两人条件差距太大，不现实。

“为什么不去试一下？”记者问。

她收起了笑，说不敢。“如果妈妈今天换一个，明天换一个，孩子长大了自然就学你的样子……已经输过两次了，还敢输吗？”

她有过两段婚姻。18岁时和初恋相识，两年后结婚，生了两个女儿。结婚第12年，丈夫突然失踪，她四处找了半个月。朋友劝她别找了，她这才知道，丈夫出轨了，还把情人带回来过，只有她不知道。

为了孩子，她给过丈夫两次机会，却换来更深的伤害。丈夫的情人怀孕了，婆婆以为怀的是儿子，偷偷带着去做检查。他家亲戚替她不平，告诉了她。

李少云觉得天塌了，她割腕自杀，被哥哥发现，救回一命。11岁的大女儿琪琪在她床头留下纸条："我希望用我的生命换取我妈妈的健康。"

李少云想带两个女儿走，但没工作，没收入，没住处，孩子谁来照顾?

她问琪琪，想不想跟她走，琪琪说："我想读书。"4岁的菲菲想跟她走，可李少云不想两姐妹分离。

2007年夏天，她一个人离开了。

出了那扇门，她不知道去哪儿。在汉口服装厂做了半年衣服，去深圳干了几个月销售，放心不下女儿，她还是回到了武汉，在中南商场卖衣服，一个月千把块钱，还要租房。回想起来，那时候"好难好难"。

到了2013年，她结识了第二任丈夫，对方离了婚，带着3个孩子，勤快，能吃苦。可2014年8月依依出生后，一切都变了。丈夫不愿给依依上户口，他们因此争吵，李少云被按在地上打了几拳。那是她人生中第一次被打，感觉心被打死了。

后来，依依的出生证明上没有父亲的名字，快3岁才落到李少云户口上。

丈夫想把依依送人，婆婆找好了下家，李少云顿时觉得，自己"没有退路"了。她"一无所有"地，带着依依出走了。

李少云少时爱看言情小说，常常看到感动落泪。但经历了两段失败的婚姻，她不敢托付，也不敢憧憬。

她只想拥有一套廉租房，结束带着依依漂泊的日子——不光是依依，还有她一直没放弃的另外两个女儿。但她户口在蔡甸，不符合廉租房的政策。

有人建议她，找个武汉人结婚，以他的名义在武汉申请。但这条"捷径"李少云不敢试，"除非他用行动证明，让我没有后顾之忧"。遇到的那些男人大多只是嘴上说说。

"女儿"

年初，周迅主演的短片《女儿》播出，片中女司机的原型是李少云。

短片结尾，女司机说“妈，我饿了”，母亲把饺子端给她，说“吃饺子”。这一幕李少云看哭了，“我也想家了，我也想有家呀”。

6年前，父亲过世后，李少云觉得自己没有家了。在蔡甸老家，她只有一个户口。小年那天，母亲打电话让她除夕回去。她没应，依依在一旁急了，说“回回回！”

从小，她就觉得母亲偏爱哥哥和妹妹，不喜欢她。家里放牛、插秧、做饭，都是她的事。她从不找母亲要钱，连来月事买纸巾，都找父亲要钱。

长大后，她对母亲说，这么多年你从来没喜欢过我，我想得到你一丁点的关注，你都没有给过。母亲说你这么记仇啊。

婚后她很少回家过年。有一年除夕被父亲叫回去了，母亲埋怨出嫁的姑娘不能在娘家过年。父母吵了起来，她说别吵，我现在就出去。她在网吧待了一晚，两只脚冻得冰冷。后来，母亲允许她除夕回，但必须过了凌晨十二点，她便只初一或初二回来一下。

带依依开车前，她曾让母亲帮忙照看依依，每月付她工资。但两人经常吵——她觉得母亲照顾不尽心，而母亲觉得她太惯着依依，只带了一年，母亲就回了老家。

隔阂也横在她和两个女儿之间。那是李少云一生想要抚平的伤疤。

大女儿琪琪在她离婚后，变得沉默寡言，除了妹妹，对谁都很疏离，也不愿叫爸爸妈妈。琪琪考大学、选专业、找工作，都没问过李少云的意见，平时也不主动联系她。

小女儿菲菲从五六岁开始，每逢周末、寒暑假，一个人从蔡甸坐车到武汉找她。有一天没车了，她在车站哭了起来。为了接送她方便，李少云学起了开车。

但随着年龄增长，菲菲找她的频率越来越低，从一周一次变成一个月一次。10岁时，有一回她哭着说“妈妈我受不了了”，菲菲给李少云发被奶奶打的照片，手上都是伤。在家里，奶奶只要说李少云不好，她就会顶嘴。李少云安慰她：“要不要我回去把她打一顿？”菲菲笑了，说那倒不要。

把菲菲接到身边的想法越来越强烈，直接促成了她的第二次婚姻——她想给菲菲一个完整的家，丈夫婚前也同意抚养菲菲，婚后见她太顾孩子，就反悔了。

她鼓励菲菲："我们一起努力，你把初三读完，我们就在一起了。"

菲菲后来进了武汉一所职校，就在李少云住处附近，平时睡在李少云屋里的折叠沙发上。住一起后，菲菲爱玩手机游戏，李少云管她也不听。有一回，李少云把她手机摔了，菲菲说"我不要你做我妈妈了"，就搬走了。李少云打她电话也不接，以为她回老家了。

1月中旬，菲菲班主任家访，进屋后对着她的出租屋打量了半天，惊讶于这样狭小。班主任说，菲菲灵活、反应快，但家庭环境对她有影响，有一阵子她经常请病假不去学校。

琪琪以前读蔡甸最好的高中，高三时成绩下滑，只进了个普通大学，菲菲也是在初三时成绩掉了下来。李少云很愧疚，觉得自己"把两个伢都害了"。

"您也知道我这样的家庭，我希望她有出息。"那次，李少云几乎用祈求的语气说，"我守了她17年，任何人放弃她，我也不能放弃她。希望老师也不要放弃她。"

2017年8月，刚上完夜班，李少云带着3岁的依依在加油站加油

和　　解

没能从母亲身上获得的爱，李少云想加倍补偿给女儿。

两个女儿从小到大的家长会，都是她去参加。菲菲被同学骂得不想上学时，她跑到学校，当着老师的面对同学放狠话，“你们哪个再骂她，我就把你家长叫来，我会跟你拼命！”

大女儿琪琪像“冰山一样，焐也焐不热”，上大学后，李少云时不时给她打电话，琪琪不愿跟她说话，有时还会怼两句。后来两人有一次长谈，琪琪说起，她读高中需要陪伴的时候，没有人陪她，说着说着就哭了。李少云也哭了，说我一直陪着你，只是我要上班赚钱，没有工作怎么办？琪琪说，我知道，可是我就是有遗憾啊。

那通电话后，琪琪依然话不多，不过脸上有笑容了，说话也柔和了。李少云知道，她心里还有坎没过去。

24岁的琪琪，没恋爱过。李少云催她，她说不想谈，“你自己都没过好，难道要我过你那种日子吗？”

2019年，李少云托堂弟为琪琪在广东找了份工作，“在外面混不下去了，回来妈妈养你”，她说。

2020年1月21日，从广东回来后的琪琪，跟菲菲一道来看她。琪琪才工作两个月，塞给妈妈2 000块钱，李少云不要，琪琪就偷偷转给她，“那时候好感动啊，就觉得她终于长大了”。

菲菲也渐渐过了叛逆期，会抱着她撒娇，会逗依依“这是我的妈妈”。

1月22日晚上，四人一起去江汉路逛街。琪琪给菲菲买衣服，说给李少云也买一件，李少云说不要，看看就好。她每看一件，琪琪就让她试。她试了件灰色格子西装，一穿上，两个女儿都说：“哇，这么好的身材，买吧买吧。”

李少云不要，菲菲就抱着她，冲琪琪喊：“快快快，你去付款。”那件衣服499元，是李少云穿过最贵的衣服。

第二天武汉封城，李少云把她们送回蔡甸老家。她想起怀菲菲的时候，琪琪走路要人抱，她身上背一个，肚里怀一个，心里很满足。

去年一个周末，李少云带着三个女儿去江汉路吃饭。路上，琪琪牵着依依，菲菲抱着她。吃饭时，依依和菲菲打闹，琪琪在一旁笑，她也跟着笑。

那是四个人第一次一起吃饭。这么多年，她觉得，那就是她想要的幸福。

忧心的问题也有：住处会不会拆迁，依依的小学没有着落，菲菲快高考了，如果她爸爸不管她了，怎么办？“这些都是我的责任。”

李少云会想起，那些暗夜里闪现的陌生人的善意。一个浑身麻果味的人，一上车就说“哟怎么带着孩子呀，对不起对不起，我把烟丢掉”，下车时丢下100块，不让找零，说“你慢点开，不要把孩子磕到，早点回去，照顾好孩子……”想到好心人的帮助，女儿们的安慰，她就觉得，欠了好多人情，不努力，谁都对不起。

“你要么就倒下去，要么就一直向前走。”李少云说，她只能一直向前走。

（应受访者要求，文中琪琪、菲菲为化名）

采访、撰稿/朱莹、刘昱秀

编辑/黄芳

复元

新冠肺炎治愈者：经历生死后

这个冬天，新冠肺炎疾风般席卷全国多地。有人感觉像得了一场感冒，有人几度呼吸衰竭，仿佛死过一回。

截至2020年2月12日19时，全国有44 763人确诊感染新冠肺炎，累计死亡病例1 115例，累计治愈出院4 870例。

目前的确诊患者中，年龄最小的是武汉出生仅30个小时的新生儿，最大的是南京97岁的女性。治愈患者中，最小的9个月大，父母从武汉到北京旅游，双双感染；最大的是湖北宜昌91岁的婆婆，治疗15天后康复出院。

每一个数字背后，是一个鲜活生命与疾病抗衡、挣扎求生的故事。他们是父母、儿女，是市场商户、出租车司机、医护人员……靠着毅力与抵抗力，有人扛过病毒的侵蚀，呼吸到自由的气息；有人不幸倒下，留下绵延的悲痛与思念；更多的人还在坚持，等待疫情退去。

抵抗力下滑

1月10日，李振东开车从荆州去武汉出差参加一个会议，晚上和朋友吃饭小聚。37岁的他工作繁忙，经常出差，晚上十一二点后才入睡。

第二天回到荆州后，他感觉自己发烧了。他1月12日去了趟医院，体温超过了38.5℃。血液报告出来后，医生的初步判断是上呼吸道感染。

当时，新冠肺炎对于他只是匆匆略过的一则新闻。由于没有四肢乏力、咳嗽、胸闷等症状，他以为是流感，怕传染给家人，就戴上口罩，在家单独隔离在一个房间。

去公司上班他也戴着口罩，两天后，14日晚上，他出现剧烈咳嗽、胸闷的症状，去医院急诊部拍了CT。看到肺部出现阴影的报告，医生说有可能是肺结核，让他立刻转院到湖北省荆州市胸科医院进行隔离。

当时已经快夜里十二点了，这家医院的值班医生详细询问了他从1月10日起的行程和身体情况。这家医院不单周围医护人员装备齐全，而且他能感受到气氛特别紧张。等到走进病房，看到病床边的仪器和接受数不清的检查后，他才意识到，这事严重了。

掉以轻心的不止李振东，连医护人员也没能幸免。

1月5日，医生黄虎翔在呼吸科接诊了新年后第一位发热病人，对方50多岁，肺部有病灶。那时他还不知道新冠病毒，以为只是普通的病毒性肺炎。

1月15日左右，他所在的湖北省黄冈市中心医院被设为定点医院，病人一天天增多。黄冈市疾控中心来采样。之后，呼吸科的医生开始戴N95口罩，穿一次性手术衣。

他后来回想，那段时间病患多，可能不小心接触到感染患者，又经常加班，抵抗力也下降了。在黄虎翔感染之前，他科室里24个医护人员中，已有两个护士和一个医生被感染。

武汉大学中南医院急救中心护士郭琴是医院里第一个感染的医护人员。

2019年12月底，郭琴就知道武汉发现了不明原因肺炎。没几天，医院也下发了通知，对发热病人有一套专门的就诊流程，要给患者发口罩、登记信息。

2020年1月初开始，到医院就诊的发热病人越来越多，医院在急诊病房里改造出一个隔离病房，专门收治有新冠肺炎症状的病人。15张病床很快住满，还加了两三张床。

那时也正是流感、心脑疾病高发期。1月6日，医院里来了位50多岁的重症患者，郭琴参与了紧急抢救。之后一周，她又接触到四五位后来被确诊的患者。那阵子，她每天工作十几个小时，只能睡四五个小时，她感觉很疲惫，“抵抗力可能不够”。

郭琴所在的急救中心有48名护士，隔离病房有10位，采取“三班倒”模式，2人一组，每5天上一次夜班。一个人有时要照顾6位重症患者，帮忙抢救、抽血、转运、基础护理、观察病情等，免不了与病人有密切接触。

虽然大家都穿防护服、戴医用外科口罩、圆帽，感染风险却一直都在。

1月12日，郭琴出现畏寒、发热症状，服用了抗病毒药，当晚她自己睡一间房，没再跟家人接触。第二天，烧到39℃的她住进了平时自己看护的病房，接受隔离观察。

人生中的至暗时刻

当时没有通过核酸试剂确诊，医生凭CT判断李振东得了新冠肺炎。“医院可能是为了减轻我的压力，一直跟我说是疑似，实际上我是属于危重症了”。1月15日下午，他确认要被隔离的时候，妻子担心得哭了。

当时湖北荆州市仅有一例确诊病例，患者是华南海鲜城的搬运工。李振东进隔离病房时，第一例已经恢复得差不多了。医护人员也会主动跟他讲第一例的情况，一直安慰他说“能治好，没问题，不要担心”，这让他提振了信心。

他住院的第二天，从早上八点到晚上十二点，一刻不停地在打针、吃药、做检查。除了拍胸片，做CT、彩超之外，他早中晚各抽一管血，针扎得两个手臂上找不到一块好地方。医生采样化验，还需要他咳痰，但是有些新冠肺炎的病人没有痰，只能干咳。“咳得人撕心裂肺，有时咳出来血，看得我心里直发麻。”李振东回忆。

为了补充体力，李振东每次抽完血就逼自己喝下半瓶牛奶。有时候他边咳血边喝，把咳的血一起咽了下去。

新冠病毒肺炎没有特效药物，住院后只能按照《湖北省治疗指南》，每天打抗生素、抗病毒药、丙种球蛋白的吊瓶和吃医生开的中药，黄虎翔说。

1月16日晚上，他一直咳嗽，吃了平喘、控制病情的药物，做了雾化，打了针，呼吸顺畅了些。护士让他服下了安定片，调了心电监测仪的音量，关上灯让他休息片刻。

那天半夜，他自称经历了人生中非常黑暗和恐怖的时刻，因为他的先天性哮喘同时发作了，“人是迷糊的，高烧已经不知道多少度了，咳嗽得厉害，哮喘又让我无法呼吸。我感觉自己开始说胡话，意识也慢慢开始在丢失”。

护士听到他的呻吟声进来，但他已经没力气说话。护士给他测了体温，

38.6℃。他恍惚中听到护士说，先喝温水观察体温，他不想喝，拒绝了。再次测温，体温已攀升至39.1℃，护士说要喂药，希望能退烧，但他不喜欢出汗的感觉，又拒绝了。

那几天，李振东仍然处于病发高峰期，天天高烧咳嗽，只能靠着毅力扛。他说，能感觉自己的身体器官都开始衰竭了，连把痰吐出来的力气都没有，“我不是个脆弱的人，但那几天我眼泪不知不觉就流下来了。崩溃的时候，我对医院也有一点排斥，为什么每天输液、吃药，情况还是没有好转？”

令李振东感动的是，尽管他咳嗽不止，对治疗排斥，医护人员还是冒着感染的风险，不厌其烦地为他补给热水，端屎端尿。“我每天要喝大概一热水瓶的开水，保温杯里的水喝完了，我叫一声，护士就会帮我去接满。”

住院第一晚，郭琴记得自己彻夜失眠，耳边回响着治疗推车走动的声音、监护仪器的响声、护士急匆匆的脚步声。平时搭档的徒弟当晚值夜班，对她说“你睡不着，我晚上来看看你”，几次进来看她。那一晚她打了五六瓶抗病毒、抗菌的点滴。

“身体和病毒赛跑”“精神胜利”

黄虎翔在医院住了15天，最严重的几天发烧到37.5℃，全身痛，没有力气，不想动，但意识是清醒的。

他住院的第三、四天，以前看的一个哮喘病人听说了他生病的消息，就给他的朋友圈留言祈祷，这让他得到了慰藉。

有人辗转向他咨询新冠肺炎的治疗和康复知识，他但凡状态好些就会及时回复，“他们不了解这个病，出现一些症状，就如惊弓之鸟，害怕感染上了会死，所以还是需要普及知识和心理疏导”。

56岁的刘娟（化名）和丈夫在江岸区西马路市场有三个摊位卖蔬菜，那里离华南海鲜市场四五公里远。他们一年中就过年时休息一周。

对她来说，被确诊为新冠肺炎后，收治在武汉市第五医院和金银潭医院的前三天是最难熬的，“这个病真是狠哦。浑身上下没有劲，又痛，呼吸困难，那真是难受啊”。

刚知道自己得新冠肺炎的时候，她还不知道怕。后来她看到手机上的新闻，才知道疫情严峻，晚上怕得睡不着，病房里经常传来病人呼哧呼哧的喘气声、咳嗽声，甚至哭泣声，“把我吓死了”。

住院前几天她人昏昏沉沉的，身上疼得没胃口，感觉吃什么都是苦的。1月23日，管床医生给她丈夫打电话，说这个病只能靠提高人的免疫力来治疗，让身体和病毒赛跑，“你老婆不吃不喝怎么办，你跟她说一声，要吃，这个病就是要注重营养，你没有抵抗力怎么能战胜病魔呢？”

于是丈夫就每天中午骑着电动车，给她送稀饭、青菜、汤、牛奶、草莓，让保安递进来。她觉得嘴里苦吃不下，丈夫就在稀饭里加糖。

等她慢慢能用手机后，丈夫、孩子、亲戚们每天打电话鼓励她，“你一定会好的”，“你要活着，就要加油啊，要拼命地吃”。她就逼着自己吃。从1月27日开始，身上的疼痛好些了，送来的饭基本可以吃完。

邻床一个82岁的婆婆无法自理，刘娟能下床后，经常帮婆婆开盖子、倒水、照顾她。婆婆很感动，说“没有你，我饿都饿不行了”。婆婆想认她做干女儿，后来先她一天出院。

住院的三天里，同事们每天发消息问郭琴状况怎么样，安慰她“不要担心，会好的”。有的同事一停下来，就进来看她，逗逗她。有的给她带早餐、送书、送花，花没办法拿进病房，就拍照片发给她看，鼓励她加油。郭琴说：“当时感觉特别暖心，还偷偷哭了。”

而李振东则会用手机听点音频节目，听听老歌。最崩溃时听了阿杜的《坚持到底》，这给了他些许力量。“咳得很凶的时候一定要用意志力控制住，否则容易窒息昏迷。我一般是压住咳嗽后慢慢放松身体，控制呼吸”。

病毒是欺软怕硬的。1月23日开始，李振东连日的高烧退了下去，24日他进入“恢复阶段”，咳嗽好了很多，精神也在慢慢恢复。他还托朋友买了些物资捐给一线的医务工作者。

直到恢复一些了，他才联系家人，却只字不提病危的经历。他怕自己喘气不顺或者状况突变，只录了些自己的视频发给家人，不敢与他们视频即时通话。他母亲在这段时间还做饭送到医院来，放在一个地方，医护人员帮他去拿。他吃不下饭，就用汤泡饭，多少吞下去一点。

他坐在病床上，喘着气断断续续录了些视频讲述自己的康复过程，他希望能够通过自己现身说法宽慰那些正在患病或者身处恐惧中的人。

出院恢复期

停药后留院观察了几天，李振东在两次核酸检测呈阴性后的1月31日出院了。医生告诉他，短期内会有抗体，但免疫系统被破坏后身体比较虚弱，也可能会有二次感染，就让他在家里隔离一段时间，其间需要清淡饮食、少食多餐。

出院第二天，他有种“麻药醒了”的感觉，内脏器官一直在痛。这天晚上，他一度发烧到38.2℃。妻子打电话给医生，主治医生说出院后停药，身体有段适应期。当时已经快晚上九点，医院药房已经关门了，主治医生还跑了一趟帮他拿药。吃完退烧药、止痛药后，第三天早上，他才退烧了，人也恢复过来。

2月3日下午，也就是住院17天后，刘娟也出院了。一个护士说：“阿姨，你今天出院，恭喜你”，她很感激地说：“是你们给了我第二次生命，我很感谢你们，不是你们，我哪有今天呢？”

医生没给她开药，只嘱咐她回家后要休养，在家隔离14天。上楼的时候，她感觉有点吃力，喘气，不过比在医院的时候要好一些，饭量也大了。她在家也戴着口罩，与丈夫保持距离，碗筷分开。

2月7日，国家卫健委医政医管局监察专员郭燕红表示，从1月30日以后治愈患者增幅在不断加大，根据近日卫健委组织专家对500多个出院患者的病例和诊疗情况分析结果来看，其中既有轻症，也有重症，500多例治愈患者的平均住院时间是10天左右。

对于四千多名治愈者来说，一个萦绕心头的问题是：是否会有二次感染或留下后遗症？中日友好医院专家詹庆元给出的答案是：从一般的病毒感染规律来看，感染后都会产生抗体，有的抗体可能持续时间不长，患者治愈后有再感染的风险，应加强防护，防止感冒，在家适当活动。从临床经验来看，轻症患者没有后遗症；重症患者一段时间内可能有肺纤维化等遗留情况，大部分最后可以修复；极少数急重患者可能在较长的时间内留有一点肺纤维化，需加强后期随访。

郭琴出院后隔离14天就重回了抗击疫情一线。最初两天她帮忙做些医嘱、治疗的工作，但科室人员不够，她在第三天就恢复跟往常一样护理危重病人。她住在医院附近的房子里，丈夫隔两天去看她一次。重回岗位有风险，但郭琴更“希望以一个治愈患者的身份告诉大家：不要恐慌，要相信医护人员”。

隔离时黄虎翔经常看疫情消息。1月22日左右，他熟悉的医院医护人员都上了一线，当时还有山东、湖南的医疗队，一共有一千多人，有些人一个多月都没回过一次家。

他也想帮忙，尽一份自己的力。同事把片子发给他，让他帮忙看病历，做远程会诊，“有一次看到了一个怀孕25周的孕妇患者，这种病人用药需要非常小心，好在后来听说恢复得不错”。

这段时间，他7岁多的孩子好像突然间长大了，明白当医生的爸爸妈妈不能陪她过年是为什么。

2月1日出院那天，阳光明媚。黄虎翔洗了澡，换了衣服，戴上口罩，之后联系社区的出租车，把他送到岳母的空房里，一个人隔离。之前一年只休七天，他说还从未休过如此漫长的假期。他给治愈者在家康复的建议是：“尽量不出门，保持室内空气流通，出去一定要戴口罩，要多洗手，很关键。在家里要运动，注意休息，不要熬夜，增加免疫力。”

2月12日，结束隔离的他回到医院，与同事在抗疫一线并肩作战。

跟黄虎翔同一天出院的李振东现在每天晚上差不多八点半睡，早上六点左右醒。醒来后，他会在房间里做做舒展动作。长期不动，腿部、手臂感觉都有点肌肉萎缩了，有时候会抽筋。下午基本上是午休、听音乐、看书、看电视。

这段时间他每天都要跟孩子视频通话，孩子会问爸爸怎么还不回来。他就说爸爸生病了，还在恢复，好了就回来。

有了此番经历，他陡然觉得这个世界很美好，自己和身边的人也很幸运，因为身边接触的人目前没有一例感染。过去，他常常由于工作疏于陪伴家人，这次他与新冠肺炎“正面肉搏”，多少让家人担惊受怕，他说病愈之后更珍惜与他们相处的时刻。

采访、撰稿/朱莹、钟笑玫、明鹊、刘昱秀
编辑/彭玮

一个重现烟火气的湖北县城

2020年3月11日，封城46天后，麻城迎来了“解封”。

这天阳光灿烂，一大早，人们走出家门，呼吸久违的自由气息。清冷、安静的城市，一下有了烟火气。街道上，车流穿梭如织，出现了堵车；超市门口排起了一两百米的长队，药店、理发店、小商铺也开门了；公园里，有人跳舞，有人踢足球，有人放风筝……

拥有130余万人口的麻城，是黄冈下辖人口最多的县级市，距武汉百来公里，高铁仅需30分钟，武汉返乡人员近5万人。

黄冈曾是武汉之外疫情最严重的城市。截至3月12日，黄冈有2 907人确诊，2 720人治愈出院。麻城有243人确诊，在黄冈10个县市区中排第六，除9人死亡外，其余均已出院——它也是黄冈第二个确诊病例“清零”的城市。

自1月18日发现首个疑似病例，53天里，这个城市也曾“一床难求”、物资匮乏，急盼上级支援。伴随着防控升级，封城、封路、封村之下，疫情逐步平稳，治愈人数不断攀升，直至3月7日“清零”，3月11日解除封城。

这是一个湖北普通县城的抗疫，也是一群普通人的疫情生活图景，有坚守，有爱，有希望，共同消弭恐慌。他们守望相助，与整座城一起，迎来疫情后的重生。

“病人要治，没地方去，怎么办？”

麻城最早的疑似病人是武汉一家医院的护工，1月15日回家后咳嗽、发热，先到乡诊所输液，之后住进市人民医院，以普通肺炎治疗2天，不见成效，CT复查显示肺部有磨玻璃样改变。

彼时，麻城市人民医院感染科副主任陈敬锋，刚参加了省卫健委组织的新冠肺炎诊疗指南培训。病人症状和新冠肺炎相似，他赶紧上报医院——去年12月底武汉发现不明原因肺炎后，医院就在工作群发布预警，对疑似病患建议查血常规和CT，及时上报。

医院马上组织专家会诊，结论是，高度疑似。病人被隔离，与之接触过的12名医护人员也被召回隔离。

这位病人后来4次核酸检测都是阴性，被排除是新冠肺炎，但这个城市的防疫之战就此开启。

1月18日当天，医院启动预检分诊，将有武汉接触史和发热现象的病人分到发热门诊。同时腾空感染科病房，专门收治疑似患者。

1月21日，麻城新冠肺炎防疫指挥部成立。麻城市人民医院是唯一一家新冠肺炎定点医院，来就诊的发热病人不断增多，1月24日达300多人次，排除与新冠肺炎无关的，需医学留观或住院的有100多人——这个数字2月2日最高达181人。

“病人突然涌来之后，我们有点措手不及。”麻城市人民医院党委委员张汝民介绍，疑似病人只能单人单间收治，到1月24日，感染科30多张床位都已住满。当天，医院紧急对感染大楼另一侧的板房，按“三区两通道”标准改造。晚上十点多还没完工，病人等着入住，只能边改造边收病人。

但这样合起来也不过60多张床位，根本不够。

“那一个多星期是最困难的时候，病人面临跟武汉一样的状况，一床难求。”张汝民说，“病人要治，没有地方去，怎么办？”

病区改造加急。感染二区1月28日开始收治重症和危重症患者，26张病床当天住满。随后是中医科改造成的观察区，“还没改造好，病人一听有床位，都跑来了”。

大量疑似病人累积，但早期确诊流程漫长。

1月23日之前，须由疾控中心采集病人咽拭子后送到黄冈检测，由黄冈发布确诊信息。整个过程少则三天，多则四五天。

到了1月23日，检测权下放到医院，检测结果送黄冈复核——当时，黄冈县级医院中，只有麻城、浠水获此权限。

国家规定的试剂盒厂家不太好找，医院最后从广东采购了1 000人份。8位疑似患者1月23日做了检测，4例为阳性，送黄冈复核后，2例为阳性——这也是麻城1月26日首次公布的确诊人数。

1月29日开始，确诊发布权下放到医院。“我们就把所有在院阳性的公布了，第二天确诊人数一下增加了52例。”麻城市人民医院医务科主任罗登立解释。

医院随后又采购了一批试剂盒，也收到了一些捐赠的，没有出现短缺状况，当天采的标本都能做检测，最多的时候，一天做了164份。不过，全院只有一台检测机器，3个人有资质做，但只能排一个班，从每天下午五点做到晚上十一点多。

检测对象早期主要是疑似病患、重症患者，后期逐步扩大到不能排除新冠肺炎的发热病人、密切接触者等。由于前期检测确诊周期漫长，医院没有留观室，等待结果的病人只能回家。

张汝民说，他们很早就提议，征用酒店或其他场所来集中发热病人，但“必须是政府来做这个事情”。第一个集中隔离点1月27日启用，只能接收三四十人，消杀、送饭人员等配套条件初期跟不上，一度“关”不住人。

“我们没有能力留置他，隔离点那边又接不了。”张汝民说，那时候他们急得睡不着。

后来新的集中隔离点陆续启用。阳性发热病人马上住院，两次核酸检测阴性的病人就由乡镇人员接回居家隔离。

新的定点医院也在紧急改造。第二家定点医院铁路医院1月29日开始收轻症和疑似患者，有120张床位，152名医护人员来自市内9家医院。

第三家定点医院闫家河镇卫生院2月8日启用，张汝民被派到卫生院负责救治工作。他发现，乡镇卫生院药品、人员、设备“要啥啥没有”。152名从乡镇调来的医护，没一个有感染科工作经验，一些专业设备也不会用。没有高流量给氧设备，监测血氧、血糖的设备是从市人民医院借的，电子血压计则是他从家里带来的。

此前，各乡镇办卫生院1月23日左右相继开设发热门诊，承担基层首诊之责。发热病人做CT、血常规检查后，不能排除是新冠肺炎的，再送市人民医院诊治。

家住宋埠镇的肖建华，在武汉做建筑工作，1月22日从武汉回家后感觉乏力、疲劳，24日住进镇上的市第二人民医院，25日CT显示肺部纹理增粗，5天后才被两位医生领着，坐救护车到市人民医院做核酸检测。结果呈阳性，他住进了定点铁路医院。

21岁女孩叶薇，在新年的第一天确诊。她和父母1月10日到武汉汉正街买衣服，回来后不久父亲开始发烧，1月22日住进市人民医院的隔离病房。3天后，她也住进去了，父亲因为两次核酸呈阴性要出院，走之前把小面包、饭盒、没用完的酒精递给她。

叶薇没想到，7天后，父亲又住进来了——病情比之前更重。又做了两次核酸检测，第一次为阴性，第二次为阳性，这才确诊。

她自己住院后也做了两次核酸检测，都是阴性，开心地以为可以出院了，没想到CT显示肺部还有问题。接着做了第3次核酸检测，转为阳性，她差点崩溃。因病情较轻，2月5日她被转到了铁路医院。

“我吃苦不怕，但是不敢回家”

“年都不过了啊？”1月22日晚肖潇出门时，婆婆边掉泪边问她，8岁女儿也大哭起来。

她是麻城市人民医院肝胆外科护士长。医院感染科只有10名医生、23名护士，1月21日医院开始征集志愿者支援一线，肖潇马上报了名。

22日接到医院通知后，她没吃晚饭，带着几个炸春卷就赶回医院。接受院感、防护用品使用培训后，当晚十二点，她第一次走进隔离病房。

脱外套，穿工作服、隔离衣、防护服、靴子，手部消毒，戴帽子、口罩、护目镜、2双手套……一位同事在旁边帮忙检查。脱下这些更为严格，光手部消毒就得七八次。病房不具备洗澡条件，只能回家后再洗。

穿上防护服，肖潇觉得像在走太空步一样，“蛮有安全感”。

护理部主任王丽霞知道，“那时候条件太差了，都是咬牙坚持”。隔离病房灯光昏暗，没有取暖设施，休息的地方也没有，护士们只能站在走廊上；医护们大多第一次穿防护服，有的呼吸困难、晕倒了；有的护目镜起雾，从楼梯上摔下；防护服里穿不下厚衣服，靴子也汗湿了，晚上冻得不行。

吃饭也没有保障。食堂供应不来，外面餐饮店关了，医护人员只能吃泡面。有的买来电饭煲、米，在办公室煮饺子、粥，从家里带菜。病人想喝粥，也煮了送进去。

有的护士不敢回家，拎着衣服来上班。感染科一楼收治病人的时候，她们到2楼打地铺休息，2楼住满了，搬到3楼，3楼住满了，她们没地方去。

没有宾馆愿意接受她们。有一家好不容易谈妥，护士们行李都搬进去了，老板娘知道后，赶她们走，说："我不挣这个钱，我要保命。"

女孩们委屈得掉眼泪，说"我吃苦不怕，但是不敢回家"。

"好心酸，她们大包小包地提着（上班），不要命地去救病人，连个住的地方都没有。"肖潇说。医院只得将新门诊5楼综合科撤掉，临时给护士们住。

没人知道，疫情会持续多久，病毒会何时侵入，不断传出的医护感染的消息，更加重了恐慌。

爆发是在除夕那天。咽拭子采样第一次由护士做，很多人哭了，害怕暴露风险高，没采好影响结果。结果有的推说手破皮了，有的说人不舒服。

最后是护士陈明采的，20来个标本，她采了2个多小时。感到害怕是在三天后。她突然头痛，体温37.3℃。第二天她去医院检查，等待核酸检测结果的时候，看到网上医护人员和家人告别的视频，她一下控制不住哭了起来，担心自己感染了，父母怎么办。直到结果显示是阴性，她才安心。

"1月24日是个分水岭。"罗登立说，那天护士们情绪爆发之后，医院宣布，第一批医护人员坚持14天后轮休14天，"她们才有点盼头，心里有底了。"

吃饭、住宿问题也慢慢得到解决：餐馆送来中晚餐，宾馆也找到了。

医院陆续合并耳鼻喉科、眼科等科室，撤掉4个科室。全院900多名医护人员，陆续上了一线，每天至少工作8个小时，医生白、中、夜三班倒，护士4小时一班。

监测病情、倒水喂饭、吸痰倒尿都得做，女病人要卫生巾，护士也得想办法。有一次，一个病人想吃旺旺雪饼，肖潇跑到职工小卖部帮他买。

最令人担心的，还是防护物资。

麻城市人民医院副院长彭晓光坦言，疫情发生前，医院仅感染科有一二十件防护服、200个过期的N95口罩、30个护目镜。1月18日开始紧急采购了2 000个N95口罩、3 000套防护服、200个护目镜、7万只医用外科口罩。“那时好筹备得多，一些商家手上还有货”。

1月24日十一时开始，麻城封城。物流、道路不通，物资采购不到。最窘迫的时候，医院N95口罩日消耗300只，只够用3天；隔离衣没了，只能用手术衣代替；护目镜只能重复使用。

王丽霞记得，以前一周领一次物资，那时候每天领，东西都算着用，不敢用超额。N95口罩只够进隔离病房的人用，其他的医护人员戴医用外科口罩。为节省物资，有的重复使用隔离衣，自制面屏。

1月25日和2月3日，医院两次发布接受物资捐赠的公告。彭晓光说，收到的多是医用外科口罩和一次性口罩，没有非常标准的防护型口罩。除了加大采购力度，医院主要靠政府下发物资。

好在一线医护没有赤膊上阵过，医院没有发生一例医护感染。

乡镇卫生院的物资更为匮乏。闫家河镇卫生院院长鲍克忠说，1月23日启动发热门诊时，只有五六套防护服、四五个护目镜，没有N95口罩、面屏，12 000个一次性医用口罩主要分发给村民。之后三天，“一点存货也没有，只能硬挺着，口罩反复戴”，直到1月26日才收到指挥部下发的防护物资。

“越是面临疾病，心贴得越近”

恐惧、沉默、孤独，是肖潇第一次进隔离病房时，在病人脸上看到的。

第一间病房里，病人凌晨十二点多还在刷手机。她问怎么不睡，没有回应。走近后，病人侧着身子，回看了她一眼，“怎么了？”

“是不是不舒服？”

“还好。”是那种不想搭理人的语气。

肖潇再去别的房间，发现病人都没睡。她一遍遍催促：“快睡觉，抵抗力好了什么都好了。”

感染科办公室里，3部电话从早到晚响个不停。打来电话的是病人和他们的家属，有的病人一天打10次。

“医生，你跟我说实话，我的病情到底什么样？”查房时，陈敬锋听到最多的就是这句话。老有病人追着他问：“我是不是治不好了？你给我用的什么药？”也有人说“我不是这个病”，不想住院。有病人找他要安眠药，因为害怕得睡不着；也有人不愿吃药，说自己没确诊。

叶薇是护士们口中“心态最好的病人”，但刚住院时，她也不想说话，总盼着出院，检查结果不好，就大受打击。她不发烧，很少咳嗽，但肺部恢复得慢。

同病房有个28岁的女孩，病情比她严重，家人也被送去隔离，她觉得自己把一家人都害了。但她心态好，经常哈哈大笑，看到美团上有肯德基，还说“啊，好想吃肯德基啊，不知能不能点”。她住院不到10天就出院了。叶薇很开心，“自己也像看到了希望一样”。

另一位病友是个四五十岁的阿姨，二婚的丈夫癌症晚期，脚也摔了，想住院，社区封了去不了。阿姨每天很焦虑，老做噩梦，叶薇安慰她，教她鼓励自己，阿姨这才晚上稍稍能睡着一会儿，“她说我是她精神上的医生”。

叶薇父亲病情要严重些。每次只要父亲一按铃，她就忍不住竖着耳朵听，担心他出事，“他天天按几次，我心脏就受不了”。

她和父亲默契地不想打扰对方。电话只打过一次，因为“一打电话就想哭”。

“越是面临疾病，心贴得越近。”她觉得。生病后，她开始学会直白地表达情感，每天对父母说“爸爸妈妈我超级爱你们”，嘱咐父亲“你要乖，不要让我伤心”。她知道，“不管我病得有多重，爸爸妈妈都会爱我；不管爸爸有多严重，我们都会接受他，这才是家庭”。

一个学医的男孩，跟她表白了。他们以前不太熟，父亲发烧后，她向男孩询问病情上的事，男孩之后每天陪她聊天、安慰她，说想陪她度过这段时光。她很感动，“这种时刻，有一点患难见真情的感觉”。

死亡病例的攀升，让肖建华觉得恐慌。1月30日转到铁路医院后，他的病情越来越重，整晚咳嗽，“使劲咽口水也没办法控制”。第二天转到市人民医院，开始吸氧、监测心率，每天打14瓶吊针，6天后才好转。

哥哥姐姐们鼓励他：“现在治好了很多，你自己要有信心，配合医生治疗。”

肖潇发现，病人病情稳定后，脸上会有笑容了。那位不理人的病人后来也愿意和她交流，让他多吃饭，他把鸡蛋吃了，说“你看我都吃了哈”。

在隔离病房里，她看到了很多种爱。

一位病人催弟弟回家，弟弟说就在医院旁边找地方睡，“怕医生找我有什么事”。一位母亲不放心儿子，四次托护士帮忙递东西，说“对不起，我好担心他”。一位老人哭得很伤心，说儿媳、孙子在做检查，怕他们也要住进来，又怕晚了没床位了。后来儿媳、孙子检查结果出来了，她笑得开心，“他们没事，都回去了”。

也有来自病人的关心。有的病人说不了话，会拍拍肖潇的手，或者竖起大拇指，以示感谢；倒水时让她把杯子放下，说“你眼睛雾成这样，待会儿别把手烫了”；采鼻咽拭子时，他们会用纸捂住嘴。肖潇知道，“他也是想保护我们”。

那些微小、无声的爱，让她觉得温暖。

肖潇刚上一线时，在黄州当老师的弟弟经常给她打电话，除夕那天还哭了起来，说“我好怕失去姐姐”。他四处找人、联系厂家，想给医院送防护物资，还想做志愿者。公公也会鼓励她，“危难的时候总要有人站出来，我很欣慰”。

说到这些，她声音颤抖，“突然会觉得，亲情远比我们自以为的浓得多”。

轮休期间，她回了趟家。大女儿一下冲到她面前，她大声吼“隔我远一些”。车子一停，她冲到二楼，让家人不要上来，自己在房间待了5天，丈夫把饭送上来。小女儿不知道她回家了，视频时还问“妈妈在哪儿?”只在回医院那天，她让婆婆抱着孩子，自己站在窗边，远远地看了一眼。

护士陈明曾看到一个同事在宾馆急哭了，因为她的孩子高烧，被120送到了医院，她却不能陪在身边。

“我们也想救他回来”

叶薇第一次“听到”死亡，来自隔壁病房。

1月28日下午，她正在做紫外线消毒。隔壁病房传来了急促的按铃声、嘈杂声，之后，是孩童般无助的哭声，“这怎么办啊，这怎么办啊?”

一场抢救正在进行。病人49岁，有五型肝炎合并慢性血栓、蛋白血症等。在武汉大学中南医院住过20多天院，1月21日回家，24日入院。起初只是单肺感染，高烧，还能交流，但病情恶化得很快，病人开始呼吸衰竭，直至失去意识。

陈敬锋参与了抢救。给病人上高流量吸氧机，4个人轮流做心脏按压，抢救40分钟后，他们“浑身湿透，跟泡在水里一样，整个人都缺氧”。

病人妻子当时在病房照顾，情绪很激动:“人前两天还好好的，怎么突然不行了?”

“我们也想救他回来。”陈敬锋说，“但我们医生也只是凡人，好多事情我们也没办法做到。”

又抢救了半个小时。陈敬锋说“我们尽力了”，病人妻子点头，没有说话。

无力感爬上他的心头，“以前我知道能用什么药救治我的病人，但这次，没有特效药”。

几个小时后，又一位74岁的病人去世。

老人有慢阻肺，病了10多天。当天下午刚从中医院转过来，来的时候已经昏迷了。老人的儿子是聋哑人，儿媳有慢性病，从武汉回来后双双感染住院。晚上十一点多，肖潇接到医院电话，说老人去世了，值班护士不知道怎么处理。她赶了过去。老人遗体已经用被子裹起来了，需要消毒。她也害怕被感染，但“责任在那儿，我是护士长，不仅要对病人负责，也要对同事负责”。

她独自进病房处理，化“84”消毒片时，眼泪止不住地往下流。老人孤独离世，她想，“我就是你的亲人，我来料理你的后事，让你走得安详，走得有尊严”。

她将消毒棉球一一放进老人身体的腔道。有时需要将老人翻动，跪在床上才能完成，距离非常近。之后她帮老人捋顺头发，擦干净脸、脖子，扣好衣服。她看了一眼，老人面色安详，心里踏实了些。最后用被子将遗体裹起来，和同事一起装进双层遗体袋。遗体被抬到病房门口，由两个保安抬上救护车，送往殡仪馆——像是完成了一场对生命的告别。

出病房后，一个医生要跟她说事，她习惯性地避了下，说："隔远一点，我刚刚离病人太近了。"

医生说："没事啊。"她心里一暖。

凌晨两点回宾馆后，她才真正感到害怕，"那天我是真的怕了，非常怕"。

她给弟弟发消息，说："我万一被感染了，又万一很不幸不在了，爸爸妈妈要拜托你了。"

她没敢告诉丈夫、父母。后来，丈夫从网上看到她写的日记，问她："你当时都已经下班了，为什么还要去?"她知道丈夫也怕，只说："我很好，放心。"

这之后，有7位病人相继去世，年龄大多50岁以上，和武汉有明显接触史，伴有慢性支气管炎、高血压等基础疾病，住院10多天后因呼吸困难去世。

叶薇也曾考虑过最坏的情况，后来渐渐想明白了，"我这一生活到现在，努力了，没虚度，就没什么特别后悔的。毕竟我这么用力地爱过这个世界"。

封城生活

病房之外，更多人在经历着从未有过的封城生活。

1月24日十一时麻城封城，市内公共交通停运，火车站关闭，所有娱乐场所停业。

一些村庄，在此之前已经开始封村。闫家河镇三水湾村3 000多位村民中，137人从武汉返乡。1月23日晚开始，两辆货车横放在进村主干道上，村里的小路则用树枝、铁丝网围住。4名村组成员，2人一班，24小时轮流值守。

“不要出门，不要串门，不要拜年，不要聚众……”除夕开始，村干部拎着喇叭，从早到晚“喊话”巡逻，宣传防疫知识。

村民体温每晚六点前要上报镇里。行医四十载的张可忠，是村里仅有的三名村医之一，每天早上八点不到就出门，为村民们测量体温。他有一套村里发的防护服，和白大褂换着，从除夕穿到现在，每次回来就用消毒液里里外外清洗晾干。N95口罩只有一个，他舍不得戴，平时只戴医用外科口罩。

来村卫生所的，多是上火、胃肠炎、感冒的病人，开些药回家吃，尽量不输液。村里至今无人感染。

村里给每家发了两三个医用外科口罩，一个体温计。武汉返乡人员家门口贴上了告示，村医每天上门量体温。其他村民自己量，村医来问的时候报一下或在微信群里报。体温超过37.3℃的话，会被送到镇卫生院做检查。

家住市区的陈希，对封城后的变化有更深的感受。

陈希1月19日从武汉返乡。直到除夕，社区工作人员才上门发放取消新年团拜的通知，登记武汉返乡人员信息。没有测量体温，没有发口罩，没有封路。当天，她上街，发现有人没戴口罩，有人在街边卖水果，不少商铺还开着。

气氛在新年后逐渐凝重。初一开始，市内实行交通管制，高速公路全封；初六管控升级，机动车、电动车限行，一些主干道上设起路障，小区、村组的进出口设卡点。

陈希父母每天刷新闻，一天比一天紧张。饭桌上谈论的，全是新冠肺炎的最新消息。她则每天数着14天潜伏期，担忧和焦虑感伴随着自己嗓子疼，父亲、嫂子相继咳嗽，越来越深，直至3岁侄女高烧去医院看病。她心里说不出的害怕、歉疚，怕把家人传染了。后来CT显示没问题，她才稍微心安。她的一位朋友，1月时去武汉医院看过病，也是肺炎，回乡后担心得写了遗书。

2月开始，麻城市区居民出行限行，先是每户每两天可指派1人上街采购，之后变成每三天采购一次，再后来，超市不对个人开放，由社区统一采购、派送。

陈希隔离期满后去过一次超市。一个全副武装的员工拿着体温枪站在门口，测量她的体温，之后在出入卡上盖章，并提醒她："三天后才能用，多买点菜。"超市里，菜少了很多，价格略有上涨。售货员只戴着一次性口罩，没什么防护。人们自觉地隔开，见有人走近，马上闪到旁边。

2月17日开始由社区采购那天，有人一大早出门，想去超市看看还能不能买，结果在路口被拦下。有人晚上猫着腰跑到小卖部，小卖部刚打开一个口，就涌进去挑了几大包零食，一路跑回家，"快点快点，一会儿让人给抓走了"。

一些社区用货车拉来水果蔬菜，菜价略高，一包一包的组合套餐，不能挑选，村民反映菜不太新鲜。也有外地捐赠的榨菜、莴苣、萝卜等，堆在路边，妇女们一听可以免费领，便戴上口罩火速出门。还有的乡镇能领到免费牛奶、米、红薯等。

人们渐渐适应足不出户的生活。刚开始还有人偷偷打扑克，打两次不打了，怕被举报。有人在一二十米的走廊上来回跑步；有人在家门口的小巷里做操、运动；有的院里搭起乒乓球台，还有人打羽毛球、跳绳。天晴时，爬到楼顶晒太阳，对着许久没见的亲戚，隔空大声唠几句。

特殊时期，邻里友善不减，我家弄来了几块嫩豆腐，分给你家一点，因为吃过你家给的菜薹。关爱不灭，女儿依旧每天穿过一座桥，给年近九十的独居父亲送药、送饭；母亲则每天变着法子，做饺子、饼、包子、蛋糕，喂饱难得在家的孩子。喜事被暂停，丧事悄无声息。

元宵节那天，三水湾村一位婆婆摔了一跤，突发脑出血。救护车来的时候，人已经不行了。车停在村口进不来，老人的丈夫和外孙目送她到村口，没有上救护车，怕跟着去医院有感染风险。

"四类人群"摸排力度越来越大，2月17日开始，麻城市内对发热咳嗽主动就医者，奖励500元。无人机在空中摄像，协助巡查市内封闭管理工作，轰隆声不断。

"这才是真正的过年"

一切正在朝好的方向发展。

从麻城公布的确诊病例来看，1月29日到2月6日为高峰期，病例从9例猛增到188例。2月7日开始，每日新增只有几例（10日和13日除外），增幅逐渐放缓。2月21日开始，每日新增病例为0。

2月11日，湖南38位医护人员驰援，缓解了当地医护人员不足的压力。2月20日开始，所有新冠肺炎病人转入刚建成的市人民医院新院区感染楼。老院区消杀后，2月25日恢复正常接诊。

经历疫情初期的迷茫，之后一周物资、人员、设备的紧缺，接诊、转诊逐步有序开展，治愈人数不断攀升。

肖建华2月16日出院，救护车送他到村口。往家里走的时候，几个在家门口聊天的村民，一看到他，就马上进屋关门，还有一个妇女掉头就往家里冲，“跟看到瘟神一样”，他心里说不出的滋味。

之前医院工作人员穿着防护服到他家消毒，“村里炸锅了一样，都在远处围着看”。谣言四起，有人说他全家都被感染了，“看见了也不（跟我家）讲话。我妻子都快气死了，这对她打击很大”。

护士发出院记录的时候，叶薇激动得不敢相信。2月17日，铁路医院20个轻症患者出院，“整个三楼病房都空了”。那天，等社区的车接她回家时，她要了桶方便面，“吃得香香的，为自己庆祝一下”。

她想起上次转院，坐在救护车上往窗外看，阳光洒在路人身上，车子驶过一个个路口，离家越来越远。而这一次，终于是回家的方向。

到家后，母亲把她的被子晒好了，社区人员围着她喷消毒液、酒精。洗澡后，她如沐新生，感觉“活着真好”。第二天，父亲也出院了，一家人团聚。

2月22日，武汉市发布通告，新冠肺炎康复者需到指定场所康复隔离14天。观察期满，身体状况符合条件的才能解除隔离。叶薇和父亲当天住进酒店隔离，又做了一次核酸检测，都是阴性，隔离满14天后回到家。

3月7日，最后三名确诊病例出院，麻城由高风险市县变为低风险市县。

4天后，这座封锁了46天的城市，迎来了解封。除乡镇交界、省际、市际卡口外，市内卡口全部撤离。

人们纷纷走出家门。路边，大片的油菜花在田间摇曳，黄色迎春花越过围墙，粉色桃花开了一树。公园里，有人支起帐篷，有人铺上野餐垫；孩童们骑着滑板车在广场上穿梭，少年们在草坪上踢足球，老人在河边跳起广场舞，吹出的白色泡泡飘在空中，彩色风筝在蓝天飞舞。

“这才是真正的过年。”陈希心中感动，最稀松平凡的日常，原来才是最美好的。

采访、撰稿/朱莹、刘昱秀

编辑/彭玮

康复后的幽灵

窗外天蒙蒙亮，丁宇辉躺在床上，浑浑噩噩的，好像听到贴在墙上的对讲机发出沙沙的噪声，“量下体温哦”，是护士的声音。

丁宇辉条件反射般醒来，抓到手机，清晨六点半。

床头看不到温度计，手指头也没了血氧夹，这是家里卧室，不是医院的病房。他转过身，两个孩子还在熟睡，口水的痕迹蜿蜒着留在下巴上。

他们对这个新冠肺炎刚治愈的33岁男人的心思一无所知——总揣摩着身体还带着毒，怕传染，他一度习惯背对孩子睡。出院半个月，妻子仍在隔离点接受医学观察，他疯长的焦虑无处可诉。

丁宇辉屏着呼吸，小心翼翼帮孩子盖好踢掉的被子，勒令自己再次睡去，起床后，他还要面对邻居、同事的冷眼。

截至3月26日24时，全国累计报告新冠肺炎确诊病例81 340人，死亡3 292人，治愈出院74 588人。

他们出院了，从疑似患者、确诊患者到治愈者，迈过一道道坎，却发现自己成了“感染过病毒的人”。

北京大学精神卫生研究所2004年的一项调查显示，“非典”痊愈出院病人在3个月内抑郁状态和焦虑状态的检出率分别是16.4%和10.1%，这种心理损伤可能是慢性的。北京安定医院的心理医生在2003年“非典”疫情后期也发现，约85%的患者出院后有自卑心理，认为自己很倒霉，愈后不被社会正常接纳；而那些把病传染给别人的人又感到愧疚。

治愈者另一版本的故事，是传染病留下的长久余响。

流　　言

从医院走出来的那一幕太令人熟悉了。握手、献花、拍照，医生戴着口罩道贺，“恭喜你啊，你治愈了，克服了困难，又一例出院了”，两人都满脸喜色。“官方而暖心”，丁宇辉回忆说。

他曾是汕头确诊病例的二十五分之一。2月12日出院，“自由的气息”，丁宇辉在朋友圈写道。

业主群里，他马上发了一条信息报告出院。群里一派欢欣，有欢迎他回家的，有叮嘱他多休息的，缓和了他不安的神经。临近出院，他反复问医生回去后可不可以出门，医生说只要戴口罩，基本上没什么事了；他担心病毒在自己车里留存，“在没载体的环境下存活不了多久”，这点他也特地和疾控中心的人确认了。

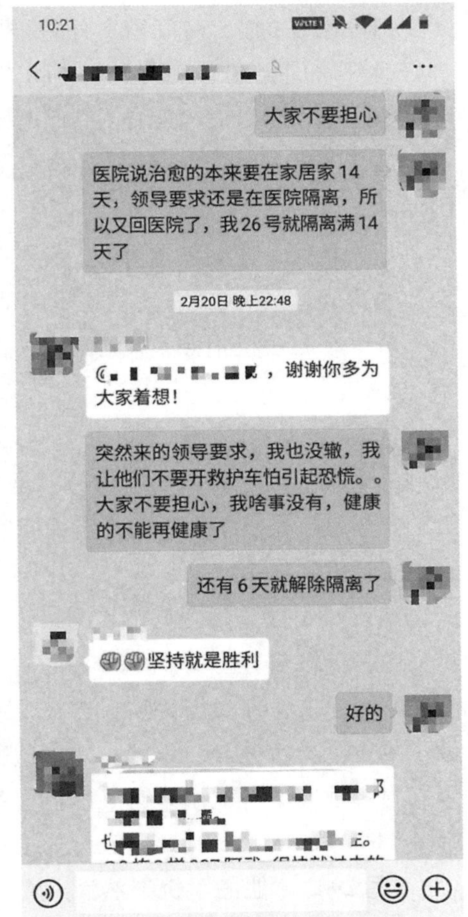

丁宇辉出院后被送往隔离点，担心救护车进小区会引起恐慌，在群里安抚业主。受访者供图

刺耳的言论还是冒了出来，是某个业主的方言语音，“你生病了回来干嘛呀，到时候传播给大家”。丁宇辉默默听着，没有回复。

一些康复者因此“不想回家”，身处湖北黄石的田静向开车来接她的社区书记倒苦水——田静48岁，1月底确诊住院后，密切接触者隔离政策还未颁布，爱人和女儿经邻居投诉被送至隔离点。因此，田静尤其在意邻居的反应。

社区书记安慰道，“谁也不愿意

碰到这个事情……”田静心不在焉，精神紧张，和书记有意隔着一段距离，用酒精把衣服喷得深一块浅一块。

回到小区卡点，邻居在门口指指点点：怎么回家了？他们家有几个人感染了？经过她们家要带几层口罩？……

田静一句句听得真切，皱着眉快步往家走。

冬夜寂寥，回家第一晚，田静坐在卧室床上，睡不着觉，“我该不该回来？”她想不到还有什么退路。

之后没几天，邻居的流言蜚语又窜了出来。

田静家住2楼，房间窗户外是一块空地，厨房的排气口正对空地，天气好时邻居们会在这里晒太阳、聊天。他们的议论声也从窗口传来，“诶呦，他这个气传出来有毒的，你们离他家远一点”。

田静不理不睬。“你能怎么样？你只能听别人说，是不是？”她向记者倾诉。

一天早晨，冲突差点升级。窗外，她看到对门邻居藏在一棵树后面盯着她的房间。“像被关在动物园里的动物一样”，田静形容。她忍不住多日的愤怒，拿起手机拍照，没想到那人摘下口罩，对窗户吐了一口痰，她止不住害怕。

忧思集中在小小的房间里。早上醒来，晚上睡前，想到现在的处境，田静的眼泪流进口罩。邻居的健康是她的头等大事。田静每天问爱人，附近的邻居是不是没事，听到肯定的回答，心才落下来，“如果有什么事，人家肯定会放到你头上来”。

流言从小区蔓延到城市和网络。田静担忧的事，在荆州首例治愈的危重症患者李振东身上成了真。

李振东1月31日出院后，曾在2月16日因为左心室下有点疼，去医院做了复查，再次住院。李振东知道这不是复发，他做了三次核酸检测，结果均为阴性，出院记录写有“经新冠肺炎专家组讨论，排除新型冠状病毒肺炎”。

2月19日，他的手机突然涌入大量信息，朋友们转来一张微信聊天截图——“因为之前那个出院的李振东又住进去了，他又复发了，现在小区成重灾区了。”

新增了确诊和疑似病例，小区强制隔离，每家每户封门，李振东猜测，业主们“有了想法”，认为他是传染源。实际上，最初确诊后，李振东就住进父母的社区，没有接触过原来小区的住户。

截图在各个群流传，骂声一片。不认识的微信好友也给他发私信、打电话。四天后，区防控指挥部将小区所有病例行动轨迹公布，李振东才感觉获得“清白”。

难听的话还是钻进了他和家人的耳朵里。一次视频聊天中，家人无意中说出，刚开始那几天，他们不敢出门，怕见到人被指着鼻子骂，觉得尴尬。郁闷、气愤，那几日，他总是不由自主会想到这些事。后来，他不再回想，“调整心态，身体是自己的”，电话那头，37岁的李振东憨憨地笑。

这不是他第一次被“全网转发”。1月确诊后，荆州市办公室信息综合室一份关于荆州市新增1例危重症疑似病例的报告在网络上泄露，李振东的姓名、工作单位、家庭住址被曝光。

那时，他正病重，不知能否熬过生死关头，电话都转到家人手机，很多客户打到公司询问他的病情，担心自己被感染。这是他事后知道的，还有后来才知道的事情是，爱人到政府办公室找人询问，最终获得道歉，但仍不清楚在哪一个环节发生了泄露。

他被冠上“毒王”的名号，网络上，恐慌还在倾泻，“有说我把我公司的人都感染了，后来变成只要我去过的地方，那里所有人都感染了”，而李振东的同事家人实际上并没有一人感染。

“有时候，觉得病毒都没什么，真正伤害大的就是这种谣言”，说到这里，李振东的声音低了下去。

驱逐与隔离

有家难回。武汉姑娘倪晶73岁的外婆居住在孝感镇上的老小区，3月11日隔离后回家，街道书记担心引起抵触，特意将时间安排在晚上。不知道怎么走漏了消息，到了封闭小区的门口，几十人堵着不让老人进门。这场闹剧最终以拨打“110”收场。警察劝诫无效，只得护送倪晶外婆到家门口。

倪晶说，老太太怕给邻居添麻烦，之后在家不愿开窗开门。洗好的衣服要晒，只敢晾在卫生间，怕挂在阳台上水滴到楼下。

身为在外地的湖北租客，徐盛的回家路更漫长一些。

徐盛的父母早年来广东打工，在村里租的房子中住了十几年。1月27日徐盛被确诊为新冠肺炎，当天下午，救护车拉着警报开到家门口，房东下了最后通牒：一个星期之内搬走。

父母四处打电话找房子，因为家有感染者和湖北人的身份，找了十几家无果。

“你们住在那我们就不敢回来，”房东催得紧，“你们必须走，永远离开这里。”2月11日徐盛出院，住处仍没有着落。

康复者房门上贴有“肺炎防治关爱家庭”的字样。受访者供图

徐盛得知，村委会同所有房东规定，不接纳湖北人，违反者罚款。他后来找到村委会，工作人员告诉他，只要房东愿意租房子，可以破例并提供他的健康证明。

眼看搬家期限将至，2月16日，徐盛在网上发出求助信，信中说：“我们战胜了‘病毒’，却被像‘病毒’一样排挤、隔离，无处可去。”

当天下午，镇长联系徐盛，安排了酒店住处。镇政府跟房东协商，为房东提供两个月住宿，2月25日，徐盛一家终于回到自己房中。

回到了家，出门也不那么容易。3月14日，一位湖北黄石康复者的房门被社区贴了封条和告示，社区称要打个洞穿链子把门上锁，他无法接受，“我们又不是犯人，何况家里还有无感染的人要生活”。

大多数时候，那是无意之举。武汉的治愈者邵胜强有一天发现，家门口的猫眼上多了一张粉色的纸，一个爱心圈着一行字“肺炎防治关爱家庭”，他总觉得有些不是滋味。

“一个标准的工作流程，本身并没有任何的错，可是它带来的这种感受是需要平复的。”湖北省心理咨询师协会常务秘书长、国家二级心理咨询师杜洺君曾在心理热线的电话那头听到过随之而来的“耻感”。

“耻感是在大型公共事件中，社会后来加之于个体的感受”，杜洺君渐渐明白，康复者所面临的不仅是心理问题，也是一个社会问题。

回归社会之困

徐盛母亲干了10年的工作差点丢了。最初，是老板迟迟不让报到，清理了她所有的私人物品。报到后，要求她选择其他职位，老板透露出辞退她的意思，质问她：“你知道多少人在投诉你吗？你知不知道你现在都是个名人了？”

“她当场就哭了，回到家伤心了很久”，徐盛只有不断劝母亲，自己内疚不已。闲时说起，一家人坐在一起落泪，互相安慰。3月10日，徐盛告诉记者，经镇政府协商，母亲获得了另一个岗位，只是工时增加了一倍多。

徐盛说，身边治愈的病友也在经历类似的困境，“他过了两三个隔离期了，公司还是不让他去，他觉得是变相开除”。

如何真正回到人群中，成为康复者与家人共同担忧的问题。

2月18日，《浙江工人日报》报道了一位在杭州食品公司打工的湖北籍员工因为被确诊过新冠肺炎，公司决定解除劳动合同的事件。

来自湖北的康复者周鹏还在线上办公，但已经做好今后线下工作的准备。早会时，他会坚持戴口罩，到天气热了为止；他准备待在独立办公室，用麦克风跟员工交流；每天上班最早去，下班最晚走；他订了台臭氧杀菌机，“尽可能在环境上给大家更多安全感”。

湖北外地区复工早，出院又再隔离14天后，丁宇辉去公司上班。刚进办公室，同事神色惊讶：“你怎么回来啦？”“你不在家里休息两天吗？”有同事语气委婉；也有人心直口快："回家补一下身体啊，过两天再来。你千万不能有事啊，你有事大家都有事。"有人往后缩了缩，"我现在特别怕，压力特别大"。

丁宇辉理解，"都是正常的情绪"。他拿出医生的说法，详细解释了自己的情况。话说多了，又戴口罩，心情和气息浮动，丁宇辉咳了一下。同事们看了他一眼，他感觉整个空气都"凝固了"。隔着口罩，丁宇辉看不清他们的表情。

这天中午，以前一起去食堂的同事和他谁也没叫谁。有人经过他座位，会绕道走，路上碰到会让他先过。

丁宇辉性格大大咧咧，平时和同事间也爱开玩笑。这次，他固定在座位上不想再离开，"没法哭，会被人说跟小孩子一样"。其他人有说有笑，他对着电脑文档，变换着打字。

丁宇辉甚至想过去山里生活，"最好一个人待一个月"。

疫情暂时得到控制，但曾弥漫的恐惧与羞耻不会立时消散。纪录片《非典十年·被遗忘的时光》记载，"我们采访了3个（"非典"患者）家庭，每个主人都会战战兢兢问：要不要喝水？介不介意用我们自家杯子？怕不怕'非典'？"

纪录片的采访时间，是2013年3月。

社会氛围难解，但是心理支持或许能像创可贴一样包扎康复者疼痛的伤口。

湖北省中医院神志病科主任李莉对一位方舱医院的康复者印象深刻。后者在隔离时接到朋友电话，说好等出来以后一起喝咖啡。她不断跟李莉揣测对方会有的心路历程，"(朋友)她其实是照顾我的情绪，其实她肯定还是怕我的"。

这个康复者还说，今年一年就不出去了，不跟外界联系。

"慢慢来"，李莉告诉她。

李莉给她分析了新冠肺炎的传播性、传播途径，让她消除疑虑。"然后我们鼓励他们，不一定非要去跟别人相处，这段时间先学会跟自己相处。从封闭的环境到上班的环境，中间一定要有过渡，再慢慢扩大，去适应"，李莉说。

杜洺君在接听热线时，会引导治愈者把个人和集体、社群的反应分开，“我们邀请他把焦点调到自己身上”。随后，把新冠病毒和他这个人分开，“这只是生命当中的一个经历，不能因为这个经历去否定和抹杀了自己的全部”。

在电话的最后，杜洺君会和来访者一起讨论一个行动方案，先在认知和情绪上进行调整，再强调生理上的营养、运动、睡眠的恢复，“这也是另外一种调焦，把他从情绪的点扩大到身心全部”。

庆幸和感恩，是治愈者常提起的两个词，“他们也说，通过我自己的力量，把现在的时光当第二次来活”。

这反而让杜洺君意识到，他们的心理状态恰恰是婴儿的状态，“从我们社会支持系统来讲，我们能做点什么？”杜洺君对记者感叹：“他们是因为这场疫情付出了沉重代价的人，我们要予以他们尊敬和感谢，而不是排斥和疏远。”

治愈者的自我怀疑

走出医院的时候，山东滨州的康复者赵冉冉看到了太阳，有种“囚禁了很久后解放的感觉”。在隔离病房时，窗户不能打开，她住在阴面，偶尔阳光斜射进来，更多的时候，只能望见连绵的雨雪。

真正出院之后却没那么舒心。赵冉冉向记者描述那种“不确定感”：“就想听到一个权威的说法，说你彻底康复了，你跟正常人一样了。特别想。那样的话，哪怕有什么风吹草动，我也不用担心了。”

出院隔离到第10天，她的精神还一直处于紧绷状态，“一直走在钢丝绳上小心翼翼，就想赶快跑、奔跑”。

丁宇辉出院时，网上刚好出现康复者复阳的消息，他翻来覆去看新闻，安慰自己，出院做了咽拭子、肛拭子等六项核酸检测，结果全部是阴性，但身边人的躲闪让他更加动摇。姐姐告诉丁宇辉，他不在这段时间，嫂子这个人啊，看到他家小孩就跟看到鬼一样，跑得特别快。“小孩都检测过，很健康”，丁宇辉懒得再解释。

他开始怀念起在医院的日子，想要躺在病床上的安全感。

出院隔离观察结束后，丁宇辉再次和医生确认，“我是不是真正的出院？”

医生说，电梯在前面，你可以自己下去了，我们不用送你，你回去可以叫滴滴，上班，去食堂，你前后做了八次核酸检测全部通过。

但上了班，自己是个“带毒的人”的想法又扎到心里。他耳朵变得灵敏，听别人咳嗽，想到万一传染给同事，公司整个厂区就要隔离，他承担不了，压力越来越大。

一有空，丁宇辉就去门房测体温，“你看！我才36.5℃”，他对门房说。连花清瘟，每天吃三次，“其实没什么问题，也想吃”。

湖北省荣军医院老年病科主任张晋在新冠疫情中管理医院的发热三区，在对出院病人进行电话回访时，她发现“死”仍然是高频词，“但凡出现一点点不舒服，比如食欲差一点、拉肚子、呼吸不顺畅、胸闷，就会联想到原来的病”。

张晋作出解答后，有患者会说：“医生你别骗我，我会不会死？”“我这样搞会不会半天就不行了？”一位在隔离点的出院病人拉肚子，浑身无力，吃止泻药也不见好，“早知道我就不出院了呀，我好想住回来，想打针”。

不少康复者依靠安眠药度过焦虑的长夜。多数人求助，想要的就是医生简单一句“没事的”。“在最痛苦的时候，病人是跟我们一起朝夕相处的，所以在信任度、依从性上会好一点”，张晋说。

“没有得过这个病，就没有办法去说别人是不是矫情，”张晋感受很深，她的同事也感染了，“他们对这个病的认识肯定比一般人更清楚，但他们也会和病人一样，无比焦虑，无比害怕每一个指标。”

一个医生每天问张晋，“我的背每天到几点钟的时候就开始微微发热，一量体温我也不烧”，张晋不知道怎么安慰好，她能隐隐感觉到，“这个病会改变人很多”。

疫情还没结束，张晋回不了家，有时候晚上躺在酒店的房间，她也在想，人最重要的是什么？还是健康。后来，张晋建了“康复之家”微信群，对自己科室经手出院的20多个病人“负责到底”，跟进后续用药和身心康复。

一些康复者会解读每一版治疗指南里更新的诊疗措施；有患者一直核

酸检测阴性，只能诊断为疑似病例，内心焦虑，“他说我这个病得了一场，我还不是这个病，心里很不甘”；有人出院后想到一些问题，会给管床医生、张晋和群里都发一遍，希望得到各方的认定。

张晋能想象咨询的病人在手机那头焦急等待的样子。有时她一回复，对方马上就发来一条“谢谢”。一天清晨七点，一位一家六口感染的30多岁女患者往群里转了一张新闻截图，是从方舱出院回家的病人四天后突发身亡的事件。女患者提出想再做抗体的检查，张晋觉得，她可能挣扎了一晚，等到早上才发出消息。

“你想TA在隔离点或在家，一个人在房间，捧个手机，也没有什么娱乐，眼巴巴等着你回一下，而且现在有小毛病也没法去附近医院看，医院都在治新冠。”

康复群给了出院病人一种归属感，张晋说，那是像定心丸或者后盾一样的东西。出院患者互相打气和安慰，说的话特别管用。

3月5日，首个新冠肺炎康复门诊在湖北省中医院开诊，主要对出院并隔离后的患者进行恢复期的复查和心理评估。湖北省中医院感染科副主任医师肖明中告诉记者，他接待了很多焦虑的康复者，一个明显的特征是，有些人来，戴着帽子，穿着袄子，围着围巾，“捂得严实”。

除了在指标上给出专业的判断，肖明中也会告诉他们：你已经是个健康人或正常人了，只不过有时候有一些小的问题，还没有完全跟你以前一样，但是这不影响什么。

负　罪　感

张晋的手机像树洞一样，从早到晚接收着出院病人的情绪。被问得最多的，除了是否完全康复、有没有后遗症，就是什么时候能够正常接触到家人？“很多人感觉自己像个定时炸弹。”

最初，丁宇辉在家面对两个孩子，一般仰着脸，戴着口罩。1岁半的老二伸手要拿口罩，丁宇辉只好一直往后躲。

“小孩上完厕所，我就看他的便便，稀的，中了新冠肺炎了？喝水呛了咳嗽两声，我也觉得完了，你又被我感染了，怎么办呢？”

即使在家，田静的口罩也没有摘下来过，不戴反而觉得空空的。回家第一件事，是把衣服丢在门外垃圾袋，然后冲到卫生间洗澡，爱人没来得及和她说上几句话。洗完澡，她把浸湿的口罩换了，换下来的衣服拿开水和“84”消毒液一起泡，随后马上钻进自己房间。

不得不和家人住在一起让她痛苦。晚饭时，爱人原打算庆祝一番，田静出来端上碗就走。“你们离我远一点。”田静说。爱人神经大条，“哎你别搞那么紧张！”他劝她，田静不听。仿佛在病房一样，房间里外，田静分出属于家的污染区和清洁区，并嘱咐家人也戴口罩做好防护。

上厕所是她唯一出房门的时刻，这让田静感到头疼。出来必须经过客厅，她会等到家人离开，不对着任何人说话；有时水喝多了，家人还在，她就憋着不出来。上完厕所，消毒也是必须的，看着马桶里泡沫螺旋往下冲，田静觉得安心。

日常吃饭变成一场精细的作战。家人将盛有饭菜的一次性碗筷放在房门口，微信传达，“饭放在那里了”。门开一条缝，田静伸出一只手，用酒精喷一圈，再拿进房间来吃。透过这条门缝，她能看到客厅的样子。过去，一家三口会坐在沙发上一起看电视，其乐融融，“肯定会想到以前的生活，谁都渴望自由，你说是不是？”

感到憋屈时，丁宇辉给病毒研究所、主治医生、疾控中心挨个打电话，“你们能不能帮我再检测下？”“要不给我小孩检测下吧？”

“我觉得很辛苦”，他谈到那种自责的感受。

主治医生安慰他：“你现在需要一个心理医生，也有很多病人要我重新给他们检测，但是我觉得没有必要，治愈的病人很多有负罪感，这种心理对你们来说是正常的。”

周鹏在重症时，执意在身旁护理他的父母也被感染了。好在他们都是轻症，最终治愈出院。等到父母病情稳定，周鹏终于提起，“儿子对不起你们，让你们受苦了！等你们康复回来了，儿子好好照顾你们。”

75岁的母亲听了后只说了一句：“知不知道你有多危险，我们都以为你回不来了”，说着眼泪瞬间往下掉。周鹏这才知道，在病情最严重时，自己的血氧饱和度一度降到了82%，再往下就要插管了。

从ICU出来没几天，周鹏听说有护士感染了，“虽然不一定跟自己有关，但总会觉得有愧疚”。他说，等疫情完全结束，一定要回一趟医院。穿着防护服的护士们看不到脸，不知道名字，“真的要去谢谢他们”。

长久的创伤记忆

2月中旬开始，湖北省心理咨询师协会的热线中，康复者的求助来电逐渐增多。杜洺君告诉记者，很多人把感受封存起来，还没有进行梳理，但是在他们内心，感受都是翻腾和裹挟的，有一点点外界的触动，马上会被提取出来。

64岁的武汉康复者沈芳青来不及想太多，她的丈夫在ICU已经超过50天，仍在尝试脱呼吸机。医生说，病毒、大白肺、持续高烧引起脑梗，若能活下来已是奇迹，后期的恢复是漫长的。

在隔离点，沈芳青每天心揪着痛，吃饭有一顿没一顿，她看小说分散些注意力，疲倦了睡觉，醒来就在与先生的微信私聊中自说自话，把焦虑、担心用语音存进去，希望他醒来后能听到。

这是他们结婚42年中最久的一次分离。沈芳青常常责怪自己，为什么没有早点发现先生的不适。

隔壁房间三个康复病友的老伴都离世了，沈芳青看她们回忆当初的场景，眼泪都流干了。那是武汉最艰难的时期，十多天没地方查病，“最后好不容易坐在大厅里，在椅子上一边输液，针还在手上，人就去世了”。

“康复者”，这个名称意味着他们也是灾难的幸存者。让不少心理专家更为关注的是，在更长的时间跨度上，康复者可能会出现创伤后应激障碍（PTSD）。

“汶川地震以后幸存者的PTSD的发病率比正常人群高了10%左右。SARS时，我们调查的一个数据显示是13%左右。玉树（地震）也一样，一直到地震过后三年，PTSD的发生率仍然居高不下”，温州康宁医院集团精神心理科主任医师、浙江省第三批援鄂医疗队心理医生唐伟告诉记者，他曾参与过汶川地震、温州“七二三”动车事故、丽水里东山体滑坡等灾害的心理援助。

唐伟介绍，现在一些患者和医护人员存在急性应激障碍，而“PTSD”会在事件发生后三个月开始出现，有几个症状：闪回，清醒时，脑子里会想起以前痛苦时的画面；躲避，不敢回到相似的环境和场景；警觉性增强，比如睡不着，听到稍微一点小动静就会心惊肉跳；再严重者甚至会自残、自杀。

熬过病危的30岁康复者邵胜强记得重症病房里的安静。一天，透过病房门上的玻璃窗，他看到几个医护人员拖走一张床，床上是包得很严实的白布，医护人员正对着白布消毒。

他感到害怕，以及一种说不上来的情绪，"有多少人都在经历着这样的磨难？"

病房里，大家都见证着，没有人说话。

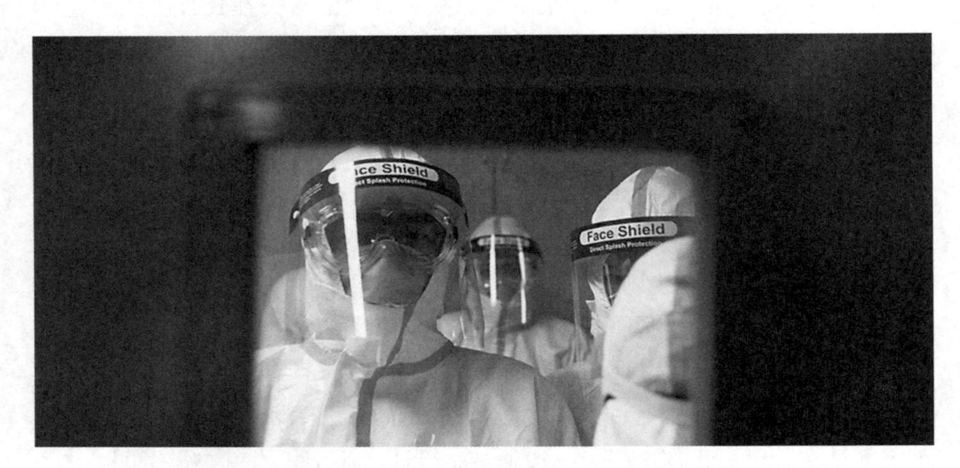

在隔离病房，护士们站在防护铅板后，观察胸片拍摄情况。澎湃新闻记者郑朝渊　图

身边人逝去，病友间会以故作轻松的方式提起，"旁边房间今天又打包了一个"，"昨天不是看着还好好的"。

回到家，偶尔，邵胜强会梦到病房的场景，医护人员还在奔跑，正在查看各个病人的生命体征。

中国中医科学院广安门医院心理科主任医师王健向记者提到，因为"PTSD"，一些康复者还会出现抑郁的心理状态。王健曾在2003年对"非典"患者进行心理干预，后续长期支持，也曾参与汶川地震的救援和2014年马航坠机事件的危机干预。

"非典"疫情后期，他在心理科门诊坐诊，陆陆续续有一些患者来看病，他们有“非典”的病史，已经出院一两个月，抑郁，对什么都不感兴趣，很自卑，“觉得自己怎么那么倒霉，这辈子怎么就摊上这事儿了呢”。一位护士留下了“PTSD”，将近一年来找王健看诊。她是在一次运输中近距离接触患者，感染了病毒，“好长时间老去想，当时怎么得的病，不能释怀”。

也有人在冷眼中产生自卑。不过，王健指出，不是所有自卑都会发展成心理问题，灾难后，随着时间推移，新的生活开始，人们就会淡忘恐慌，患者也能慢慢走出来。

“如果需要，也可以寻找精神科或心理医生，评估心理状态是否达到抑郁或者创伤后应激障碍，再进行吃药、认知重建、情绪疏导等等专业的治疗”，王健说。

目前，让唐伟、王健忧心的一个问题是，当各地心理干预队伍撤退后，后续的心理支持谁来做？能否形成长期机制？

唐伟提出，是否可能延续一省援助一市的机制，各地医疗队回去之后，由各省的心理医生、精神科医生继续与湖北各市对接，然后以当地的心理咨询机构为主，形成组织，“一至五年继续长期坚持，我们后方提供技术和信息方面的支持”。

王健已经在患者中排查了一些高危人群，同他们建立了联系。“之后同行的门诊还能继续做心理辅导”，王健在北京通过网络、电话做心理康复。

治愈后，邵胜强变得乐观、豁达。他开始觉得，除了生死，一切都是小事，“很多事情要做，就尽快去做，不要等了”。

整个武汉被按下了暂停键，邵胜强的创业项目也是，资金链断裂，一个月有几十万元的缺口，员工要还车贷房贷，一度让他焦头烂额，但他也不怕了，“大不了从头再来”。

过去，他一天工作18小时，现在久违地早睡早起，锻炼，看书，学习。他开始看孩子的手工视频，列好了未来和妻子旅游的时间表。

回家后，邵胜强在手机上做志愿咨询，为不了解新冠肺炎的人作科普解答，凌晨他会收到人们慌乱的信息。“他们看到我一个重症患者恢复过来，是一个活生生的例子。”这也给了他使命感，让他更好地重返生活。

许多康复者提起捐献血浆的场景。丁宇辉也捐了血，“弥补一下自己给国家添麻烦的过错”。看到血从静脉中被抽出来，丁宇辉心里“感觉好多了”。

周鹏变得感性，血站反馈他血液合格，抗体也达标，两名患者用上了，而且第2天情况已经好转，“我听了特开心”。

田静所在的地区还未解封。在家待着，田静格外想看窗外，外面的世界现在只有一排排房子，所幸，陪伴她的还有一株桂花树和家人的支持。

“春天来了，好多树叶都发芽了。”她期待真正走出家门的那一天。

（丁宇辉、田静、倪晶、徐盛、周鹏、沈芳青为化名，澎湃新闻记者王莲张对本文亦有贡献）

采访、撰稿/黄霁洁、张颖钰

编辑/黄芳

湖北人在外地：复工是另一场战役

3月2日早上九点，卢兰像往常一样打开钉钉考勤系统打卡，意外地发现自己被移出了考勤系统。微信里部门群也不见了，显示卢兰已被移出群聊。

2019年卢兰本科毕业，来到浙江嘉兴工作，当年12月底跳槽到当地一家知名家具定制公司做文员，还没来得及签劳动合同，公司就以暂时不用湖北人，已经招了两个本地新人的理由将其解雇。卢兰成了滞留在老家湖北宜昌的失业者。

湖北襄阳人刘丽的工作倒是没丢，部门经理、人力资源轮番关心她什么时候可以到岗。问的次数多了，刘丽的焦虑指数也直线上升。

老板得知湖北籍员工滞留在老家，趁着疫情防控部门到公司复工检查的机会，主动询问怎么能帮助湖北籍员工出省复工。得知要到东莞市人力资源和社会保障局盖章，3月4日，公司人力资源就将补盖了职能部门公章的复工证明发给刘丽。

刘丽拿到了盖着职能部门公章的复工证明、村委会开的健康证后却依旧不能出省。3月14日，她到襄阳市玉山镇政府询问，工作人员回应，没有目的地疫情防控指挥部的章走不了。

在贵阳创业的湖北人黄瑞则为何时复工而犯愁，回去可能要支付一笔不菲的酒店隔离费用，但不回去，数月没有收入，账上的现金流只能再撑两个月。

4月8日，武汉解除离汉通道管控，在此之前，湖北其他地区已经陆续放开持健康证的人员出省。

刚结束一场焦心战役的湖北人，在复工路上又经历了一番波折。

“出不去”

2月28日上午，刘丽和弟弟、表姐及表姐的孩子自驾到襄阳市襄阳区高速路口，准备回广东东莞工作。

车还没开到交警检查的关卡，就看到前面排队的三四辆车全被劝阻折返。刘丽心里也在打鼓，同村的朋友2月26日顺利上高速出省，告诉她只需要办理单位复工证明和健康证明就可以出省。

高速交警告诉刘丽，她的出省材料还缺少目的地疫情防控指挥部的同意证明——这是为加强疫情防控刚出的新规。

折返回家的刘丽和弟弟分头联系东莞社区居委会、公司人力资源、东莞市疫情防控指挥部等多个渠道，得到的反馈均是，东莞疫情防控指挥部目前不给开同意证明并盖章，但湖北人到了东莞，输出地健康码为“绿码”即可入省。

随着新冠肺炎疫情好转，截至3月13日24时，湖北省襄阳市全域进入低风险区，但道口管控仍然很严。

刘丽弟弟3月上旬第二次去高速关卡口，说明目的地没有开同意证明的流程，但执勤警察也无能为力，称这是上级要求。3月14日，她向对口管辖的玉山镇政府询问，工作人员答复，没有章走不了。

滞留在家的刘丽每月有2 500元房租和3 000余元车贷的压力，家在农村没有网络也没带电脑，每家每户都不允许出去串门，整个2月到3月中旬都没有工作，刘丽很担忧收入不够支付房租和车贷。

刘丽说，精神压力大的时候，早上三点多就醒了，睡不着，就在被窝里刷复工复产的新闻，也不清楚自己哪天能回去上班。额头上起了几颗有些红肿的痘痘，生理周期也不规律。母亲悄悄拉住刘丽，说“车贷不够我来帮你还”。刘丽听了眼泪忍不住在眼角打转，父母就靠农忙时帮别人耕地每天挣100元，他们挣钱更不容易。

刘丽发微博吐槽自己出不了省的遭遇后，有不少湖北其他地区的网友留言、私信告诉她自己的情况也类似。除东莞外，目的地为浙江、贵州、山东等地滞留湖北的网友当时也告诉澎湃新闻记者无法盖到目的地疫情防控指挥部的章。

3月16日，澎湃新闻记者以滞留人员身份致电襄阳市人民政府办公室，工作人员介绍，由于此前接到许多市民反馈，所以从3月10日起，出省就不再需要目的地防控指挥部盖章，只是刘丽所在的地方直属襄阳市，更为严格。

小业主的寒冬

和刘丽不同，黄瑞既想早点返工，又担心返工“太早”。

二十岁出头离开家乡，黄瑞先后在广州、上海、浙江打过工，2014年贵阳市到广州招商引资，他看准机会定居贵阳，开了一家软件运营公司，公司规模不大，算上黄瑞一共五个人，其中三个是外地人。

1月19日，他自驾和父母、妻儿一起回到老家湖北十堰过年。

赶上疫情，他滞留在家两个来月，公司也没了进账，“我们的工作需要甲方在现场验收，硬件检测设备，把数据的工作原理演示给甲方看，现场就要把一系列问题解决好，因为大部分工作没办法远程完成”。

黄瑞每天的运动曲线在卧室、客厅、厨房、洗手间四点间切换，压力大的时候，他就一个人站在阳台远眺，或在客厅里来回踱步。

黄瑞和员工商量，这两月工资暂时发放原来的一半，员工都表示理解。但削减之后，每月用工支出仍有2万余元，所幸当地政府减免了两个月的租金，账上的现金流勉强还能支撑两个月。“之后真不知道怎么办。”他苦笑着说。

3月2日，银保监会、人民银行、发展改革委、工业和信息化部、财政部联合印发《关于对中小微企业贷款实施临时性延期还本付息的通知》，对符合条件、流动性遇到暂时困难的中小微企业贷款，给予临时性延期还本付息安排。

黄瑞通过新闻联播看到消息，第一时间致电贵州农村商业银行，此前公司办理了一笔八万元的贷款，今年5月需要还款。但银行工作人员称，尚未接到上级通知，还不清楚能否办理。“公司账上现金流不多，因为年前计划，完工后甲方支付尾款就能把贷款还上”，目前公司没复工，没办法交付。

黄瑞迟迟没有和父母、妻儿回贵阳，主要因为贵阳居住区的定点隔离酒店规定每个成人单间隔离，房费180元/天，生活费50元/天，算下来14天隔离费用达12 880元，黄瑞不得不将复工日期一拖再拖。

3月21日，确认出省不再需要目的地疫情防控指挥部的盖章后，黄瑞决定先带着妻儿回贵阳。“两个大人的集中隔离费用6 000多元，回去都需要隔离14天，耽搁的时间越久复产拖得也就越久。”

3月18日，中共中央政治局常务委员会会议提到：低风险地区之间的人员和货物流动，必要的健康证明要做到全国互认，不得再设置障碍，不对人员采取隔离措施。

8天后，黄瑞接到隔离酒店前台电话，称即日起不需要集中隔离，已交的隔离费用会在两周内退回付款账户，隔离期间产生的费用由政府承担。

黄瑞当天回到了公司，员工也陆续返岗。但开张就不顺，和此前合作的甲方联络，得到的答复多是，“现在这块的业务先缓缓，暂停下来”，“大环境不景气，等过段时间形势好了再说吧”。诸如此类的答复给黄瑞带来了很强的危机感。

作为老板，黄瑞主要负责和新客户洽谈，维护老客户关系。现在每家企业都有困难，甲方捂紧口袋，比以前做项目更谨慎了。“以前同时做3个软件项目，现在只做1个。”员工还是一样的数量，但业务额不饱和，一些项目又停滞不前，黄瑞担忧，这样下去很难撑住。

被辞退的湖北人

得知自己被辞退了，卢兰好似从头到脚被浇了一桶冰水。

卢兰是湖北宜昌人，2019年12月底才跳槽到嘉兴当地的一家知名家具定制公司做文员。1月17日回家后，从除夕开始一直居家隔离，小区户主不被允许出门，在微信群里订购蔬菜、肉类，由网格员送到单元楼栋，在微信群里叫到号的户主下楼来领。

“我们小区是高风险社区，陆陆续续有十几个新冠肺炎确诊病例，在系统里查到距离我家最近的确诊病例不足300米远。”卢兰回忆起来心有余悸。

原本她订的是1月31日的返程火车票，先到杭州再坐大巴到嘉兴。眼看着到了既定的日子出不了门，卢兰将票据截图发给老板，询问公司什么时候复工，自己可能需要请几天假。得到答复是：“到时候我通知你，一切以安全为主。”

2月9日开始，卢兰所在的公司复工，要求员工每日早晚在钉钉考勤系统打卡。还在试用期的卢兰没被安排具体工作，只是在工作日看培训视频和材料，学习门店和工厂下单以及对接的客服工作。

3月2日早上九点，她像往常一样登录钉钉考勤打卡，意外发现自己已被移出系统和部门的工作群。

卢兰没有意识到这是被公司辞退的前兆，她询问经理，“我没有原来的钉钉群了，需要加新的群吗？”得到的答复是“你暂时不来”，并被告知现在公司没什么事，不需要远程办公。

卢兰看过一些“湖北人被辞退”的微博帖子，联想到自己，她有些不安，鼓起勇气问经理：“我是被辞退了吗？”

9分钟后，她得到了肯定的答复。经理说招了两个新人，暂时不需要湖

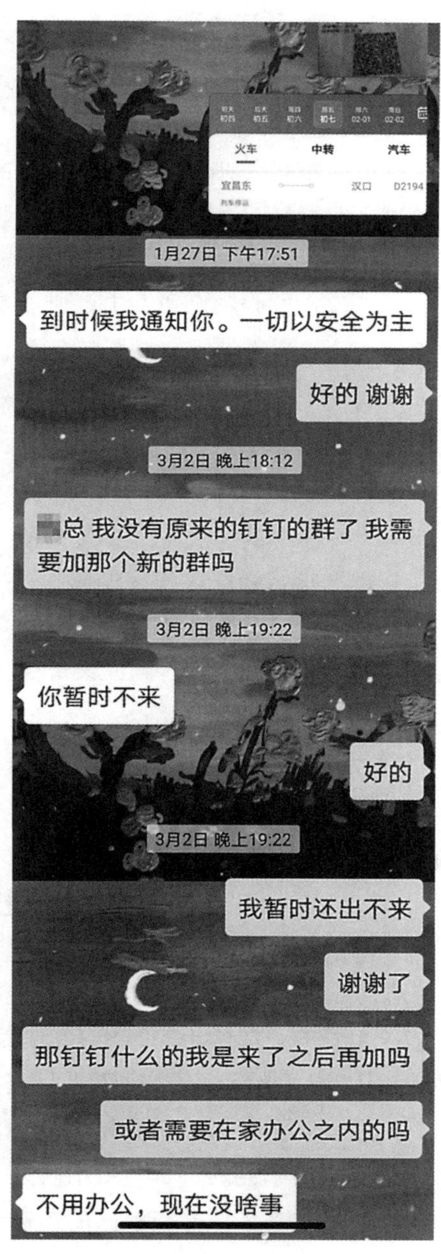

经理与卢兰的对话截图

北籍的员工，并建议卢兰把在嘉兴租的房子退掉。

怕父母担心，卢兰没敢告诉他们。试用期她没有签订合同，直到3月18日，她才收到一月份的工资，17天班，3 300元。她咨询法律专业的同学和有工作经验的前辈，对方都告诉她，没签劳动合同就没有保障，走劳动仲裁胜算也不大。

但北京长安律师事务所律师陈文晋并不这样认为。他告诉记者，可以通过入职材料、办公界面截图、群聊记录、工作记录、工资支付的银行流水单、社保缴费记录、厂牌等合法有效证据来证明双方的劳动关系。

武汉市瀛楚律师事务所律师张鹏最近也接到不少劳动关系法律咨询的电话，他建议卢兰先联系公司所在地劳动监察大队，通过调解获得补偿金，如果调解未果可提出劳动仲裁申请。

根据《中华人民共和国劳动合同法》第四十七条，劳动者工作不满六个月，用工单位向劳动者支付半个月工资的经济补偿；工作超过六个月，用工单位需支付一个月的经济补偿。

记者将这些建议转告卢兰，她沉默了一小会儿，说："还是不走劳动仲裁吧，领导同事都挺好的，公司在疫情期间还给湖北捐款了。"

她唯一的倔强是，瞒住父母自己因为是湖北人没有道理地丢掉了工作。她每天登录各大招聘网站，关注宜昌本地的求职信息——尽管本地普遍3 000元起薪的全职工作让她心里有些落差。当母亲走进房间时，她又会迅速果断地关闭求职网页。

走出阴霾

4月5日，记者再次联系刘丽时，她显然已经摆脱了被困湖北的阴霾。

美好的开端始于3月19日，刚起床刷着新闻的刘丽接到村委会的电话，通知从当天开始，不再需要接收地疫情防控指挥部的盖章，就可上高速出省。

当天吃过午饭，刘丽和弟弟、表姐一家上车再次驶向高速，这一次他们带齐了回东莞的行李，生怕政策再有变化空欢喜一场。那天，高速上车辆比前几次多了，排在前面的车辆一个又一个地通过关卡，刘丽悬着的心终于落了地。

3月20日上午，她向社区报备已经回到东莞，原以为会被要求集中隔离14天。没想到社区回复说，根据市指挥部下发的《关于做好疫情防控期间湖北人员健康管理措施的通知》，3月20日零时起的湖北来莞人员，持湖北“绿码”，由居民小区网格管理员收集其14天内每天2次体温检测数据。

这意味着刘丽甚至不需要居家隔离，原计划3月30日才能上班，这下足足提前了两周时间。

在复工上班两周后，东莞大多数的餐饮店已经正常营业，刘丽和闺蜜约了一顿烤肉，鲜美的秋刀鱼、牛上脑、腰花一下让她“找回了味蕾”。她和闺蜜讲起滞留湖北老家的经历，有一刻好似感觉在讲别家的故事，“万事尽头，终将美好”，她感慨。

3月底，黄瑞的账户上收到6 000余元的集中隔离费用退款。尽管公司生意面临前所未有的挑战，寒冬里企业主们的软件服务需求也不高，黄瑞每天依旧乐呵地问候甲方客户和那些暂时不需要软件服务的潜在客户。他和员工开内部会议的次数更加频繁，也会鼓励大家一起应对这段艰难的时期。“鼓励别人也会使自己更坚定”，他期望生意会像天气一样回暖。

卢兰的父母已经复工，他们依旧不知道女儿滞留在家的原因。父母希望她疫情期间先不要回去工作，最好以后留在家乡。

4月初，卢兰给宜昌本地的几家公司投递了简历，这次求职她更加谨慎，会先查询资料了解公司的经营、诉讼情况，也会关注网上内部员工的评价。

她投递的公司离家都不远，不必每天挤公交，避开人流她心里踏实很多，“工作内容是我能够胜任的”。卢兰期待，清明之后收到心仪公司的面试邀约，对于未来她还有很多期待。

（文中人物除黄瑞之外，均为化名）

采访、撰稿/刘昱秀

编辑/黄芳

复工未复学：四位职场妈妈的疫期难题

年初的新冠肺炎疫情突至，家长们经历了陪伴孩子的“漫长假期”，又无可奈何地陷入复工不复学的忧虑中。

随着各地小学三年级以上的学生陆续有了开学的时间表，他们的家长可以暂时松一口气。一张广为流传的微信截图里表现出了家长送学的复杂心情，它建议家长送孩子去上学时“要有一定的伤感心情，不可表现出迫不及待地把孩子送出去和送完孩子后的喜上眉梢之情”。

然而，另外一些低龄“神兽”的家长还在焦急地等待。

孩子在家上网课，何时复学仍是摇摆不定的答案，复工的家长们则不得不面临工作与生活的厮缠。有的能周旋自如，两不耽误；有的在上班的同时，还需顾念家里的孩子，变得焦虑急躁，甚至会蹦出辞职的念头；还有一部分因为孩子无人照看，停薪留职在家，面临被迫辞职的危机……

疫情期间双职工家庭有多难？四位职场妈妈向澎湃新闻分享了她们的疲惫与忧虑、想法与办法。

当我和儿子同时在家上课

口述人1：栎栎妈妈，34岁，高校教师

最近，只有在三岁儿子熟睡的时候，我才能一门心思地投入工作。有时候我工作到凌晨四五点才睡，有时候我在这个时间点爬起来开始工作。

从孩子睡醒睁眼的那一刻开始，我的时间就不再完全属于我了。

我家儿子很黏我。有时候我出门倒垃圾，也就两三分钟的工夫，还不到家门口就会听到他在哭。对于这个年龄的小孩，身边没有人的时候，他的时间感仿佛会被拉长，即便是两三分钟，他也会觉得我离开了很久。

我是武汉人，父母都在武汉，原本打算2月初回家去看他们，后来因为疫情计划被打破。那阵子，我的心一直拧着，特别着急。我每天担心身在武汉的父母，帮不太会上网买东西的外婆团购生活物资，不停地在朋友圈转发各种医院的求助。

后来疫情渐渐好转，我心里紧绷着的弦松弛下来了。但没过多久，我又进入了另外一种"紧绷状态"。

2月底，我开始线上授课。之前我一直在业界，去年才开始进入高校做老师，课程都还没有上过一轮，有些东西也还要现学。作为新手老师本来就有压力，现在儿子幼儿园不开学，我得在家边带娃边上课，新手老师和新手妈妈两个角色在疫情期间交叠在一起，压力更大了。

好在我们学校能够自由地选择上课的形式，我怕儿子在上课的时候突然凑过来，打断课堂，我就选择了录播加文字答疑的形式。录播会比直播投入的时间更多，这个学期我只有周二一节课，但每周需要花三四天去准备这个课程，正式录的时间几乎也是直播时间的两倍。

3月开始，儿子每天下午会有一小时的外教网课，我得在旁边盯着点他。有时候我可能拿起手机处理了点自己工作的事，再看过去的时候，他就已经完全脱离上课状态了，在屏幕前玩起了玩具。外教会时不时地和学生互动，但我儿子有时候答非所问，自顾自地和大家介绍自己的玩具，或者突然在镜头前做个鬼脸。

儿子有时候小嘴可甜了，和我说"我太高兴了，我现在每天都能在家，我最喜欢跟妈妈在家了"。虽然边工作边带娃有点手忙脚乱，为了在儿子睡着的时候多工作会儿，也会有点劳累，但还是很享受这段黏在一起的时光。

疫情期间，孩子们都被关在小区里，平日里都没见过面的孩子们迅速熟了起来。我儿子性格特别外向，自来熟，走在路上会和认识的、不认识的人都打招呼，有时候搞得我还有点尴尬。他迅速成了我们附近单元的孩子王，我家住在一楼，每天到下午的时候，就会看到几个小脑袋从我家阳台窗户外冒出来，喊我儿子出去玩。

到了3月底，开学还遥遥无期，不知道这样的状态还要持续多久。感觉自己有点喘不上气来，情绪也开始变得难以控制，总是对儿子发火。等我火气过了，儿子会很委屈地说，“妈妈你最近对我不太好”。

前段时间压力太大了，我一个人在床上哭，儿子拿着玩具跑过来说，“来，我们一起玩玩具”。起初，我以为他是缠着让我陪他玩，后来晚上他说是看我不开心，所以想拿玩具逗我开心。

我当时为管理不好自己的情绪而感到愧疚。这段时间看了一本书，学习了在想要发脾气时控制情绪的口诀，一直想着下次一定要用用看，但发现在火气上来的时候，根本想不起来这回事。

这几个月，边工作边带孩子，倒不是说身体上有多劳累，而是精神状态进入窘境，仿佛被困在这周而复始的二十四小时中无法逃脱。虽然疫情前我也是自己在带孩子，但白天在学校晚上在家，有空间的区隔和角色的转换，而现在，空间和角色间的那堵墙被打破，杂糅在了一起。

我丈夫很体贴我，但我觉得他并不能完全理解我。有时候我和他抱怨关于带孩子和上班的事情，并不是在喊累，而是希望求得理解。每周日丈夫在家休息，带儿子的任务可以交给他，我就能出来做点自己的事情。

我也还在渐渐调适，“五一”的时候我问儿子还想不想继续上网课了，那个网课并不是强制要求的，他说隔着屏幕交流不好玩，不想上了。我也觉得他在那里坐一个小时，我盯不住，喊他起床上课又要闹情绪，挺不开心的，那就停了吧，放过他也放过自己。

这段时间里，儿子也在快速成长。几个月前，他几分钟都离不开我，而现在我要出门拿快递什么的，他会说你放心去吧，我自己在家。在我和学生做一些论文的沟通时，他也不会一直凑过来打断我了。

带儿子上班挨批，要辞职带娃吗？

口述人2：燕妮，31岁，医院行政工作者

我家小朋友现在两岁十个月。他刚满十个月，没断奶，我为了保住工作就把他送到了私立幼儿园。他没有寒暑假，只有国定节假日会一天都在家，平时白天我不需要担心他没人照看。

不巧赶上了疫情，孩子送不了幼儿园，我和爱人又要上班，所有的事情都被打乱了。

我和我爱人之前都是口腔医生，两个人都忙得顾不了家。后来我怀孕了，就考虑着换一份工作，有法定节假日，可以陪孩子，就这样，我从临床退了下来，转去了行政科室。

3月中旬，我们口腔医院行政科室要求轮流值班。孩子没人带，我只能值班时把他也带去单位，我们医院别的科室职工也有带孩子上班的，我想这是特殊时期，领导可能也理解。

儿子很乖，那天中午，我把办公椅拼在一起，让他睡觉。他两点左右睡醒了，没多久，院长突然来到我们的办公室。我让儿子喊了声奶奶，结果领导噼里啪啦，一通发脾气，她质问道："你知道这是你上班的地方吗？你怎么能把孩子带到这里呢？别人家都是老人在给带，你们家的老人呢？"

我解释说，父母还没退休，公婆身体不好。她说："怎么就你家特殊，赶紧收拾书包，带孩子走，别在这影响我名声！"

我知道带孩子来单位，是我不对，所以之前她说话，我没有反驳。但我一想，我带着孩子坐公共交通工具，万一孩子感染了，可怎么办？于是我和领导说，"我不能走，我得等我爱人来接我"，她很生气。

孩子在我身边陪着我挨了一通骂，吓得不敢说话了，直到五点多他爸爸来接，才缓过劲来。

4月26日，单位通知行政科室全面复工，接到通知的那一刻，我手足无措，立马打电话给了我先生，我说你能不能请病假？他说，幼儿园现在什么时候开学还不知道，长期请病假会是什么后果？他找领导商量了，说可以先把孩子带他办公室。

那一天，我彻底崩溃了，很绝望，但在孩子面前我还是表现出阳光向上的一面，我不能让孩子知道，妈妈遇到困难解决不了就逃避。

当晚，我给孩子讲故事，他反反复复拿了好几本故事书，讲完一本拿一本，我想怎么还有那么多没讲完，想让他赶紧睡觉。哄他睡着后，我一个人去厨房把娃明天一天要吃的水果、早餐、午餐准备好，水壶里装满水……忙完心里乱糟糟的，我想再过几个小时，他要跟爸爸去上班了，就开始担心会不会传染，所有的情绪一下子都回来了。

第二天，孩子跟着爸爸在医院，我先生要给病患看牙，就把他关在一个不接诊病人的操作室里。儿子当天回来就说："我不要去爸爸单位，爸爸把我关起来，不让我出去。"另外，我们夫妻俩现在工资本来就减少了，如果他带孩子，一天只接诊一两个病人，也会影响他的收入。

我们没办法，只能把爷爷请出来看孩子，每个月再花2 500元雇阿姨做饭。刚开始，孩子跟着爷爷还蛮好的，但是现在状态又不好了。我自己也很焦虑，失眠好些天了，每天只睡三四个小时左右，上班的同时还要挂念家里的孩子。晚上回到家，孩子恨不得分分秒秒黏在我身上，舍不得睡觉，怕一睁眼爸爸妈妈又都不见了。

虽然还在上班，但我的脑海里经常闪过辞职的冲动。特别是这段时间，我觉得女性既要照顾家庭和孩子，还要兼顾自己的事业，真的太难了。

二宝大闹工作室

口述人3：杕杕妈妈，32岁，摄影师

去年年底，我刚拥有自己的摄影工作室，还没来得及开张，就撞上了疫情。

我有俩宝贝儿子，大的八岁，小的三岁半。从他们出生到现在，都是我自己在带他们。疫情前，白天老大上小学，老二上幼儿园，我安心工作，一切都井然有序。

一直等着他们开学，但始终没有半点消息，我总不能一直待在家不工作吧，还背着房贷呢。正好有些客户找我改图、拍摄，3月初，我实在无法再在家憋下去了，就溜回了工作室。

我找儿子商量，问他们愿不愿意和我一起去工作室。估计早在家待烦了，他们一致同意，快速收拾好了小书包，塞满了喜欢的玩具。3月10日，我正式开启了边工作边带娃的模式。

来之前，我内心是忐忑的，他俩在家的时候，能把家翻个底朝天。房间永远来不及收拾，收拾好了这里，他们就又钻进了那里，仿佛在和我"打游击战"。他俩用金箍棒把被子一撑，把被子下的空间当成山洞，开始"山洞探险"，钻来钻去，原本在床上的东西滚落四处，卧室里一片狼藉。

被带出来后，他们反而没有在家那么闹腾。来工作室的第一天，我工作，他们在边上玩，表现还不错，我工作效率也很高，悬着的那颗心终于落下了。

但“翻车”的情况后来也有。我工作的时候需要留一个耳朵，耳听八方，或者看看监控，要是稍不留神，等忙完再去看他们，那会有很多“惊喜”等着我。

疫情期间被圈在家里，他们早已厌倦了家里的玩具，来到工作室后，像是开辟了新大陆。一切视线可及的东西，都会被他们俘获成玩具。工作室里有二三十顶各式各样的帽子，哥俩相互往头上扣，一顶一顶地换着戴。老二喜欢臭美，把工作室里花里胡哨的小饰品一件一件地往身上挂，都试了个遍。

老大平时要上网课，老二喜欢陪着哥哥上，尤其是会放动画片的英语课和能蹦蹦跳跳的体育课。体育课经常会布置一些需要家长辅助完成的任务，一般都是老二在辅助老大。有一次，体育老师让他们在地上滚来滚去运东西，他俩拿走了我的鞋，开始在地上打滚运鞋。老大先在地上滚了几遍，让我录了作业视频，录完我说“行了，作业完成了”，老二又开始模仿他哥抱着鞋在地上来回滚，滚了一身汗。

老二要是对哥哥的课程不感兴趣，就会钻在储物室里自己玩。他总是喜欢往犄角旮旯的地方钻，钻到这个柜子里、那个缝隙里，有时候钻进去就在里面睡着了。

上午老大上课，我一般不约客户，也会做一些不发出声响的工作。上午每堂网课中间会有20分钟的休息时间，我会看着他在这个时间把作业写完。有时候，老师会要求写完后拍照发过去，他就会有点紧迫感。

如果有客户要来，我会提前和老二打好招呼，“一会儿你别说话，妈妈要和别人谈工作，要不然挣不到钱了，你就没有好吃的了”。他就自己跑去储物室里“吱吱吱”玩去了。

为了做到工作陪娃两不误，我想过不少办法。比如，拉他俩做模特，接一些商业拍摄。拍小孩子，基本上就是逗他们玩，然后抓拍。另外，我会见缝插针地去陪他们，剪辑的视频在渲染，我就陪着他们出去玩一圈，回来后视频也渲染好了，可以交工了。

要是有重要的拍摄任务，我就会拜托我妈来带一天。但她也只是帮忙解决吃饭的问题，网课什么根本看不住，像老大的英语课要跟读多少遍这种作业，她是听不懂的。而且两个儿子皮起来，她也管不住。

拉着儿子做模特，工作陪娃两不误

家里有监控，有时候他们电视看得太久了，我就冲着监控吼一嗓子，他们就乖乖关电视了。晚上回家，我会把监控简单快速地过一遍，有时候会看到一些让人摸不着头脑的画面。比如有一次，监控画面里突然杀进来了两个拿着破木棍、披着斗篷打打杀杀的小人，敲敲打打了好久。工作室里也是有监控的，他们偷吃了东西后，会此地无银三百两地告诉我，“妈妈我没有偷吃哦”，我就去翻监控给他们看，抓个现行。

带着他们上班，收入肯定有减少，因为如果不带他俩，我会去外拍，收入会多一点。此外，遇到老顾客还好，他们都理解我，如果碰到新顾客，带着孩子上班会影响工作室的用户体验，被诟病不够专业。

尽管这样，我也还是坚持自己带他们，老人带容易惯出孩子的一些坏习惯。我妈说话会带脏字，有段时间把老二交给她带，发现跟着学了不少脏话，后来跟着我，他会慢慢把那些话忘掉，算是改过来了。同时，我也想通过自己的行为影响他们，我一直在努力提高自己。比如中午休息的时候，我会上网课学习一些专业知识，他们问我在做什么，我说你下课了，妈妈要上课学习了，这样才能多赚钱养活你们。

停薪留职快到期了，边兼职边带娃

口述人4：安莹莹，31岁，公司文员

今年小年，我们一家三口提着大包小包，回东北黑龙江过年。那时老家的疫情没那么严重，但大家也不拜年走亲戚了，都窝在家里。之后，怕赶上返程高峰，我们初三便回到了深圳。

隔离开始不久，大概2月3日左右，我们开始线上工作。以前，儿子在家里看到我时，可能不是在做饭、洗衣服，就是在给他讲故事，就算周末也会陪他玩。现在，他看到我坐在电脑前工作，会比较好奇，走过来指指点点、问这问那。他比较听话的时候，会在你旁边打转转，但如果他不听话，一定要你陪他，就比较难了。

有时候，我还在工作，他在吵闹，我就会凶他一下。结果他可能没安静下来，反而哭得更厉害了。于是我在工作结束之后，会安慰他说，妈妈刚才不是故意的。可能大人发完火了就过去了，但在小孩心里会留下阴影。小朋友的专注力其实是有限的，他做不到一直玩玩具，可能玩一会儿就觉得无聊了。小朋友会渴望你去陪他，而不是一直面对着电脑。

到了2月中旬，我们公司发通知说居家隔离14天，才允许复工。当时我还没想过复学和复工的问题会撞到一起，很长时间把重心放在工作上，顺便带一下孩子。直到我快复工了，可儿子的幼儿园迟迟没有开学消息，我才意识到可能我上班了，孩子都开不了学，只能在家上网课。

三年前，我生了孩子后，一直全职在家带娃。2019年9月孩子到了入园年龄，我重新找了工作，开始上班，想着自己能照顾得过来，所以让我妈回老家休息了。现在小孩没人照看，我想着要么把小孩送回老家，要么把我妈再请过来。但是因为老家新增了境外输入病例，情况比之前严重，因而这两个办法暂时都行不通。

我和丈夫商量了下，决定我辞职照顾小孩。一方面有薪资的考量，孩子爸爸的工资会比我的高一些；另一方面，如果让爸爸每天在家带孩子，不见得带得有我好。

得知可以申请停薪留职时，我还挺开心宽慰的，想着可以不用辞职了。我的申请能保留三个月，我想着到5月，孩子怎么着都该开学了吧。这样，我也能回去上班，不用再去重新找工作了。

正常时期，我们家我起得早一点，六点起床，照顾孩子起床、洗漱、吃饭等，一堆零碎事，然后乘地铁送他去上幼儿园，再折返回来，自己去上班，经常折腾得火急火燎。现在虽然不需要这么赶时间，但是整个人的心态反而更急一些。

在深圳生活，平时花销挺大的，压力也不小。像我们家的话，如果少了一个人的收入，再加上房贷压力和孩子的营养必需品，生活会拮据些。所以我找了个周末的家教兼职，刚好孩子爸爸不上班，时间上有个交替。

有时候想想挺心酸的，现在我和孩子爸爸一周都在忙，轮换着带孩子，交替去工作。平时我需要给孩子做些心理建设，告诉他小孩子需要上幼儿园，爸妈也是需要上班的。

现在一边担心工作，一边还要照顾孩子，脑子经常不太够用。有一次，我正准备煮饭，孩子那边突然有什么事情喊我过去，等到要吃饭的时候，我才发现刚才没按开关，饭还没煮。也有一回去超市买东西，快到家了，才发现东西忘拿了几样……

孩子一天到晚和妈妈待在一起，妈妈情绪糟糕的话很容易影响孩子。有天晚上八九点了，我在晒衣服，孩子在一旁自己玩，等我转过头来的时候，看到他站在桌边，手里拿着被撕碎的文件。当时，我反应比较大，直接吼了出来，孩子顿时吓得大哭。后面他可能知道自己做错了事情，抽抽搭搭地过来道歉。我也知道大人不能凶小孩，但这段时间那么多事积压在一起，真的很难控制自己的情绪。

这几个月下来，估计孩子出门时间少，在家闷坏了，时不时坐在我们家落地窗前往外望，还会问我，“为什么我只能待在家里，不能出去？”“为什么我是在手机上上课，不能去幼儿园？”偶尔，我带他去附近的小公园放风，他玩得太高兴了，想让他回家的话，就不肯回了，你怎么喊都不行，你一抓，他就跑了。

想了想还是线上工作那会儿状态比较好，毕竟有工作在做。现在虽然有点习惯了，但其实是没办法，担忧的事情还是在那。我停薪留职的期限马上要到了，还不知道孩子何时开学。等孩子上学了，如果我再去找工作，能找一份什么样的工作呢？

（文中部分人物为化名，感谢段乙为采访提供的帮助）

采访、撰稿/陈媛媛、张卓

编辑/彭玮

武汉走出“心理围城”

在武汉人曹茜的习惯里，做完一套完整的消毒流程需要20分钟——外套洗好挂在通风处，手机、门卡、帽子、鞋子，所有接触过房间外空气的物品都必须用酒精细细喷洒一遍。

“封禁”早已解除，凭绿色健康码可以出入小区，曹茜却不太想出门了。在70多天的封闭期里，她曾满心期待解封后的日子，“出门看看天，走在阳光下呼吸”。

解封之后，她怀疑自己留下了“后遗症”：出门的愿望被对病毒的恐惧取代，她去过最远的地方是小区门口卖菜的店铺，封城期间的习惯仍保留着，她会提前囤好一周要用的物资，没有需要绝不外出。

和解封前相比，湖北省心理咨询师协会常务秘书长杜洺君接到的求助电话大约减少了80%。但她觉得，经历了疫情，越来越多人关注自己和身边人的心理状态。她接到的电话里，不少咨询者是为家人求助。

疫情打乱了人们的生活节奏。物理上的封闭解除了，心灵的创伤还需要时间来抚平。

“未解封”的心

解封后第一次出门，曹茜就感受到了紧张的气氛。

下楼乘电梯，她径直走上前，电梯里的人好像被吓到，退后了一步。那是个和曹茜年纪相仿的女孩子，戴着口罩，曹茜看不清她的表情，但能从她眼神里感受到恐惧与戒备。

曹茜有些尴尬。停在电梯口，两人对视了几秒，女孩缓缓开了口："要不你等下一班再上吧。"曹茜舒了一口气，默默往后退。

她能理解女孩的心情，"估计像我一样，很久没有见到人了"。疫情也让她对人群产生了焦虑。小区门口有三四家卖菜的店铺，戴着口罩的居民在里面挑挑拣拣。进店之前，她在门口转了一圈，"不知道该不该进去"。犹豫再三，曹茜选了人最少的一家。

紧绷感一直没有消散，居民群里，总有人提及对外出的恐惧，"还是挺怕无症状感染"。以往在小区里碰到熟识的邻居，曹茜总会热情地打招呼，现在却沉默着走开，"遇到人也不是太想讲话"。有次取快递排队，每个人都隔着一米左右的安全距离，站在前排的阿姨突然扯着嗓子催促："快一点，我不想在外面的空气里待着！"

即使离开了武汉，"后遗症"也会留在一些人心里。艾丽在武汉老家过年，4月10日回到上海。刚下飞机，她就把手套脱了，她不断提醒自己，外面的环境"是安全的"，但潜意识里仍会感到不安。在武汉时，她要做全套防护，口罩、手套、护目镜一个不落，外出回来一定要洗头。

她谈到那种扑面而来的落差感："就像是从一种生活，升级到另一种正常的生活状态里。"丈夫来接机，问她要不要出去吃饭，艾丽无心理会，她只想赶快回家，回到一个相对安全和封闭的小环境里。

回到家，艾丽站在门口，有些不知所措。在武汉时，她进门要做全身消毒，可是上海家中没有酒精，要怎么给外套消毒，才不让家里的环境受到污染？此时丈夫已经洗好手，问艾丽想吃什么，她一个字也听不进去。直到在网上下单了消毒用的酒精棉片，艾丽悬着的心才稍稍安定了些。

消毒成了一种维系安全感的方式。艾丽记得在武汉的那些日子，每次拿东西回来，她都要把包装箱放在外面通风半小时。父母年迈，父亲又突发脑梗，艾丽生怕消毒的环节出了什么岔子，"那种风险是没有办法去承受的"。

出门拿团购菜时是最紧张的，人们隔开一两米的距离，还是不免感到惶惶。周围多了三四个人，就有老人家尖声叫起来："好恐怖，怎么这么多人，我要走了！"

艾丽看着心痛，在她的印象里，武汉人就是大大咧咧，风风火火的。

她没法将眼前这个慌张、谨慎的老人和记忆里的武汉人联系起来，就像是活了一辈子的性情都被“颠覆”了。

回到上海后，艾丽极力想挣脱武汉封闭生活的惯性。外卖或是快递送上门，门铃响了，艾丽要站在门口预演一遍，克制住喷洒酒精的冲动，心中默念三遍“不要消毒”。但这样的克制让她更加不安，连续几天，她的梦里总会出现消毒用的酒精，白色喷雾扬得到处都是。

在武汉时，她对朋友们说，回来之后要安安稳稳地睡一觉，再约朋友们痛痛快快地哭一场。但真正回来后，她“非必要不出门”，朋友约她出去吃饭，也被她一口回绝，“为什么要出去，外面不是还很危险吗？”

“他们是接受我的，但是我接受不了自己。”艾丽不知道还要多久，才能调节到正常状态。

咨询师黄红玲在武汉一家心理热线做志愿者，解封后的一个多月里，诉说焦虑和恐惧的求助电话有许多，求助者普遍害怕出门，他们会反复洗手和消毒。有老人整夜失眠，跟身边人念叨，小区里的公共设施都不要碰，“你怎么知道消毒得好不好？”有位妈妈收到学校寄来的新教材，担心上面沾染病毒，一直藏在车库里，不敢给孩子用。

黄红玲解释，反复洗手和消毒这类强迫行为，与人们长时间的隔离有很大关系。隔离期间，人的社交活动减少，导致价值感降低，跟家人的矛盾冲突也会引发负面情绪，如果本身就有强迫性人格特质，就容易累积成心理问题，并在解封后爆发出来。

随着生活复位，大部分人可以凭借自身的心理复原力调节过来，但也有部分症状严重者无法恢复。黄红玲将此比作“石压弹簧”，疫情过后，有的弹簧弹性慢慢恢复，有的压下去就弹不回来了。

电话那头，求助者的语气时常带着试探，“觉得说出来别人都会不理解他，不接纳他”。这是“病耻感”的体现，一些人不会向家人或朋友坦露恐惧，只有在给咨询师的电话里才释放自己的情绪。

这时，黄红玲会告诉对方，情绪适应是需要过程的，感到害怕并不是丢人的事，“当他们觉得可以被理解的时候，压力就会放松下来”。

等到和求助者建立了信任关系，她会告诉他们，外面的环境是安全的，消毒流程都经过检查，通过这种方式给他们“确定感”。

失序的生活

对一些武汉人而言，“解封”只是开始。摆在眼前的，是被疫情搅乱的生活。武汉本地的豆瓣小组里，不少人诉说着失业或降薪的失落，“武汉人今年太难了”。

丁萌在武汉一家车企工作，疫情导致大量订单延迟，公司出了降薪通知，后期可能会有裁员计划。她的工资从五千降到了一千七，丈夫的工资也少了一半。家里有一对双胞胎，老大患有轻度孤独症，丁萌租了房子给孩子做康复训练，房贷两千，房租三千，治疗费用七千左右。发工资和付房租是丁萌每个月最揪心的时候，“看着钱唰唰地往外走，但是发的工资就一点点。”

她的生活被家庭和工作填满，白天带老大做训练，陪老二上网课，在家线上办公的她工作往往在深夜进行。把孩子们都哄睡着了，丁萌才有时间拿出电脑工作，忙到凌晨两点。想到儿子的孤独症和家里的经济状况，她无法入睡，失眠成了常态。

四岁的孩子还不能明白“病毒”是什么，也不理解母亲的心事。丁萌每天带儿子做一小时训练，一字一句教他说话、对话。令她欣慰的是，儿子的孤独症近期有好转，他会说“我爱你”，还会表达自己想要什么了。儿子拉她去蛋糕店，兴奋地叫起来：“我要这个！”丁萌扫一眼标价，都要十五元、三十元一袋。她有些犹豫，转念一想，儿子会用语言表达需求了，应该鼓励他。“买买买！”丁萌嘴上应着，心中泛起一阵苦涩。

陈薇和家人也在经历生活的停摆。她在旅行公司做客服，3月底，公司通知无限期停工。父母以前做点小生意，到周边的小区摆摊卖家电，解封后的小区管控很严格，生意也做不成了。家里还有一个高三的弟弟，一家四口人的生活来源仅剩下陈薇每月几百块钱的补助。

陈薇察觉到父亲情绪的变化。父亲性格乐观，一家人聚在一起总是有说有笑，独处时才会流露脆弱的情绪。陈薇偶尔从房间出来，会看见他在客厅里走来走去，或是无精打采地趴在阳台上，留给她一个沉默的背影。

陈薇很心疼。父母这阵子变得节俭起来，买菜前总会叮嘱“不要买太贵了”。父亲有次跟陈薇提起，想去别的城市找点事做，陈薇不同意。居民群里招人协助管理，父亲兴冲冲地报了名，却因为年龄太大被拒。他今年已经50岁了，人家只要45岁以下的。

一家人都被卷入漩涡，不知何去何从，“以前好歹有个盼头说4月8日，现在是心里没底”。4月11日，陈薇接到通知，公司要退租了，让她去办公室清理物品。

这是她70多天来第一次出小区。那天天气阴沉，刮起很大的风。陈薇把衣服、文件、午休用的小枕头都塞进包里，望着空空荡荡的桌面，她一时间有些难过，“怎么就成这样了呢？”

陈薇很喜欢之前那份工作，用英语和不同国家的人交流，满足她对这个世界的好奇心。她还想找一份需要用到英语的工作，简历投了三四十份，只有一家公司给她发了面试通知，其余都石沉大海。

从卧室的窗户可以看到马路上的场景，一个人的时候，陈薇时常盯着窗外的车流发呆："看着车一直走一直走，是不是别人都在往前，而我还没有找到方向。"

后疫情时期的心理创伤

徐源被那段记忆缠绕着，挥之不去。她本就有抑郁症，近来症状更严重了。

疫情刚开始时，她看着不断上升的死亡人数，感觉喘不过气，卸载了微博，又重新下载，情绪反反复复。她总会想起视频里追赶着灵车喊妈妈的小女孩，哭声在她耳边盘旋。

湖北省心理咨询师协会常务秘书长、国家二级心理咨询师杜洺君告诉记者，后疫情时期的心理问题更多与心理创伤有关，抑郁症患者是需要关注的群体，“疫情让他们抑郁的程度加剧了，相当于伤口再次被打开了”。

负面情绪积压过多时，旧有创伤可能被激活。黄红玲观察到，一些人过往被遗弃、分离、居丧、亲人重病的创伤在疫情中被唤醒了，随之产生绝望、被抛弃感、抑郁和焦虑等情绪。

她接到过一位中年男性的求助。封城的日子里，他坐在房间里想起去世的母亲，止不住地流泪。“好像觉得妈妈还活着，还在陪着他。”

哀伤背后是作为幸存者的内疚感，“他们都死了，我还活着，我是不是不该活?”

黄红玲熟悉这种感觉。疫情初期，她也出现过“幸存者综合征”，父母过世的陈年创伤重新被激活。刚封城那几天，她不敢在朋友圈分享过年收到的礼物，好友在朋友圈分享精致的面点图片，她又感到愤怒，“都发生灾难了，你还在这里讲究这么多”，她一度想屏蔽朋友圈。

黄红玲找到自己的咨询师，诉说自己这一周的种种情绪反应。咨询师对她说：“你要知道，人活着没有罪过。无论何时，人能感到活着的时候高兴，本身是件很棒的事。”她终于哭了出来，内疚的感觉也逐渐消散。

许多人在疫情中离开了，留下一个个破碎的家庭。咨询师谭咏梅曾在深夜接到一个求助电话，对方说睡不着，每到这个时间就想起疫情期间离世的父母。电话那头，来访者不断重复着对父母的内疚，“要是我送他们去大医院”“要是早一点发现”“我怎么没有想到呢”“都是我的错”……

“很多东西我们尽了力，但还是无能为力。”谭咏梅告诉来访者，不要责怪自己，你已经陪伴了他们最后的时刻。

也有许多来访者会哭诉没能见到亲人最后一面。那时，亲人的遗体被送去火化，没有机会告别，他们无法接受亲人离世。杜洺君会建议这些失亲者自己选择接受干预的时间，一个月到半年后，等到他们认为可以接受时，再来做进一步的哀伤辅导。

哀伤辅导主要分为两个阶段，先让求助者发泄情绪，接纳事实，理清责任，而不是把亲人离世的责任归结于自身，之后再探讨未来应该怎么做。

杜洺君对一位求助的老人印象深刻，老人的儿子感染肺炎逝世，谈及未来的规划时，老人说在有生之年一定替儿子照顾好孙子。“你能感受到他那份责任，他生命的力量。因为生命只有一个方向，就是向前。”杜洺君感慨道。

她觉得，疫情给人们带来许多改变和思考。身在武汉，她感触更深：因为封城的特殊经历，大家更多看到什么是健康，什么是自由，什么是亲情。有夫妻双方都被感染，劫后余生的，感情比从前更好；还有以前非常关注金钱、房子、车子的人，发现这些都不能给予自己安全感，从前追寻的很多价值都被打破了。

武汉在慢慢走出阴影，人们也开始在困境中努力重建生活的信心。5月初，陈薇和朋友去周边的乡村住了三天。乡村生活慢悠悠的，晚上能听到虫鸣，那些声音让她心静。回来之后，她每天浏览招聘网站的信息，一次性投出十几份简历。“好好找一下，总会有路的”，她说。

如果是一个阳光明媚的好天气，陈薇会和母亲下楼打打羽毛球，小区里的花都开了，风夹杂着花香扑面吹来，那时，她觉得熟悉的武汉好像又回来了。回到之前“那种平凡的生活”，这是陈薇现在最大的心愿。

江汉路美食街恢复了往日的烟火气。实习生张颖钰　图

（文中曹茜、艾丽、丁萌、陈薇、张玥、徐源为化名。）

采访、撰稿/张颖钰

编辑/黄芳

记者
手记

朱莹：封城的每一天，我都在怀念自由的气息

如今回忆那段疫情时光，仿佛是很久之前的事了。但我知道，即使过去半年、一年，甚至十年，那些曾经真实经历过的慌乱无措，依旧深埋于疫区每个人的记忆中，任时光变幻，永不褪去。

2019年最后一天，正在湖北黄冈老家的我，临时接到通知要去武汉探访华南海鲜市场，然而下午刚赶到汉口火车站，又被告知暂时不用去了。

之后的疫情报道就像这场错过一样。1月中旬，我去武汉采访一位带女儿开夜班出租的单亲妈妈。在她家8平方米的小屋里，我们聊了4天。

彼时，武汉繁华热闹如旧，街上、地铁上几乎不见人戴口罩。依然是我熟悉的那个城市，我在这里度过了4年大学时光，很多朋友在此扎根，我也将它视作自己的另一个家，心怀眷念。

1月19日，我回到100公里外的黄冈老家。就在第二天，钟南山院士在新闻中说新冠肺炎人传人，一时间，人们开始紧张起来。紧接着，武汉封城，湖北其他城市相继封城，疫情由湖北扩散至全国，形势越发严峻了。

我和同事、实习生合作完成了一篇展现武汉封城前众生相的综述稿，其中不少采访对象都是我在武汉的朋友。那时大家普遍的心态就是，看着确诊人数一天天上升，心里一天比一天慌，不知道自己有没有被病毒找上。

而那些已经被病毒找上的人，面临着难以确诊或一床难求的问题，辗转于各个医院间，艰难地排队，站着输液，挣扎求生，有的甚至已经被病毒夺走生命。

疫情初期，黄冈是武汉之外疫情最严重的城市。我所在的小城除夕开

始封城，社区工作人员上门发放取消新年团拜的通知，家家户户门口贴上了疫情防控告示，紧接着，封村、封路、交通管制……每个家庭被隔绝成一座座孤岛，除了从早到晚刷疫情新闻和等待之外，似乎无事可做。

我的哥哥在封城前几天回到东北的部队，直接被送去隔离，隔离期从14天变成21天，又增加到28天。父亲刚开始还担心他在小屋里憋坏了会逃出去，每天跟他视频开解他。

从武汉回来的我，算是家里的危险分子。家中有孕妇、小孩，而我之前去过人流密集的江汉路和汉口站，没有任何防护措施。一想到这，心里既后怕又煎熬，但凡家人有一点点咳嗽、感冒、发烧，心就提到嗓子眼上，担心是自己传染的，有种难言的罪恶感。

数着14天隔离期的日子里，家人陆续感冒，3岁小侄女高烧到38℃，爸妈吓坏了，带她去医院检查。医生一听家里有从武汉回来的人，立马让拍CT、验血。我在家如坐针毡，暗自祈祷，若家里真有人感染，希望不是别人而是我。

好在都只是普通流感。我至今记得隔离期满后，某一瞬，我突然自言自语：耶，我应该没有感染。所以我能理解武汉人、一线医务人员心里的那种挣扎，比自己感染更可怕的，是家人被连累。

我的一位朋友，1月时去武汉的医院看过病，也是肺炎，回家后担心得写了遗书。人在疾病、生死面前，脆弱易碎，又坚韧异常。

由于封城，距离武汉如此之近的我，没能去武汉采访，这成了最大的遗憾。之后的疫情报道，大多只能电话采访。这其中，我采访过李文亮的同学、孝感被饿死的一岁半幼儿的邻居、流浪在外的湖北人、新冠肺炎治愈者等。

印象最深的是一对失独夫妇。他们年近七旬，去年独子刚出意外过世，今年1月先是妻子感觉不适，在家吃药观察，担心会传染给丈夫，她让丈夫到另一所老房子住。丈夫拗不过，去了两天，担心妻子一人在家，又回来了，说“要死死一块，管它哟”。

不久后，妻子病情加重住进医院，丈夫也被感染了，在家吃药观察。两人每天打电话、发微信，鼓励对方，彼此牵挂。

我至今记得那位婆婆刚住院时，我给她打电话，她喘着粗气，说担心丈夫一个人在家怎么办；那位老爷爷则说，他就怕妻子扛不过来，但“要来的终归要来，挺过去就行了”。

那段时间，每天清晨，他会给我发一张“早上好”的图片。于是我知道，他和妻子都还好好的。终于有一天，他发来一大段话，说妻子出院了，他也痊愈了。那一刻，我心中特别感动，有种见证了生命战胜疾病的喜悦，大疫面前，人很渺小，但生命可以守望相助，也可以强大有力。

2月，隔离期满后，我决定出门记录下家乡的防疫情况。那时，家附近药店里的口罩、酒精、消毒液都断货了，家里仅有几个亲戚给的一次性口罩，以及单位寄来的10个N95口罩。

我就戴着N95去医院采访。母亲想送我去，我不让，一个人走路过去。街上清冷空荡，各个社区岔路口都拉起了横幅，有的横着大车，有的码着砖块。医院大概是最热闹的地方了，随处可见捂得严实的人影，一个个自觉隔得远远的。

我采访了几位一线医护、主任、院长，听他们讲述疫情发生后的抗疫故事。那些武汉医院早期面临的难题，县城医院几乎都经历过。幸运的是，我所在的城市疫情不算特别严重，只有200多人确诊，绝大部分最后都治愈出院了。

其中一位21岁的女大学生，和父亲到武汉汉正街买衣服，回来后都感染了。她在微博上求助，说“我才大四，还没有工作，不想人生像开了加速器一样”。在医院里，她听到过隔壁病房抢救病人，经历过核酸连续两次阴性后又转为阳性的崩溃，学着自己给自己打气、将乐观传递给别人，也开始学会直白地表露情感，每天对父母说“爸爸妈妈我超级爱你们”。

当她说“毕竟我这么用力地爱过这个世界”时，我再次被触动到了。人在疾病面前的恐惧、害怕，最后似乎总会败给坦然与直视，于是在一次次迎头撞上灾难之后，命运开始赐予勇敢者糖果，让他们获得新生，重新读懂生活的意义。

也有一些难忘的画面：医生们在办公室隔开坐着，吃着盒饭，谈论着病人的情况；一位主任说他连续20多天每天凌晨三点前没睡过；一位护士说到许久未见的女儿时，声音颤抖，流下眼泪……

那几天，每次采访一回家，我就冲进三楼房间，换下衣服鞋子，用医生给的酒精对着一阵喷。母亲会用一次性碗筷盛好饭菜送到我房间门口。偶尔下楼，也要戴上口罩，隔着一两米的距离，先喷点酒精再说两句。

有一晚，我去宾馆采访一线医生，很晚才结束。回家后父亲说，他晚上去宾馆想接我，没等到人。

也是在2月，市区开始限行，社区给每家发放外出购物单，先是每两天可指派1人上街采购，之后变成三天一次，再后来，超市不对个人开放，社区统一采购。那天一大早，堂姐和妈妈想去超市看看还能不能买东西，在路口被拦下劝回。夜里，不少人猫着腰跑到小卖部囤货，小卖部刚打开一个口，就涌进去挑了几大包零食，一路跑回家，“快点快点，一会儿让人给抓走了”。

年轻人也开始真切地感受到，连辣条、奶茶自由都实现不了。社区群里，每天最火热的，就是谈论怎么能买到零食。

一车车水果蔬菜被拉到街上卖，不过价格偏高，选择性小，只能整包购买组合套餐。偶尔，路边堆着外地捐赠的榨菜，妇女们火速戴上口罩出门去领。

天晴时，很多人会到楼顶晒太阳，隔着几十米的距离，大声和亲戚打招呼聊天。

父亲在家待不住，起初晚上会从小巷子出去遛弯，见路上没人，黑漆漆的，吓得跑回来了，每晚和小侄女在家门口做操、运动。他还偷偷和邻居在楼顶打过两次扑克，后来心照不宣地没敢打了。

母亲每天雷打不动地要出门，穿过一座桥给快90岁的外公送药、送饭。老人生活不能自理，疫情时期生活更难。路口的执勤人员起初还会问，后来直接给母亲放行。在家里，她每天变着法做饺子、饼、包子、蛋糕。

那段时间，市防疫指挥部还出台政策，发热咳嗽主动就医者奖励500元，街头随意溜达要被拉去“学习”，还有无人机在头顶盘旋摄像……这些都成了人们茶余饭后讨论的事。

封城后，时光变得漫长，又仿若飞逝即过。46天后，终于等到了解封。

那天，母亲带着我，到超市、医院、街上、公园转了一圈。久违的车流、人流，甚至市民排队、商铺开门，都让人有种说不出的感动。三月春色正浓，油菜花、迎春花、桃花装饰着这个迟来的春天，人们尽情地呼吸自由的气息，跳广场舞、踢足球、玩滑板车……似乎，这一天才是真正的过年。最稀疏平凡的日常，或许才是最美好的。

武汉人的解封要来得晚一些。4月8日解封后，我写下了滞留武汉的外乡人的故事，还有解封后的情况，以此画上了这场疫情报道的顿号。

遗憾没能去武汉，也没能采写更多好故事、记录更多珍贵瞬间。我也庆幸，在这场家门口的疫情中，我和家人朋友都平安度过。

及至今日，我仍会想起元宵节那晚，天上一轮圆月，在云层间穿透又隐匿，小侄女在家门口追着月亮跑，大声喊："月亮又出来了！"

那个时候，我无比笃定，所有被封的城市都会苏醒，被困的人们都会迎来阴霾散去后的月圆、相聚。

沈文迪：难以共情

起初，我以为我是可以感同身受的。

作为一个曾经和重症肺炎搏斗过，也差点经历人亡家破的记者来说，参与新冠肺炎的报道应该是有些许共鸣的。但无论是“健美冠军之死”还是“两次未完成的告别”，留给我的印象都是灰蒙蒙的，就像我从死亡线上挣扎过来后第一眼看到的窗外景色，虚无、沉寂。

这两次采访有一些共同处，都是小辈与长辈之间的生死离别，望着曾经挚爱的人一点点倒下，自己却无能为力。外界又是一片混乱，没有谁可以依靠，直到最后阴阳相隔，也没好好说一句再见，俨然一副末日来临的样子。

对于这样的故事，容易报道又不容易报道。

一方面是这样的故事太过悲情，即使我不花费笔墨仅仅平铺直叙，也能将故事呈现出来；但从另一方面来说，尽管我接触过太多未亡人，但每次开口前总是要想很久，怎么才能完成采访，又不显得那么冷酷。

有时，我并不希望被过多触动而影响判断，可后来发现，每一次采访我都会消耗大量感情。

在这两次采访中我也是如此。我总是会把自己代入到他们的场景，脑海中浮现出关于他们生活场景的各种画面，不断地通过提问来纠正画面中的场景，包括一切事后写作中用到的词语。

比如在《两次未完成的告别》中，我想象着刚刚出院的女儿如何在严寒中骑着单车，去往医院献血。她应该是高兴的，一个大病初愈摆脱了新冠病毒的人本身就值得庆祝，加上献血是为了救父，哪怕天寒地冻身体虚弱，希望仍在眼前。

但很快她就得到了父亲去世的消息，陷入了绝望和悲痛。

两个形容词不足以描述和还原女儿的心情和状态，但我也不想去还原了，还有什么比“爸爸走了”更直白更具杀伤力的话吗？如果有，那就是“妈妈也走了”。

所以这次采访我也鼓足了勇气。因为在第一次采访时，她的母亲还没离世，我过了几天才打去了第二通电话，在此之前，我已经猜到八九分。

所以当我听到女儿将母亲去世的噩耗说出来的时候，我并不震惊，但还是说了句，真的吗？怎么会这样？您一定节哀。

我并不能坦然面对这种采访，新闻人物的家属，我们总是希望他们能说点什么。无意探讨新闻伦理，只是在疫情期间的采访比想象中的要困难一些，你要让一个处于悲痛之中的人举着电话和你滔滔不绝，其间还要情绪失控几次，我能做的就是尽力去共情，设身处地地为他们说上一两句。

《从不生病的健美冠军，没能躲过新冠病毒》中健美冠军的女婿后来和我成了朋友，我们约着一起打游戏；失去双亲的女儿再也没有和我说过话，我也没有看见过她发朋友圈。

那些采访录音和文稿我都还存着，但应该不会再拿出来听或看。当他们的故事被收录进本书，我是高兴的，不知道此时正在阅读这些文字的你，能否感受到主人公们彼时的心境？

以我自己为例，当我大病出院后，我把自己的经历给身边的人说了无数遍，用周星驰电影里的话说，“这幅《春树秋霜图》我画了几百遍，熟得很”。每次说也都是无比喜感，带着幸存者的张扬和浮夸，肆无忌惮地去炫耀。

但只有我和我的家人才知道，当时的情况有多么恐怖。这是外人无法共情的。所以我也很难说，我所记录的书中人物的情况，能多大程度还原他的切身经历。

也许，我写的报道只是给公众提供了一种角度，我相信人性是共通的，故事主角和我，我和读者。

葛明宁：吞噬

1月30日我到达疫情中的武汉。最初，进入新闻现场的狂热，远超过对“疫”中人物的担忧和同情。真实的新闻现场总散发一种难以言传的不真实感，非要比喻的话，很像一个虚拟游戏的界面，给人以即将狂飙突进的燥热。

以前我去过化工厂爆炸现场。烧焦的巨大金属管道像乐高积木似的耸立，工人一边谈论工友的死，一边等待赔偿。还去过海难之后平静的海边。我的情绪总是兴奋的，不是悲伤的，即使我在报道一件无比悲伤之事。

汉口火车站完全没有人。附近森林一样的楼宇和小吃店停业，看不到人，因而显得摇摇欲坠。但天空真是碧蓝的，至少在我印象里是这样。

之后，一点点改变我心态的，是我与这个巨大新闻现场的关系。

与我之前操作过的一些新闻报道不同，在2月初的武汉，一些基本的新闻事实虽不能说相当明朗，但新闻受众已对它有了很深的感性认识。有的事，无须记者去问，去做刻意挖掘，来自武汉深处的声音已经把它传播到了虚拟的互联网上，而且信息在自由传播的时候，有时反而比专业记者的报道更加凝练、准确，比如——床位不够，武汉一女子在阳台敲锣救母；尿毒症患者无法获得透析而自杀；一个武汉小女孩的社交媒体内容，由阳光与食物，在一日日的更新中逐渐转为疾病，最终与她的家人死别。

记者的天职是写一点读者还不了解的事，让读者身临其境。记者总在寻找未报道的事实，就像在信息的洪水中奋力地抓住某一根水草。刚到武汉的时候，一片抓瞎之中，我也试图伸手摸索，问过医生疫情何时开始的、如何发现的，以及当时医院里一些更细致的情况。但有种声音在我的心底说，这些都不是最重要的。对于这样级别的瘟疫而言，最值得被报道的不是洪水中的水草，而是洪水本身。

我的唯一符合这一期许的作品，只有2月11日发表的《疫幕下的“临时救护车”》。

与同期网络流传的信息相比，该报道的文字部分也并无很大的增量。只是，我借“临时救护车”司机的手机拍到这样的画面：距离“武汉客厅”还一公里多，大量车辆出现了，除了救护车，还有一辆改装的皮卡，顶盖上缠着红蓝相间的蛇皮袋，还有公交车。据城管队员说，这些都是各街道来方舱医院送病人的。

单个病人的疾病，只是他们各自的不幸。也许，我一生也不会看见几次。数千人的不幸同时汇聚到一条很现代化的马路上，随远处方舱医院的“进舱”程序，很缓慢地爬动。

在《一个武汉小区想要消毒》中，我也写到当地小区要全部封闭。这时候是2月中旬，有一日下着大雪，基层干部“要在结冰前把整条马路封锁起来”。我记得，接受采访时，社区书记几乎展现出一种神经衰弱的气质。他的脚被封在套鞋里了，没有知觉。

其实，我们还采访到一些别的细节。比如，李文亮医生去世，附近的花店老板说，她在次日的凌晨开始接到网店的订单，指明要菊花、白玫瑰花与百合花，快递员来取，送到医院的门口。有的人开车路过，看见花店门口摆着黄白相间的花篮，也买一个说要自己送去。

她呢，一个在疫情中只肯隔着铁制卷帘门与我们说话的女性，年纪与我相仿。她在过年之前买入大量鲜花，几乎都在没有买主的情况下枯萎。她赔了很多钱，这是一个无关紧要小人物的忧愁。

一个医生回忆起1月上旬的情况。当时，华南海鲜市场的病人住在呼吸内科临时搭的病房里，医生隐隐地感到担忧，看到其他科室的住院病人出来走动，就提醒说，爹爹，你要戴口罩啊；后来，那位病人染上新冠肺炎，在他的科室里没来得及插管，就猝然而逝。

这种事，提起来还想事无巨细地写下来，让读者为每一朵枯萎的鲜花哭泣。但互联网上的口耳相传，已是群体的合唱，是无可奈何的低声细语，实际在发生的事竟是那样清楚明白，而它背后的逻辑，仍然隐藏在黑暗之中，看不见而能感受到锋利的獠牙。后来被载着驶过高架，我总觉得“那个声音”在整个城市里回荡。

现在只能承认，我从一开始的记录者，逐渐转变为新闻中的一个人物，从前自以为超然物外的记者终于被新闻现场吞噬并咀嚼。

离开武汉、并离开上海的集中隔离点之后，我去四川都江堰旅游了几天。可能与当地是道教圣地有关，小卖部里都在卖我小时候很喜欢的冷兵器玩具：各式各样的剑，都有金黄色的塑料剑柄。

我呆了很久，想到我刚去过一个腥烈的战场，却并不如我自己所预期的，是一柄雪亮的好剑。不过，我以为塑料剑毕竟是剑，在一定的仪轨之中，也可以斩杀妖魔。她还等待回战场上去。

黄霁洁：我写了很多并不完美、看似无用的故事，而那就是记录的意义

疫情来得很快，我是在1月22日加入这一块的报道的。那时候大家对武汉的情况还一头雾水，只知道前天病例一下子增加到将近200例，春节临近，很多在外工作的湖北人不敢回家，于是我马上参与了一篇口述《不回武汉过年的人》。

自此以后，几乎每天报题、做题，疫情变换更新，媒体同题竞争激烈，来不及多想，一晃眼三个多月就这样过去了。

这期间我也做了不少快讯，但心里一直暗暗希望能做长报道，能展现传染病之下具体的人的生活和复杂性。如果说自己做的有哪篇报道略微达到了这样的期望，可能就是《康复后的幽灵》和《1 716例医护感染缘何发生》。

《康复后的幽灵》是关于新冠患者康复后的故事，想到这个选题最初是因为实习同学的一个志愿者朋友正在筹划做“康复者之家”，关注康复者后续的心理重建、社会联结，当时正好有媒体报道有感染的老人出院后，不能得到正常的隔离，而在仓库生活了很多天的故事。向主编报题之后，我们都觉得这会是下一个阶段的重点。

寻找受访者和采访并不是一件很困难的事情：回访、寻找媒体报道的短消息和社交媒体中已经出现的一些陷入困境的人，还有就是康复者之间互相推荐，真诚地去听他们的难处就好。

我写了初稿后，发现困难在于，这篇稿子太（具体的）问题导向了，这也是疫情报道中很常见的困惑。一切变化都很快，例如，治愈者担心的复阳问题，可能过几天出来一个专家解释就解决了他们的担忧；治愈者遭

遇非人道的隔离和排斥，也会在基层政府部门介入后得到缓解。

这让他们的困境看似是暂时性的，另外，一些问题还没有在更长的时间跨度上浮现出来。那段时间，我参考了不少“非典”后关于康复者的报道，里面描述一些留下了后遗症的康复者，渐渐失去劳动能力，家庭分崩离析，命运就这样改变。那种深深的被遗忘感很震撼，我一时觉得自己的报道不能体现这些深度和力度。

我自己也比较恐慌，疫情报道在那个阶段，同行都在讲述大议题，例如早期防控为何失守、重症病人的治疗攻坚……这些次生灾害，尤其是像无法被定义的歧视，真的有那么重要吗？

所以后期，其实主要是调整自己对稿子的思路，思考面上问题背后更要紧的主题，向自己确认报道的价值。这其中，一位心理咨询师跟我提到，她说这些康复者“是因为这场疫情付出了沉重代价的人”，他们没有什么武器，就是用生命、肉身在“抗疫”。

同时，3月初那段时间新冠肺炎的治疗和防控似乎已经告一段落，但我们在前后方的记者都知道，事情没有随着数字的清零而结束。我做回访和前期案头工作的时候，有一点也感触比较深：我发现治愈者报道是很多媒体的大头，它们代表着希望，出院时候的鲜花、拍照、握手，已经成为程式化的影像了，但那是一种战争和胜利的叙事，不是传染病留下的真实的后果，那种每个人都卷入的恐慌的集体氛围、社会心态与创伤，是很久也不会消散的。

我开始觉得，康复者在疫情后期本身的遭遇就是重要的，哪怕是切片式的记忆，也是记录的意义。这些化成了导语中的最后一句话，也是我最终找到的主题：治愈者另一版本的故事，是传染病留下的长久余响。

《1716例医护感染缘何发生》是在2月初操作的选题，医护感染是我在疫情初期就心心念念想做的主题：一方面，这是最伤痛的一部分，那些原本救人的人成了病人；另一方面，医护感染在最初标志着“人传人”的证据，是疫情蔓延的重要节点。

1月24日疫情早期，当时我做过一篇《与病毒搏杀的日与夜》的稿件，那是我第一次接触疫区的医生，公众那时候对医院发生的事情还是一团迷雾。除夕夜，我采访一个转岗到感染科的武汉三甲医院大夫，他提到自己刚把病房里感染的同事开了单子收进来，防护做得多么不足，检测和床位跟不上大量涌来的病人。他好像一下子找到了倒苦水的对象，“我现在最大的愿望是活下来”，他在电话那头声嘶力竭，我很少有机会插上话，他不断地质疑当医生的意义，整个人濒临崩溃，想说又害怕说太多。

我最初采访医生，是有点想采访专家的意思，听医生讲述医院的现状、不足和疫情的进展，但那时候最大的冲击是医生作为一个普通人感受到的绝望和恐惧。

下午五点，我第一次跟他通电话，晚上十一点再次打过去，聊着聊着过了零点时刻，我们都忘了那天是春节。

2月5日，李文亮医生去世，是社会情绪的一次大爆发。2月9日，那位医生发微信告诉我，他感染了新冠肺炎，正在给自己开吊瓶打点滴，我想要做一篇这样稿子的心情就更加迫切。

在起意做这篇稿子的时候，卫健委在2月14日正好发布了医护感染的数据：1 716名。趁着这个信号，包括我们组之前的记者和实习生采访的一些医生护士的（发不出来的）素材可以直接用，我又从一个中间人手里拿到两个早期感染医生的电话，编辑马上分配我来统稿，按照时间线梳理医护感染的整个过程，分析其中的原因并总结经验。

最后的稿件，语言比较粗糙，结构也不太完善。我撇去了以往做报道注重的人物与细节，更强调逻辑的串联，从早期普通科室的防护不足，对“人传人”信息的不了解，到病人井喷后人力的缺乏、病房改造的困难、物资的短缺、高强度的工作，一步步推进写导致医护感染的因素，最后谈院感问题。

当然，我还是塞了一点“没用”的细节进去，和调查医护感染原因没有关系的部分，做好了被砍掉的准备。

例如一个同济医生感染后和父母一起吃年夜饭时，他没有动筷子，为了了却父母的心愿，陪着他们，“看”了一顿饭。这个故事可能医院在做正面宣传的时候也用过，但是放在这篇报道里有不一样的含义。这个细节甚至不是采访的内容，而是医生在公众号上的自述，更有真实的感情，也是历史的材料，就直接用了他的话：

强忍泪水的笑脸之下，我知道爸妈心里该是有多难受和担心。

每当我回家手舞足蹈地告诉他们我今天救活了哪个病人，每当我发表了论文、捧回了奖杯、得到了表扬，还有当我哭笑不得地拎回了病人送的土鸡蛋，他们脸上总是笑开了花。

但更多的时候，我带给他们的不是荣耀，而是无尽的担忧、害怕。

这个医生是同我接触的第一个医生，还有很多受访的医护人员，他们坦诚、勇敢，顶着压力说了很多话，感谢他们。

现在回想起来，在看似混乱的三个月里，我所做的也就是听见、写下。做疫情报道时，自己反而变得简单纯粹，我会珍惜每一次交谈，也不再在乎采访到的内容是不是一定能用在稿子中，不再介意是不是写出了所谓的特稿。虽然我没有能去到武汉现场，但能够跟每一个身处其中的人说上话，就是一种感激，是一次抵达。

张小莲：在平静的余生中，我将无数次遇到那个街角

朋友说，你怎样度过疫情，你就怎样度过一生。我马上接了一句：那我将度过无用的一生吧。

那时是3月底，国内疫情已进入尾声，而我始终拿不出一篇值得留给后世的报道。百步亭社区工作者口述，也称不上代表作，仅仅是关注度较高罢了。采访江强（化名）那天，我跟一位友媒前同事聊起错过空窗期的遗憾。“我没去现场，特别惭愧。”他说，并气恼地骂了句粗口。

我两次报名去武汉，都落选了。每天在家刷着各种真真假假的信息，感到前所未有的焦虑、悲愤与无力。除夕和大年初一，我分别发了18条和15条朋友圈，这个记录大概以后都不可能打破了。有段时间，我觉得自己什么都做不了，便什么都没做，连朋友圈也不怎么发了。

面对这场波及全国、损失惨重的疫情，包括我在内的许多同行都是没有经验的。现在回想，当初的我就像无头苍蝇一样，在大量的线索中左磕右碰，碰到哪个算哪个。

2月4日，一张“百步亭爆发了”的截图开始在网上疯传。截图显示，百步亭一居委会有57个单元出现了发热病人。按照老法子，我在微博上私信了11个可能是百步亭居民的网友，其中四人回复了我，但只有一人愿意加微信进一步聊，他就是江强堂妹的丈夫贾西（化名）。

聊天中得知，贾西的母亲已于1月15日去世，没来得及做核酸检测，死前的CT复查结果是典型“大白肺”，医院出具的死亡诊断为“重症肺炎”。几天后作为密切接触者的嫂子被确诊为新冠肺炎，哥哥的IgG抗体呈阳性，属于无症状感染者。

在母亲死后第二天，贾西从上海赶回武汉处理后事。1月18日去殡仪馆领骨灰时，他们遇到另一个遭遇相似的家庭，家人因重症肺炎骤然离世，不在当时官方通报的“死亡2例”中。

封城前两天，贾西把岳父岳母带离武汉，到昆山另一居所自我隔离，妻子和儿子则留在上海家中。后来嫂子被转入金银潭医院治疗，哥哥和父亲在武汉居家隔离。

他说，跟武汉很多全家感染、有人离世还不能收治隔离的家庭相比，自己家算是幸运的。他认为他家的事已没有报道的必要，希望我去联系江强了解百步亭社区的情况。

“现在战线都下沉到社区一线了，但他们的人力、能力、资源是根本无法应对的。”

“我这两天跟他通话都能感觉到他的压力、恐惧和无奈。”

“我尽可能让身处漩涡中心的亲人和朋友都有个发声的渠道，哪怕最后报道不出来或者只能选择性地报一部分，若能让他们跟媒体说说话，也是好的。”

听他说完这些话，我决定给江强打个电话。电话没人接，我又发了条短信过去。晚上十一点多，江强通过了我的微信。他说，他刚买的新手机摔了，换上旧手机后，一直在处理事情，所有来电全挂了。我问他为啥摔手机，他发来一张“基层干部设计改造图”，图里的“人”有四只眼睛、四只耳朵、三张嘴、六只手、四只脚和四颗心，每一个器官或部位都要负责一项任务。“事全部压在基层，人都被逼疯了。”他说。

我和他通话聊了1小时40分钟，信息密度很大。因为他语速快，倾诉欲也很强，基本不怎么需要提问，他巴拉巴拉一股脑儿就都跟你讲完了，涉及敏感话题也毫不避讳，偶尔情不自禁还会爆个粗口，是一个性情中人。

聊完已是凌晨一点，他继续给我发当天他在居民群里说的话，总共16张截图，都是回应居民质疑时带着气愤和委屈的肺腑之言，他说他从来没有打过这么多字。

大概不想再打字了，他发来语音说：“我们现在最需要的就是休息，不要钱，不要奖励，就是想休息。”声音疲惫而低哑：“采访这么久了，我都没有跟你说过，其实我每天回家都怕得要死，不是怕自己（感染），是怕连累到家里人。”

一个中年男人在深夜时刻向陌生人吐露出他的恐惧和脆弱，我表示理解，但说不出更多安慰他的话，只好让他早点休息。

过了半个小时，凌晨两点多，他又给我发来消息说，今晚居委会副书记反复请求领导，终于成功安排了一个病人住院，但没过多久就接到通知，另一个在家排队等床位的病人去世了。副书记很崩溃，陷入自责，江强一直在安慰她，两个人都睡不着。我也睡不着。

报道出来后，尽管用了化名，百步亭社区上上下下都知道报道里的这个人是江强，有人提醒他小心，管委会领导可能会找他麻烦。之后他拒绝了一切媒体采访，但始终和我保持联系，隔三岔五跟我分享、吐槽他正在经历的事情。

2月12日，不知道哪个环节出了问题，隔离点把两个本应送去医院的确诊重症病人送去了方舱。江强他们到处联系找车，把人从方舱拖回来安抚，承诺第二天一定给他们找个医院床位。

2月13日，“尽收尽治”之后，百步亭的排查任务加重：对发热人员需要每天询问两次，并做好记录；发热人员所在门栋每天每户每人询问一次，并做好记录；其他户数和人员按网格每两天全部排查一遍……

2月18日，江强告诉我，他改行当“菜贩子”了。居委会从几天前开始帮业主买菜，除了当团购团长，也从外面批量采购，再卖给业主，“各种摆摊，各种送上门，各种奇葩要求”。

这是一位居民发给他的采购清单：“我想在中百超市买点大蒜头，大蒜（带叶），辣椒，纯芝麻油（福达坊），小白菜，花菜，白萝卜，红萝卜，麦片（全味牌的），榨菜（乌江清爽的）五袋，陈克明牌细面条一筒，南方黑芝麻糊一袋，洗衣皂二块……如果速冻饺子的话，要一袋芹菜的（必须湾仔或思念）日期近一点的……目前最需要的是小白菜，纯芝麻油，榨菜，洗衣皂（洗衣皂不要和吃的东西放在一起怕串味）另外在老百姓大药房买二袋灭菌棉球，我是他们的会员，要稳健牌的，我等一下发个图片你，还有买几斤苹果和橙子。”

2月26日，他为上百名非新冠慢性病重症病人买药，一早直奔黄石路定点药房排队拿号，排到后天的号，也只给20个名额。然后再去香港路定点药店排队，好不容易排到了，却发现所有单子的药都配不齐。转而去二七路益丰药店排队，这家店是刚刚新增的，药和人力都不足，效率很低，配齐一个人的药几乎要一个小时，一下午只搞定三个人的药。

第二天一大早他又继续奔波，一天排队七八个窗口，人多空气混浊，到晚上七点，解决了50多人的药。忙完回来后，他去烧了点香，那天是他父亲的七七忌日。

有一次因为买药发生了不愉快。有位居民所需的药品种较多，罗列了十种左右，江强跟他解释，黄石路药房一次只能开五种药，请先将必须要开的重点药勾出来，如果有可能的话，尽量帮他多开一些，跑两家药店基本能买全。该居民一开始心平气和，但说着说着两人就争执起来，他指着江强说："这都是你该做的事，做不好就滚，莫占到茅坑不拉屎。"骂激动了，抓起监控室桌上的东西就扔。江强被他的话刺激到了，也很激动。后来好多"小嫂子们"听说了这件事，在群里一呼百应，说要戴上口罩，一起下楼去骂那位居民，好在被下沉干部及时制止了。

3月20日，武汉市政府发了一个通告，无疫情小区每户每天可派一人外出2小时购物。江强所在居委会共3 700多户，他们担心，如果一下出来的人数较多，小区超市、负责测体温登记的门岗恐怕顶不住。结果第二天只出来百人左右，而且很多人不是为了购物，而是出于各种各样的诉求。还有一些老太太单纯想出来逛一逛，两个月没出门，她们想知道武汉到底变成什么样了。

3月27日，连日跑殡仪馆和墓地的江强说，他们也需要心理医生。上级要求3月31日前，疫情期间去世人员的骨灰全部有序领完安葬。从23日开始，江强们一家家地跑，给家属做工作，"在人家的心口再插一刀，把所有的悲伤翻一遍"，然后陪着他们去殡仪馆排队，看着一个个骨灰盒拿出来。安葬时，一家只能去五个人两台车，一至两小时之内结束，一切从简。这些硬性要求让很多家庭都不理解。

更难解释的是，那些没被确诊的病人或逝者的医疗报销问题。大多数人的出院小结、死亡证明写的都是"病毒性肺炎"，按照相关政策，这些人的治疗费用无法报销。医保局的朋友告诉他，最近很多人投诉闹事，他们应接不暇。

很长一段时间，贾西也纠结于此事。他打了无数个电话，希望把母亲计入官方数字里。他并非真的在意那2万多元医疗费用，而是无法接受死于这场灾难的母亲，竟连疑似病例都不算，仿佛谁替历史下了判决：她的死跟新冠病毒毫无关系。他想要做最大的努力，让母亲“成为疫情中被记住的一个人”。

1月21日那天，贾西在微博上转发了一篇和菜头写父亲去世的旧文，结尾是这样的：

> 在整整七天里，我没有落过一滴眼泪。我朋友告诉我说，她也曾有过相同的经历——对自己父亲过世没有任何情绪的流露，如同操作一个具体的项目，入土为安，一切得体而妥当。一直到了很久之后，她在北京城里开着车，突然有那么一个时刻，在某个街角，悲伤毫无征兆悄然袭来，一下子把她打得粉碎。她一脚刹车，一个人在车里失声痛哭。
>
> 爸爸，我在等着那个街角。

贾西母亲的后事也是在短短几天内仓促处理的。“医院、殡仪馆、公墓、银行、保险、公证，一环扣一环”，每天被具体的事务缠身，还要照顾两个七八十岁的老人，没有什么时间留给悲伤。

“但是，妈妈，总有一个时候，那个街角，会来的。”